中國文學史解析

流光繚宇，文學演進之路

鄭振鐸——著

【承載著幾千年的歷史和文化底蘊】

文學作品多樣風貌，各時期的社會映照

帶您穿越中國文學的不同時代，探索其繁榮和多元

目錄

目錄

戲文的進展

在這一章中，我們將討論以下主題：

元代戲文及流行概況：我們將總覽元代戲文的特點和流行趨勢，了解當時戲曲的發展狀況。

《小孫屠》：古杭書會之珍藏：我們將深入了解《小孫屠》這部古代劇作的內容和價值，以及其在古杭書會中的重要地位。

《張協狀元》：南戲古典佳作的詳細敘述：我們將詳細敘述《張協狀元》這部南戲古典佳作的情節和特色。

《宦門子弟錯立身》：古杭才人新編的感人故事：我們將介紹《宦門子弟錯立身》這個感人故事，以及古杭才人的編寫和改編工作。

《琵琶記》：高明改編的古戲文，蔡伯喈的故事再驚豔：我們將探討《琵琶記》這部古戲文的高明改編，以及其中包含的蔡伯喈的故事，再次引起觀眾的驚豔。

透過這一章，讀者將更深入地了解元代戲文的多樣性和豐富性，以及其中一些重要作品的情節和價值。这些劇作反映了當時社會和文化的特點，也為後來的中國戲曲發展留下了重要的遺產。

一　元代戲文及流行概況

「戲文」在南宋滅亡以後，並不曾像一般人所想像似的衰落了下去，正如臨安之在元代並不曾成為荒蕪的故都一樣。我們說起元代的戲文來，應該視她們為和「雜劇」同樣的是那時的最流行的戲曲。當是演劇者，對於戲文、雜劇，頗有一視同仁之概。初期的時候，雜劇盛行於北方，戲文盛行於南方。但後來卻似乎不大有地域的限制了。我們看，雜劇在元中葉以後流行於南方的情形，或也可想像戲文當亦會有流行於北方的可能罷。

元代的戲文產生出來不少。其中有一部分當為宋代的遺留。就《永樂大典目錄》、徐渭《南詞敘錄》、沈璟《南九宮譜》、徐于室《九宮正始》等書所記載，明初以前所有的戲文，至少當有一百五十種左右。其中大部分皆為元代的創作。徐渭《南詞敘錄》載「宋、元舊篇」五十餘種，大多數是元代的。《永樂大典》所錄三十三本，大部分也當是元代的。葉子奇《草木子》云：「其後元代南戲盛行。及當亂，北院本特盛，南戲遂絕。」「南戲遂絕」之說，未必可信，但「元代南戲盛行」卻是實在的情形。現在就有殘文留存於今的重要的若干本元戲，略述於下。

《王祥臥冰》，未知撰人。《永樂大典》作《王祥行孝》，大約即是一本。《南九宮譜》中錄有《臥冰記》殘文，大抵也即為此本。又《雍熙樂府》及《詞林摘豔》中也俱載有《王祥》的遺文。

《殺狗勸夫》，未知撰人。《永樂大典》作《楊德賢婦殺狗勸夫》。其殘文今未見。明初徐畛的《殺狗記》，大約便是以此戲為藍本的。

寫的。

《王十朋荊釵記》，未知撰人。其殘文也未見。明初朱權的《荊釵記》，大約也便是依據於此本而寫的。

《朱買臣休妻記》，未知撰人。《南九宮譜》載有《朱買臣》殘文，大約即為此戲。元劇中有《朱太守風雪漁樵記》，寫的也是此事。

《崔鶯鶯西廂記》，未知撰人。《南九宮譜》載有《古西廂記》的殘文，並在其下註明非李日華本，則或為此本也難說。（《南詞敘錄》「本朝」下，也載有《崔鶯鶯西廂記》一作，題李景雲編，難道李景雲便是李日華？）

《司馬相如題橋記》，無撰人姓名。《南九宮譜》載有《司馬相如》的殘文，大抵即為此本。

《陳光蕊江流和尚》，未知撰人。《南九宮譜》載有《陳光蕊》的殘文，大約即為此本。唯《九宮譜》又載《江流記》一作，當為後來之作，非即此戲。

《孟姜女送寒衣》，未知撰人。也見於《永樂大典》中（今佚）。其殘文今存於《南九宮譜》中（《九宮譜》簡作《孟姜女》）。

《裴少俊牆頭馬上》，未知撰人。元人白樸亦有同名的一作，但彼為雜劇（見《元曲選》），並非戲文。《南九宮譜》載《牆頭馬上》的殘文，當即此戲。

《柳耆卿花柳玩江樓》，未知撰人。《永樂大典》中亦載之（今佚，「花柳」作「詩酒」）。殘文今見《南九宮譜》中。耆卿的故事，當為勾欄所樂道的。宋人詞話中亦有敘此故事的一作（見《清平山堂話本》）。

《趙普進梅諫》，未知撰人。《南九宮譜》中有《進梅諫》的殘文，當即此戲。

《詐妮子鶯燕爭春》，未知撰人。《永樂大典》作《鶯燕爭春詐妮子調風月》，當即此戲。《南九宮譜》中載有殘文（簡名《詐妮子》）。關漢卿有《詐妮子調風月》一劇，敘的也即此事。此事頗新穎而富於戲劇力，故作者們多喜寫之。

《朱文太平錢》，未知撰人。《永樂大典》有《朱文鬼贈太平錢》，當即此本《南九宮譜》載有殘文，戲名簡作《太平錢》。

《孟月梅錦香亭》，未知撰人。《永樂大典》作《孟月梅寫恨錦香亭》。《南九宮譜》載有《孟月梅》及《錦香亭》二戲的殘文。豈沈璟偶不留意，竟將一戲誤分為兩戲耶？或《錦香亭》系另一戲文之名，並不關《孟月梅》的故事耶？今俱疑不能明。

《張孜鴛鴦燈》，未知撰人。《永樂大典》作《張資鴛鴦燈》。《南九宮譜》載其殘文，也簡作《張資》，則自當以「張資」為正。

《林招得三負心》，未知撰人。今有殘文，見於《南九宮譜》中（簡作《林招得》）。

《唐伯亨八不知音》，未知撰人。《永樂大典》有《唐伯亨因禍致福》一戲，或系一本。其殘文今見《南九宮譜》中（簡作《唐伯亨》）。

《冤家債主》、《劉盼盼》、《生死夫妻》及《寶妝亭》四本，俱未知撰人姓名。其殘文今皆見於《南九宮譜》中。

《董秀英花月東牆記》，未知撰人。亦見於《永樂大典》中（今佚）。《南九宮譜》所載的《東牆記》，當即為此本。

《薛雲卿鬼做媒》，未知撰人。亦見於《永樂大典》中（今佚）。今有《鬼做媒戲文的殘曲見於《南九宮譜》中，大約便是此本。

《蘇武牧羊記》，未知撰人。明人傳奇中有《牧羊記》之名，大約便是此戲的改正本，或竟是此戲也說不定（《南九宮譜》中亦有《牧羊記》殘文）。

《劉文龍菱花鏡》，未知撰人。《永樂大典》中有《劉文龍》一戲（今佚），大約便是此本。《南九宮譜》中也有《劉文龍》的殘文（《南詞新譜》作「一名《菱花記》」）。

《教子尋親》，未知撰人。《南九宮譜》中載有《教子記》的殘曲，大約便是此本。明人傳奇有《尋親記》一作，也許便是依據於此本而寫的。

《劉孝女金釵記》，未知撰人。《南九宮譜》中載有《劉孝女》的殘曲，當即是此本的簡稱。

《呂蒙正破窯記》，未知撰人。《永樂大典》有《呂蒙正風雪破窯記》（今佚）。《雍熙樂府》卷十六載有《山坡羊》套曲一首，注作：《呂蒙正》。大約即為此戲的殘文。

《蔣世隆拜月亭》，未知撰人。《永樂大典》有《王瑞蘭閨怨拜月亭》（今佚），未知是否即此本。《雍熙樂府》卷十六，載《山坡羊》一套，題作《王瑞蘭》，大約便是《大典》所載的一本的遺文。

《南詞敘錄》所著錄的戲文，見於《永樂大典》中者尚有：《蘇小卿月下販茶船》、《陳叔萬三負心》（《大典》作《負心陳叔文》）、《秦松東窗事犯》、《何推官錯勘屍》、《王俊民休書記》及《蔡伯喈琵琶記》等。除了《琵琶記》外，這些戲文，大約都已隨《大典》之亡而俱亡的了。

《永樂大典》所載戲文，尚有九本，為《南詞敘錄》所未著錄者，即《金鼠銀貓李賢》、《曹伯明錯勘贓》、《風流王煥賀憐憐》（未知是否即《南詞敘錄》中的《百花亭》或《賀憐憐煙花怨》，如系其一，則九本之數，當作八本）。《包待制判斷盆兒鬼》、《鄭孔目風雪酷寒亭》、《鎮山失夫人還牢末》、《小孫屠》、《張協狀元》及《宦門子弟錯立身》。這些戲文的作者都是無可考查的。雖《小孫屠》題著：「古杭書會編撰」，《宦門子弟錯立身》題著：「古杭才人新編」，其作者其實也是一樣的不可知的。除了最後的三本《小孫屠》等外，其餘六本，連殘文也都不見。《小孫屠》等三本，則存於《大典》的第一萬三千九百九十卷中，幸得留遺於今。我們所見到的全本的南戲，恐將以這三本為最古了。

二　《小孫屠》：古杭書會之珍藏

《小孫屠》的全名應作：《遭盆弔沒興小孫屠》，題下寫著：古杭書會編撰。大約這個古杭書會，其所編撰的戲文，當不止《小孫屠》一本。又，這個「書會」的組織，似也只是一個職業的賣藝說書者的團體，但也可能便是一個文人學士們集會的機關。他們大約都是些識字知書的人，為了時世的黑暗，無可進取，故淪落而為職業的「賣藝者」（廣義的）的。或者這些戲文竟是書會裡的文人學士們的著作。觀《小孫屠》一作，文辭流暢，純正，毫無粗鄙不通之處，便知絕不是出於似通非能的三家村學究或略識之無的「賣藝者」之手的。「小孫屠」敘的是：孫必達祖居開封，家有老母及一弟必貴。一個春天，必達遇著一個妓女李瓊梅。她很想嫁人，必達便設法與她脫了籍，娶她為妻。這時他弟弟必貴，即號為小孫屠者，正出外打旋未回。及他回時，見哥哥娶了一個門戶中人，頗為不悅。家庭中時有吵鬧。瓊梅因必達沉酣於酒，不大顧家，心中也常是鬱鬱不歡。她有一個舊歡朱令史（邦傑），常來找她。一日，為必貴所沖見。他們又大鬧了一場。老母見家中吵鬧不安，她便帶了必貴到東嶽去還香願。必達送了他們一程。就在這一夜，朱令史與瓊梅設了一計，將梅香殺死在地，改換了瓊梅的衣服，斬下頭顱，冒作瓊梅的屍身。而她自己卻逃去與朱令史作長久夫妻。一面，屍身發現時，必達便以殺妻被捕入獄，屈打成招。不久，母在東嶽草橋店中一病而亡。必貴負了她骨殖歸來。不料歸來時，而家中竟生了如此的大故。他去探望哥哥。朱令史又設一計，蔽本官，將他當作了殺人正犯，而釋必達寧家。當夜，必貴便被盆弔而死，棄屍獄外。天上落了一陣大雨，必貴甦醒了過來。他哥哥正來尋他。二人便一同在外飄流。一日，無意中沖見了李瓊梅，捉住了她與朱令史，告到當官。這個案情才大白。瓊梅與朱令史俱判了死刑，以償梅香的性命，並將朱令史妻小家產償給了孫氏兄弟。此劇很短，至多隻足當於元人雜劇的一本。可見早期的戲文是並不像後來傳奇那麼長的。曲文說白都極為明白易曉，確是要實演於民間的或竟出於民間的一部著作。金戲中說白極少，幾乎唱句便是對白。今引一節如下：

（末上白）野花不種年年有，煩惱無根日日生。自家當朝一日和那婦人叫了一和，兩下都有言語。我早起晚西看它有些小破。今朝聽得我哥出去，和相識每吃酒，我投家裡去走一遭。（作聽科介）殺人可恕，元禮難容。我哥哥不在家，誰在家吃酒！（末踏開門，淨走下，末行殺介）（生唱）〔駐馬聽〕酒困沉沉，睡裡聽得人爭鬥。是我荒驚惱覺。自覺一身，戰戰兢兢。方欲問這元因，忽見弟兄持刀刃。連叫兩三聲，莫不是嫂嫂不欽敬？（末）聽說元因。它元是娼家一婦人。瞯著哥哥濃睡，自與傍人並枕同衾，我欲持刀一意捕姦情，幾乎殺害我哥哥命。（旦）我有姦夫你不拿住它？（末）你言語恐生聽，一場公事驚人聽。（旦）哀告君聽，奴在房兒裡要睡寢。怎知叔叔來此巧言花語扯奴衣襟。（末）孫二須不是般樣人。（旦）因奴家不肯，便生嗔，將刀欲害伊家命。（末）哥哥休聽它家說，孫二不敢。（旦）只得叫鄰人，將奴趕得沒投奔。（生）此事難憑，兩下差他人怎明？

三 《張協狀元》：南戲古典佳作的詳細敘述

《張協狀元》篇幅甚長，敘張協富後棄妻事，大似《趙貞女蔡二郎》的結構，也甚似明人詞話的《金玉奴棒打薄情郎》的情節。其剪髮出賣上京求夫的一段，更似伯喈、五孃的故事，恐怕這戲原是很受著《趙貞女》的影響的。不過其結局卻變得團圓而終，不似二郎之終於為天雷打死。至於張協的不仁不義，則較二郎尤甚。全戲先以「末」色開場，敷演諸宮調，唱說一番，然後，正戲方才開場。張協辭了父母，上京應舉。路過五雞山，遇著強人，將他衣服行囊全都搶去，且打了他一「查」，打得皮開肉破。後張協遇著土地指引，到山下一間破廟中棲身。夜間，卻另有一位貧女前來打門。原來這廟用是這位貧女棲身之所。這女姓王，原先家財富盛，後父母亡故，盜匪侵凌，遂至一貧如洗。幸有李大公常常賙濟她。貧女見到張協，很可憐他，便留他住下。李大公夫婦主張他們二人結為夫婦。但貧女恐汙清名，不肯。只好占之於神。由了神意的贊可，他們便成了親。二人住於古廟中，女紡織，男讀書。因了貧女的極端勤苦，積了些張，送張協上京應舉。張協到京，果然一舉成名，得了頭名狀元。但他並不來迎接貧女，反以這次的結親為羞。京中有赫王相公的，生有一女。她當街欲招張協狀元為夫。協也以「求名不求親」辭之。赫王相公很不高興，公主也因此成病，鬱鬱而亡。貧女聞知張協已中了狀元，便剪下頭髮來賣，當作路費，上京求夫。李大公諸人對於她的前途，抱著絕大的希望。她高高興興的到了京師，尋到了張協。協卻不認她為妻，命門子打了她一頓，趕她出去。她不得不含悲而回。這時，只好沿途求乞。但到了家，卻不敢告訴李大公，說是她丈夫趕她回的，只說她遍尋不到她丈夫。張協雖趕走了她，心中卻還以為未足，意欲斬草除根。他奉命出為梓州僉判，經過五雞山，遇見貧女在採桑，四顧無人，便一劍斫倒了她而去。不料她並沒有被刺死，只斫傷了一臂。李大公夫婦救了她回去。她只說是採桑時不小心跌壞了臂，並不說起是她丈夫所斫的。她在古廟中養傷，恰好赫王相公也奉旨判梓州。經過五雞山時，四下並無宿店，遂投破寺而來。他與夫人遇見了貧女時，大為感傷，因她的面貌很像他們的亡女。他們認她為義女，帶她一同上任。張協前來參謁，赫王相公想起亡女之事，並不見他。協大為驚惶，便請了譚節使來代他請罪。節使見到赫王相公還有一位公主（即貧女），便代他為媒。赫王相公答應了，張協自然也一諾無辭。當他們結婚之夕，二人想見，原來新人便是舊人！貧女數落了張協一頓，大眾才知道協原來是如此的薄倖寡義。但他也未得到什麼責罰，二人反是自此團圓，和好的過活著。此戲的時代，就其格式與文辭看來，恐怕是很古的。《南九宮譜》中也曾錄其中二曲。我們不知其作者。但在開場中，卻有「《狀元張協》傳，前回曾演，汝輩搬成。這番書會，要奪魁名，占斷東甌盛事」，又有：「似恁唱說諸宮調，何如把此話文敷演後行腳色」云云，則此戲似亦為「書會」中人所編輯。「占斷東甌盛事」云云，則編者似並為溫州人。正和最早的戲文《王魁》、《王煥》出於同地，也許竟是出於同時，也不一定。其中插科打諢之語甚多，往往都是很可令人發笑的。南戲中，像這一類的科諢，原也是一個要素。

四 《宦門子弟錯立身》古杭才人新編的感人故事

《宦門子弟錯立身》，題古杭才人新編。這「才人」卻是一位不知姓氏的作家。也許他也便是一位「書會先生」（此稱見《劉盼春守志香囊急》中）。《宦門子弟錯立身》的篇幅也和《小孫屠》同樣的簡短。敘的是：女真人氏的延壽馬，父為河南府同知，家教甚嚴。延壽馬的生性卻好音樂，愛美色。有一天，東平散樂王金榜，來到河南府做場。延壽馬看這婦人有如「三十三天天上女，七十二洞洞中仙」。他迷戀著她，瞞了父親，請她入府來，名義上是清唱。但正在這時，卻為他父親所沖見。他父親生生的拆散了這一對鴛侶，並迫著王金榜即日離境他去，不准逗留在此。延壽馬大為狼狽。但他的愛情，百折不回，便私自逃出家庭，追上王金榜。等到他覓見金榜時，他的資斧已盡，形容枯槁，衣衫單薄。他竭力要求班主收留了他下來，與金榜作女婿。他原是雜劇院本都會做，更兼「舞得，彈得，唱得，折莫得」，還能為他們寫招記的。班主遂招了他為婿。這位「宦門子弟」，遂做了「行院人家女婿」。安心快樂，隨班流轉於四方。有一天，他父親料理政務悶倦，命人喚了大行院來做些院本解悶。行院來時，卻認得其中有一位是他的兒子。他自不見了兒子後，「心下鎮長憂慮，兩眼常時淚雙垂。」今日一見了他，便寬恕了他的一切，命他與王金榜做了夫妻。這樣的結束，似較鄭元和父親的打子棄屍，及至元和中了舉，做了官，方才廝認他為子的事，更為近於人情，合於情理。

五 《琵琶記》：高明改編的古戲文，蔡伯喈的故事再驚豔

這三本僅存於《永樂大典》中的戲文，都是不知其作者姓名的。盛傳於世的《琵琶記》的作者卻是一位很知名的文人高明。明字則誠，永喜平陽人。至正五年張士堅榜中第。授處州錄事，闢丞相掾。方谷真起兵反元。省臣以溫人知海演事，擇以自從。與幕府論事不合。谷真就撫，欲留置幕下。即日解官，旅寓鄞之櫟社。朱元璋聞其名召之，以老病辭。還卒於家。有《柔克齋集》。或以為《琵琶記》系高拭作，非高明；拭亦字則誠。然拭雖自有其人，亦作曲（見《太和正音譜》），卻並非作《琵琶記》者。明姚福《青溪暇筆》：「元末，永喜高明避世鄞之櫟社，以詞曲自娛。見劉後村有『死後是非誰管得，滿村聽唱《蔡中郎》』之句，因編《琵琶記》，用雪伯喈之恥。」姚說頗是。則誠的《琵琶記》，蓋以糾正民間盛行的宣揚不忠不孝蔡伯喈的《趙貞女蔡二郎》之誣的。自則誠著的「蔡伯喈」出，而古本遂隱沒不傳。為什麼這樣的一個登第別娶的傳說，會附會於漢末蔡邕的身上去，這是一個不可解的迷。民間的英雄與傳說中的人物往往都是支離、荒誕不堪的。伯喈的傳說，可以說是其中最無因，最不經的。則誠雖將伯喈超脫了雷劫，洗刷了不忠不孝之名，然對於這個傳說的全部仍然不能抹煞。《琵琶記》的情節，似乎仍有一大部分是舊有的，特別是描寫趙五娘辛苦持家，賣髮造墓，背琵琶上京哀求夫的許多情節。因為這是不必要改作的。至於有改作的必要的關於蔡伯喈的許多情節，則當為則誠自己的創作。所以我們在《琵琶記》中，到少還可以看見《趙貞女蔡二郎》的一部分的影子。而則誠的此記，便是經像則誠那樣的文人學士或詩人修正過了的「伯喈戲文」，正是戲文中的黃金時代的作品的好例，一面產不曾棄卻民間的渾樸質的風格，一面並具有詩人們本身所特長的鑄辭造語的雋美，與乎想像、描寫的深入與真切。因此，《琵

琶記》便成了戲文中第一部偉大不朽的著作。

《琵琶記》的故事大略是如此：蔡邕字伯喈，飽學多才，新娶妻房，方才兩月。以父母年老，不欲遠遊。其們為了伯喈的前途計，極力督促他去赴試。伯喈不獲已，只好辭別了父母及妻趙氏五娘登程而去。家中本來是很清貧的，自伯喈去後，只靠五娘克勤克儉支援著，又遇著荒年，家食漸漸的不斷。官中開了義倉，五娘娘自去請了糧來，中途又為歹人所奪。她正欲投井自殺，恰好她公公經過，阻住了她。又遇見張廣才，分了米糧救濟著她。但這樣的日子究竟很不容易過下去。她張羅著凡口淡飯，為公公婆婆吃，她自己則自把細米皮糠，強自吞嚥，也不敢使她公婆知道，怕他們知了著惱。婆婆見她每每背著他們吃飯，心中不忿，還以為她藏著好飯菜自己吃。一日，偷偷的去張望她吃飯，卻見她正將米糠強自吞嚥下去。不禁大為感動，自悔自怨，一氣而倒。公公遂也臥病不起。家中典質已空，又連遭這兩個喪事，五娘如何張羅得來！虧得善人張廣才又出力幫助著她，得以勉強成殮。她並剪了頭髮，當街去賣，以籌喪用。又用麻裙包土，自造墳墓。她倦極而臥，卻有神人們為她孝心所感，代她將墳造成。二親既已葬畢。家中已無牽掛，趙五娘便決意要上京尋夫。她改換了衣裝，將著琵琶做行頭，沿街上彈幾隻勸行孝的曲兒，教化將去。並畫取公婆的真容，一同負著。家中雖經歷了那麼大的變故，蔡伯喈在京尚自不知。他自上京之後，便中了頭名狀元。牛丞相有一女，奉了聖旨，要招他為夫。伯喈抵死不肯，心辭婚兼且辭官。但皇帝卻勉強的要他成全了這段煙事。他不敢再奏，只得委曲的做了牛丞相的女婿。心中總是鬱鬱不樂。有一個拐兒，曾到過陳留，便冒了他父母家信給他，騙了他回信銀錢而去。他始終還以為家中已得到他的訊息呢。牛小姐知他不樂之故，便與她父親關說，要與伯喈同回省親。她父親堅執不允。後來，卻允派了一個人去接伯喈的父母及妻同來，做一處住。一日，伯喈騎馬而過，恰與趙五娘相遇。二人都料不到是他和她，所以毫不留心，都不曾相廝認。五娘為這一行人馬所衝上，匆匆的避去，卻遺了那幅公婆的真容在地。伯喈拾了這畫幅，追還她不及，便收了回家。她問起旁人，方知此人便是蔡伯喈。第二天，她到牛府去，與牛小姐想見，說起尋夫的事。牛小姐極為賢惠，便留她住下。欲乘機打動伯喈與她廝認。她到伯喈書館，見那天失落了的公婆的真容，已為僕人掛在那裡，便在畫幅上寫了一詩。伯喈見了畫，又見了詩，追問起來，遂得與五娘想見。她說起公婆已亡的事，伯喈沉痛暈倒。他便別了丈人，上表辭官，與兩個媳婦一同回家掃墓。他們動身後，差去迎接伯喈家眷的人方回。說起趙五孃的賢孝事跡來，牛丞相也深為感嘆，便將前事，一一奏知皇帝。伯喈及二婦正在拜墓，牛丞相已齎了皇帝的加官封贈的詔旨而來。蔡邕授為中郎將，妻趙氏封為陳留郡夫人，牛氏封河南郡夫人，父母並皆封贈。伯喈遂以多金贈與張廣才以報其德。相傳的「不忠不孝蔡伯喈」，遂被則誠將它結束為「全忠全孝蔡伯喈」。這樣的改法，則誠頗為費盡了心計。幾乎處處的都在點出伯喈的不得已而留朝不歸，不得已而就婚牛府，不得已而寄信回家，不得已而差人接眷，總之，要說得伯喈是一無差處的，是一心掛記著家中父母及妻的，不過當前環境的不許他立刻歸省而已。這完全是後來作家們的慣於婉曲回護古人的伎倆，正和明人之將「王魁負桂英」改為「王魁不負桂英」的《焚香記》一樣。早期的戲文，只知照事接寫，就事論事，既有王魁負桂英的傳說，便真的寫成了負桂英，既有伯喈不忠不孝的傳說，便真的寫成了不忠不孝；為了消滅觀者的悲憤，便又寫著「鬼報」，「雷殛」的結局。《張協狀元》戲文的不為張協殺妻作回護，也正見民間作家的如此的質直。但這些故事一到了文士詩人的手中，他們便發現題材情節的不妥善；將主角寫成了那麼不忠不孝，無情無義，是違背了「禮教」的訓條的。所以他們便極力的回護著劇中的主角，千方百計的使他們不至負「不忠不孝」或「薄倖」之名。《王魁負桂英》及《趙貞女蔡二郎》便是這樣的被修正為《焚香記》及《琵琶記》，而《張協狀元》則為未被修正的原本，可以使我們約略的看出原始民間戲文的一斑的。

關於《琵琶記》及其作者的傳說很多，姑引一二則。《青溪暇筆》：「(高明)既卒，有以其(《琵琶》)記進者。上覽畢，曰：『《五經》、《四書》在民間，如五穀不可缺。此記如珍羞百味。富貴家其可無耶？』其見推許如此。」朱彝尊《靜志居詩話》：「聞則誠填詞，夜案燒雙燭。填至《吃糠》一出，句云：糠和米本一處飛，雙燭光交為一，洵異事也。」為了《琵琶記》已成了一部偉大的古典劇，故詭異的傳說便紛紛而出。其實，在全劇中，《吃糠》的一節：

〔孝順歌〕嘔得我肝腸痛，珠淚垂，喉嚨尚兀自牢嘎住。糠！遭礱被舂杵，篩你簸揚你，吃盡控持，悄似奴家身狼狽，千辛百苦皆經歷。苦人吃著苦味，兩苦相逢，可知道欲吞不去。(吃吐介)糠和米，本是兩倚依，誰人簸揚你作兩處飛，一賤與一貴，好是奴家共夫婿，終無見期。丈夫，你便是米麼？米在他方沒尋處。奴便是糠麼？怎的把糠救得人饑餒？好似兒夫出去，怎的教奴供給得公婆甘旨？(第二十出)

只是很自然的由當前之景做著這樣的直譬，固然是很見自然的率合的伎倆，卻是並不足當那麼樣沒口的稱頌。我以為還不如下面的一段：

幾回夢裡，忽聞雞唱忙驚覺，錯呼舊婦，同問寢堂上。待朦朧覺來，依然新人，鳳衾和象床。怎不怨香愁玉無心緒！更思想，被他攔擋，教我怎不悲傷！俺這裡歡娛夜宿　芙蓉帳，她那裡寂寞偏嫌更漏長。(第二十三出)

比較來得情緒深婉些。或謂則誠《琵琶》的原本，止《書館相逢》；又謂《賞月》、《掃松》二闋為朱教諭所補，但俱不足信。王世貞已目之為「好奇之談，非實錄也」（《藝苑卮言》）。則誠著《琵琶記》的時代，當在元末，不在明初。據姚福《青溪暇筆》所載，則則誠之作《琵琶記》，在避地於鄞之櫟社以後，當是至正十年西元 1350 年以後的事。但姚說或未可信。朱元璋召則誠時，他辭以老邁，則《琵琶》之作或當在至正初元以前。

最早的戲文，其產生地在溫州。但其勢力後來漸漸的遍及各處。在元的那個時期，似乎與後期的雜劇，一樣也是以杭州為中心的。今存的《小孫屠》與《宦門子弟錯立身》，一則題著：「古杭書會編撰」，一則題著「古杭才人新編」，已頗可使我們知道其中的訊息。《錄鬼簿》所載，有蕭德祥的，也是杭州人，曾著「南曲戲文」。但杭州之外，溫州的發源地，仍是不時的產生出「才人」來，《張協狀元》的作者，自稱「東甌」人；高則誠也是永嘉平陽人。為了戲文的曲腔，原是溫州的本地的傳統的東西，所以溫州的戲文作者便自然的要較他處為特多。

講史與英雄傳奇

在這一章中，我們將討論以下主題：

元代長篇話本《全相平話五種》：我們將介紹這部元代的長篇話本，深入了解其故事情節以及對元代小說界發展的影響。

元代小說《武王伐紂書》：我們將了解這部元代版本的《武王伐紂書》所揭示的史實，以及與後來的《封神傳》之間的關係。

元代小說《樂毅圖齊七國春秋後集》：我們將探討這部小說的故事內容，並進行與其他類似作品的比較分析。

《秦併六國秦始皇傳》：我們將了解這部小說中描述秦始皇統一天下的歷史故事以及其特點。

《呂后斬後韓信前漢書續集》：我們將了解這部小說如何延續漢初歷史故事，尤其是呂后與劉氏諸王之間的爭鬥。

古代文學中的平話小說：我們將討論平話小說在古代文學中的地位和影響。

平話小說的民間筆法與宋代文學：我們將探討平話小說的民間筆法以及其與宋代文學的關聯。

羅貫中與《三國志演義》：我們將深入了解羅貫中如何改作《三國志演義》這部歷史小說，以及其對後來文學的貢獻。

透過這一章，讀者將更深入地了解元代的講史和英雄傳奇小說，以及這些作品在中國文學史上的重要地位。

一　元代長篇話本《全相平話五種》：一窺元代小說界發展的一斑

我們要研究元代的小說，卻要捨短篇的話本而去注意長篇的話本；舍「銀字兒，說公案」一流的話本，而去注意「鐵騎兒」及「講史書」一流的話本。後者的作品在宋代似乎還不甚發達，而無代卻很有幸的竟傳下來了不少種，使我們得以考見當時小說界的發展的情形。

元刊本的「講史」一流的話本，今有元至治刊本《全相平話五種》十五卷。這部重要的刊本使我們得以窺見元人話本的面目的一斑。至治是元英宗的年號，前後凡三年（西元 1321 ～ 1323 年）。恰當於元代的中葉。這五種的《全相平話》是：（一）《武王伐紂書》三卷；（二）《樂毅圖齊七國春秋後集》三卷；（三）《秦併六國秦始皇傳》三卷；（四）《呂后斬韓信前漢書續信》三卷；（五）《三國志平話》三卷。其版式圖樣皆一例，當系一家所刊。在《三國志》的題頁上，寫著「新安虞氏新刊」數字，則此數種，當皆系虞氏所刊的。當時虞氏所刊，似不僅此五種。將來或更有機會使我們能夠發現其他各種吧。至少，在《樂毅圖齊七國春秋後集》之前，必定是有一個「前集」的；在《呂后斬韓信前漢書續集》之前，也必定是有一個「正集」的。如此，則這部書至少當有七種。但我們想來，全書似乎絕不止七種。在《武王伐紂書》之前，如沒有《開闢演義》、《夏商志傳》一類的東西，在《伐紂書》之後，《七國春秋》之前，卻一定是會有《列國志傳》一類的東西的。又，繼於《前漢書續集》，《三國志》之前的，也當會有一種《光武志》或《後漢書平話》一類的東西。繼於《三國志》之後的，或當更有《隋唐志傳》、《五代平話》、《南北宋志傳》一類的東西吧？如此說起來，則我們在羅貫中氏著作《十七史演義》之前，已先有過一部很偉大的，有著作「全史」的平話的野心或計劃或竟是成績的新安虞氏刊本的「講史」作品了。我們向來對於羅貫中著作《十七史演義》云云的傳說，有些將信將疑，不料在羅氏之前，卻先已有著這樣規模弘大的著作了。但《全相平話》，還是偏於東南隅的福建省的產物。其在古代文化集中的杭州與平成為當時都城的大都，或當更有比較高階的這一類的著作也難說。可惜我們如今已是得不到她們。

《全相平話五種》，今流行於世者僅《三國志平話》一種，其餘四種，皆為中土學者所不易得見者。我因有了某種很有幸的機緣，得以一一的讀過，實為不勝自欣的事。但也只是一讀，且抄錄一點數據在手邊而已。全書的內容，今僅能憑所記憶及所抄錄者記之，故或不能說得詳盡。

《全相平話五種》大約是依著時代的前後而排列著的。其作者當非一人。但其文筆的拙笨，則五書如一。其間或多徵史實，或多雜空想與無稽的傳說，各書也俱不同。以我的猜想，其著作的時代，或竟非同時。近者當在至正之前不遠，遠者或當在南宋之中或至元之初。

二　元代小說《武王伐紂書》：元代版本揭示的史實與後來的《封神傳》

依了《全相平話》原來的次序，其第一種為《武王伐紂書》。現在流行的敘述武王伐紂之故事的書，名為《封神傳》，乃系明代中葉的著作。在《武王伐紂》書未被發現之前，我們是完全不知道《封神傳》之前更有所謂《武王伐紂書》的。有人且相信《封神傳》的事實，是許仲琳個人捏造出來的。不料，許氏的書，竟有所本。也許《武王伐紂書》也還不是元人憑空的造作，而其來歷更當古於元或宋呢！在《尚書》中有《牧誓》一篇，在《周書》中，有《武成》一篇，皆敘武王伐紂之事者。《牧誓》雖只是一篇誓師辭，未言鬥爭的經過，然其氣焰已是咄咄逼人。《武成》則更張皇其事，極力形容周、殷二族間的戰爭的激烈，甚且有「血流漂杵」的過度的形容語。難怪孟軻有「盡信書不如無書」之嘆。但後代的說書家，卻取了這個題材，作為絕好的話本。說書家是唯恐其故事之不離奇，不激昂的；若一落於平庸，便不會聳動顧客的聽聞。所以他們最喜取用奇異不測的故事，警駭可喜的傳說，且更故以危辭峻語來增高描敘的趣味。武王伐紂的一則史實，遂成為他們的絕好的演說數據之一。這故事什麼時候才成了說話人的「話本」，我們不能知道。但《武王伐紂書》之非第一次的最初的「話本」，則為我們所很明白的事。今所見的明刊本《列國志傳》（非《東周列國志》），其第一卷凡十九則，所敘的即皆為武王伐紂的事。這十九則，大約是根據於《武王伐紂書》的吧?所以其事實約略相類。只是比之《武王伐紂書》，其鄙野無稽的附會已減去了不少。《武王伐紂書》先以蘇妲己被魅，狐狸進據其身，誘惑紂王，為惡多端為開場，這正與後來的《封神傳》相同。次敘仙人雲中子見宮中妖氣甚熾，進劍除妖，而紂王不納的事。再次則敘紂王的作惡，立酒池肉林，囚西伯於羑裡等等。次敘西伯脫歸，數聘姜子牙出來助周。子牙神術高強，諸將威服。及文王死，武王即位，遂大舉伐紂，以子牙為帥。紂子殷郊也來助武王以伐無道。武王收兵斬將，屢次大勝，遂滅了殷紂，立下了八百年天下的基礎。《伐紂書》。所言，大略如此。其間子牙代武吉掩災，子牙收服五將等等，所含神怪的分子已很多。後來居上，《封神傳》的著作，當然是更要往這方向努力，以神爭鬼鬥的不經之事，來震駭世人耳目的。

三　元代小說《樂毅圖齊七國春秋後集》：故事內容及與其他類似作品的比較分析

第二種為《樂毅圖齊七國春秋後集》。據明刊本《列國志傳》所敘看來，知其「前集」當系敘述孫臏報仇，射死龐涓的事。在《後集》之首也有一段話，關照著前事。「夫《後七國春秋》者，說著：魏國遣龐涓為帥，將兵伐韓、趙二國。韓、趙二國不能當敵，即遣使請救於齊。齊遣孫子、田忌為帥，領兵救韓、趙二國。遂合韓、趙兵戰魏，敗其將龐涓於馬陵山下。有胡曾《詠史詩》為證。詩曰：『墜葉蕭蕭九月天，驅嬴獨過馬陵前。路傍古木蟲書處，記得將軍破敵年。』其夜，孫子用計，捉了龐涓，就魏國會六國君王，斬了龐涓，報了刖足之仇」云云。這只是一段「入話」，《後集》的正文，敘的卻是樂毅伐齊，與孫子鬥智的事。按史，樂毅伐齊，復齊者為田單，並非孫子，而這裡卻敘樂毅、孫臏二人的爭鬥，異常的詭異，全與史實不符。即與未經馮夢龍改削的原本《列國志傳》較之，也是大有「人鬼殊途」之感。今尚流行於世，詭怪不可究詰的《前後七國志》，便是本於這些元人著作而更為擴大了的。我們想不到，那麼鄙野無稽的《前後七國志》，其來歷原來較之《列國志傳》為更早。為什麼元代會產生了這樣詭異無稽的東西呢？我們如果見了元劇中的《桃花女鬥法嫁周公》一類的東西，便知道像這《樂毅圖齊七國春秋後集》的產生是毫不足怪的事。像那樣的原始性的半人半鬼的術士式的「魔鬥」，其根源恐還不是在元代，而在更久遠的時代。關於這事，將來當更有詳細的探討，這裡不詳述。卻說《樂毅圖齊》的本文，敘的是：齊王自孫子破魏之後，恃著那孫子英勇，有併吞天下之志。恰好鄒國孟軻來遊說，齊王封他為上卿，齊國大治。這時，燕王噲讓位於其相子之，孫臏之父孫操，苦勸不聽，反被囚辱。這訊息傳至齊國，孫子遂奉準了齊王，率了二十萬大兵，以袁達為先鋒，浩浩蕩蕩，殺奔燕國而來。子之率卒迎敵，哪裡是孫子的對手。不久，孫子遂滅了燕國，殺了燕王噲及子之，凱旋迴齊。中途遇齊國的清漳太子及鄒堅、鄒忌劫營，皆為臏設計擒住，獻給齊王。王大怒，欲斬太子。賴臏力救而免。孟子諫齊滅燕，齊王不聽。孟子遂去齊。燕國自經齊人鐵騎所踏，荒涼不堪，故臣軍民，共立燕太子平為君，是為昭王。昭王大施仁政，收集流亡，燕國復興。這時，齊國國舅鄒堅、鄒忌弒了齊王，立太子田才為君，是為愍王。國亂不治，貶田文於即墨。孫子直諫不從，遂詐死，命袁達守墳。秦國白起聞知孫子已死，大喜，領兵十萬，來要七國將印。袁達與戰不勝，遂將孫子屍入九仙山落草去了。而燕、魏、韓三國也各起大兵，合秦兵來攻齊。蘇伐設計，誆了詐死的孫子出來救齊。孫子寫了一封書給四國，勸其回兵。四國知孫子詐死，果然俱各回軍而去。孫子入朝，見齊王不改前非，依然暗出齊城，潛身歸雲夢山。卻說燕國有一個大賢樂毅，乃黃柏楊徒弟，學成文武全才，遂欲下山求名。途遇孫子，談論世事。毅先往齊，不遇。次往魏。魏王任之為大夫。這時，燕昭王築黃金台以招賢士。毅欲報齊仇，復去魏而投燕。昭王封他為亞卿，任之以國政。遂以毅為帥，率師伐齊，併合秦、趙、韓、魏四國之兵，威勢甚大。齊國孫臏、袁達、蘇代、田單諸韓、魏四國之兵，威勢甚大。齊國孫臏、袁達、蘇代、田單諸人皆已投閒不在朝中。以是燕兵無人可敵，破齊七十餘城，入齊都。齊王僅以身免。燕仇遂很痛快的報復了。毅四處追捉齊王，終於被他捉住殺了。固存太子飄流在外，逃至即墨田單處。樂毅圍攻即墨，久久不下。單作書請孫子下山。孫子辭了師父鬼谷先生下山助濟。他使了一個反間計，使燕王召回樂毅，別遣騎劫代他。孫子並教田單使一火牛計，殺得燕兵片甲不回，只逃去騎劫及大將石丙二人。齊新王遂歸臨淄，重興國家。燕王殺了騎劫，仍命樂毅為帥，第二次興師圖齊。齊邦則以孫子為帥，袁達等為將，率師迎敵。孫子隻身入燕營，欲說樂毅回師。毅不從。二人遂互以陣法及勇將相鬥，各顯神通，不相上下。樂毅數次被捉，不料捉的都是假的。其後，真樂毅被捉一次，孫子又放他回去。樂毅敵孫子不過，遂去請了師父黃柏楊下山。柏楊布了一個迷魂陣，陷孫子、袁達等在內。鬼谷子三的被請，方才下山來破陣救徒。經了無數的周折，由鬼欲子主持著五國軍兵九十萬，打破了迷魂陣，救了孫子出陣，燕兵大敗。卻有秦國白起率了大兵來助燕。七國混戰，殺人無數。黃柏楊終於抵敵鬼谷子不過，遂決意與鬼欲講和，不再攻齊。眾仙大受封贈，皆各歸山。自此天下太平，諸國無事。

這部平話，氣息頗與其餘諸種不類。論起神怪的成分來，即《武王伐紂書》也還沒有這部書濃厚。讀到這部書後半的敘述黃柏楊與鬼谷子的布陣鬥法一段，立刻便使我們想起了《封神傳》與《前後七國志》。其氣氛的鄙野，更大似《前後七國志》。

四　《秦併六國秦始皇傳》：秦始皇統一天下的歷史故事及其特點

第三種是《秦併六國秦始皇傳》。其氣韻與其敘述的題材，與《七國春秋後集》完全不同。這是一部「人」的書，而不是鬼怪的書，只是一部寫人與人之間的爭鬥，卻不是寫仙與仙之間的玄妙的布陣鬥法的。這是一部純粹的歷史小說，不參入一點神怪的分子在內的。連《三國志平話》也未免有些不經之談，《七國春秋後集》與《武王伐紂書》則更不用說的了。唯此書則毫不取用這一類已成陳套的材料。由此可見這些平話的作者，絕不是一人；否則，像《秦併六國》這樣的題材，原是最容易用到神怪的分子的，他為什麼反而不用到呢？至少，他與《七國春秋後集》的作者絕不是一人；雖然二書之中，人物頗有許多是相同的。我們試讀今日流行的《後七國志》（也是敘述秦併主國的同一題材的），再讀此書，便知此書的敘述，已很忠實於歷史，已與羅貫中、馮夢龍諸作家的著作講史的態度很相近的了。這或者是較後期的著作也難說。《秦併六國》的開場，有敘述列代興亡的一個「入話」，先之以「世代茫茫幾聚塵，閒將史記細鋪陳。便教五伯多權變，怎似三王尚義仁。」然後由「鴻蒙肇判，風氣始開」云云，而歷敘堯、舜之揖讓，三代之征伐，然後更敘及周之得天下，以及周室之衰微，諸侯之互爭。大似《五代史平話》中《梁史平話》的開場。大約這必是一部獨立的著作，未必與《七國春秋前後集》、《武王伐紂書》等等有多大的關係的。合之於他們之列的，當是始於建安虞氏那位很有刊印「全史平話」的野心的出版家的。這部平話敘的是：秦始皇席著祖父餘業，兵力強盛，大有併吞諸侯之意。當時天下共分七國。哪七國？是秦、齊、燕、魏、趙、韓、楚。其中唯秦為最強。六國常常合從以敵秦，還敵不過他。當始皇六年時，他聽從了大臣司馬欣之言，派遣一位使臣公子少官使於列國，要六國盡皆納土於秦，免興干戈。楚國接待秦使，知道了此事，且恐且怒，便連合了韓、趙、魏、燕、齊諸國，大興伐秦之師，自為從長。秦以王翦為將，率師拒敵。楚王頓兵函谷關下，與秦人交戰，互有勝負，兩不相下。諸王商議，恐久有變，便於一次大勝之後，各班師回國，休養兵力。約定一國有難，諸國皆來救應。卻說秦始皇原來不是秦莊襄王子楚之後，乃是陽翟大賈呂不韋之子。不韋扶立莊襄王為君，以有孕美姬與他為妻。以此陰奪秦邦。但後來始皇長大時，見不韋勢力日大，便設法安置他於蜀。不韋飲鴆酒自殺。到了始皇十七年，復有併吞六國，統一天下之意。便命王翦率師伐韓。韓以馮亭為將，率師拒敵。但敵不過秦師的英勇，只得退保都城。韓王命大臣向趙、齊借兵解圍，二國皆不應。韓王望救不至，遂為秦所滅。始皇命改韓邦為穎州。（按史，滅韓者為內史勝，非王翦，所置郡名穎川，非穎州。）始皇第十九年，又命五翦出師伐趙。（按史，作十八年。）趙有名將李牧，屢為趙拒匈奴有功。這時，率師與秦對敵，屢挫其鋒，秦人不能逞。但牧為司馬尚讒間於趙王，賜死。秦兵遂長驅入趙，夷滅了她。始皇命將趙國亦改為郡。這時。燕太子丹懼秦兵及燕，且與始皇有怨，便遣荊軻入秦，獻樊於期首及督亢地圖，乘間刺秦王。不中。秦始皇殺了荊軻。遂詔王翦率兵伐燕。王翦圍了燕城，天天攻打。燕王不得已，斬了太子丹的頭，並將著金寶十車請和於秦。秦始皇許之，命王翦罷圍而去。始皇二十二年，又命王賁為將率師攻魏。魏兵抵擋不住。不久，王賁便攻進魏都，擄了魏王。秦始皇命將魏國改為汴州。始皇二十四年（史作二十三年），始皇帝又命將伐楚。王翦以為非六十萬人不可。李信自恃少年英勇，以為只要二十萬人便足。始皇便以李信為將，將二十萬人伐楚。不料被楚兵殺得大敗而回。始皇始聽從了王翦的話，以六十萬人交給他，命他再度伐楚。果然，不到幾時，楚便為秦所滅，改置為荊州。始皇二十五年（原文作十五年誤），廷議伐燕，李斯舉王賁為將，將二十萬人前去。他們勢如破竹，殺得燕兵大敗。燕王投奔遼東虜瞄王處。秦軍追捉燕王，與遼兵大戰。遼兵不勝。燕王自刎而亡。遼東虜王將燕王頭顱交給秦兵，王賁方才收兵而歸。燕王殿下有善擊筑者高漸離，見燕亡，便投奔到扶蘇太子處為庸保。太子收留他在家。始皇二十七年，始皇見天下六國已滅其五，只有齊人未伏，便派遣王賁去攻齊。齊王不敵，隆於秦。始皇統一天下，大設筵度相慶。太子薦高漸離來擊筑。始皇見其善於擊筑，漸漸的親信他。漸離乘間舉築欲擊秦王，不中，為左右所殺。始皇大怒，欲盡逐非秦人之在秦者。李斯亦在逐客數中，乃上書諫始皇。始皇聽從其言，拜他為廷尉。（按史，李斯諫逐客，在始皇十年，並非在天下平定之後。）丞相王綰建議大封諸子以鎮天下，李斯反對之。始皇遂以天下為三十六郡。銷兵器，一法度。築長城，建阿房。焚書坑儒，以愚天下人耳目。又出巡天下，勒石紀功。徐福帶了五百童男女，欲求仙人。為仙人所惡，盡死。韓人張良為韓報仇，率眾於博浪沙襲擊始皇。不中，中副車。始皇大索刺客，不得。至沙丘，始皇病死。趙高與李斯謀，擁立胡亥為君，矯詔殺死扶蘇。胡亥立，是為二世皇帝。是時，天下大亂，群雄並起。趙高又譖殺李斯父子。不久，復與其婿閻樂謀，弒二世而立孺子嬰。孺子嬰又設計殺了趙高。不多幾時，沛公劉邦攻破函谷關，西入咸陽，降孺子嬰。秦亡。劉邦復與項羽爭奪天下。邦用韓信、張良等，滅了項羽，統一天下。「則知秦尚詐力，三世而亡。三代仁義，享國長久。後之有天下者尚鑒於茲。詩曰：始皇詐力獨稱雄，六國皆歸掌握中，北塞長城泥未燥，咸陽宮殿火先紅。痴愚強作千年調，興滅還如一夢通，斷草荒蕪斜照外，長江萬古水流東。」全書遂終於此一個弔古的「史論」與「史詩」中。

五 《呂后斬後韓信前漢書續集》：漢初歷史故事的延續，呂后與劉氏諸王之爭的描繪

第四種是《呂后斬韓信前漢書續集》。在此之前，當有一部《楚漢春秋前漢書正集》一類名目的東西。那部未知的「正集」，其敘事當止於：項羽被圍於九里山前，四面楚歌，虞姬自殺；羽奮勇突圍而出。走至烏江，終於自刎而亡。所以這部《續集》單刀直入的便從「時大漢五年十一月八日，項王自刎而死，年二十一歲」敘起。寫作《前漢書正續集》的小說家或說話人，與寫《秦併六國》的作家或系一人。以其皆從史實擴大，不肯妄加無稽的「神談」。至於和《七國春秋後集》的作者，則決非一人。其著作的態度與乎材料的選擇，都全然不同。這部《前漢書續集》敘的是：項羽烏江自刎之後，其遺體為「五侯」所奪。劉邦既平天下，遂大封功臣。然他對於韓信等，心實猜忌。他又恨楚臣季布、釧離昧二人未獲。季布亡匿於朱公家。他設了一計，出來自首。劉邦大喜，封之為司馬。唯聞知鍾離昧為韓信所匿，大為不悅。遂設一計，詐遊雲夢。左車、鍾離昧等戲信反。信不從，反斬昧獻於漢王。劉邦責其罪，奪去他的兵權，封他為淮陰侯，安置咸陽，不令他去。韓信悶悶不樂，每悔不聽左車等之言。不久，番兵大舉入寇，劉邦命陳稀（按史，應作豨）去禦敵。稀臨行時，至韓信寓，與信密談一次。他到了連地，遂舉反漢之幟。漢王大恐，率兵自去征他。臨行時，呂后去送他，二人密有所議。呂后回後，便宣蕭何入宮，設了一策，詐傳已斬陳稀，命信入長信宮謝罪。信昧然而去，遂為呂后所擒斬。同時，劉邦用了陳平之策，也收服了陳稀之眾。稀奔匈奴而去。韓信部下六將，起兵為信復仇，一聲一口只要呂后之頭。漢王斬似后者與之。他們明知其偽，不受。乃命呂后上城。六將射之，忽見一條金龍護體，射之不中。他們知道天命所在，遂各自刎而死。不久，彭越又為漢王藉

口騙到咸陽捉下。呂后更進讒言，遂也殺了他，並以其肉作醬，賜與群臣。英布在九江也食到肉醬，聞知系彭越之肉，便強葉出來，入江盡化為螃蟹。英布遂反。漢王親征，被布射中一箭。但布為吳芮所賺，竟為他殺死。天下雖復太平，然漢王自此病體沉重。他有所喜戚夫人的，生子如意。劉邦屢欲立如意為太子，俱為群臣所阻。邦死。呂后所生的太子盈繼位為帝，是為惠帝。惠帝甚寬仁，但呂后則欲誅滅劉氏諸王。先殺瞭如意及戚妃。惠帝大為不安。不久，遂死。政權盡歸於呂后。她欲以呂易劉，盡力擴張呂氏的勢力。但諸臣俱不服。陳平、王陵、周勃等皆於暗中設計扶持劉氏諸王。田子春並為反間，使呂后將兵權給了劉澤。澤遂舉兵於山東。恰好呂后為韓信陰魂所射死，呂氏命貫嬰等為將去敵劉澤。嬰等卻反投到澤軍去。以此聲勢益大。樊噲之子樊亢並親率諸軍，攻入宮中，將諸呂盡皆殺死，連他自己的母親呂胥也在內。諸臣遂請劉澤等三王登位，澤等皆謙讓未遑，其實帝位也正待著真主。他們即登了殿上，也俱不能坐到龍座上去。以此，帝位闕了半年。後來，陳平念及高祖尚有一子北大王，為薄姬所生。遂迎他入京即帝位。他要日西再午，方即帝位，果然日影再午。他便安登龍座，是為漢文帝。此書便終於此時。

以上二作皆謹守歷史故實，間有附會的傳說，卻不大敢造作過於無稽的謠傳，也很少神怪仙佛的成分在內，確是一部很正規的「講史」，可為《五代史平話》的「肖子」的。不唯如此，其引用的歷史，有時且盡引原文，不加增潤。例如，《秦併六國》之寫荊軻刺秦王一段，便是完全引用《史記．刺客列傳》的本文的。（只不過將古文改為半文半白之文體而已。）在這裡，已大似後來羅貫中諸「講史」作家的作風了。我們看了這二作，可知其與後來的《三國志通俗演義》、《列國志傳》、《殘唐五代志傳》等作，其活用歷史以為小說的程度，是不相上下的，雖然在這二作裡，其文章的粗率，文法與字型的「別」、「白」不通，與《三國演義》等的「文從字順」者有異。

六　古代文學中的平話小說

第五種是《三國志平話》。這部《三國志平話》，似非與寫作《秦併六國》與《呂后斬韓信》二書同出一個作者之手。因為其著作的態度，顯為不同，且其事實也與《呂后斬韓信》不大相聯貫。例如，《三國志平話》的骨幹，是以劉邦、呂雉屈斬了韓信、彭越、英布三人，所以他們投生為劉備、曹操、孫權三人，三分漢之天下，以為報仇。而在《呂后軒韓信》裡，對於這事，我們連一點訊息也看不出，可知其決非出於一手。在《呂后斬韓信》中，已有劉邦死於創，呂雉為韓信陰箭所殺二事，似已盡了報仇的能事，殊不必再於《三國志平話》中添出蛇足似的投生復仇的一段事來。就其全體的結構與內容看來，《三國志平話》實為一部完全獨立的書，與《呂后斬韓信》等等並無統系、連貫的關係。也許這部韓、彭、英三將報冤復仇的故事，是很早的便已有了的。也許在宋人講說「三分」時，已用了這個因果報應之說來聳動俗人的聽聞了。

《三國志平話》的開頭，便以「江東吳王蜀地川，曹操英勇占中原，不是三人分天下，來報高祖斬首冤」一詩，單刀直入，敘漢之所以會分裂為三國之故。又以此獄久擱未斷，賴入間秀才司馬仲相判斷公明，上帝遂將他投生為司馬懿，削平三國，一統天下，以酬其勞；此便是三國之所以又合為一晉的緣故了。這個結構，是首尾完具，盛水不漏的，與《呂后斬韓信》等之依據史實為起結者大為不同。司馬仲相繼獄以後，作者便直敘漢末之事。「話分兩說，今漢靈帝即位，當年銅鐵皆鳴。」鄆州太山腳下，又塌一穴地。孫學究因病自投穴中，得了天書一卷。他傳於弟子張覺，覺遂出遊四方，度徒弟十萬人，以黃巾為號，與二弟同行叛變。靈帝以皇甫松為元帥，出師討之。劉備、關羽、張飛三人，結義於桃園，乘時而出，欲討張覺立功。皇甫松以他們為先鋒。張覺等次第死於他們之手。但因常侍段珪讓索賄不遂，他們之功，不得上達。後虧董成之力，劉備方補得安喜縣尉。太守督郵皆欲折辱備，他們遂皆為張飛所殺。備等因往太行落草。靈帝大驚。斬了十常侍，以首級招安了他們，並以備為平原縣丞。後獻帝繼立，遷都洛陽。董卓獨攬政權，擅作威福。曹操、袁紹等起兵討卓，大戰於虎牢關前。卓將呂布英勇無敵，唯在劉、關、張三人殺得勝他。他閉關不出。一面丞相王允卻以連環計使呂布殺了董卓，布幾為卓的四將所困，突圍而出，往投劉備於徐州。後呂布奪了備的徐州，又與曹操戰，為操所擒斬。操引劉備入朝，獻帝以他為豫州牧。時操專權，帝不忿。有詔要備等討賊。為操所覺，進兵殺得劉備大敗。備與關、張各不相顧。關羽為操所收，而飛則投古城，自立為王，備則投於袁譚處。關羽屢思辭操而去。為他斬了袁譚驍將顏良、文醜之後，便棄操追尋劉備。劉時備已與張飛會於古城，羽亦繼至。他們共投劉表。表以備為辛冶太守。備三顧茅廬，請出諸葛亮為佐。操引大軍攻辛冶，備不敵，往投孫權。權以周瑜為帥，敵操，大敗之於赤壁。劉備乘機借了荊州暫住。諸葛亮主張備應進兵收取四川，以為基業。備兵遂西進，破了成都，降了劉璋。備自立為漢中王，封關羽、張飛、趙雲、黃忠、馬超為五虎將。關羽鎮守荊州，東吳屢使人求還荊州，羽不與。孫權遂進軍攻荊州，殺了關羽。這時，曹丕篡漢，自立為帝。權與備聞之，也各立為吳、蜀帝。備以羽為權兵所殺，悲憤不已，遂起大軍征吳。為吳所敗，卒於白帝城。諸葛亮輔阿斗為帝，辛勤主國，七擒孟獲，先平南蠻，以絕後顧之憂。更六出岐山，以討反賊（即曹魏）。但俱不能有功。最後，亮病卒。姜維繼其志，也無所展施。後司馬氏篡魏，立晉，使鄧艾、鐘會平蜀，使王浚、王渾平吳，天下復歸於一。但漢帝外孫劉淵逃於北方，不伏晉人。其子劉聰更驍勇絕人，自立國號曰漢，為劉氏復仇。晉惠帝死，懷帝立。劉聰領軍至洛陽。殺了懷帝，又追擄新立的愍帝於長安，滅了晉國，即皇帝位。《三國志平話》之終於劉聰滅晉，而不終於應終的晉滅吳、蜀二國之時，作者似乎仍是持著因果報應的觀念，欲以此劉氏的恢復故物，為後來深惜諸葛之功不就的人彌補缺憾的。

這五部平話，雖顯然非出於一手，卻同為新安虞氏所合刊。其格式也為閩中刊本所特有的式樣，一頁為分二格，上格為圖，下格為文字。圖是很狹長的。圖的一格約當文字的一格的四五分之一。這個閩本的式樣，當起於宋。宋刊本的繪圖的《列女傳》（閩余氏原刊，阮元翻刻本）便是如此。直至明萬曆中，余象斗等刻印《三國志演義》、《西遊記》、《水滸傳》等等，其式樣還是如此未變。

七　平話小說的民間筆法與宋代文學

但這五部平話雖非出於一手，其敘述雖或近於歷史，或多無稽的傳說，或雜神怪的筆談，然其文字不大通順，白字破句，亦累牘皆是，卻是五作如一的。我們很顯然的可以看出他們乃是純然的民間的著作。與宋人之諸短篇話本，與乎《五代史平話》較之，實令人未免有彼善於此的感想。今姑從五本中徵引一二則以明此言。

樂毅大喜，看柏楊定甚計來。先生曰：「此是迷魂陣，捉孫子之地。」毅告曰：「下戰書與孫子。孫子拜師父為師叔，兼孫操拜為師父。若見，必舌辨也。」柏楊曰：「放心也。敗爾者弱吾節概。」同樂毅至張秋景德鎮，向燕陣中烈八足馬四匹，懷胎婦人各用七個，取胎埋於七處，四角頭埋四面日月七星旗。陰陽不辨，南北不分，此為迷魂陣。若是打陣入來，直至死不能得出。準備了畢。卻說齊帥孫子在營中有人報軍師，寨門外有一道童來。先生喚至。呈書與孫子。孫子看曰：「師父書來，道臏有百日之災，慎勿出戰，只宜忍事。如出陣，有誤也。」言未已，有人報樂毅下戰書。先生曰：「此非師父之書，是樂毅之計，必詐也。」孫子不信，叫袁達：「聽吾令。依計用事，破燕陣，捉樂毅。」袁達持斧上馬曰：「只今朝便睹個清平。」來戰樂毅。且看勝敗如何？

詩曰：貫世英雄信敢敵，今朝卻陷虎坑中。

——《樂毅圖齊七國春秋後集》

按《漢書》云：呂后送高皇回來，常思斬韓信之計，中無方便。「若高皇征陳稀回來，必見某過也。」呂后終日不悅。駕去早經二月有餘。（呂后）令左右請蕭何入內。呂后問丞相曰：「高皇出征臨行，曾言，子童與丞相同謀定計，早獲斬韓信，要其愆過。」問：「丞相有計麼？」蕭何聞言，心中大驚。暗思：「韓信未遇，吾曾舉薦他掛印，東蕩西除，亡秦滅楚，收伏天下，今一統歸於劉氏。今作閒人，坐家致仕，今亦要將韓信斬首，呂后逼吾定計，不由我矣。實可傷悲！韓信好惜哉！」蕭何哽咽未對。呂后大怒曰：「丞相不與朝廷分憂，到與反臣出力。爾當日三箭亦保韓信反乎？」蕭何急奏曰：「告娘娘，與小臣三日暇限，於私宅中思計如何？」太后準奏。還於私宅，悶悶而不悅。升坐片間，有左右人來報，楚王下一婦人名喚青遠，言有機密事要見相公。蕭何曰：「喚來。」青遠叩廳而拜，「告相公，妾有冤屈之事。韓信教唆陳稀告反，卻把妾男長興殺了。因此妾狀告相公。」蕭何聽婦人言其事，唬得蕭何失色。暗引婦人青遠入內見太后。蕭相言其韓信教唆陳稀謀反。呂后大驚，問蕭相如何。蕭相言：「牢中取一罪囚，貌相陳稀，斬之。將首及與使命，於城外將來，詐言高皇捉訖陳稀斬首。教他將頭入宮。韓信聞之，必然憂恐。更何說韓信入宮，將他問罪，與婦人青遠對詞徵之。」太后曰：「此計甚妙。」

——《前漢書續集》

有張飛遂問玄德：「哥哥因何煩惱？」劉備曰：「令某上縣尉九品官爵。關、張眾將一般軍前破黃巾賊五百餘萬。我為官，弟兄二人無官，以此煩惱。」張飛曰：「哥哥錯矣！從長安至定州，行十日不煩惱，緣何參州回來便煩惱？必是州主有其不好。哥哥對兄弟說。」玄德不說。張飛離了玄德，言道：「要知端的，除是根問去。」去於後槽根底，見親隨二人便問。不肯實說。張飛聞之大怒，至天晚二更向後，手提尖刀，即時出尉司衙。至州衙後，越牆而過。至後花園，見一婦人。張飛問婦人：「太守哪裡宿睡？你若不道，我便殺你。」婦人戰戰兢兢，怕怖，言，「太守在後堂內宿睡。」「你是太守甚人？」「我是太守拂床之人。」張飛道：「你引我後堂中去來。」婦人引張飛至後堂。張飛把婦人殺了，又把太守元嶠殺了。有燈下夫人忙叫道：「殺人賊！」又把夫人殺訖。

——《三國志平話》

由此可見，這樣笨拙、遲重的文筆，的是出於民間作者之手，而未曾經過文人學士的潤飾的。與宋本的《三藏取經詩話》，其氣韻恰好相類。

八　羅貫中與《三國志演義》：歷史小說的改作之功

《元刊平話五種》作者無考。最早的講史和英雄傳奇作家之可考者唯一羅貫中耳。（施耐庵之名尚為一個謎。）在元、明小說的演進上，羅貫中是占著極重要的地位的。活動於宋代的「書會先生」，在元代雖似乎也甚努力，但其努力的方向，似已由小說方面而轉移到戲曲方面去。中國的小說遂突然由第一黃金時代的南宋，而墮落到像產生《元刊平話五種》的幼稚的元代。與元代的鼎盛的戲文與雜劇較之，誠未免要使人高喊著小說界的不幸。或者，那個時代的人們，已厭倦了比較寧靜、單調的說書、講史，而群趨於金鼓喧天，管絃淒清的劇場中了吧。因此，說書的職業，遂為之冷落；小說的著作，遂為之停頓。但到了元代的末葉，卻有羅貫中氏出來，竭其全力，以著作小說，以提倡小說，而小說界的蓬勃氣象，遂復為之引起。馴至產生了第二黃金時代的明代。羅氏之功，實不可沒。而羅氏的雄鍵的著作力，在中國小說史上，似乎也一時無比。羅氏蓋實繼於「書會先生」之後的一位偉大的作家。他正是一位繼往承來，繼絕存亡的俊傑；站在雅與俗、文與質之間的。他以文雅來提高民間粗製品的淺薄，同時又並沒有離開民間過遠。「雅俗共賞，婦孺皆知」的贊語，加之於羅氏作品之上似乎是最為恰當的。

羅氏的生平，我們不甚明瞭；在他的作品裡，更一無可以供我們研究他的生平的。但很有幸的，在賈仲名的《續錄鬼簿》裡，卻有關於羅貫中的一段話：「羅貫中，太原人，號湖海散人。與人寡合。樂府隱語，極為清新。與餘為忘年交。遭時多故，各天一方。至正甲辰（西元 1364 年）復會。別後又六十餘年。竟不知其所終。」這雖是寥寥的數語，卻是最可珍異的材料。後來的以他為名本，字貫中，東原人，或武林人，廬陵人；其名或有作「牧」，或「木」的諸說，都可以不辨自明瞭。周亮工《書影》說他是洪武時人。和仲名的記載恰正相符。他是一位不得志的才人。有政治方面必是一點也不曾有過一官半職的。那時（元時）漢人，特別是南方人，在政治上不是用想有什麼建樹的。在受著少數民族的重重壓迫下，才人名士們毫不能有所展施，於是隻好將其才力，用之於戲曲上，用之於小說上。一方面，也許竟帶有幾分解決生活問題的性質。羅氏的那些小說的流行，對於他，當有幾許利益的。陳氏民蠖齋評釋的《西晉志傳通俗演義》上，有序一篇道：「一代肇興，必有一代之史。而有信史，有野史。好事者叢取而演之，以通俗諭人，名曰演義。蓋自羅貫中《水滸傳》、《三國傳》始也。羅氏生不逢時，才鬱而不得展，始作《水滸傳》以抒其不平之鳴。其間描寫人情世態，宦況閨思，種種度越人表。迨其子孫三世皆啞，人以為口業之報。」子孫三世皆啞之說，人往往以指施耐庵，此序獨加之於羅氏身上，似不可信。

羅氏的著作，傳世者不少，但往往皆沒其名氏，或為後人所增潤刪改，大失其本來面目。但這些著作，大都皆為歷史小說、講史及英雄傳奇。在其中，《三國志》及《水滸傳》最有大名。亦有神怪妖異之作，像《平妖傳》的。

《三國志通俗演義》是羅氏用品裡最流行的一部，也是被後人修改得最少的一部。毛宗崗的《第一才子書》雖標明他自己偽造的「古本」，用來刪潤羅氏的原本，然所改削的地方究竟不多。羅氏原本的面目，依然存在。近來古本《三國志通俗演義》的發現，不止一本，其面目大都無甚異同，可證其即為羅氏原本無疑。依據了這個原本的《三國志通俗演義》，我們可知羅氏對於「講史」的寫作，其態度是改俗為雅，牽野說以就歷史的。雖然他仍儲存不少舊作的原來的東西，但過於荒誕不經的東西則皆毫不吝惜的劃除無遺。原來，我們要曉得，羅氏的著作，大都不是他自己的創作，而是有所依據的。換言之，他的地位，與其說他是一位「創作家」，毋寧說他是一位「編訂者」，或「改寫者」，特別是關於「講史」一部分，因為那些講史在他之前大都是已有了很古很古的舊本的。不過，他的這位「編訂家」，或「改寫家」所負的責任與所取的態度，卻是非同尋常的編訂者一般的。他不是毛宗崗、陳繼儒、金聖嘆一流的人。他乃是更大膽的馮夢龍、褚人獲一流人。他是一位超出於尋常編訂家以上的「改作家」，有時簡直是「重作」。我們試取他的《三四志通俗演義》來一看，便可知他的工作是如何的繁重與重要。《三四志平話》，上文已經說到過，其骨架乃建立在因果報應之說上。漢之所以分為三國，蓋因韓信、彭越、英布的報仇，三國所以復合為晉，蓋因上天以一統的江山賜給斷獄公平的司馬仲相。羅貫中氏改作《三國志演義》，則首先將這一段鬼話完全劃去，直由「後漢桓帝崩，靈帝即位，年十二歲」敘起。許多年來膠附於「三國」平話中的這一段原始的民間因果報應談，至此始與「三國」故事分離。羅氏的手眼，不可謂不高！《三國志演義》之成為純粹的歷史小說，其第一功臣，故當為羅氏。除了司仲相的陰司斷獄一段以外，羅氏的《演義》與元刊本《三國志平話》不同者尚有幾點（一）削去了《平話》中許多荒誕不經的事實，例如：曹操勸漢獻帝讓位於其子曹丕，劉備到太行山中落草為寇等等。（二）增加了《平話》上所沒有的話多歷史上的真實材料，例如何進誅宦官，禰衡罵曹操，曹子建七步成章等等。（三）增加了《平話》上所沒有的話多詩詞、表札。（四）改寫了《平話》上許多不經的記載，例如《平話》敘張飛拒操長坂橋，大喊一聲，橋竟為之喊斷，此實萬無此理者，故羅氏改作飛的喊聲，驚破了夏侯傑之膽。（五）儲存了《平話》的敘述，而將此敘述潤飾著，改作著，往往放大到五六倍；以此枯瘠的記載往往頓成了豐贍華腴的描寫。有此五點，我們已可知道羅氏改作的功績是如何的弘偉了。今且引羅氏《三國志演義》的一段於下，以示其作風的一斑：

玄德辭二隱者上馬，投臥龍崗來。至莊前，下馬扣門。童子出。玄德曰：「先生在莊上否？」童子曰：「見在堂上讀書。」玄德遂跟童子入，見草堂之上一人擁爐抱膝，歌曰……玄德上草堂，施禮曰：「備久慕先生，無緣拜會。昨因徐元直稱薦，敬到仙莊，不遇空回。今特冒風雪而來，得見仙顏，實為萬幸。」那個少年慌忙答禮而言曰：「將軍莫非劉豫州，欲見家兄否？」玄德驚訝而問曰：「先生又非臥龍耶？」其人曰：「臥龍乃二家兄也。道號臥龍。一母所生三人。大家兄諸葛瑾，見在江東孫仲謀處為幕賓。二家兄諸葛亮，與某躬耕於此。某乃孔明之弟諸葛均也。」玄德曰：「令兄先生往何處閒遊？」均曰：「博陵崔州平相邀同遊，不在莊上二日矣。」玄德曰：「二人何處閒遊？」均曰：「或駕小舟遊於江湖之中，或訪僧道於山嶺之上，或尋朋友於村僻之中，或樂琴棋於洞府之內，往來莫測，不知去所。」玄德曰：「劉備如此緣分淺薄，兩番不遇大賢。」嗟呀不已。均曰：「小坐獻茶。」張飛曰：「既先生不在，請哥哥上馬。」玄德曰：「已親詣此間，如何無一語而回。」玄德請問曰：「備聞令兄熟諳韜略，日看兵書，可得聞乎？」均曰：「不知。」飛曰：「問他則甚！風雪甚緊，不如早歸。」玄德叱之曰：「汝豈知玄機乎？」均曰：「家兄不在，不敢久留車騎，容日卻去回禮。」玄德曰：「豈敢望先生枉駕來臨。數日之後，備當又至矣。願借紙筆，留一書上達令兄，以表劉備殷勤之意也。」均遂具文房四寶。玄德呵開凍筆，拂展雲箋，其書曰……玄德寫罷遞與諸葛均。均送出莊門外。玄德再三殷勤致意。均皆領諾，入莊。玄德上馬，忽見童子招手籬外叫曰：「老先生來也。」玄德視之，見一人暖帽遮頭，狐裘被體，騎一驢，後隨帶一青衣小童，攜一葫蘆酒，踏雪而來，轉過小橋，口誦《梁父吟》一首。玄德聞之曰：「此必是臥龍先生也！」滾鞍下馬，向前施禮曰：「先生冒寒不易，劉備等候久矣。」那人慌忙下驢，進前作揖。諸葛均在後曰：「此非臥龍家兄，乃家兄岳父黃承彥也。」玄德問曰：「適間所誦之吟，極其高妙，乃系何人所作？」黃承彥曰：「老夫在女婿家觀《梁父吟》，記得這一篇。卻才過橋，偶望籬落間梅花感而誦之。」玄德曰：「曾見令婿否？」黃承彥曰：「便是老夫徑來看拙女小婿矣。」玄德聞言，辭別承彥，上馬而行。正值風雪滿天，回望臥龍崗，悒怏不已。

又有《唐傳演義》，及《殘唐五代》皆傳為羅氏所作。《殘唐五代演義》，凡六卷，六十四，其敘述直接於《唐傳演義》之後，而以「卻說懿宗傳至十七代僖宗即位」引起。其與《唐傳演義》為連續的一書，當無可疑。唯《唐傳演義》今已證知其為嘉靖時熊鐘谷所作，則《殘唐五代演義》當也不會是羅氏所作的了。

羅氏的英雄傳奇，其成就似遠較他的講史或演義為偉大。因為講史或演義，只是據史而寫，不容易憑了作者的想像而騁馳著；又其時代也受著歷史的牽制，往往少者四五十年，多者近三五百年，其事實也多者千百宗，少者也有百十宗；作者實難於收羅，苦於布置，更難於件件細寫；而其人物也往往為歷史所拘束，不易捏造，更不易儘量的描寫著。以講史而寫到《三國志演義》的地步，已是登峰造極的了。這樣的左牽右涉，如何會寫得好呢？此講史之所以決難有上乘的創作的原因也。至於英雄傳奇則不然，人物可真可幻，事跡若虛若實，年代也完全可不受歷史的拘束，如此，作者的情思可以四顧無礙，逞所欲寫，材料也可以隨心所造，多少不拘。作者很容易見長，讀者也更易感到趣味。《水滸傳》在藝術上之所以高出《三國演義》遠甚，此亦其原因之一。羅氏的英雄傳奇，今知者凡四種，其中以《水滸傳》

與《平妖傳》為最著，也最可靠。《說唐傳》與《粉妝樓》則似乎沒有什麼確證，可以指實其為羅氏所作。

《水滸傳》的故事，流傳得很早。《宣和遺事》有記載，李嵩輩「有傳寫」（周密：《癸辛雜識》續集上），龔聖與有三十六人讚。我猜想，此故事在南宋時代或已經演為話本了吧。但今本《水滸傳》的寫定，則為羅貫中氏。對於此書，羅氏並不自居於創作的地位，只是很謙抑的題著：「錢塘施耐庵的本；羅貫中編次。」（見《百川書志》）大約施耐庵對於《水滸傳》的關係，總不止像羅氏《三國志演義》上所題的「晉平陽侯陳壽史傳」那麼淺簿吧。施氏的《水滸傳》也許只是一個未刊的底本，由羅氏整理編次而始流傳於世的。總之，不管施氏的舊本如何，羅氏對於《水滸傳》之有編訂的大功是無可疑的。今日流傳於世的簡本《水滸傳》（大約是一百十五回的），其筆調大似羅氏的諸作，則我們與其將這部偉大的英雄傳奇的著作權，歸之於施氏，不如歸之於羅氏更為妥當些。羅氏原本的《水滸傳》今尚未發現於世。今傳於世的《水滸傳》，有繁、簡二本。繁本為明嘉靖時人所作（見下），簡本則似尚保留不少羅氏原本的面目，唯亦迭有所增添修改。其修改、增添最甚之外，似為：（一）征遼。（二）征田虎、王慶。（三）詩詞。羅氏的原本，當是盛水不漏的一部完美嚴密的創作，始於洪太尉誤走妖魔，而終於眾英雄魂聚蓼兒窪。其間最大的戰役為曾頭市、祝家莊，及與高太尉、童貫的相抗。至招安後征討方臘的一役，則眾英雄已至「日薄崦嵫」之境，在戰陣喪亡過半的了。其間，征遼大約是嘉靖時加入的，征田虎、王慶莊的二段的加入則似乎更晚。這三段故事的插入《水滸》中。顯然是很勉強的，帶著不少的油水不融洽的痕跡。

《水滸傳》的文筆，較《三國》、《唐傳》尤為橫恣；但其半文半白、多記載而少描寫的缺點（指「簡本」而言），仍是很顯著的，頗可充分的表現出羅貫中氏的特有的彩色。唯對於人物的性格，故事的支配，已特殊的進展。例如，下面的一段，形容魯智深拳打鎮關西的事，已甚宛曲動人：

> 鄭屠正在門前賣肉。魯達走到門前，叫一聲鄭屠。鄭屠慌忙出櫃唱喏。便教請坐。魯達曰：「奉著經略相公鈞旨，要十斤的精肉，切做臊子。」鄭屠叫使頭快選好的十斤去。魯達曰：「要你自家切。」鄭屠曰：「小人便自切。」遂選了十斤精肉，細細的切做臊子。那小二正來鄭屠家報知金老之事，卻見魯達坐在肉案門邊，不敢進前，遠遠立在屋簷下。鄭屠切了肉，用荷葉包了。魯達曰：「再要十斤都是肥肉，也要切做臊子。」鄭屠曰：「小人便切。」又選十斤肥的，也切做臊子。亦把荷葉包了。魯達曰：「再要十斤寸金軟骨，也要細細切作臊子。」鄭屠笑曰：「卻是來消遣我！」魯達聽罷，跳將起來，睜眼看看鄭屠曰：「灑家特地要消遣你！」把兩包肉臊子，劈面打去。鄭屠大怒，從肉案上，搶了一把尖刀，跳將出來，就要揪魯達。被魯達就勢按住了刀，望小腹只是一腳，踢倒了。便踏住胸前，提起拳頭看看鄭屠曰：「灑家始從老種經略相公，做到關西五路廉訪使，也不枉了叫做鎮關西。你是個賣肉的屠戶，狗一般的人，也叫做鎮關西！你因何強騙了金翠蓮？」只一拳，正打中鼻子上，打得鮮血迸流，鼻子歪在一邊。鄭屠賺不起來，口裡只叫：「打得好！」魯達曰：「你還敢應口！」望眼睛眉梢上又打一拳，打得眼珠突出。兩傍看的人，懼怕不敢向前。又打一拳，太陽上正著。只見鄭屠挺在地上，漸漸沒氣。魯達尋思曰：「俺只要痛打這廝一頓，不想三拳真個打死了。」脫身便走，假意回頭指著鄭屠曰：「你詐死，灑家慢慢和你理會。」大踏步去了。街訪鄰舍，知他利害，誰敢攔他。——一百十五回本第三回

像這樣的描寫，乃是《三國》中所沒有的。而蓼兒窪的會葬，林沖的走雪，武松的打虎，以及野豬

林救林沖，快活林的醉打蔣門神等等，不管它描寫得如何，其情景的布設，已都是很俊峭可喜的了。嘉靖本的《水滸》，除了描寫的技巧的更高明之外，其情景並無所改易，差不多可以說完全是本之於羅氏的。《水滸》的不朽與偉大，其功至少是要半歸之於羅氏的。

《三遂平妖傳》原本二十回，今本則有四十回，為明末馮夢龍所增補，與原本面目已大為不同。原本有萬曆間唐氏世德堂刊本。敘的是：汴州胡浩得仙畫，為婦所焚，灰燒於身，因而生女永兒。有妖狐聖姑姑授以道法。遂能幻變，為紙人豆馬。後嫁於王則。則蓋有數年稱王之命者。彈子和尚、張鸞等皆來歸之。則遂稱亂於貝州。文彥博率師討之。則部下如彈子和尚等見則橫暴，皆已前後引去。彈子和尚並化身為諸葛遂智助彥博討則，以破則與永兒的妖法。彥博部下有馬遂的，又詐降擊則；李遂則率掘子軍作道地入城。彥博遂擒則及永兒，平了貝州之亂。因為平則的三人皆名「遂」，故謂之《三遂平妖傳》。原本的二十回，所敘不過如此。馮夢龍（託名龍子猶）的改本，在全本加以潤飾以外，更於原本第一回之前，加以十五回，又於其間加入五回，共成四十回。較原書是完全改觀的了。原本《平妖傳》的筆調也和《三國》、《唐傳》等相類。

《說唐傳》今存者分《前傳》、《後傳》二部。《前傳》共六十八回，始於秦彝託孤及秦叔寶、程咬金幼年事，中敘瓦崗寨聚義，最後則唐太宗削平群雄，登位為帝為結束。中間為《小英雄傳》，敘羅通掃北事，凡十六回。此下即為《後傳》，一名《薛家將》，凡四十二回，記薛仁貴跨海征東事。故《說唐傳》雖為一個總名，其實乃是三部似續不續的不同的英雄傳奇的總稱。第一部著重於秦叔寶及瓦崗寨的故事，第二部著重於羅通；第三部的中心人物則為薛仁貴。這三部都是可以獨立的。（曾有人將「瓦崗寨」的故事取出，另編《瓦崗寨演義》，我曾見其舊刊本。又薛仁貴的故事也早已成了獨立的題材，元曲中有《薛仁貴》；明富春堂所刊傳奇中也有《跨海征東白袍記》一書。）《唐傳演義》乃是依據於正史的，故亦有瓦崗寨，亦有程咬金、單雄信、薛仁貴，其敘述卻與《說唐傳》完全不同。《說唐前傳》以瓦崗寨聚義為敘述的中心，其間程咬金的憨直，秦叔寶的窮途，單雄信的忠義，徐茂公的智狡，皆為《唐傳演義》所無者。又，《說唐後傳》以仁貴的含冤負屈，張士貴的冒功嫉賢為敘述的中心，在《唐傳演義》中，也全無此種「野史」、「俗說」的記載。《說唐傳》的來歷是很古遠的，或者羅氏也只不過加以「編次」、「筆削」而已，並非他自己的創作。《說唐傳》的敘述雖多粗鄙可笑處，而其情景的敷設卻甚為動人。若叔寶的賣馬，雄信的拒降，皆為不朽的氣概凜然的章段。足以與《水滸傳》並駕齊驅的英雄傳奇，恐怕也只有這一部《說唐傳》而已。可惜不曾有人表彰過，遂致不得登於文壇為文人學士所稱頌。《粉妝樓》凡八十回，敘羅成之後兩位公子羅燦、羅焜之事，其事實完全不見「經傳」，俱是作者的捏造。其布局與情節，也大都雜抄《水滸》與《說唐》，不像是羅氏的著作。謝無量謂「是羅貫中敘述自家先代故事的專書」，未免附會得可笑。

又有《禪真逸史》一書，謝無量也以為舊本說是根據羅氏原本的。但我所有的明刊本《禪真逸史》，卻並無此語，僅有「舊本意晦詞古，不入裡耳」，及「舊本出自內府，多方重購始得」（均見爽閣主人《禪真逸史．凡例》）的二語而已。不知謝氏此語何據。故今不及之。

散曲作家們

在這一章中，我們將討論以下主題：

散曲的奇葩地位：我們將介紹散曲，這種在詩壇中別具特色的文學形式，並討論它在金、元時代的興起。

前期散曲作家：我們將了解金、元時代的文人如何進行散曲創作，並探討他們的文學活動與娛樂。

散曲作家關漢卿和王與卿：我們將深入探討關漢卿和王與卿這兩位散曲作家，了解他們的作品特色以及其在文學史上的地位。

後期散曲作家張可多和喬吉甫：我們將討論後期散曲作家張可多和喬吉甫，探討他們的作品風格和文學貢獻。

透過這一章，讀者將更深入地了解散曲這一獨特的文學形式，以及金、元時代散曲作家的創作風格和影響。

一　散曲：詩壇的奇葩，金、元時代的新生散力

當金、元的時候，我們的詩壇，忽然現出一株奇葩來，把懨懨無生氣的「詩」壇的活動，重新注入新的活力，使之照射出萬丈的光芒，有若長久的陰霾之後，雲端忽射下幾縷黃金色的太陽光；有若經過了嚴冬之後，第一陣的東風，吹拂得青草微綠，柳眼將開。其清新愉快的風度，是讀者之立刻便會感到的。這株奇葩，便是所謂「散曲」。但這裡所謂「忽然現出」，並不是說，散曲乃像摩西《十戒》版似的，是從天上掉下來的。她的生命，在暗地裡已是滋生得很久了。她便是蔓生於「詞」的領域之中的；她便是偷偷地在宋、金的大麴、賺詞裡伸出頭角來的。

她的產生時候，已是很久了。但成為主要的「詩」體的一種的時候，則約在金、元之間。金、元的雜劇是使用著這種名為「曲」的詩體，成為她的可唱的一部分的。在更早的時候，「諸宮調」也已用到她成為其中「彈唱」的成分。宋人的唱賺，也是使用著「曲」的。所以「散曲」的實際上的出現，實較「劇曲」為更早。唯其成為重要的詩人們的「詩體」，則恰好是和「劇曲」同時。創作「雜劇」的大詩人關漢卿也便是今所知的第一位偉大的散曲作家。

散曲可以說是承繼於「詞」之後的「可唱」的詩體的總稱，正如「詞」之為繼於「樂府辭」之後的「可唱」的詩體的總稱一樣。其曲調的來源，方面極廣，包羅極多的不同的可唱的調子，不論是舊有的或是新創的，本土的或是外來的，宮庭的或是民間的。但在其間，舊有的曲調，所占的成分並不很多。大部分是新闖入的東西。在那些新闖入的分子們裡，最主要的是「里巷之曲」與「胡夷之曲」，正如「詞」的產

生時代的情形一樣。

散曲通常分為「南」、「北」二類。北曲為流行於金、元及明初的東西。南曲則其起源似較北曲為更早，但其流行則較晚。差不多要在元末明初的時候，我們才見到正則的南曲作家出現。當北曲成為金、元詩人們的主要詩體之時，南曲似還不曾攀登得上文壇的一角。所以北散曲似是出現於雜劇之先，而南散曲的出現則要在戲文的產生之後，也許那時候已經流行於民間了。但今日卻沒有她存在的徵象可見。所以這裡所講的第一期的散曲的發展，只講的是北散曲。

南曲和北曲，其最初的萌芽是同一的，即都是從「詞」裡蛻化出來。金人南侵，占領了中國的中原和北部，於是中原的可唱的詞，流落於北方而和「胡夷之曲」及北方的民歌結合者，便成為北曲，而其隨了南渡的文人、藝人而流傳於南方，和南方的「里巷之曲」相結合者便成為南曲。

無論南曲或北曲，在其本身的結構上，皆可分為兩種不同的定式，一是小令，二是套數。小令起源於詞的「小令」，是單一的簡短的抒情歌曲，常和五七言絕句，及詞中的小令，成為中國的最好的抒情詩的一大部分。小令的曲牌，常是一個。但也有例外者，像：（一）帶過曲（此僅北曲中有之），例若「沽美酒帶過太平令」、「雁兒落帶過得勝令」等等。（二）集曲（流行於南曲裡），系取各曲中零句合而成為一個新調，例若「羅江怨」，便是摘合了《香羅帶》、《皂羅袍》、《一江風》的三調中的好句而成的。最多者若「三十腔」，竟以三十個不同調的摘句，合而成為一新調。（三）重頭，即以若干首的小令詠歌一件連續的或同類的景色或故事。例若元人常以八首小令詠「瀟湘八景」，四首小令詠春、夏、秋、冬四景，或竟一百首小令詠唱《西廂》故事等等。唯每首韻各不同。

「套數」起源於宋大麴及唱賺。至諸宮調而「套數」之法大備。套數是使用兩個以上之曲牌而成為一個「歌曲」的。在南曲至少必須有引子、過曲及尾聲的三個不同之曲牌，始成為一套。在北曲則至少須有一正曲及一尾聲（套數間亦有無尾聲者，那是例外），無論套數使用若干首的曲牌，從首到尾，必須一韻到底。

在元末的時候，有沈和甫的，曾創作了南北合套的新調。這南北合套的出現，反在今知的純粹的南曲散套的出現以前。我們由此可知，南曲的存在，是較今所知的時候為久遠的。

二　前期散曲作家：金、元時代的文人娛樂與創作

初期的散曲作家們，幾全以北曲為其活動的工具。從金末到元末，便是他們的活動的時代。這個初期的散曲時代，可分為兩類不同的作家群，或兩個不同的時期。前期是從金末（約西元 1234 年）到元大德間（約西元 1300 年），相當於鍾嗣成《錄鬼簿》上所說的「前輩名公」的時代。後期便是由大德間到元末（西元 1367 年），相當於鍾嗣成的時代。這兩個時代的作風是不大相同的。前期不不脫草創時代的特色，散曲的寫作，只是戲曲作家們的副業，或大人先生們的遣興抒懷之作，或供給妓院裡實際上的歌唱的需要。但後期便不同了。散曲的使用是無往而不宜。專業的散曲作家們也便陸續的出現了。他們以歌曲為第二生命，他們的一切活動，幾都集中於散曲。他們是詩中的李、杜，是詞中的溫、李、辛、姜。這一期，可以說是散曲的黃金時代。

前期的作家們，據《錄鬼簿》的記載，所謂「前輩已死名公有樂府行於世者」，有董解元、劉秉忠、商政叔、杜善夫、閻仲章、張子益、王和卿、盍志學、楊西庵、胡紫山、盧疏齋、姚牧庵、徐子芳、史天澤、張弘範、荊楚臣、陳草菴、張夢符、陳國賓、劉中庵、馬彥良、趙子昂、閻彥舉、白無咎、滕玉霄、鄭玉賓、馮海粟、貫酸齋、曹光輔、張洪範、郝新庵左丞、曹以齋尚書、劉時中待制、薩天錫照磨、李溉之學士、曹子貞學士、馬昂夫總管、班恕齋知州、馮雪芳府判、王繼學中丞（自郝新庵以下十人，《楝亭叢書》本及他本《錄鬼簿》皆別列於「方今名公」之下，但天一閣抄本則直接於前。似當從天一閣本。等四十一人。）而天一閣舊藏抄本《錄鬼簿》則更有張雲莊、奧殷周、趙伯寧、王元鼎、劉士常、虞伯生、元遺山等七人。這些人大都是「公卿大夫居要路者」。他們大都是以其餘暇來作散曲的。他們的作風，離不開宴會、妓樂、山水的歌頌，乃至淺薄的厭世和恬退的思想。只有杜善夫，王和卿等數人的作風略有不同。當時偉大的戲曲家關漢卿、白仁甫和馬致遠，即在散曲壇上也成了雞群裡的白鶴，馳騁於散曲的平原之中，無可與爭鋒者。王實甫的散曲也有數闋傳於今。現在略述這時期的比較重要的若干作家。

三　散曲作家：關漢卿、王與卿，其作品特色

董解元的首列，只是「以其創始」（鍾嗣成語）之故。他並沒有散曲流傳下來。散曲的歷史的開場，仍當以大詩人關漢卿為第一人。漢卿的散曲大抵散在楊朝英的《陽春白雪》和《太平樂府》裡。他的作

風，無論在小令或套數里，所表現的都是深刻細膩，淺而不俗，深而不晦的，正是雅俗所共賞的最好的作品。像《一半兒》四首的《題情》，幾乎沒有一首不好的，足當《子夜》、《讀曲》裡的最雋美的珠玉。姑舉其一：

碧紗窗外靜無人，跪在床前忙要親。罵了個負心，回轉身。雖是我話兒嗔，一半兒推辭，一半兒肯。

又像他的《沉醉東風》的一首：

咫尺的天南地北，霎時間月缺花飛，手執著餞行杯，眼閣著別離淚，剛道得聲：保重將息，痛煞煞教人捨不得。好去者！望前程萬里。

直是最天真最自然的情歌。又像《仙呂翠裙腰》一套《閨怨》，全篇也都極為自然可愛：〔上京馬〕「他何處？共誰人攜手？小閣銀瓶殢歌酒。況忘了咒，不記得低低耨。」僅這一小段已是很淒婉盡情的了。他的寫景曲，像《大德歌》和《白鶴子》也是最短悍的抒情歌曲：

雪粉華，舞梨花，再不見煙村四五家，密灑堪圖畫。看疏林噪晚鴉，黃蘆掩映清江下，斜攬著釣魚艖。

——《大德歌》

四時春富貴，萬物酒風流，澄澄水如藍，灼灼花如繡。

——《白鶴子》

他有一套《南呂一枝花》，題作《杭州景》的，系作於元滅南宋（西元1276年）不久之時的，故有「大元朝新附國，亡宋家舊華夷」之語。明人選本，曾把「大元朝」改「大明朝」，於是漢卿的著作權便也為明代的無名氏所奪去了。在許多雜劇裡，我們看不出漢卿的思想和生平來。但在散曲裡，我們卻知道他是馬致遠的同道，也是高唱著厭世的直捷的享樂的調子的。像「官品極，到底成何濟？歸學取他淵明醉」；像「南畝耕，東山臥，世態人情經歷多。閒將往事思量過：賢的是他，愚的是我，爭什麼！」（《四塊玉》）這種態度和情緒，影響於後來的散曲的作家們是極大的。

關漢卿的朋友王和卿，（名鼎，大名人，學士。）是一位慣愛開玩笑的諷刺的作家。他的散曲，放在當代諸作家的作品裡是尖銳的表現出其不同色彩來的。《堯山堂外記》（卷六十八）曾記載著關氏和他開玩笑的故事。他的散曲的題目都是些「大魚」、「綠毛龜」、「長毛小狗」、「王大姐浴房內吃打」、「胖妻夫」皆《撥不斷》、「詠禿」（《天淨沙》）之類。但可惜他的滑稽和所諷刺的對象都落在可憐的被壓迫的階級以及不全不具的人體之上，並沒對統治階級有過什麼攻擊。所以他的成就並不高。他有《題情一半兒》：「淚點兒只除衫袖知，盼佳期，一半兒才幹，一半兒溼。」也是以嬉笑的態度出之的。但像「情黏骨髓難揩洗，病在膏肓怎療治？」（《陽春曲，題情》）卻是比較正經的。明胡元瑞《筆叢》疑和卿即王實甫。其實他們不會是一個人的。他們的作風是那樣的不同。以寫「詠禿」、「胖妻夫」一類題目的人，絕不會動手是寫那麼雋雅的《西廂記雜劇》的。在散曲方面，實甫自有其最圓瑩的珠玉在。像實甫的《春睡》：「雲松螺髻，香溫鴛被，掩春閨一覺傷春睡。柳花飛，小瓊姬，一片聲雪下呈祥瑞，把團圓夢兒生喚起。誰不做美？呸，卻是你！」（《山坡羊》）（據《堯山堂外紀》。但此曲亦見張小山《北曲聯樂府》中。恐《外紀》誤。《別情》：「怕黃昏不覺又黃昏，不銷魂怎地不銷魂。新啼痕壓舊啼痕，斷腸人憶斷腸人。今春香肌瘦幾分？摟頻寬三寸。」（《堯民歌》）都是異常的綺膩，異常的清麗，確是《西廂》的同調。

商政叔名道，元好問稱其「滑稽豪俠，有古人風。」（見《遺山集》三十九卷《曹南商氏千秋錄》）官學士。他有《問花》的《月照庭》一套，並不甚好。《天淨沙》四首，詠梅的，也沒有新意新語。同時，杜善夫，名仁杰，又字仲梁，濟南長清人。官散人。元好問的《癸巳歲寄中書耶律公書》曾舉薦他和王賁、商挺、楊果、麻革等數十人，都是「南中大夫士歸河朔者」。他的散曲有《莊家不識拘闌》一套（《耍孩兒》），寫莊家第一次看戲的情形，極為有趣，乃是描寫元代劇場的最重要的一個數據。

楊果字正卿，號西庵，蒲陽人。宋亡時，流寓於河朔。元好問舉薦之。後官參政。西庵所作，以小令為多。他的《小桃紅》：

> 採蓮人和採蓮歌，柳處蘭舟過。不管鴛鴦夢驚破。夜如何？有人獨上江樓臥。傷心莫唱關朝舊曲，司馬淚痕多。

是裝載著很濃厚的亡國的感傷的。

商挺字左山，東明人。他的《潘妃曲》十九首，寫閨情極得神情，像「驀聽得門外地皮兒鳴，只道是多情，卻原來翠竹把妙窗映」；「止不住淚滿旱蓮腮，為你個不良才，莫不少下你相思債！」而下面的一首尤為豔膩之極：

> 只恐怕窗間人瞧見，短命休寒賤，直恁地胳膝軟！禁不過敲才廝熬煎。你且覷門前，等的無人啊旋。

元好問以詩名，他的散曲很少，但《驟雨打新荷》兩首，卻是很有名的。「驟雨過，珍珠亂糝，打遍新荷」，曲名當是由此而得。

姚燧字牧庵，官參政。牧庵的散曲，留傳下來的不少（1239～1314）。題情的，像「夢兒裡休啊，覺來時愁越多」；「等夫人熟睡著，悄聲兒窗外敲」（皆《憑闌人》）；詠懷的，像「功名事了，不待老僧招（《滿庭芳》）」，都比較得直率淺露，少婉曲的情致。

白無咎名賁，原名白征，官學士，以所作《鸚鵡曲》：「浪花中一葉扁舟，睡煞江南煙雨。覺來時滿眼青山，抖擻綠蓑歸去」有名於時。馮子振嘗和之數十首。無咎的《百字折桂令》：「千點萬點，老樹昏鴉，三行兩行，寫長空啞啞雁落平沙。曲岸西邊近水灣，魚網綸竿釣槎。斷橋東壁傍溪山，竹籬茅舍人家。滿山滿谷，紅葉黃花。正是傷感淒涼時侯，離人又在天涯。」和馬致遠的「古道西風瘦馬，斷腸人在天涯」可稱異曲同工。

同時有劉太保，名秉忠（抄本《錄鬼簿》作名夢正），所詠《幹荷葉》一曲，盛傳於世：「幹荷葉，色蒼蒼，老柄風搖盪，減了清香越添黃。都因昨夜一場霜，寂寞在秋江上。」

胡紫山名袛遹，官至宣慰使，所作短曲，頗饒逸趣，像「幾枝紅雪牆頭杏，數點青山屋上屏。一春能得幾晴明？三月景，宜醉不宜晴。」

馮子振、貫雲石、盧摯三人是這時期很著名的作曲者。白無咎的《鸚鵡曲》以「難下語」著，但子振卻立意和之至數十首。子振字海粟，攸州人，官學士（1257～？）。所作散曲勁逸而瀟爽，像「孤村三兩人家住，終日對野叟田父，說今朝綠水平橋，昨日溪南新雨。」（《鸚鵡曲．野渡新晴》）是同時曲中罕見的雋作。

貫雲石一名小雲石海涯，字酸齋，畏吾人。父名貫只哥，遂以貫為氏（1286～1324）。酸齋的散曲，頗似詞中的蘇、辛，像：「棄微名去來，心快哉！一笑白雲外。知音三五人，痛飲何妨礙。醉袍袖舞嫌天地窄」。但也有極清麗婉膩之作，像：「起初兒想見十分歡，心肝兒般敬重將他占，數年間來往何曾厭」；「若還與他想見時，道個真傳示。不是不修書，不是無才思，繞清江買不得天樣紙」「簿幸虧人難禁受，想著那樽席上捻色風流，不良殺教人下不得咒」和關漢卿最妙的情歌是足以媲美的。

盧摯字處道，號疏齋，涿州人。他所作以小令為多。他的《蟾宮曲》：「想人生七十猶稀。百歲光陰，先過了三十。七十年間，十歲頑童，十載尪羸，五十歲除分晝黑，剛分得一半兒白日。風雨相隨，兔走烏飛，仔細沉吟，都不如快活了便宜。」最為有名，直捷大膽的高喊著剎那的快活主義。他的「沙三，伴哥來嗏；兩腿青泥，只為撈蝦」（《蟾宮曲》），寫農村生活很得神理。

白樸字仁甫，金亡時，僅七歲，為元遺山所撫養。自以為是金的世臣，不仕於元。有《天籟集》。他的散曲，俊逸有神，小令尤為清雋。像：

紅日晚，殘霞在，秋水共長天一色。寒雁兒呀呀的天外，怎生不捎帶個字兒來。

——《得勝令》

輕拈斑管書心事，細摺銀籤寫恨詞，可憐不慣害相思。只被你個肯字兒，拖逗我許多時。

——《得勝令・題情》

長醉後方何礙，不醒時有甚思。糟醃兩個功名字，醅淹千古興亡事，曲埋萬丈虹霓志。不達時皆笑屈原非，但知音盡說陶潛是。

——《寄生草．勸飲》

都是能以少許勝人多許的。

馬致遠是這期散曲作家裡為人所追慕的。他是那麼不平凡的一位抒情詩人。關漢卿在雜劇裡不易見出「自己」來，即在散曲裡，也很少抒懷之作。致遠則無論在雜劇，或在散曲上，都有他很濃厚的「自我」在著。他的散曲是那樣的奔放，又是那樣的飄逸；是那樣的老辣，又是那樣的清雋可喜。他的《天淨沙．秋思》：「枯藤老樹昏鴉，小橋流水人家，古道西風瘦馬，夕陽西下，斷腸人在天涯。」相傳以為絕唱。而他自己的作風也便是那麼樣的疏爽而略帶些淒惋的味兒。恰有如倪雲林的小景，疏朗朗的幾筆裡，是那麼樣的充溢了詩趣。他的《雙調夜行船．秋思》：「百歲光陰一夢蝶」，也傳誦到今。其實他的最好的篇什，還不是發牢騷的東西，像「困煞中原一布衣，悲，故人知未知？登樓意，恨無天上梯」；「本是個懶散人，又無甚經濟才，歸去來！」；或什麼《嘆世》《野興》的「不如醉還醒，醒而醉」，或「則不如尋個穩便處閒坐地」之類。他的最雋雅的東西便是寥寥的幾筆，刻劃淒清的情景。那便是他的長技，像：

寒煙細，古寺清，近黃昏禮佛人靜。順西風晚鐘三四聲，怎生教老僧禪定

——《壽陽曲．煙寺晚鐘》

他還長於寫戀情，卻又是那樣刻骨鏤膚的深刻，像「從別後，音信絕；薄情種害殺人也。逢一個見一個因話說，不信你耳輪兒不熱」，「他心罪，咱便舍，空擔著這場風月。一鍋滾水冷定也，再攛紅幾時得熱！」他還寫些很詼諧的東西，像《借馬》，寫吝者買一馬，千般愛惜，不幸為人所借。他叮嚀再四，方才被借者牽去：「懶習習牽下槽，意遲遲背所隨，氣忿忿懶把鞍來鞴。我沉吟了半晌語不語，不曉事頹人知不知？他又不是不精細，道不得他人弓莫挽，他人馬休騎。」他是那麼樣的萬分不願，卻又「對面難推」，只好叮叮嚀嚀的吩附道：「不騎啊，西棚下涼處拴。騎時節挑選地皮平處騎。將青青嫩草頻頻的喂。歇時節肚帶鬆鬆放。怕坐的困，尻包兒款款移。勤覷著鞍和轡，牢踏著寶鐙，前口兒休提。」後來的弋陽調的小喜劇《借靴》，顯然便是從此脫胎而出的。可惜致遠這類的散曲不多，否則其成就當遠在王和卿以上。

馬九皋字昂夫，所作多小令，只是宴飲時的漫唱，貌為豪放，而實中無所有。像「大江東去，長安西去，為功名走遍天涯路。厭舟車，喜琴書，早星星鬢影瓜田暮。」其實，當時一般老官僚們所作的散曲，大都是這一類的不痛不癢的自誇恬退的東西。張雲莊（名養浩的）《雲莊張文忠公休居自適小樂府》，全部都是如此。「紫羅襴未必勝漁蓑，休只管戀他，急回頭好景已無多。」從這樣淺薄的情緒裡出發的歌曲，自然不會是很高明的。有名的不忽麻平章（一名時用，字用臣）的《點絳唇．辭朝》：「寧可身臥糟丘，索如命懸君手」一套，其情緒也全同於此。大約許多「公卿大夫，居要路者」的所作，其作風大者是趨向於這一條路的。

劉時中在他們裡是一位傑出的作家。時中名致，號逋齋，甯鄉人，任翰林待制。他和姚燧同時，而略為後輩。以和盧疏齋相唱和。他小令甚多，頗富於青春的蕩放的情趣。像：「願天，可憐，乞個身長健。花開似錦海如川，日日西湖宴。」也偶有牢騷語。而其最偉大的的作品則為《上高監司》的兩套《端正好》。這兩套俱見於《陽春白雪》，是散曲家們從來未之嘗試的新的境地。他在這裡，把散曲的作用，提高到類似白居易《新樂府》的了。這兩套似是連續的，可算是散曲裡篇幅最長的一篇。「眾生靈遭魔障，正值著時歲饑荒。謝恩光拯濟皆無恙，編做本詞兒唱。」一開頭便把第一篇的大意說明。第二篇則是講江西鈔法的積弊的。「庫藏中鈔本多，貼庫每弊怎除。」在研究元代經濟史上是極重要的數據。

戲曲家庾吉甫、王伯成、侯正卿、李壽卿、趙天錫、趙明道諸人也都寫作散曲，而以王伯成、侯正卿為尤著。伯成所作，有數套流傳，亦有小令，像《陽春曲．別情》：「多情去後香留枕，好夢迴時冷透衾。悶愁山重海來深，獨自寢，夜雨百年心。」侯正卿，真定人，號艮齋先生。雜劇有《關盼盼春風燕子樓》，今不傳。散曲以《客中寄情》的《菩薩蠻》套：「鏡中兩鬢皤然矣，心頭一點愁而而已。清瘦仗誰醫，羈情只自知。」為最被傳誦。在一般恬退淺率的作風裡，是特以勁蒼淒涼著的。趙明道有《題情》的《鬥鵪鶉》一套，儘量的使用著疊字：「燕燕鶯鶯，花花草草，穰穰勞勞」，當是受著李易安的「尋尋覓覓」的調子的影響的。

四　後期散曲作家：張可多、喬吉甫，其作品特色

後期的作家們，以張可多及喬吉甫為雙璧，時人比之為詩中的李、杜。但在喬、張外，也並不是無人。這期的散曲壇較之前期更為熱鬧。編《太平樂府》、《陽春白雪》的楊朝英，他自己也寫曲。著《中原

音韻》的周德清，所作更為精瑩。作《錄鬼簿》的鍾嗣成，也顯出他的特殊的恢諧與頽放的風趣來。此外，見於《靈鬼簿》和《陽春白雪》、《太平樂府》、《樂府群玉》、《樂府新聲》諸書者，更不止數十人。兼作雜劇者，於喬吉甫外，以鄭德輝、瞧景臣、曾瑞等為最著。其專工散曲者，則有吳西逸、秦竹村、呂止庵、宋方壺、李愛山、王愛山、曹明善、錢子雲、顧君澤、徐甜齋、董君瑞、高安道諸人。

張名久的才情確足以領袖群倫。他的作風，和前期的馬致遠有些相同，卻絕不是有意的模擬。前期的諸作家，往往多隨筆遣興之作。到了可久起來後，方才用全副心力在散曲的製作上。他的作風是爽脆若哀家梨的，一點渣滓也不留下；是清瑩若夏日的人造冰的，雋冷之氣，咄咄逼人。他豪放得不到粗率的地步。他精麗得不到雕鏤的地步。他瀟疏得不到索寞的地步。他是悟到了「深淺濃淡雅俗」的最諧和的所在的。《太和正音譜》說他「如瑤天笙鶴。其詞清而且麗，華而不豔，有不吃煙火食氣。」李開先謂：「小山清勁，瘦至骨立，而血肉銷化俱盡，乃孫悟空煉成萬轉金鐵軀矣。」自元、明以來，推重他的人，受他影響的人，更不知多少。所以他的散曲集，流傳獨盛。他字小山，慶元人。以路吏轉首領官。他是一位不大得意的人，所以常常透露出些牢騷來。前期的散曲作家們，大都是「公卿大夫」們。而這期的作家們卻都是同張氏一樣的鬱鬱不得志的人物。「興亡千古繁華夢，詩眼倦天涯：孔林喬木，吳宮蔓草，楚廟寒鴉。」他是那樣的貌為曠達。他的《南呂一枝花．湖上晚歸》套：「長天落彩霞，遠水涵秋鏡；花如人面紅，山似佛頭青。」李開先、學德符俱以為足和馬致遠的「百歲光陰」相匹敵。底下的幾首小令，可以作為他的作風最好例證：

今宵爭奈月明何，此地那堪秋意多。舟移萬頃冰田破，白鷗還笑我。拚餘生詩酒消磨。雲母舟中飯，雪兒湖上歌，老子婆娑。

——《水仙子・西湖秋夜》

天邊白雁寫寒雲，鏡裡青鸞瘦玉人，秋風昨夜愁成陣。思君不見君，緩歌獨自開樽。燈挑盡，酒半醺，如此黃昏。

——《水仙子・秋思》

門前好山雲占了，盡日無人到。松風響翠濤，槲葉燒丹竈，先生醉眠春自老。

——《清江引・山居春枕》

與誰，畫眉？猜破風流謎。銅駝巷裡玉驄嘶，夜半歸來醉。小意收拾，怪膽禁持。不訓羞誰似你！自知，理虧，燈下和衣睡。

——《朝天子・閨情》

喬吉甫字夢符，作雜劇甚多。他和小山一樣，也常住於杭州。小山有《蘇堤漁唱》（原集未見，《北曲聯樂府》多采之），夢符也有「題西湖《梧葉兒》百篇」。可惜這《梧葉兒》是一篇也未流傳下來。李開先嘗為之輯《喬夢符小令》刻之。他的生活，較小山更為魄。鍾嗣成謂他「江湖間四十年，欲刊所作，竟無成事者。」他的《自述》也道：「不占龍頭選，不入名賢傳。……笑談便是編修院。留連，批風抹月四十年。」他的作風，頗有人稱之為「奇俊」的，其實較小山是放肆得多，濃豔得多了。最好的例子，像：

紅黏綠惹泥風流，雨念雲思何日休？玉憔花悴今番瘦，擔著天來大一擔愁，說相思難撥回頭。夜月雞兒巷，春風燕子樓，一日三秋。

——《水仙子・憶情》

風吹絲雨 噀窗紗，苔和酥泥葬落花。卷雲鉤月簾初掛，玉釵香徑滑，燕藏春銜向誰家？鶯老羞尋伴，蜂寒懶報衙，啼殺饑鴉。

——《水仙子・暮春即事》

像《私情》、《一枝花》，「老婆婆坐守行監，狠橛丁暮四朝三，不能夠偷工夫恰喜喜歡歡」一類的話，確是小山所不敢出之口的。

鄭德輝被後人並漢卿、致遠、仁甫，稱為「關、馬、鄭、白」四大家。但他的散曲，存者不多。像「雨過池塘肥水面，雲歸巖谷瘦山腰」；「情山遠，意波遙，咫尺妝樓天樣高。月圓苦被烏雲罩，偏不把離愁照。玉人何處教吹簫？辜負了這良宵。」已有些使我們嗅得出古典的文人的氣息來。他是那樣的愛雕鎪詞句，那樣的喜偷用古語。這影響於後人者很大。從他以後，以粉飾為工和以偷句為業的散曲家，是那麼一大群！

徐甜齋名再思，字德可，嘉興人。好食甘飴，故號甜齋。有樂府行於世。世人以他和貫酸齋並稱，謂之「酸甜樂府」。他所作，有很疏爽的，像《夜雨》的《水仙子》：

一聲梧葉一聲秋，一點芭蕉一點愁，三更歸夢三更後。落燈花，棋未收，嘆新豐孤館人留。枕上十年事，江南二老憂，都到心頭。

但詠《春情》的幾首，卻又是那樣的嬌媚可喜：「平生不會相思，才會相思，便害相思，……症候來時，正是何時？燈半昏時，月半明時」；「剔春纖碎採花瓣兒，就窗紗砌成愁字」；「一自多才闊，幾時盼得成合？今日個猛見他門前過，待喚著怕人瞧科。我這裡高唱當時《水調歌》，要識得聲音是我。」

曾瑞卿大興人，家於杭州。善丹青，能隱語小曲。其散曲集《詩酒餘音》雖不存，然散見於《太平樂府》諸書裡者卻也不少。他所作，大都為江湖間的熟語，市井裡的習辭，像「舊衣服陡恁寬，好茶飯減多半；添鹽添醋人攛斷，剛捱了少半碗。」故能傳唱一時。

沈和甫名和，杭州人。「能詞翰，善詼諧，天性風流，兼明音律。以南北調合腔自和甫始。如《瀟湘八景》、《歡喜冤家》等曲，極為工巧。後居江州，近年方卒。江西稱為蠻子關漢卿者是也。」今《瀟湘八景》猶見於《雍熙樂府》。

睢景臣字景賢。大德七年，他從維揚到杭州。與鍾嗣成相識。嗣成云：「維揚諸公俱作《高祖還鄉》套數，唯公《哨遍》，製作新奇，皆出其下。」景臣的《高祖還鄉》，今存，確是一篇奇作。他借了村莊農人們的眼光，看出這位「流氓皇帝」的裝模作樣的衣錦還鄉的可笑情形來，真把劉邦挖苦透了。「只道劉三，誰肯把你揪捽住；白什麼改了姓，更了名，喚做漢高祖？」是那樣的故意開玩笑！

周仲彬名文質。其先建德人，後家於杭州。「家世儒業，俯就路吏。善丹青，能歌舞，明曲調，懂音律。」他的情詞，寫得很有風趣，像「曾約在桃李開時，到今日楊柳垂絲。假題情絕句詩，虛寫恨斷腸詞，嗤，都扯做紙條兒。」

吳仁卿字弘道，號克齋先生，歷仕府判致仕。有《金縷新聲》。今存者僅小令數首耳。錢子雲名霖，松江人，棄俗為黃冠，更名抱素，號素庵。所作有《醉連餘興》，今存者亦寥寥。曹明善，衢州路吏。「有樂府，華麗自然，不在小山之下。」其《長門柳》二詞，「長門柳絲千萬結，風起花如雪」，尤為世所盛傳。但像《折桂令》的數首：「問城南春事如何？細草如煙，小雨如酥。」；「小紅樓隔水人家，草已鳴蛙，柳未藏鴉。試卷朱簾，錄山問寺，何處無花」似尤富於逸趣。

趙文寶（一作文賢）名善慶（一作孟慶），饒州樂平人。善卜術，任陰陽學正。所作雜劇，皆已亡失。散曲存二十餘首。他的作風，甚受北宋詞的影響，纖雅圓潤，不失為雋品。像「望晴空瑩然如片紙，一行雁一行愁字」；「雨痕著物潤如酥，草色和煙近似無，嵐光照日濃如霧。」王仲元，杭州人，所編有《於公高門》等。高敬臣名克禮（《錄鬼簿》作字敬禮），號秋泉，「見任縣尹，小曲樂府極為工巧，人所不及。」王日華，名曄，號南齋，杭州人。有與朱凱題《雙漸小青問答》，今存。董君瑞，真定冀州人，有《哨遍·硬謁》；高安道也有《哨遍·嗓淡行院》，俱出以方言俗語，形容人情世態，入骨三分。

《錄鬼簿》的著者鍾嗣成，和這期的作者們，大都相友善。他自己也是一位很好的抒情詩人。他字繼先，號醜齋，汴梁人。累試不第。又不樂為吏。乃居於杭州，以著作為事。作雜劇數種。其散曲充滿了不平的憤懣，像《醜齋自述》乃是一篇絕沉痛的苦笑：

〔梁州〕子為外貌兒不中抬舉，因此內才兒不得便宜。半生未得文章力，空自胸藏錦繡，口唾珠璣。爭奈灰容土兒缺齒重頦，更兼著細眼單眉人中短，髭鬑稀稀，那裡取陳平般冠玉精神，何晏般風流麵皮，那裡取潘安般俊俏容儀。自知就裡，清晨倦把青鸞對。恨殺爺娘不爭氣，一日黃榜招收醜陋的，準擬奪魁。〔隔尾〕有時節軟烏紗抓紮起鑽天髻，幹皂靴出落著簌地衣，向晚乘間後門立，猛可地笑起。似一個甚的？恰便似現出鍾馗，唬不殺鬼！

《醉太平》小令三首，寫乞兒的生活者，似即為有名的《繡襦記》裡的鄭元和叫化一出之所本。《清江引》的《情》：「夜長怎生得睡著，萬感縈懷抱。伴人瘦影兒，唯有孤燈照。長吁氣，一聲吹滅了。」也是絕妙好辭。想不到寫著不甚通順的《靈鬼簿》的作者，卻是一位如此高明的詩人。「詩有別才，非關學也」，這話至少用在這裡是很對的。

任則明名昱，四明人。少年狎遊平康，以小樂章流布裙釵，晚乃銳志讀書。他和曹明善是朋友。「綷羅為帳護寒輕，銀甲彈箏帶醉聽，玉奴捧硯催詩贈，寫青樓一片情。」正是他少年時代生活的縮影。

李致遠，生平未詳，《太和正音譜》列之於徐甜齋、楊澹齋之次，當是這期內的作家。他慣以清逸的話，寫清逸的景物，像「柔條不奈曉風流，亂織新絲綠」頗多好句。

楊澹齋名朝英，青城人，嘗和貫酸齋為友。酸齋道：「我酸則子當澹。」遂以號之。（鄧子晉《太平樂府》序）至正間，編纂當代才人之作，為《太平樂府》、《陽春白雪》二集，為今日論元代散曲者主要的寶庫。他自己所作，間也見於集中。像「浮雲薄處朧朧日，白鳥明邊隱約山」之類也很不壞。

周德清的《中原音韻》為曲家所宗，他自作也復出之以百煉千鍾，無懈可擊，像《秋思》：「千山落葉巖巖瘦，百結柔腸寸寸愁，有人獨倚晚妝樓。樓外柳眉葉，不禁秋。」

《太平樂府》諸書所載曲家們，尚有呂濟民，嘗和馮海粟《鸚鵡曲》；又有呂止庵（《陽春白雪》別有呂止軒），或系一人。吳西逸、宋方壺，皆示知生平，所作存者頗多，而無甚特殊的作風。趙顯宏號學村，未知裡居，喜以詩句入曲，像「春日凝妝上翠樓，滿目離愁，悔教夫婿覓封侯」，已開了明人以南翻北的一條大路。朱庭玉存套曲甚多，類皆題情、急別一類的文章。王愛山字敬甫，長安人，所作也多閨怨之辭。同時有李愛山的，也作曲。他們所作，每多相混。

女流作家。這時絕少。有大都行院王氏，作《粉蝶兒》長曲一套，描寫妓女生活，極為沉痛：「〔鬥鵪鶉〕愁多似山市晴嵐，泣多似瀟湘夜雨。少一個心上才郎，多一個角頭丈夫。每日價茶不茶，飯不飯，百無是處，交我那裡告訴！最高的離恨天堂，最低的相思地獄！」

元及明初的詩詞

本章包括以下內容：

一、明代文學：詩詞家的抒情發展與特點

在這一部分，將探討明代文學的特點，特別是詩詞方面的抒情發展。明代文學在這一時期經歷了蓬勃的發展，詩詞成為一個重要的文學形式，有許多優秀的詩詞家嶄露頭角。我們將關注明代文學的特色，包括文學風格、主題和詩詞家的影響力。

二、明初文學風雲：抒情與小說，詩人高啟、劉基、袁凱等簡介

這部分將介紹明初文學的風雲時刻，特別聚焦於抒情詩詞以及一些傑出的詩人，如高啟、劉基、袁凱等。這些詩人在明初文學史上占據重要地位，他們的作品反映了當時社會和文化的特點，並對後來的文學產生了深遠的影響。

這一章將使讀者更深入地了解明代文學中詩詞的發展和詩人的創作風格，以及明初文學的豐富多樣性。

一　明代文學：詩詞家的抒情發展與特點

元與明初的詩詞，論者每有不滿之語。但他們雖沒有散曲壇那麼樣的光芒萬丈，卻也不是很寥落的。特別因為逢著蒙古人入據中原的一個大變，詩詞的風格，遂也頗有不同於前的。慷慨激昂者，悲歌以當泣，潔身自好者，有託而潛逃，即為臣為奴者之作，也時有隱痛難言之苦。故元代初期之作，遂多幽峭之趣。元季喪亂頻仍，流氓皇帝朱元璋對待文人們，復極盡殘酷，無復人性。這也是文士們所痛心疾首的。成祖在潛邸時候，已為文人們的東道主。攻下南京時，雖殺方孝孺若干人，對於整個文壇，似無多大的影響。故永樂以後，遂漸入於鼓舞昇平的時代；三楊的台閣體的文學，頗足以代表那若干年的從容歌頌之風。

元初的詩人詞客大都為金、宋的遺民。趙子昂以宋的宗室，入仕元庭，風流文彩，冠絕一時；然其對於當時文壇的影響，乃遠不及元遺山的弘偉。遺山自金入元，雖以遺老自命，不仕新朝，但其勢力則籠罩於朝野的文壇。他且提拔南北在野的文人們，薦舉之於要人重臣之前。（《遺山文集》卷三十九，有《癸巳歲寄中書耶律公書》所薦舉的「南中大夫士歸河朔者」，從衍聖公以下，凡五十餘人。）故元初的文學，可以說是由這個「金代大老」一手所提攜著的。

趙子昂名孟頫，宋宗室。湖州人。元時為翰林學士承旨，卒諡文敏。有《松雪齋集》。他的詩流轉圓潤，而頗多由衷的哀音，像「英雄已死嗟何及，天下中分遂不支。莫向西湖歌此曲，水光山色不勝悲」；「溪頭月色白如沙，近水樓台一萬家。誰向夜深吹玉笛？傷心莫聽《後庭花》」。他的詞也多清俊的篇什。

白樸有《天籟集》，都是詞。他的詞的作風，類他的散曲。有極沉痛者，像「千古神州，一旦陸沉，高岸深谷。夢中雞犬新豐……。幾回飲恨吞聲哭。歲暮意如何？怯秋風茅屋」；也有很樸質明白的，像「可惜一川禾黍，不禁滿地螟蝗」。同時的散曲作家，若盧疏齋、馮海粟（子振）、貫酸齋（雲石）、姚牧庵（燧）等，也都寫著很好的詩詞。疏齋的《婺源縣齋書事》：「竹樹映清曉，坐聞山鳥鳴。瓶花香病骨，簷雨挾詩聲」，是那麼的幽峭可喜。海粟的詩詞，還是詠唱《鸚鵡曲》那般的俊健的風格。酸齋詩以樂古風為上，像《觀日行》：「六龍受鞭海水熱，夜半金烏變顏色。天河蘸電斷鰲膊，刁擊珊瑚碎流雪」云云，其氣概是雄壯少匹。

虞集出而詩壇的聲色為之一振。虞集和楊載、范梈、揭傒斯並號四大家。集嘗評載詩如百戰健兒，范梈詩如唐人臨晉帖，揭傒斯詩如美女簪花，他自己詩如漢廷老吏。蓋繼元遺山而為文壇祭酒者，誠非集莫能當之。李東陽謂：「若藏鋒斂鍔，出奇致勝，如珠之走盤，馬之行空，始若不見其妙，而探之愈深，引之愈長，則於虞有取焉。」集詩像：《送朱仁卿歸盱江》：「羨子南歸盱水上，過從為我問臨川：幾家橘柚霜垂屋，何處蒹葭月滿船」；《別成都》：「我到成都才九日，駟馬橋下春水坐……鸕鷀輕筏下溪足，鸚鵡小窗知客名。」雖淡遠而實肌充神足。載詩以「大地山河微有影，九天風露寂無聲」有名。傒斯詩，邃峭似尤在集上，像：「船頭放歌船尾和，篷上雨鳴篷下坐。推篷不省是何鄉，但見雙飛白鷗過」；「梁安峽裡杜鵑啼，絕壁蒼蒼北低。雲氣倒連山影合，石稜斜鬥浪聲齊。」集字伯生，自號邵庵，仕至翰林直學士，兼國子祭酒（1272～1348）。有《道園學古錄》。載字仲弘，浦城人，官至寧國路總管府推官。范梈字亨父，一字德機，清江人，官至湖南嶺北廉訪司經歷。人稱文白先生。傒斯字曼碩，龍興富州人，官至翰林侍講學士，謚文安（1274～1344）。范梈嘗謂：「吾平生作詩，稿成讀之，不似古人，即削去改作。」但像他的《閩州歌》、《掘塚歌》等也有天然流露，不純是模擬古人。

同時有道士張雨，一名天雨，別號貞居子，錢塘人。嘗和虞集及楊維楨相酬答（1277～1348）。有《句曲外史集》。他詩詞多清逸之處，像「造物於我厚，一切使我薄。瓶中有儲粟，持此臥雲壑。……床頭堆故書，敗履置床腳。未嘗身沒溺，何與世濁惡。」較一班爛熟曠達的號呼，似自有別。又有薩天錫，名都剌，號直齋，本答失蠻氏。後為雁門人。官至河北廉訪司經歷，有《雁門集》。他以賦《宮詞》得名，但像《南台春月歌》：「南台月照男兒面，豈照男兒心與肝」，卻是那樣的豪邁。傅若金字與礪，本字汝礪，新喻人，官廣州文學教授。《詩藪》評其詩：「雄渾悲壯，老杜遺風，有出四家上者。」他悼亡諸詩，尤深情淒咽。張翥字促舉，晉寧人，官至翰林學士承旨（1287～1368），有《蛻庵集》。他的詩「雄渾流麗」，而詞尤工穩宛曲，近南宋諸家。

元末諸詩家，其成就似尤在虞、楊、范、揭四家之上。他們處境益艱，用心更苦，所作自更深邃雄健。楊維楨在這裡固足以領袖群倫，但倪瓚、戴良，卻不是他所能範圍得住的。維楨字廉夫，號鐵崖，會稽人。官至江西等處儒學提舉。有《鐵崖古樂府》等集。明初，朱元璋命近臣逼促他入京。他作詩有「商山肯為秦嬰出」語。元璋道：「老蠻子欲吾殺之以成名耳。」遂放回。一說，他作此詩後，即自縊而死（1296～1370）。（一說維楨所賦系《老客婦謠》。）張伯雨序維楨樂府云：「隱然有曠世金石聲，又時出龍鬼蛇神，以眩蕩一世之耳目，斯亦奇矣！」他的短詩，時有絕佳者，像《漫興》：「楊花白白錦初迸，梅子青青核未生。大婦當壚冠似匏，小姑吃酒口如櫻。」他是那樣的富於風趣！而《海鄉竹枝歌》：「潮來潮退白洋沙，白洋女兒把鋤耙。苦海熬幹是何日？免得儂來爬雪沙」數首，尤喜用俗語村言。他的慷慨濃豔的諸篇，像《鴻門會》、《題宋宮觀潮圖》等等，似非其所長。

倪瓚字元鎮，無錫人。嘗自謂懶瓚，亦曰倪迂。有《清閟閣稿》。他的性格是那麼清高迂闊，恰逢亂世，自不得免。相傳朱元璋得之，聞其有潔癖，故意投他於廁中以死（1301～1374）。他的詩和畫俱有高名。王維「詩中有畫，畫中有詩」之稱，正可移贈給他。他的《寄王叔明》：「每憐竹影搖秋月，更愛山居寫白雲」；《絕句》：「松陵第四橋前水，風急猶須貯一瓢。敲火煮茶歌《白蓼》，怒濤翻雪小停橈」；《春日雲林齋居》：「晴嵐拂書幌，飛花浮茗碗。階下松粉黃，窗間雲氣暖。石楪蘿蔦垂，翳翳行蹤斷」；《早春對雨》：「林臥苦泥雨，憂來不可絕。掀帷望天際，春風吹木末。飛蘿散成霧，細草綠如發」；《竹枝詞》：「日莫狂風吹柳折，滿湖煙雨綠茫茫」，「春愁如雪不能消，又見清明賣柳條」；那一首不是像他的竹石小景似的清雋絕俗。他詞的作風也如其詩的靈雋。同時有王冕，字元章，諸暨人，自號煮石山農，亦為高士。後來朱元璋所得，置之軍中，一夕暴卒。他的《墨梅》：「我家洗硯池頭樹，個個花開淡墨痕。不要人誇好顏色，只留清氣滿乾坤。」具這樣的傲骨，自難苟全於亂世。戴良字叔能，浦江人。至正間為儒學提舉。朱元璋遣使物色求之。洪武十五年召至京師，固辭官，不就。次年，遂自殺於寓舍（1317～1383）。有《九靈山房集》。他集中《九靈自讚》有「歌黍離麥秀之音，詠剩水殘山之句」語，頗足以說明他詩的旨趣。他的《插秧婦》：「緊束暖煙青滿地，細分春雨綠成行。村歌欲和聲難調，羞殺揚鞭馬上郎。」似不僅僅詠物寫景而已！

元末有顧瑛，一名阿瑛，別名德輝，字仲瑛，崑山人，隱於家，不仕。家至富有，其亭館蓋有三十六處。楊維楨、倪瓚、張雨等皆為座上客。亂後，家財散盡，遂削髮為在家僧。所作詩詞，也自清雋有致，像：「春江暖漲桃花水，畫舫珠簾，載酒東風裡。四面青山青如洗，白雲不斷山中起」，亦何減其客座上的諸名公。

元人工詞者，尚有仇遠。遠字仁近，一字仁父，錢塘人。至元中為溧陽州儒學教授（126～？）。自號近村，又號山村。有《無絃琴譜》。遠詞若當春水新漲，綠波映面，楚楚自憐。其雋雅的風格，不特在元詞裡為第一人而已。像《點絳唇》：

> 黃帽棕鞋，出門一步如行客。幾時寒食？岸岸梨花白。馬首山多，雨外青無色。誰禁得殘鵑孤驛，撲地春雲黑。

又像《謁金門》：「但病酒，愁對清明時候。不為吟詩應也瘦。坐久衣痕皺」；《慶清朝》：「山東灘聲，月移石影，寒江夜色空浮。」儼然是北宋詞人裡最高的格調。又有邵亨貞，字復孺，號清溪，華亭人，有《蛾術詞選》。作風較仇遠為奔放，也較疏散。像《滿江紅》：「世亂可堪逢節序？身閒猶有餘風度。且憑高呼酒發狂歌。愁何處？」殊具有蘇、辛的風味。

二　明初文學風雲：抒情與小說，詩人高啟、劉基、袁凱等簡介

朱元璋一手摧殘了明初的文壇。王冕、倪瓚、戴良、楊維楨諸大家，無不直接或間接死在他手裡。少年詩人高啟的死，尤為殘酷。劉基為他迫逼出山，非其本願；打平了天下之後，仍不免於一死。袁凱以病自苦，僅而得免。我們讀這段詩史，其不愉快實不下於元初蒙古族的入主中原的一段。高啟字季

迪，長洲人。元末，避亂於松江之青丘，自號青丘子。洪武初，召修《元史》，授翰林院國史編修。後因為魏觀撰上樑文，被腰斬。年僅三十九（1336～1374）。有集。王子充謂「季迪之詩，雋而清麗，如秋空飛隼，盤旋百折，招之不肯下。又如碧水芙蕖，不假雕飾，翛然塵外。」時人並楊基、張羽、徐賁稱為四傑。基字孟載，嘉州人；羽字來儀，本潯陽人；賁字幼文，本蜀人；皆居吳，與啟相酬和。劉基在元時已有詩名。他隱居自樂，頗想避了亂世的漩渦，終不免被朱元璋所聘，而為其佐命的勛臣。基字伯溫，青田人。洪武間，封誠意伯。有集（1311～1375）。他詩整煉，不失為大家，而詞尤為明初獨步。明初詞人寥寥，僅瞿佑（字宗吉，錢塘人）、張肯（字繼孟，浚儀人）、楊基及伯溫諸人耳。而伯溫的《寫情集》獨溫柔敦厚，穠纖有致，足繼仇山村、邵亨貞之後。像《少年遊》：「清風收雨，輕雲漏月，涼氣入幽窗。亂葉吟嘲，饑蟲啼夜，各自奏新腔。」自具清新之趣。

袁凱字景文，華亭人，洪武中由舉人薦授監察御史。後以疾自免。有集。凱有盛名，自號海叟，嘗倒騎黑牛，遊行九峰間，好事者至繪為圖。以在楊鐵崖座賦《白燕詩》有名，至被稱為袁白燕。

時閩人有林鴻者，欲以盛唐詩風糾元末詩的纖細，與鄉人長樂高棅、永福王稱等互相唱和。時稱「閩中十才子」。棅編《唐詩品彙》百卷，盛行於世，益以張大著鴻的主張，明詩頗受其影響。鴻字子羽，福清人，洪武初為將樂縣訓導，歷禮部精膳司員外郎。年未四十，自免歸。同時又有二藍者，兄名仁，弟名智，為閩之崇安人，名不及「十才子」之盛，而《藍山》、《藍澗》二集，老成熔煉，似在十子之上。仁字靜之，智字明之。明之嘗官廣西按察僉事。

永樂是一位雄才大略的英主。在燕邸時，已收羅當時文士們若賈仲名、湯舜民、楊景賢輩在邸中，寵遇甚隆（見賈仲名《續錄鬼簿》）。及即位後，更使解縉等修《永樂大典》，成為空前的一部大類書。但當時詩人卻不多見。唯怪傑姚廣孝，長洲人，嘗為僧，名道衍，字斯道。以助成靖難之功，為僧錄左善世，加太子少師（1335～1419）。雖是一位大政治家，其詩卻大有韋、孟、王維的風趣。像「波澄一溪雲，霜紅半山樹。荒煙滿空林，疏鐘在何處？」「嵐嶺照深屋，雲松翳閒門。鳥啼驚曙白，花氣覺春溫。」置之明初的詩壇上，殊使人有由喧市而踏到「青松白沙」的妙境之感。

自永樂到正統左右，詩壇的風氣，全為三楊所包圍，以致懨懨無生氣。三楊者：楊士奇名寓，太和人，以字行。建文初，以史才召入翰林。歷事數朝，進華蓋殿大學士，至正統間始卒（1365～1444）。有《東里集》。楊榮字勉仁，建安人，永樂時進文淵閣大學士，也卒於正統初。楊溥字弘濟，石首人。永樂初，為洗馬。正統初，進少保，武英殿大學士。三楊中，以士奇為最有文名。三楊的詩文，皆穩妥醇實，時號「台閣體」，雖少疵病，卻是不大有靈魂的。詩壇的作風，遂一趨於庸碌膚廓，千篇一律。至天順間，何、李遂起而糾之，倡為復古之論，明詩乃入另一魔障之中。

元及明初的散文

在這一部分，將探討元代的散文文學以及一些古文家的作品。元代是中國文學史上一個重要的時期，特別是在散文方面。古文運動在這一時期達到了巔峰，許多作家以古文風格寫作，並受到了古代文學的影響。

此外，我們將關注白話文碑記的發展，這些文學作品以白話文寫成，記載了當時的社會、文化和歷史事件。這些碑記對於我們理解元代和明初的社會環境具有重要價值，同時也展示了古文家們在白話文寫作方面的成就。

這一章將幫助讀者深入了解元代和明初的散文文學，以及古文運動對於中國文學的影響。

一　元代散文與古文家：古文運動與白話文碑記

元初的散文，仍以元好問為宗匠。南人之入北者，許衡、劉因、姚燧等皆作古文，為世人所仰慕。古文運動自兩宋奠定了基礎之後，已是順流直下，無復有反抗的了。許衡字仲平，河內人。元世祖徵授京兆提學，官至集賢殿大學士，兼國子祭酒。學者稱魯齋先生。劉因字夢吉，保定容城人。表所居曰靜修。至元十九年徵拜右贊善大夫（1249～1293）。因不僅善古文，亦能詩。姚燧則為許衡的弟子。他們傳衍理學的宗派，為時儒的領袖，儼然成為和釋、道等宗教家爭衡的「孔家」教主了。又有吳澄（1249～1333）、金履祥（1232～1303）等，也皆為儒學的要人。澄字幼清，撫州崇仁人，元時，官翰林學士，謚文正。有《草廬集》。揭傒斯撰神道碑，有「皇元受命，天降真儒。北有許衡，南有吳澄」語。我們猜想，元初，蒙古皇帝之蒐羅這些理學家們而給予優待的禮貌，其作用是全然無殊於優待丘處機等等宗教領袖的。寬容各派的宗教，差不多成為每一大帝國所慣採的手段，也便是羈縻被征服者的最好的策略。而許、劉諸理學家們，便都因此而「遭際聖時」了。

戴錶元受業於王應麟，亦為元初一古文家。表元字帥初，慶元奉化人。宋進士。入元為信州教授（1244～1310），有《剡源集》。袁桷（1267～1327）受業於表元之門。最與虞集善。虞集也以古文雄於時。同時的馬祖常（1279～1338）、元明善、歐陽玄、吳萊（1297～1340）、黃溍、柳貫（1270～1342）等也為有名的古文家。而黃溍、柳貫並集與揭傒斯被稱為儒林四傑，尤有影響於明初的文壇。

虞集的弟子有蘇天爵與陳旅。天爵（1294～1352）編《國朝文類》，儲存元代文章不少，為最流行的元人的總集。明初的古文家，以劉基、宋濂為最有名。宋濂字景濂，金華人，明初為翰林學士知制誥，修《元史》。末年，幾為朱元璋所殺，賴太子力救而免。然卒貶茂州，至夔州卒。有《潛溪集》（1310～1381）。濂為吳萊的弟子，又學於黃溍與柳貫，故傳授著古文家的衣缽的正宗。王禕亦為黃溍的弟子。他字子充，義烏人，嘗與濂同修《元史》，後出使雲南，被殺（1321～1372）。同時，又有蘇伯衡、胡翰徐一夔等皆為古文家。濂的弟子，有方孝孺，字希直，建文時為侍講。成祖破南京。他不屈，被殺（1357～1406）。同死者至數百人，為古今最慘怖的文字獄之一。他有《遜志齋集》。稍後，三楊的台閣體的古文，類皆以平正紆徐為宗；馴至萎靡不振，而有何、李的復古運動發生。

當元末，楊維楨為文，稍涉纖麗，乃大不為古文家所喜，王彝至作《文妖》一篇以詆之：「會稽楊維楨之文，狐也，文妖也。嘻，狐之妖至於殺人之身；而文之妖，往往後生小子群趨而競習焉，其足為斯文禍，非淺小也。」蓋正統派的理學家或古文家之議論，正是這樣的迂腐可笑。

不過，在元代成為散文壇的特色的，倒不是這些傳統的古文家們。元代的散文，常以用白話文寫成的碑文及那部偉大的《元祕史》為最可注意。元代白話碑今日所見者不少，而被錄載於《金石萃編未刻稿》裡的《大元璽書》，尤為重要。這碑分為三截，上截為「元貞二年（公年1296年）猿兒年十一月初七日大都有時分寫來」，中截為「兔兒年月日大都有時分寫來」，下截為「至順元年（西元1330年）馬兒年七月十三日上都有時分寫為」。這三截的璽書，文字大體相同，都是保護周至縣終南山的一座「太清宗聖宮」的道觀的；且引其中的一段為例：

這的每宮觀房舍裡，使臣每休安下者；鋪馬只應休拿者；稅糧休與者；屬這的每宮觀裡的莊田地土園林水磨浴堂解典庫店鋪船隻竹葦醋曲貨，不挑選什麼，他每的休奪口要者；不挑選誰休倚氣力者。

這白話並不難性，寫得也還流暢。《元祕史》的白話文章，尤為富有文學趣味。《元祕史》十五卷，明《千頃堂書目》及《文淵閣書目》均見到錄，至清而晦。嘉慶時，阮元、顧廣圻、錢大昕等始為之表彰。而諸抄本，刻本亦出現於世。影元槧本在題目之下，有「忙豁倫紐察」及「脫察安」二行，顧廣圻以為必是撰書人所署名銜。李文田謂：「忙豁倫即蒙古氏也，紐察其名，或與脫察安同撰此史。或紐察乃脫察安祖父之名，脫察安蒙以為氏。」這話或可信。我們如果以紐察、脫察安為本書的作者，當不會很錯誤的吧？也許譯此書為漢文者另有一人在。但已不可考知。這位蒙古的作者，或譯者，其寫作的白話文的程度是很高明的。比之《大元璽書》碑等文確是超趙得多了。即放在《五代史平話》、《三國志平話》、《樂毅圖齊》諸書之側，也不見得有什麼遜色，也許還比較得更「當行出色」。且抄幾段於後：

阿闌豁阿就教訓著說：「您五個兒子，都是我一個肚皮裡生的。如恰才五隻箭竿一般，各自一隻呵，任誰容易折折；您兄弟但同心呵，便如這五隻箭竿束在一處，他人如何容易折得折！」住間，他母親阿闌豁阿歿了。母親阿闌豁阿歿了之後，兄弟五個的傢俬，別勒古訥台，不古訥台，不忽合塔吉，不合禿撒勒只，四個分了，見孛端察兒愚弱，不將他做兄弟相待，不曾分與。孛端察兒見他哥哥每將他不做兄弟相待，說道：「我這裡住什麼！我自去，由他死呵死，活呵活！」因此上騎著一個青白色斷梁瘡禿尾子的馬，順著斡難河，去到馬勒諄阿剌名字的地面裡，結個草菴住了。那般住的時分，孛端察兒見有個雛鷹拿住個野雞。他生計量，拔了幾根馬尾做個套兒，將黃鷹拿著養了。孛端察兒因無吃的上頭，見山崖邊狼圍住的野物，射殺了，或狼食殘的，拾著吃，就養了鷹。如此過了一冬。到春間，鵝鴨都來了。孛端察兒將他的黃鷹餓了，飛放。拿得鵝鴨多了，吃不盡，掛在各枯樹上都臭了。都亦連名字的山背後，有一叢百姓順著統格黎河連起來。孛端察兒每日間放鷹到這百姓處討馬奶吃，晚間回去草菴子住宿……孛端察兒哥不忽合塔吉後來斡難河去尋他，行到統格黎河邊，遇著那叢百姓，問道，有一個那般人，騎著那般馬，有來麼道？那百姓說，有個那般的人，那般的馬，與你問的相似。他再有一個黃鷹，飛放著。日裡來俺行吃馬奶子，夜間不知那裡宿。但見西北風起時，鵝鴨的翎毛似雪般的刮將起來，想必在那裡住。如今是他每日來的時分了，你略等候著。（卷一）

合裡兀答兒等對太祖說，王罕不堤防，見今起著金撒帳做筵會，俺好日夜兼行去掩襲他。太祖說是。遂教主兒扯歹、阿兒孩兩個做頭哨，日夜兼行，……將王罕圍了。廝殺了三晝夜。至第三日不能抵當，方才投降。不知王罕父子從何處已走出去了。這廝殺中有合答黑報阿禿兒名字的人，說：「我於正主不忍教您拿去殺了，所以戰了三日，欲教他走得遠著。如今教我死呵，便死，恩賜教活呵，出氣力者。」太祖說：「不肯棄他主人，教逃命走得遠著，獨與我廝殺；豈不是丈夫。可以做伴來。」遂不殺，教他領一百人與忽亦勒答兒的妻子，永遠做奴婢使喚。（卷七）

這樣的天真自然的敘述，不知要高出懨懨無生氣的古文多少倍！我們如果拿《元史．太祖本紀》等敘同一的事跡的幾段來對讀，便立刻可以看出這渾樸天真的白話文是如何的漂亮而且能夠真實的傳達出這遊牧的蒙古人的本色來了。

明初的朱元璋，也是一位寫作白話文的大家。他是一位徹頭徹尾的流氓皇帝，什麼話都會說得出口。所以他的白話詔令，常有許多好文章。《七修類藁》嘗載他的一篇《皇陵碑》，一篇《朱氏世德碑》。《世德碑》不過是篇平常的記事。《皇陵碑》卻是篇皇皇大著，其氣魄直足翻倒了一切的記功的誇誕的碑文。他以不文不白，似通非通的韻語，記載著他自己的故事，頗具著浩浩蕩蕩的威勢。一開頭便以「孝子皇帝謹述」始，說到鄉中饑荒，他出家為僧的事，很有趣味：

值天無雨，遺蝗騰翔。裡人缺食，草木為糧。予亦何有，心驚若狂。乃與兄計，如何是常？兄雲去此，各度凶荒。兄為我哭，我為兄傷。皇天白日，泣斷心腸。兄弟異路，哀慟遙蒼。汪氏老母，為我籌量，遺子相送，備禮馨香。空門禮佛，出入僧房。居無兩月，寺主封倉。眾名為計，雲水飄揚。我何作為？百無所長。依親自辱，仰天茫茫。既非可倚，侶影相將。突朝煙而急進，暮投古寺以趨蹌。……

把當時廷臣們所作的《皇陵碑》文裡的同樣一段：「葬既畢，朕煢然無託。念二親為吾年幼有疾，嘗許釋氏，遂請於仲兄，師事沙門高彬於裡之皇覺寺。鄰人汪氏助為之禮。九月乙巳也。是年蝗旱。十一月丁酉，寺之主僧歲歉不足以供眾食，俾名還其家。朕居寺時甫兩月，未諳釋典，罹此饑饉，徬徨三思：歸則無家，出則無學，乃勉而遊食四方。」對讀起來，廷臣們的代述，卻是如何粉飾得不自然！他們要代他粉飾，卻反失去他的本色了。只有像他那樣的流氓皇帝，才敢毅然的捨去廷臣們之所撰，而大膽的用到他自己的文章。

明初的戲曲作家們

明初戲曲的繁榮與南北戲曲的差異，以及南戲的崛起，構成了中國文化史上一個重要的篇章。這個時期的文化交流和創新導致了南北戲曲風格的差異，同時也促成了明代戲曲作家的崛起。以下是對這一時期的四百字簡介：

在明初，中國戲曲出現了顯著的繁榮，這一時期也見證了南北戲曲之間的文化差異。南方的南戲與北方的戲曲風格有著明顯的不同。南戲以其獨特的表演方式和曲藝形式而著稱，它強調音樂、唱腔、歌詞和表演的高度協調，與北方的戲曲形式形成鮮明對比。

同時，明代也見證了雜劇的興盛，成為當時戲曲藝術的一個重要方向。明代雜劇以其多樣化的題材、豐富的表演形式和大量的作家而聞名。這一時期的戲曲作家才華橫溢，其中不乏文學巨匠。

南戲傳奇是明初南方戲曲中的重要流派之一，涵蓋了各種富有傳奇色彩的故事。這些傳奇通常以歷史、神話和民間故事為基礎，加入了音樂和舞蹈元素，使得南戲傳奇成為一種富有戲劇張力和藝術創新的表演形式。

整體來說，明初是中國戲曲發展史上一個重要的時期，南北戲曲的不同風格、雜劇的興盛和南戲傳奇的獨特魅力，都為中國文化的多樣性和豐富性貢獻了重要的元素。這一時期的戲曲作家們以其才華和創造力，為中國傳統戲曲留下了寶貴的遺產，成為中國文化史上不可忽視的重要角色。

一　明初戲曲與南戲的興盛：南北戲曲的差異與南戲的崛起

所謂明初，總要包羅到崑腔未產生的弘、正以前的劇壇；即是包羅著明代的前半葉的劇壇。在這一百五十年的戲曲史裡，有幾點是可以注意的。

第一，雜劇已從民間而登上帝王的劇場。許多親王們都是愛好戲劇的。周憲王和寧獻王且自己獻身於作者之林。永樂帝在燕邸開府時，也招來著戲曲作家們，若賈仲明，湯舜民等而加以寵遇。相傳明初親王之藩，必以戲曲一千餘本賜之。這雖未必可靠，但那時的盛況，卻確是空前的。這可證明雜劇是並未隨了蒙古帝國的衰亡而衰亡的。但到了弘、正之際，雜劇的氣焰卻漸漸的低落了。作者漸見寥落，演唱者也漸漸的少了。特別在中國南部，南音的傳奇，幾攫去了雜劇的地盤的全部。這也是必然的盛衰之途徑：一天天和皇帝接近，而成為他們的專用的樂部，自然便也一天天的和民間相遠，而失去其雄厚的根據地以至於消亡了。

第二，葉子奇以為「其後無朝南戲盛行。及當亂，北院本特盛，南戲遂絕。」這話或有幾分可信。祝允明《猥談》謂：「數十年來南戲舊行，所為更是無端。」是南戲的盛行，在明代不過是景泰、成化以後事耳。但即在在這時以前，南戲也並未真的「絕」跡；她不過是再度退守到民間的暗隅裡去，不曾去和雜劇爭皇家樂隊的地位。永樂的大臣們編纂《永樂大典》時，也曾給南戲以和雜劇同等的地位，所收入戲文有三十三本之多。但在實際的皇家的劇場上，那時恐不會有南戲出現過的。她是那樣的富於地方性，確是不大適宜於攀登到北京的及其他中國北部的劇場上的。所以，她仍在南方潛伏的滋長著；恰好和這時雜劇的跳樑，成一個絕好的對照。但她的作家們，卻也並不落寞。徐渭《南詞敘錄》所載明代戲文，自李景雲的《崔鶯鶯西廂記》以下，凡有四十八本，大概都是這時代的產品。及丘濬、邵璨、徐霖、沈採諸人出，南戲更大行於世，漸取得雜劇的地位而代之。武宗（正德）大約便是很欣賞南戲的一人。

第三，雜劇在這時代。早已有了很周密的韻書、曲譜。按譜填詞，規律至嚴；唱者也不容絲毫假借。但南戲則到這時為止，尚不曾有過什麼有規則的曲譜。方音俗唱，各地不同。故嘗被稱為亂彈。因此，在南戲的本身，其各地方的腔調，也常在彼此排擠，彼此競爭之中，不像雜劇之早已「定於一尊」。這恰像北部方言統一已久，而南方土白，至今猶各不相通。

第四，這時代的劇場，據我推測，南北是很歧異的。南部的各地，有著不同的方音的唱詞。——也許大都市像金陵、杭州、松江還不免時時留戀著北劇的餘暉。在北方，則似仍是瀰漫著雜劇的勢力。

二　明代雜劇興盛及作家概述

先講這時代的雜劇作家們。在賈仲明《續錄鬼簿》裡，記載元末明初的作家不少。賈仲明的時代，恰好上接至正，下達永樂。他所記的至少有六十年史蹟。賈仲明，山東人。善吟詠，尤精於樂章隱語。

永樂為燕王時，他和湯舜民、楊景賢皆甚受寵遇。後徙居蘭陵。他自號雲水散人。所作雜劇凡十四種，今存者有：《荊楚臣重對玉梳記》、《鐵拐李度金童玉女》、《蕭淑蘭情寄菩薩蠻》（均見《元曲選》）和《呂洞賓桃柳昇仙夢》（見《古名家雜劇》，但未得讀）等四種。《蕭淑蘭》寫一位大膽的處女向她哥哥的友人調情的故事，其描狀是很活潑的。我們在雜劇裡還不曾見到過像蕭淑蘭那樣大膽的女性。

同時有汪元亨、谷子敬、丁埜夫、朱經、金文質、湯舜民、李唐賓、陳伯將、劉東生諸人，皆寫作雜劇，唯存在者少。汪元亨，饒州人，元時為浙江省掾。後徙劇常熟，所作雜劇三種，今存《劉晨阮肇桃源洞》一種。（《太和正音譜》作王子一，未知孰是。）谷子敬，金陵人，樞密院掾史。他通醫，明《周易》。所作雜劇五種，今存《呂洞賓三度城南柳》一種。這劇並沒有好處，但流傳極盛，很可怪。丁野夫，西域人，家於錢塘。朱經字仲宜，隴人，元末為浙江省考試官，因也僑居吳山之下。金文質，湖州人，湯舜民名咸，象山人，號菊莊，曾補本縣吏。後見知於永樂。陳伯將，無錫人，元進士，累官至中書參知政事。他們所作，今皆隻字不存。

李唐賓，廣陵人，號玉壺道人，官淮南省宣使。所作的雜劇，今存《李雲英風送梧桐葉》一種（《元曲選》作無名氏）。劉東生名兌，曾作《月下老定世間配耦》，賈仲明以為「極為駢麗，傳誦人口」。但今不存。今存的《嬌紅記》，凡二卷，卻是一部偉作。《嬌紅記》本於元清江宋梅洞所作之同名的小說。小說本是一篇名作，劇本則更宛回周折，把申生和嬌孃的戀愛的過程，寫得極為深切。和崔、張的愛戀，別有不同的氣氛。又能楊文奎，《太和正音譜》評其詞「如匡廬疊翠」，當亦為明初人。所作有《翠紅鄉兒女兩團圓》等四種（《翠紅鄉》有《元曲選》本）。

《太和正音譜》的編者朱權（寧獻王），為朱元璋第十六子。洪武間就封大寧，永樂時改封南昌，他自號臞仙、涵虛子、丹丘先生，所作雜劇凡十二種，惜今不存一種。

朱有敦（周憲王）為周定王長子。洪熙元年襲封，景泰三年死（1377～1452）。他所作雜劇，總名為《誠齋樂府》。《列朝詩集》謂誠齋所作，「音律諧美，流傳內府，至今中原絃索多用之。」李夢陽《汴中元宵》絕句曰：「中山孺子倚新妝，趙女姬總擅場。齊唱憲王新樂府，金梁橋外月如霜。」在朱氏諸王裡，他誠是一位才華絕代的作家。他的雜劇，今存者凡三十一種，大約便是他所作的全數（《百川書志》著錄誠齋劇三十一本，其名目與今存者正同）。誠是古今作家曲所未有之好運。他著作的時代，據他自己做的各劇的序，（這些序，《奢摩他室貢叢》本十佚其九；北平圖書館藏本有之）。最早的一本為《張天師明斷辰勾月》，作於永樂二年。其後永樂四年作《甄月娥春風慶朔堂》，六年作《惠禪師三度小桃紅》及《神後山秋獮得騶虞》，十四年作《關雲長義勇辭金》，二十年作《李妙清花裡悟真如》。宣德四年作《群仙慶壽蟠桃會》，宣德五年作《洛陽風月牡丹仙》，宣德六年作《天香圃牡丹品》及《美姻緣風月桃源景》，七年作《瑤池會人仙慶壽》及《孟浩然踏雪尋梅》。宣德八年，所作最多，殆為他戲麴生涯的頂點：《紫陽仙三度常椿壽》、《劉盼春守志香囊怨》、《趙貞姬身後團圓夢》、《黑旋風仗義疏財》及《豹子和尚自還俗》，這年所作凡五本宣德九年作《清河縣斷母大賢》、《東華仙三度十長生》及《十美人慶賞牡丹園》，十年作《呂洞賓花月神仙會》。正統四年則為其寫劇的最後的一年，所作有《河嵩神靈芝慶壽》及《南極星度脫海棠仙》。他的戲曲家的生活殆告終於這六十一歲的高齡的一年上吧？然這時離他的死亡尚有十四年；在最後的那十四年似乎是不會絕筆不寫的。尚有《李亞仙花酒麴江池》、《宣平巷劉金兒復落倡》、《蘭紅葉從良煙花夢》等七本，序上未署年月，也許其中會有幾本是晚年之作。無論如何，這位老壽的作家，其寫劇的年代至少是有四十年以上的。像他那樣作劇年代犁然可考的，在元、明戲曲史裡殆也是唯一的特例。但他所作雖多，無聊的作品卻也不少。什麼《得騶虞》、《蟠桃會》、《八仙慶壽》、《牡丹仙》、《牡丹品》、《牡丹園》、《靈芝慶壽》、《海棠仙》等等都是應景的，或頌揚的皇家適用之劇本。雖然寫得很工巧，布置得很有趣，卻是無靈魂的樂西。其他仙佛劇，像《三度小桃紅》、《三度常椿壽》、《三度十長生》和《半夜朝元》等，左右也脫不了馬致遠、谷子敬等《三醉岳陽樓》、《三度城南柳》的圈套。有敦的最好的劇本卻在彼而不在此。宣德八年所作的《香囊怨》、《團圓夢》、《仗義疏財》、《豹子和尚》四劇，代表他兩方面的大成功：英雄劇的壯烈和戀愛劇的細膩。《關雲長義勇辭金》雖作於此時之前，卻堪和關漢卿的《單刀會》並美，能充分的表現出那位大英雄的忠勇的氣概。《仗義疏財》的描寫李逵也很出色當行。《豹子和尚》的重要，尤在其上。《豹子和尚》寫魯智深因過被宋江所責，憤而下山，再做和尚去。江思之，差了李山兒和去勸他回寨。他不回去。又差他妻和子去勸他，他也不回。最後，著他母親去勸，也無用。還是叫兩個小㜸羅裝做客人，向他母親索債，打了她，智深大怒，才拋下了做和尚的面目，動手廝打。宋江恰遇到這，說道：「兄弟休打，破了齋素也」。智深只好還俗，再上梁山去。這劇寫智深處處脫離不了暴烈的本性，卻又處處想到自己現在是和尚，不該那樣。他以宗教的信仰，盡力制止著人性的熱情。但終於罅漏百出，不得不脫下袈裟，回去做山大王。人性是那麼的頑強在作祟著！

〔金蕉葉〕（末唱）是誰將草戶柴門叩久？（末做開門科，唱）原來是稚子山妻問侯。

（旦雲）你來了半年多了，你的孩兒也會走了。

（末唱）慚愧波孩兒會走。安樂麼慈親皓首？

（旦雲）你的母親好，只是想你，如今老了。（末做哭科）

（旦雲）兀的你這賊孩子也每日想你。從你來了，我是個婦人家，無處尋飯吃。你這等狠心腸，去了我不顧妻子了！

（末抱徠兒，末唱）〔小桃紅〕把孩兒摟抱著淚凝眸，問別來拋閃的山妻瘦。（末用手摸兩摸頭了雲）我又忘計出家了也。婆婆，你靠後，休扯我。（末放下徠推與旦了。末唱）我已自世事塵緣盡參透。（末雲）問訊。（末唱）便合休。

（旦雲）你不回去，家裡少柴無米，房子又漏了，教我怎生過日子？

（末唱）不管你少柴無米房兒漏。（旦向前扯住。末唱）你休將咱領揪，莫牽咱衫袖，休想道勸的我肯回頭！

（旦雲）你不回去時，留下你這賊孩子。你教的他會做賊子，送還我，養活我。（旦推徠與末）

（末雲）我不教他。你送與宋江哥哥教他去。

有敦的《香囊怨》和《團圓夢》都是寫當時的實事。《團圓夢》寫錢鎖兒和一女子名趙官保的，曾指腹為親。後來鎖兒家貧窮，趙家要悔親。官保執意不從，遂嫁了鎖兒。過了不久。鎖兒被官中喚去做軍，到口北操練。有爿舍的，看上了官保，要娶她去。也堅決的回絕了媒婆。後來，鎖兒在口北病死。官保聞耗，也自縊而亡。上帝以其貞義，賜號貞姬，在天上與夫團圓。《香囊怨》寫妓女劉盼春與周恭兩情相戀。恭父性嚴，他被拘管得緊。有一天，二人遇到了，恭給盼春一封信，一首小詞。她保藏於荷包香囊內。後來，她母親逼她另嫁一人。她不願意，自縊而死。火葬時，卻尋見她的香囊兒不曾燒化。囊內書詞依然存在。周恭大哭，贖了骨殖來葬了。這兩劇都寫得異常的纏綿悱惻。《李亞仙詩酒麴江池》一劇，也寫得很有聲色，和《石君寶》同名的一劇足稱「異曲同工」。但最好的要算《劉金兒復落倡》。這劇和一般戀愛劇的氣韻全然不同，寫的不是貞姬，不是烈女，也不是義妓，卻是一個愛奢華，喜風流的蕩婦。她是一個樂籍的婦女，卻背夫出逃。連嫁了好幾次，俱不得意。終於再作倡婦。和關漢卿《救風塵》有些相類，且也同樣的寫得很深刻。

有敦的他劇，未必皆為第一流的名劇，但在戲曲史卻是那麼重要！有許多元、明之際的宮庭應用的劇本，都已泯滅無存，卻賴了有敦的諸劇，見到其若乾面目。又在散文的對話上，這三十餘劇也是極可重視的。明人所刊元劇，對話大都偽作。有敦諸劇的對話才是明初的本色；她們是那麼的富於活潑、生動的氣氛！和《元曲選》的說白一對讀，立刻便可見出臧氏的增訂的伎倆是那麼庸庸無奇。又，在有敦《喬斷鬼》劇裡，有一段醫生的說白：

（淨做看脈科）小舍人，小舍人，你個父親害則個病，啞弗是傷寒，啞弗是傷熱，是一口氣呢，氣則個肚，肚痛放則個胖，日輕夜重呢。舍人放則個心。小人用一服藥，是木香流氣飲。吃了個藥，便好了呢。（末雲）這個太醫是南人，到說的是。

這一段南方的方言，大約要算是現在所知道的見之於文籍上的最早的東西了。

嘉靖刊的《雜劇十段錦》，中有八劇是有敦所作。尚有《漢相如獻賦題橋》，《善知識苦海回頭》二劇，從前頗疑也是他的著作。但近讀周暉的《金陵瑣事》（卷二）云：「陳魯南有《善知識苦海回頭記》行於世。」又松澤老泉《匯劇書目外集記》《四大史雜劇》目錄，亦云：

《善知識苦海回頭記》明陳石亭著按陳魯南名沂，一字石亭，上元人，自號小坡。正德進士。官太僕寺卿。是《苦海回頭》劇之為他作無疑。《獻賦題橋》則未知所出。其作者當也是這時期內的人物。《苦海回頭》寫宋胡仲淵為丁謂所譖，貶竄雷州。過了一年，幸得招還。而他百念已灰，徑投黃龍禪師處出家，得成正果。最後一折多禪語，與前面之多憤慨語頗不稱。

和陳沂同時而作雜劇者，有王九思、康海、陳鐸等數人。陳鐸字大聲，別字秋碧，邳州人。以作散套有名。雜劇有《花月妓雙偷納錦郎》等二本，惜並不存。康海字德涵，號對山，武功人。弘治十五年狀元。授翰林院修撰。正德中，以與劉瑾交往，落職。他了曾作《東郭先生誤救中山狼》一劇，論者以他為有所指。李夢陽初為劉瑾所惡，系詔獄。出片紙求救於他。他乃往謁瑾。瑾以得交海為榮，遂因其言釋夢陽。及瑾敗，海乃坐此削職為民。夢陽於時卻不一援手。故相傳他作此劇乃以譏夢陽。觀劇末有：「俺只索含悲忍氣，從今後見機莫痴。呀，把這負心的中山狼做傍州例。」悻悻之意猶在。此說或不無幾分可靠。但中山狼的故事，實為世界民間傳說裡流行最廣的負恩的禽獸系之一型。其故事的本身已是很可怡悅的；加之以海的慷慨激昂的辭語，此劇遂成為明代最有風趣的劇本之一。海罷官三十年，唯以制曲為事。歿後，遺囊蕭然，大小鼓卻有三百副。

王九思亦作《中山狼院本》一種，卻只有一折。雜劇轉變之機，於此時已可窺見。九思與康海為好友，亦以交劉瑾失敗，作此或有同感。九思字敬夫，號渼陂，陝西鄠縣。弘治丙辰進士。授檢討。以交瑾，得遽升高位。不久，瑾敗。降壽州同知，勒致仕。他和康海俱以作曲得盛名。嘗以厚貲募國工，杜門學唱數年，盡其技乃出。其所作，評者以比關漢卿、馬致遠。他的雜劇，尚有《杜子美沽酒遊春》一本，也充滿了憤激不平之氣：「三三兩兩廝搬弄，管什麼皂白青紅，把一個商伯夷，生扭做虞四凶。兀的不笑殺了懵懂，怒殺了天公！……自古道聰明的卻貧窮，昏子迷做三公……因此上……甘心兒不聽景陽鐘。」

從朱有敦到陳沂、王九思諸人，中間相隔凡六七十餘年，而作者寥寥如此，所作更寥寥如彼，雜劇的運命的沒落，誠足悲嘆。

三　明初南戲傳奇概述

明初的南戲名目，最可靠的記載為徐渭的《南詞敘錄》。渭所錄凡四十八本，但並非其全部。成化、弘治以後，作者尤夥。渭所見似尚未及其半。今日珍籍漸次出現，論述本節，頗具有特殊的新鮮的趣味。

明初的四大傳奇為《荊釵記》、《劉知遠》、《拜月亭》及《殺狗記》。但徐渭《南詞敘錄》則置《拜月亭》、《劉知遠》及《殺狗勸夫》於《宋元舊篇》之中。關於《荊釵記》，則他在著錄李景雲所編的一本外，《宋元舊篇》裡也並有《王十朋荊釵記》一本。是《荊》、《劉》、《拜》、《殺》的來歷，決非源自明初可知。唯明初人把這幾本著名的傳奇加以潤改，別成新本，則是很可能的。像徐時敏《五福記》自序說：「今歲改《孫郎埋犬傳》，筆研精良，因成此編。」（《曲海總目提要》引），而《劉知遠白兔記》今亦有截然不同的二本。此可知明代改作傳奇者的夥多。今姑將這四種放在這裡講。

《荊釵記》，《曲品》作柯丹丘撰，《百川書志》無作者姓名，但王國維氏則以為寧獻王朱權作。權自號丹丘先生，故《曲品》遂誤作柯丹丘。《荊釵》寫王十朋、錢玉蓮事，「以真切之調，寫真切之情；情文相生，最不易及。」十朋少年時，家貧好學，聘錢玉蓮時，乃以荊釵作為聘禮。後因赴考相別。奸人孫汝權謬傳十朋別娶，逼玉蓮改嫁給他。她不從，投江自殺。為錢安撫所救。同時十朋中了狀元後，也為万俟丞相所迫，欲妻以女。他也不從。乃調他為朝陽僉判。後更經若干波折，夫妻才重複團圓。其中寫男義，女節，殊感人。嘗觀演十朋見母一出，不覺淚下。他見母而不見妻，母又不忍對子說出他妻的自殺的訊息。那場面是那麼樣的嚴肅悲痛！相傳，此傳奇系宋時史浩門客造作以誣十朋及孫汝權的，蓋用以報復汝權慫恿十朋彈劾史浩之舉者（見《矩齋雜記》及《甌江佚志》）。但這話似不甚可靠。汝權在劇中固為小人，十朋卻被寫得那麼孝義，豈像是侮蔑他的。

《拜月亭》，明人皆以為元施君美作。然《錄鬼簿》不曾說他曾作過南戲；《曲品》也說：「亦無的據。」但其為元人作，當無可穎。寫蔣世隆、王瑞蘭的離合悲歡事，頗富天然本色的意趣。何元郎絕口稱之，以為勝《琵琶》。但《拜月》佳處，似皆從關漢卿的《閨怨佳人拜月亭》劇中出。我們將他們對讀，便可知。但其描寫卻也很宛曲動人，時有佳處。

《殺狗記》，朱彝尊以為徐晒作昣字仲由，淳安人，洪武初，徵秀才，至藩省辭歸。然徐時敏則嘗自言此劇為他所改作。明末馮夢龍也嘗有所筆潤。蓋改作此記者不止一人二人而已。然改者雖經數手，原作的渾樸鄙野的氣氛，卻未除盡。像：

〔清歌兒〕（旦）常言道，要知心事，但聽他口中言語。不知員外怒著誰？從頭至尾，說與奴家知會。

〔桂枝香〕（生）賢妻聽啟，孫榮無理！他要贖毒藥害我身軀，把我傢俬占取。險此兒中了，險些兒中了，牢籠巧計，院君，被我趕出門去。細思之，指望我遭毒手。我先將小計施。

之是從馮氏改本抄錄的，卻還是那樣的「明白如話」。蕭德祥的雜劇《殺狗勸夫》便不是這樣的村樸了。

《白兔記》未知作者。今有二本。《六十種曲》本較為村俗，當最近本來面目。富春堂刊本，則已富麗堂皇，近晚明的作風，惜僅題「豫人敬所謝天佑校」，不知必作者究為何人。《白兔記》故事，來歷甚古。金時已有《劉知遠諸宮調》，敘劉知遠贅於李家莊，不忿二舅的欺凌，出外從軍。終以戰功，官九州安撫使。他妻三娘，則在家受盡苦辛。她產下咬臍郎，託人送與知遠。她自己卻是挑水舂磨的受磨折。後十餘年，咬臍郎長大出獵。因逐白兔，方才見到他母親。因此全家團圓。《六十種曲》本的第一齣：是「〔滿庭芳〕五代殘唐，漢劉知遠生時紫霧紅光，李家莊上招贅做東床。二舅不容完聚，生巧計拆散鴛行。三娘受苦，產下咬臍郎。」富春堂本的開頭，卻是：「〔鷓鴣天〕桃花落盡鷓鴣啼，春到鄰家蝶未知。世事只如春夢杳，幾人能到白頭時！歌《金縷》，碎玉巵，幕天席地是男兒。等閒好著看花眼，為聽新聲唱《竹枝》。」是那樣的全然不同的氣氛！

在實際上，明初的傳奇，殆皆為不知名者所作。丘濬崛起於景泰、天順間，以當代的老師宿儒，創作傳奇數種，始開了後來的風氣。濬字仲深，瓊州人。景泰五年進士。官至大學士。諡文莊（1418～1495）。著《瓊台集》及《五倫全備忠教記》、《投筆記》、《舉鼎記》、《羅囊記》傳奇四種。他的詩筆，笨重無倫。此數劇皆不能博得好評。《曲品》列《投筆》及《五倫》於「曲品」之末，而指摘之道：「《投筆》，詞平常，音不葉，俱以事佳而傳耳。」又道：「《五倫》，大老巨筆，稍近腐。」王世貞也說：「《五倫全備》是文莊元老大儒之作，不免腐爛。」《五倫全備記》敘伍倫全、倫備兄弟一家忠孝節義事；其以「五倫全備」為名，顯然是暗指著「五倫」俱備於一家的意思，正是亡是公、烏有先生的一流。故事似也全出於偽託。伍母以己子抵罪，終得感動問官，無罪俱釋，蓋取於關漢卿的《蝴蝶夢》。倫全兄弟爭死於克汗之前一事，也大似元劇《趙禮讓肥》克汗為他們兄弟所感動，乃入朝於中國。全、備遂因功皆晉爵為侯。《投筆記》寫班超投筆從戎，遠征西域，終得榮歸事。《舉鼎記》寫秦穆公欲並諸國，舉行鬥寶會於臨潼關。賴伍子胥舉鼎，展雄助力，諸侯們始得脫歸事。此三種今皆有傳本。《投筆》寫班超，氣概凜凜，頗有生動之趣。《投筆空回》（第六齣），《夷邦酹月》（第十五出）等等，尤為慷慨激昂，讀之令人神往。固未可和《五倫全備》同以迂腐目之。《舉鼎》的故事，雖極荒誕，其流傳卻是很廣的。《列國志傳》幾以此為最活躍的故事中心。濬所寫也還能傳達出幾分伍子胥的神勇來。《羅囊記》今不存，但在胡文煥《群音類選》裡，尚存《相贈羅囊》、《春遊錫山》、《劉公賞菊》及《羅囊重會》的四出，還勉強可見出其全劇的一斑。敘的是以一個羅囊為姻緣的線串之戀愛劇。「總桃源錯認劉郎，豈桑林誤將妻戲。有緣千里能相會，古語總來非偽。」

但較丘濬更有影響於後來的劇壇者，卻為邵璨。璨字文明，宜興人（《曲品》則以他為常州人）。「常州邵給諫既屬青瑣名臣，乃習紅牙曲技。調防近俚，局忌入酸。選聲盡工，宜騷人之傾耳；採事尤正，亦嘉客所賞心。」徐渭云：「《香囊》乃宜興老生員邵文明作。」是邵氏未嘗為「給諫」。自梁辰魚以下，到萬曆間沈、湯的出現為止，傳奇的作風，殆皆受邵氏的影響而不可自拔。《藝苑卮言》謂「《香囊》雅而不動人。」他的影響便在「雅」字。他的《香囊》之成為後來傳奇的楷式者，也便因其「雅」。《琵琶記》已漸掃《殺狗》、《白兔》的俚俗；但其真正的宣言去村野而就典雅者，卻是《香囊記》開其端。《琵琶》

盡多本色語，《香囊》才連說白也對仗工整起來。像：「〔排歌〕放達劉伶，風流阮宣，休誇草聖張顛，知章騎馬似乘船，蘇晉長齋繡佛前。」（第八齣）「也曾說長安發卦，也曾向成都賣卜。先生那數邵雍，同輩盡欺郭璞。只憑四像三爻，便說休囚禍福……舌能翻高就低，語皆駢四儷六。」（第二十三出）徐渭謂：邵文明「習《詩經》，專學杜詩，遂以二書語句，勻入曲中，賓白亦是文語，又好用故事，作對子，最為害事。」正切中其病。琛此記自言是：「續取《五倫》新傳，標記《紫香囊》。」在談忠說孝一方面，確受了不少《五倫全備記》的指示。《香囊》敘宋時張九成以忤權奸，被完謫域處。身陷胡庭十年，不失臣節。後得王侍御捨生救友，方得脫離虎窟，晝錦榮歸。劇中波濤起伏，結構甚佳。善於利用淨、醜各角，多雜滑稽的串插，雖嫌不大嚴肅，卻增加了不少生趣。

沈練川和姚靜山，《曲品》並列其所作於能品。練川名採，吳縣人，靜山名茂良，武康人。生平並不詳。練川所作有《千金記》、《還帶記》及《四節記》三種。《曲品》云：「沈練川名重五陵，才傾萬斛；紀遊適則逸趣寄於山水，表勛猷則熱心暢於干戈。元老解頤而進卮，詞豪攦指而擱筆。」今存《千金記》及《還帶記》。《四節記》惜不存。《曲品》云：「一記分四截，是此始。」蓋以後葉憲祖的《四豔》，車任遠的《四夢》，顧大典的《風教編》等等，皆是規仿《四節》的。《千金記》寫韓信事，當即《南詞敘錄》所著錄的《韓信築壇拜將》。錢遵王注《南詞敘錄》此本上云：「《追賢》一出乃元曲。」正和《曲品》的「韓信事佳，寫得豪暢。內插用北劇」的話相合。此劇演作極盛，蓋以其排場異常熱鬧。寫項羽故事的《楚歌》、《別姬》數出，傳唱者尤多。其淒涼悲壯處固不僅此。其上卷寫韓信未達時的困厄重重，所如不合的情緒，也很動人。《還帶記》敘裴度未遇時，窮苦不堪。卜者視其相當餓死。一日在香山一寺中，拾得玉帶數條，即以還給原主。以此陰德，反得富貴榮華。後中進士，做宰相，平淮西，皆有賴於還帶的一件事。未免過於重視因果報應之說。

姚靜山所作，《曲錄》著錄的有《雙忠記》、《金丸記》及《精忠記》三本。但這個記載實不可靠。《曲品》云：「武康姚靜山僅存一帙，唯睹《雙忠》。筆能寫義烈之剛腸，詞亦達事態之悲憤。求人於古，足重於今。」靜山所作蓋只有《雙忠》一帙。《金丸》、《精忠》都非他的作品。《曲錄》蓋誤將《曲品》所著錄的《金丸》、《精忠》等二劇，並《雙忠》而連讀了。《雙忠記》極激昂慷慨之致，一洗戲文的靡弱。寫張巡、許遠困守孤城，城破，罵賊以死。殆後身為厲鬼，興陰兵，助殺元凶。亂平，二人廟食千古。最後的張、許為厲鬼殺賊事，如果不增入，似乎氣氛更可崇高些。中間，像第十三折寫召募勇士事：「（四連靜）逆胡狂猰殊猖獗，生民困顛越。募士遠行師，終將破虜穴。裹創飲血臥霜月。一劍靖連塵，歸來朝金闕！」其雄概不似岳飛的詠唱《滿江紅》麼？《精忠記》寫嶽習破虜救國，而為秦檜所不容，卒定計於東窗之下，用「莫須有」三字殺了飛。飛死後成神，而檜和妻王氏不久亦死，卻被打入地獄受無涯之罪。此記無作者姓名，而來歷卻極古。南宋的說話人，已有以敷衍《中興名將傳》為專業的。宋、元戲文中，有《秦檜東窗事犯》一本，元雜劇亦有《秦太師東窗事犯》一本。《南詞敘錄》於著錄那本宋、元戲文以外，於「本朝」之下，又有《岳飛東窗事犯》一本，下注「用禮重編。」此《精忠記》也許便是用禮重編的一本。（富春堂刊本的《岳飛破虜東窗記》與《六十種曲》本的《精忠記》大部相同，當即系一書。《六十種曲》本似經改編。）《金丸記》作者也無姓名。《曲品》云：「元有《抱妝盒》劇。此詞出在成化年。曾感動宮闈。內有佳處可觀。」近來流行的《狸貓換太子》時劇，即起源於此。宋帝無嗣，李宸記有孕生子，乃為劉妃所抵換。後太子即位，事大白，乃迎母歸宮。其中《盒隱潛龍》、《拷問前情》等出，文辭雖有竊元劇處，情節卻很曲折可觀。（用禮疑即周禮，即周靜軒。）

蘇復之的《金印記》和王濟的《連環記》，同被《曲品》列於「妙品」中，至今尚演唱不衰。蘇復之的生平裡居俱未知。《玉夏齋傳奇十種》本，題作《金印合縱記》，一名《黑貂裘》，下寫「西湖高一葦訂正。」此高氏訂正本究竟與原本的面目相差得多少，惜未得他本一細校，無從知道。蘇秦刺股事，本能感動一般失意的人。故《曲品》云：「寫世態炎涼曲盡，真足令人感喟發憤。近俚處具見古態。」

王濟字雨舟，浙江烏鎮人，官橫州通判。所作《連環記》，散出常見於劇場，原本近始被發現（惜仍缺佚一部分）。《曲品》云：「詞多佳句，事亦可喜。」呂布、貂蟬事，元劇有《連環計》。雨舟此作更以細針密縫的工夫，曲曲傳達出這三國故事中最錯綜動人的一則，其流行遂遠在《古城記》等其他三國傳奇之上。

沈壽卿名受先，時劇未詳。《曲錄》著錄著所作四本：《銀瓶記》、《三元記》、《龍泉記》及《嬌紅記》。《曲品》僅以後三本為受先作，《銀瓶記》則未著作者姓氏。今存《三元記》一本。按《南詞敘錄》載《商輅三元記》及《馮京三元記》，皆明初人作。《曲品》云：「馮商還妾一事盡有致。」則受先所作乃《馮京三元記》。徐渭評此記多市井語。《曲品》也說：「沈壽卿蔚以名流，雄乎老學。語或嫌於湊插，事每近於迂拘。然吳優多肯演行，吾輩亦不厭弄。」記寫賈人馮商，四十無子，妻勸納妾。他買得一妾，其父張公，蓋以析運償官而貨女者。商慨然以女還之，不取原聘。以此，天賜佳兒，少年時高捷三元。「〔桂枝香〕聽他哀情悽慘，使我勃然色變。你雙親衰老無兒，何忍把你天倫離間。小娘子不須淚漣，不須淚漣，把你送歸庭院。」「〔唐多令〕一見好心驚，還疑夢裡形。」所謂「市井語」，或即指這些。

當正德的時候，為南京曲壇的祭酒者有陳鐸和徐霖，鐸有大名，霖則今人罕知之。周暉《金陵瑣事》云：「徐霖少年數遊狹斜。所填南北詞，大有才情，語語入律。娼家皆崇奉之。吳中文徵明題畫寄徐，有句云：『樂府新傳桃葉渡，彩毫遍寫薛濤箋』。乃實錄也。武宗南狩時，伶人臧賢薦之於上，令填新曲，武宗極喜之。餘所見戲文《繡襦》、《三元》《梅花》、《留鞋》、《枕中》、《種瓜》、《兩團圓》數種行於世。」又云：「武宗屢命以官，辭而不拜。中更事變，拂衣遂初。既歸而名益震，詞翰益奇。又幾二十年竟以隱終。」霖字髯仙，應天人。今所傳《繡襦記》，《曲品》歸於「作者姓名有無可考」者之列。朱彝尊《靜志居詩話》則以為薛近兗作，不知何所據。因《曲品》有「嘗聞《玉玦》出而曲中無宿客，及此記出而客復來」語，更造作妓女們其饋金求近兗作此記以雪其事的一個故事。像那麼偉大的一部名著《繡襦記》，當不會有第二部的。髯仙以作曲名，我們似宜相信周暉的記載把此劇歸還給他。《繡襦》實為罕見的臣作，豔而不流於膩，質而不入於野，正是恰到濃淡深淺的好處。這裡並沒有刀兵逃亡之事，只是反反覆覆的寫痴兒少女的愛戀與遭遇，卻是那樣的動人。觸手有若天鵝絨的溫軟，入目有若蜀錦的斑斕炫人。像《鬻賣來興》、《慈母感念》、《襦護郎寒》、《剔目勸學》等出，皆為絕妙好辭，固不僅《蓮花落》一歌，被評者嘆為絕作。他的《三元記》，今未見。《商輅各三元記》有幾齣見於《摘錦奇音》、《玉谷調簧》諸書。但像「會同張三李四，去送商家小兒」云云，那樣俚俗之語，卻絕不會出之於《繡襦記》作者的筆下的。故那部《三元記》恐怕不會是他做的。

陳羆齋，未知裡居，作《躍鯉記》。《南詞敘錄》載《姜詩得鯉》一本，當即此劇，姜詩孝母事，不過一般的「行孝」故事的老套，但其妻的被出而戀戀不捨，卻寫得極好。《蘆林相會》敘那位棄婦之如何懇摯的陳情於故夫之前，任何人讀了，都要為之感動泣下的。

《南詞敘錄》「宋、元舊篇」中有《鶯鶯西廂記》一本，「本朝」下，又著錄李景雲編的《崔鶯鶯西廂記》一本。未知此李景雲是否即「斗膽翻詞」的李日華？（景雲又編《王十朋荊釵記》。）日華的《西廂記》有「嘉靖萬年春」語，似作於嘉靖間。但《百川書志》卻記錄著：「海鹽崔時佩編集，吳門李日華新增。凡三十八折。」此崔時佩的生存時代自當在嘉靖以前。（曾有人誤以此李日華為萬曆時的李君實。君實嘗自辨之。而陸採在他所作的《南西廂記》，他恣意的攻擊著《李西廂》。故此李日華當然絕不會即是萬曆時的李日華的。）

徐時敏（《曲錄》作時勉，誤）作《五福記》，今存。敘徐勉之救溺還金，拒色行義諸事，終獲厚報於天君，享種種福。他又嘗改《孫郎埋伏傳》。

無名氏所作傳奇，在明初是很多的。徐謂所載「本朝」戲文，十之七八無作者姓氏。此種傳奇，散佚最易，而倖存於今者也還不少。《南詞敘錄》所著錄者，如《玉簫兩世姻緣》、《張良圯橋進履》及《高文舉》等皆有全本存在。《玉簫兩世姻緣》當即為《唐韋皋玉環記》，寫韋皋及妓女玉簫的再世姻緣。其中所敘韋皋為張延賞婿，不為所重，又迫女改嫁等事，大似《劉知遠白兔記》。而玉簫的病思及寫真，似曾給《牡丹亭》和《燕子箋》的作者們以一個重要的暗示。此記排場緊張，文辭也極為本色，是這時代的第一流的作品。惜作者已無可考了。《張良圯橋進履》當即為《張子房赤松記》。張良事，宋、元話本裡有《張子房慕道記》（見《清平山堂話本》）。《赤松記》後半或即本於彼。唯前半寫子房散千金，求勇士，椎擊始皇於博浪，因進履於圯橋，得黃石公書，遂成誅秦滅楚興漢之功等事，氣勢殊為壯闊，恰和最後之功成身退，悠然逝去，成一黑白極分明的對照。其中插入子房妻妾事，似是狃於傳奇中不得不有女性的習慣。《高文舉》當即《高文舉珍珠記》，寫高文舉因欠官銀，求救助於王百萬；百萬以女金真妻之。後文舉入京，一舉狀元及第。被丞相溫閣所迫，不得已又娶其女金定。中因老蒼頭的挑撥，在王金真尋夫入京時，金定乃加以很酷刻的待遇。最後，文舉、金真夫婦重得相會，溫閣也罷官。劇情大似《琵琶記》，唯後半不同。溫女遠不若牛女之賢，故遂更生出許多驚波駭浪出來，增益全劇的緊張的氣氛不少。又有《八不知犀合記》今有《陳攬賈調奸》、《夜宴失兒》二出，見於《群音類選》卷二十一，寫的是唐伯亨因禍得福事，蓋本之於元代戲文的《唐伯亨八不知音》。

其他無名氏傳奇，或改訂前代戲文，或出自杜撰，或規模古劇的情節而加以變化，或為教坊所編，或為無名文士們的手筆，在這時代出現得不少。他們卻又成為後來戲劇家們所寫的諸傳奇的張本，蓋此時代在實際上乃為一個承前啟後的一個時期。有許多見存的富春堂、文林閣、世德堂、繼志齋以及閩南書肆的所刊的無名氏傳奇，又見選於萬曆間諸戲曲選本的許多傳奇，也都可疑為這個時代的產物。唯以其無甚確據，姑都留在下文再講。

散曲的進展

明代是中國戲曲發展史上一個極為重要的時期，特別是在北曲和南曲方面。這一章將闡述明代散曲的進展，包括北曲作家、南曲文人作品以及他們的評價。以下是對本章內容的簡要概述：

一、明代北曲作家概述

明代的北曲以其獨特的音樂風格和表演形式而著稱。本節將總結明代北曲作家的特點，包括他們的作品題材、風格以及對北曲發展的貢獻。這些作家中的一些已經在先前章節中提到，本節將更深入地介紹他們的作品和影響。

二、明代弘治正德間的北曲作家嶄露頭角

在弘治和正德年間，一批北曲作家嶄露頭角，為北曲藝術注入新的活力。他們的作品風格多樣，包括歷史劇、宮廷劇等，反映了當時社會和文化的變遷。這一節將重點介紹這些北曲新秀的代表作品和特點。

三、南曲明代文人作品及評價

南曲在明代也有其獨特的發展軌跡，尤其是由明代文人所創作的作品。這些南曲作品不僅包含了詼諧幽默的元素，還常常反映了文人的文學品味和社會關懷。本節將介紹明代文人創作的南曲作品，並討論它們在當時的評價。

四、南曲文人陳大聲及其他明代南曲作家

陳大聲是明代南曲中的傑出作家，他的作品被譽為南曲的代表之一。此外，還有其他一些明代南曲作家，他們的作品在南曲發展史上也留下了深刻的印記。本節將著重介紹陳大聲及其他南曲作家的生平、作品風格和影響。

這一章將深入研究明代散曲的蓬勃發展，包括北曲和南曲的重要作家和作品。透過對這些文學藝術家的深入了解，我們可以更好地理解明代文化的多樣性和豐富性。

一　明代北曲作家概述

從元末到明的正德，散曲的進展，可分為兩方面來講。第一，北曲依然的在蓬蓬勃勃的滋生著，並未顯露出衰弱的氣象來。第二，南曲也由無人知的民間暗隅裡，抬頭而出，漸漸的占領了曲壇的重要的地位。但這時期的北曲，氣象雖未衰落，作家雖仍不少，而能不為前人所範圍者卻不多，能獨創一個新

的作風者，尤為罕見。幾個大名家，像朱有敦、常倫、康海、王九思、唐寅、陳鐸等等，其作風左右脫不掉元代曲家們的範型。北曲到了這個時候，已是相當於南宋的詞的凝固為冰，雕刻成器的時代了。雖有豪傑之士，也脫不出如來佛的手掌心以外去。倒是新起的南曲，表現出另一種清新活潑的氣象出來，造成了以後一百幾十年的曲壇的新局面。但在明初，南曲的作家實在寥寥無幾。其全盛，則在弘、正之間。

北曲的作家們，由遠入明者，有汪元亨、谷子敬、唐以初、賈仲明、丁野夫、湯舜民、楊景賢、劉東生諸人。賈仲明《續錄鬼簿》所載尤多，大抵皆為元、明間人。

汪元亨，饒州人，浙江省掾。但《樂府群珠》（卷三）則以他為「元尚書」，不知何據。賈仲明說他「有《歸田錄》一百篇，行於世，見重於人。」《雍熙樂府》載他的散曲至百篇，殆即所謂《歸田錄》。他的散曲，脫不了馬致遠、張雲莊式的「休居閒適」的氣味，充分的表現著喪亂時代的無可奈何的享樂主義，像他的《折桂》令：

> 問老生掉臂何之？在雲處青山，山下茅茨。向隴首尋梅，著杖頭挑酒，就驢背詠詩。嘆功名一張故紙，冒見霜兩鬢新絲。何苦孜孜，莫待偲偲，細看淵明《歸去來辭》。

還不是致遠、雲莊乃至小山諸人作品的翻版麼？

谷子敬所作雜劇有《城南柳》等。所作「樂府隱語，盛行於世。蒙下堂而傷一足，終身有憂色。乃作《耍孩兒》樂府十四煞以寓其意，極為工巧。」惜此《耍孩兒》今已不可得見。

丁野夫，西域人。「故元西監生。羨錢塘山水之勝，因而家焉。動作有文，有冠濟楚。善丹青小景，皆取詩意。套數小令極多。」但今也罕見他的所作。

唐以初名復，京口人，號冰壺道人。「以後住金陵，吟卜詩，曉音律。」雜劇有《陳子春四女爭夫》，今佚。散曲有《普天樂徐都相書堂》一首：「伯牙琴，王維畫，文章公子，宰相人家，聯一篇感興詩，說幾句知音話，」及《紅繡鞋》四首見於《樂府群珠》。

湯舜民所作樂府，今傳者尚多。賈仲明謂「文皇帝在燕邸時寵遇甚厚。永樂間恩賚常及。所作樂府，套數小令極多。語皆工巧，江湖盛傳之。」舜民之用，是曲中的老手，能手，圓穩老到，是其特長，卻沒有怎樣了不得的天才。像《南呂一枝花》：「樹當軒作翠屏，月到簾為銀燭，柳錦鋪白罽氈，苔綠展翠絨褥，四壁蕭疏。若得琅琊護何須蘿蔓鋪。」設景也還平庸，不見怎麼的新警。

楊景賢本為蒙古人，「因從姐夫楊鎮撫，人以楊姓稱之。善琵琶，好戲謔。樂府出人頭地。」永樂初，與舜民及仲明同被寵遇。

賈仲明（一名仲名）自號雲水散人，所作散曲有《雲水遺音》等集。唯今傳者已不多。劉東生「作《月下老定世間配耦》四套，極為駢麗，傳誦人口」《世間配耦》疑為雜劇。其散曲也罕見。

朱仲宜為元末人，名經，隴人，號觀夢道士，又號西清居士。以儒業起為浙江省考試官。嘗為《錄鬼簿》作序；和賈仲明也相交甚深。其子啟文，任中書宣使。文學過人。「亦善樂府隱語。」

此外，《續錄鬼簿》所載，還有：劉君錫，燕山人，「隱語為燕南獨步。」夏伯和，號雪蓑釣叟，松江人。「文章妍麗，樂府隱語極多」，嘗作《青樓集》。全子仁，名普庵撒裡，高昌家禿兀兒氏，元贛州路監郡。詹時雨，隨父宦遊福建，因而家焉。「樂府極多，有補《西廂變棋》（疑即今傳之《圍棋闖局》）並

『銀杏花凋殘鴨腳貢』諸南呂行於世。」劉士昌，宛平人，「所作樂府，語極駢麗。有《四季》黃鐘及《嬌馬衫》中呂傳於世。」花士良，高郵人，洪武初知鳳翔府事，後以事死非命。金堯臣，淮東人，左司郎中，「樂府有《金人捧露盤》，《沉醉東風》等行於世。」張伯剛，京口人，洪武初，任臨洮太守。李唐賓，廣陵人，號玉壺道人，淮南省宣使，「樂府俊麗。」蘭楚芳，西域人，與劉廷信在武昌賡和，人多以元、白擬之。俞行之名用，臨江人。「樂府小令，極其工巧。永樂中，嘉其才，官以營膳大使。」賈伯堅名固，山樂沂州人，拜中書左參政事。倪瓚所作樂府：「有《送行水仙子》二篇，膾炙人口。」孫行簡，金陵人，洪武初任上元縣縣丞。徐孟曾，蘭陵人，號愛夢，世業醫。「平居好吟詠，樂府尤工，然其氣岸高峻，時人以為矜傲，呼為戇齋。」楊彥華名賁，滁陽宦族，自號春風道人。永樂初為趙府紀善。

蒙古人、女真人及西域人工散曲者也有不少。《續錄鬼簿》所載者，有：金元素，康裡人氏，名哈剌，「故元工部郎中，升參知政事。嘗有《詠雪塞鴻秋》為世絕唱。後隨元駕北上，不知所終。」金文石，元素子，因其父北去，憂心成疾，卒於金陵。「作樂府，名公大夫伶倫等輩，舉皆嘆服。」月景輝，也裡可溫樂，居京口，官至令尹。「吟詩和曲，筆不停思。」賽景初，西域人，授常熟判官。「遭世多故，老於錢塘、西湖之濱。」沐仲易，西域人，故元西監生，「有《自賦大鼻子》、《哨遍》，又有《破布衫》，《耍孩兒》盛行於世。」虎伯恭，西域人，「與弟伯儉、伯讓以孝義相友愛。當時錢塘風流人物，咸以君之昆仲為道稱。」

涵虛子《太和正音譜》所錄「古今眾英」中有明初曲家十六人。在上面所舉的以外者，還有王子一、王文昌、陳克明、穆仲義、蘇復之、楊文奎等五人。這些元、明之間的散曲作者們，其作品傳於今者殆百不存一。大多數皆片言隻語，不遺於人間。其偶有所遺，像楊彥華的《春遊》（《端正好》套）：「江南自古繁華地，追勝遊盡醉方歸。波動處綠鴨浮，沙暖處紅鴛睡。風流佳致，省可裡杜鵑啼。」王文昌的《夏景》（「南北合套」）：「碧煙淡靄暗蘼蕪，灑幾點黃梅雨，菡萏將開燕將乳。」蘭楚芳（蘭，《正音譜》作藍）的《春思》（《顯成雙》（套）：「青春一捻，奈何嬌羞更怯！流不幹淚海幾時竭？打不破愁城何日缺？訴不盡相思舍！」也都不是什麼驚人的名篇。

繼於賈仲明時代之後的散曲作家，僅一朱有敦耳。涵虛子（朱權）所作散曲，今未見一篇。其他作家，則連姓氏也不曾見之記載。宣德到成化的六十年間的散曲壇實是沉寂若墟墓的，幸賴朱有敦縱橫馳騁於其間，稍增生氣。「齊唱憲王新樂府，金梁橋外月如霜。」那時不唱憲王的樂府，又唱誰的？有敦的散曲集「誠齋樂府」，今日亦幸得見全部。誠齋之曲，亦多陳腐的套語，遠不如他的雜劇之能奔放自如，別闢天地。像《隱居》（《一枝花》套）的一段：

> 對著這一川殘照波光暝，兩岸西風樹色明，看了這山水清幽足佳興。醒時節共樵夫將古人細評，醉時節就蓬窗將衾裯款賺，任那鼻息齁齁喚不醒。

又像《嘲子弟省悟修道》（《粉蝶兒》套）的一段：

> 既得了黍珠般一粒丹，急將來華池中滿口吞，這的是神仙自有神仙分，那其間將你這折柳攀花的方才證得本！

都不是什麼上乘的曲子。

二　明代弘治正德間的北曲作家嶄露頭角

到了弘治、正德間，北曲的作家們忽又像泉湧風起似的出來了不少。北方以康（海）、王（九思）為中心，南方以陳鐸為最著。他若常倫的豪邁，王磐的俊逸，並各有可稱。

這時代的北曲，早已成了「天府之物」，民間反不大流行。作者們類皆以典雅為宗。像元人那樣的縱筆所如，王語方言，無不拉入的勇氣，已不是多見的了。唯真實的出於「性靈」之作，卻反較明初為盛。他們不復是敷衍塞責。他們是那樣的認真的推陳出新的在寫著；即最凡庸的「慶壽」、「宴集」之作，有時也有很可觀的雋什佳句句得。

康海的散曲集，有《沜東樂府》。王九思的散曲集，有《碧山樂府》、《碧山續稿》及《碧山新稿》等。他們為當時曲壇的宗匠者總在半世紀以上。九思嘉請初猶在（1468～1550？），影響尤大。對於這兩位大作家，世人優劣之論，紛紜不已。王世貞以為「其秀麗雄爽，康大不如也。評者以敬夫聲價，不在關漢卿、馬東籬下。」王伯良也抑康而揚王。其實二人所作，皆流於粗豪，對山更甚。碧山是較為蘊藉，故深為學士大夫所喜。對山之曲，時有故作盤空硬語者，像「輕蓑一笛晚雲灣，這逍遙是罕！」「多君況乃青雲器。樂轉鳳凰歌，燈轉芙蓉戲，剔團圓明月懸天際。」「霧冥濛好興先裁，意緒難捱，詩酒空開，萬里泥途，三徑何哉！」之類，集中幾於俯拾皆是。他盛年被放，一肚子的牢騷，皆發之於樂府，故處處都盈溢著憤慨不平之氣，像《讀史》「天豈醉，地豈迷，青霄白日風雷厲。昌時盛世奸諛蔽，忠臣孝子難存立。朱雲未斬佞人頭，禰衡休使英雄氣！」但也有寫得很清雋者，像《晴望》：

天空霧掃，雲恬雨散，水漲波潮，園林一帶青如掉，山色週遭。點玉池新荷乍小，照丹霄晴日初高。兩件兒休支調：雞肥酒好，宜醉滸西郊。

稱他為曲中的蘇、辛，殆足當之無愧（1475～1540）。碧山卻沒有對那山樣的屹立岡頭的氣概了。他也憤慨，他也不平，他也想奔放雄豪，然而他的筆鋒卻總未免有些拘謹，有些不敢邁開大步走去。像「一拳打脫鳳凰籠，兩腳登開虎豹叢，單身撞出麒麟洞，望東華人亂擁，紫羅襴老盡英雄。」《水仙子》未嘗不想其氣勢的浩蕩，卻立刻便顯出其「有意做作」的斧鑿痕來。遠不及對之渾樸自然，寫得不經意。他的本色語，乃是像《雜詠》《寄生草》般的圓熟的：

渼陂水乘個釣艇，紫閣山住個草亭：山妻稚子咱歡慶，清風皓月誰爭競，青山綠水咱遊詠。醉時便唱太平歌，老來帶是疏狂性。

集合於康、王的左右者有張煉、史沐、張伯純、何瑭、康諱川諸人。山東李開先則在嘉請間和九思相唱和（李開先見第六十三章）。張煉也是武功人，所作有《雙溪樂府》二卷。他是對山的外甥，作風卻不似對山。像《四時行樂》：「虛窗易醒，秋霖初霽，纖月才明，憑誰喚起登樓興？景物關情！滴蒼苔桐露冷，透疏簾楊柳風輕，兀自把危闌憑。對煙霞萬頃，誰知有少微星。」還只辦得一個「穩字」，並未脫去「陳套。何瑭字柏齋，有《柏齋何先生樂府》一卷。史沐、張伯純、康諱川諸人所作，則皆見《北宮詞紀》中。康諱川疑即刻《沜東樂府》的對山之弟浩。

陳鐸的散曲集有《梨雲寄傲》、《秋碧樂府》及《滑稽餘音》等。他的散曲，最得時人稱譽。王世貞獨短之，以為：「陳大聲金陵將家子，所為散套，既多蹈襲，亦淺才情。然字句流麗，可入絃索。」像「憶吹簫玉人何處也？立盡梧桐月」《清江引》之類，誠未免流於「蹈襲」。但這乃是明人的通病，並不僅大聲一人為然。大聲自有其最新警，最漂亮的作品在著。他不獨善狀物態，更長於刻劃閨情。像「更初靜，月漸低，繡房中老夫人房睡。我敢連走到三四回，囑多情犬兒休吠」「赤緊的做幾場糊突夢，猜也難猜！花落花開，有日歸來。務教他謊話兒折辨真實，棄錢兒消繳明白」；「當時信口說別離，臨行話兒牢記。他道一句不挪移，那曾有半句兒真實！把些神前咒，做下小兒戲」；都是最深刻，最暢達的情詞。但也有表現著很憤懣的情緒的，像「與知音坐久盤桓，怪舞狂歌盡此歡，天下事吾儕不管！」

常倫字明卿，沁水人，正德間進士，官大理評事。他多力善射，好酒使氣。用考調判陳州。又以庭詈御史，以法罷歸。益縱酒自放。居恆眾歌伎酒間變新聲，悲壯豔麗，稱其為人。嘗省墓，飲大醉，衣紅，腰雙力，馳馬絕塵。前渡水馬，顧見水中影，驚蹶。墮水，刃出於腹，潰腸死。年僅三十四（1491 ～ 1524）。有《常評事寫情集》。他是那樣的一位疏狂的人，故他的作風也顯著異常的奔放與豪邁。像《天淨沙》：

知音就是知心，何拘朝市山林，去住一身誰禁，杖藜一任，相思便去相尋。

那樣的瀟灑，便是他的特色。就是戀情的歌詠，他也是那麼樣的粗率直爽，像：「好堅著一寸心，相應著一片口。傳示他卓文君，慢把車兒驟，請袖彼相如弄琴手。」又像「平生好肥馬輕裘，老也疏狂，死也風流，不離金尊，常攜紅袖。」他是那麼大膽的絕叫著剎那的享樂主義！

王磐字鴻漸，高郵州人。生富室，獨厭綺麗之習。雅好古文辭。家於城西，有樓三楹，日與名流談詠其間，因號西樓。他惡諸生之拘攣，棄之。縱情山水詩畫間。每風月佳勝，則絲竹觴詠，徹夜忘倦。

有《西樓樂府》同時有王田者字舜耕，濟南人，亦號西樓。明人如王世貞、陳所聞已常把他們二人混為一淡。但鴻漸不作南曲，以此可別於舜耕。鴻漸的散曲，殆為明人所作中之最富於詼諧的風趣者。以馬致遠、王元鼎較之，似也未必有他那麼脫口成趣。王伯良絕口稱之，以為「於北詞得一人，曰高郵王西樓，俊豔工煉，字字精琢。」正德間，閹詩當權，往來河下者無虛日每到，便吹號頭，齊丁夫。西樓嘗作《朝天子》嘲之：「喇叭，鎖哪，曲兒小，腔兒大，官船來往亂如麻，全仗抬聲價。軍聽了軍愁，民聽了民怕。」他又愛作《失雞》、《嘲轉五方》、《瓶杏為鼠所嚙》一類的曲子，是《失雞》的《滿庭芳》，尤傳誦一時：

> 平生淡薄，雞兒不見，童子休焦。家家都有閒鍋竈，任意烹炮。煮湯的貼他三枚火燒，穿妙的助他一把胡椒，到省了我開東道。免終朝報曉，直睡到日頭高。

江盈科評他所作，謂「材料取諸眼前，句調得諸口頭。其視匠心學古，艱難苦澀者，真不啻啖哀家梨也。」西樓的長處便在於此。他若不經意以出之，卻實是警健工煉的。

唐寅以南曲著稱於時，但寫北曲也饒有風趣。寅字伯虎，一字子畏，號六如居士，吳縣人。嘗中解元，以疏狂，時漏言語，因此罣誤，竟被除籍。益自放（1470～1523）。所作多怨音。有私印曰「江南第一才子」；又曰：「普救寺婚姻案主者」。世人以所盛傳的「三笑姻緣」，殆實有其事。他作《嘆四詞》四闋（調寄《對玉環帶清江引》），見於《堯山堂外記》（卷九十一）：「清閒兩字錢難買，苦把身拘礙！人生過百年，便是超三界，此外更別無計策」；「富貴不堅牢，達人須自曉。蘭蕙蓬蒿，算來都是草，鸞鳳鴟梟，算來都是鳥。北邙路兒人怎逃！及早尋歡樂。痛飲千萬觴，大唱三千套，無常到來猶恨少」；「算來不如閒打閧，枉自把機關弄。跳出麵糊盆，打破酸虀甕，誰是惺惺誰懵懂！」這樣的情調，都是由憤懣的內心裡噴吐而出的。

楊慎的父親楊廷和，字介夫，新都人，成化進士。武宗時為太子太師，華蓋殿大學士。嘉請初，以議大禮，削職歸。卒年七十一（1459～1529）。所作散曲集，有《樂府遺音》。其情調大類張雲莊的《休居樂府》。但也很有瀟爽之作，像《三月十三日竹亭雨過》：

風闌不放天晴，雨餘還見雲生，剛喜疏花弄影，鳥聲相應，偶然便有詩成。

以「名公巨卿」而寫作散曲者，「北調如李空同、王浚川、林粹夫、韓苑洛、何太華、許少華俱有樂府，而未之盡見。」（王世貞語）《堯山堂外紀》（卷八十三）曾載王越之作。越字世昌，浚人。官都御史，以功封威寧伯。他所作皆「粗豪震盪如其人」。像《朝天子》：「萬古千秋，一場閒話，說英雄都是假！你就笑我刺麻，你休說我哈沓，我做個沒用的神仙罷。」林粹夫名廷玉，號南澗，侯官人。韓邦奇字汝節，號苑洛，朝邑人。他們所作，並見《堯山堂外紀》（卷九十）。粹夫醉中戲作《清江引》云：「勝水名山和我好，每日家相頑笑。人情下苑花，世事襄陽炮，霎時間虛飄飄都過了。」韓苑洛弟邦靖，字汝慶，為山西參政。亦能作曲，養病回，書一《山坡羊》於驛壁道：「青山綠水，且讓我閒遊玩；明月清風，你要忙時我要閒。嚴陵，你會釣魚，誰不會把竿？陳摶，你會睡時，誰不會眠？」他們的請調，大抵都是如此的「故作恬談」的。苑洛嘗作邦靖行狀，末云：「恨無才如司馬子長、關漢卿者以傳其行。」以漢卿比肩子長，苑洛的醉心劇曲，可謂篤至！

楊循吉字君謙，吳縣人。中進士，除禮部主事。性好山水，居於南峰，因自號南峰山人。正德末，循吉老且貧，因伶人臧賢見武宗。每夜制為新聲，咸稱旨。然帝待之無異伶優，久不授他官與秩。循吉愧悔，亟乞放歸（1456～1544）。這個遭標，和徐霖有些相同。他罷部郎歸，嘗作《水仙子》云：「歸來重整舊生涯，瀟灑柴桑處士家。草菴兒不用高和大，會清標豈在繁華。紙糊窗，柏木榻，掛一幅單條畫，借一枝得意花，自燒香，童子煎茶。」又作《對玉環帶清江引》四首，「百歲霎時過，不飲待如何！枉自將春蹉，桃花笑人空數朵。」其情調都是相同的。雖貌為恬淡，其實是不能安於寂寞的。

嘗見天一閣藍格抄本《北曲拾遺》一冊，中有王舜耕及楊南峰作。舜耕所作的《商調集賢賓．述懷》也是充滿了厭世的情調：「老閻羅大開著門戶等。者麼你口強牙哽，末稍拳使不下口強星星。」同書所載作者們，又有景世珍、虞味蔗、湖西主人及洗塵等四人，生平並未詳，當皆南峰、舜耕同時人。

三　南曲明代文人作品及評價

元時有「南北合套」，但南曲則絕未見到一篇。《雍熙樂府》，《盛世新聲》及《詞林摘豔》所載南曲，不知中有元人作否？陳所聞《南宮詞紀》（卷六）載有《浪淘沙．道情》：「綠竹間青松，翠影重重，仙家樓閣白雲中。」題「元人」作，不知何據。南曲的最早的一位作家，當為高則誠。則誠，永嘉平陽人，為有名的《琵琶記》的作者。他的南曲有《商調二郎神．秋懷》「人別後，正七夕穿針在畫樓，暮雨過紗窗，涼已透」一套，見於《南宮詞紀》，並不怎樣的重要，似還遠不信《琵琶》的《賞月》諸出呢。以寫作《嬌紅記》著名的劉東生，也寫著南曲《秋懷》：「簟展湘紋新涼透，睡起紅綃皺，無言獨倚樓。一帶寒江，幾樹疏柳，牽惹別離愁，天迴蒼山瘦。」頗饒富麗的鋪敘與陳述。東生的南曲，恐怕僅存有這一套了。(見《南宮詞紀》卷三) 楊維楨也寫作南曲，今傳《夜行船·員古》：「霸業艱危，嘆吳王端為蓴鱸西子傾城處」一套。(明人選本像《吳歈萃雅》等皆題楊升庵作；但《南九宮詞》及王伯良則皆以為鐵崖作。)

楊、高、劉而後，南曲的大家，又得算到朱有敦。他的《誠齋樂府》裡也有南曲。最有名者為《雙調柳搖金》，凡四篇，設為《誡風情》，《風情答》及再誡，再答：「風情休話，風流莫誇，打鼓弄琵，意薄似風中絮，情空如眼內花，都是些虛脾煙月，擔閣了好生涯。想湯瓶是紙，如何煮茶！」但「誡」雖是教訓詩，「答」卻充溢著肉的追求的讚頌的。

王世貞《藝苑卮言》所評宣、成、弘間人作：「趙王之『紅殘驛使梅』，楊邃庵之『寂寞過花花朝』，李空同之『指冷鳳凰生』，陳石亭之『梅花序』，顧禾齋之『單題梅』，皆出自王公，膾炙人口。然較之專門，終有間也。王威寧《越黃鶯兒》，只是渾語，然頗佳。」今多已不可得見。石亭即陳沂，禾齋即顧鼎臣，鼎臣的《詠梅花》(《正宮白練序》套) 今猶存於《南宮詞紀》(卷二) 中：「春光早漏洩，向南枝，信已傳，還掩映舊日水痕清淺。」都只是套語，別無新意。

王陽明為理學大儒，他的南曲雖不多見，然見於《南宮詞紀》的一篇《歸隱》(《雙調步步嬌》套) 卻是那樣不平常的赤裸裸的謾罵：「亂紛紛鴉鳴鵲噪，惡狠狠豺狼當道。冗費竭民膏，怎忍見人離散！舉疾首蹙額相告，簪笏滿朝，干戈載道，等閒間把山河動搖！」他為了憤懣而退隱，卻即退隱了，也還是滿懷的不忍人之心。同時有邵寶的，也以名臣而能南曲。寶字國賢。號二泉，無錫人。《新編南九宮詞》所載者，又有秦憲副、王思軒尚書、方洗馬、燕參政、楊閣老諸人詞；他們也都是這時代的人物。其詞

「較之專門，終有間也」。燕參政（仲義）的《畫眉畫錦》套，抒寫曉行的情景，實為古今絕唱。以少遊的「夢破鼠窺燈」一詞較之，未免有「小巫」之感。「霍索起披襟，見書窗下有殘燈。把行囊束整，跨馬登程。傷情！半世隨行琴和劍，幾年辛苦為功名。從頭省：只贏得水宿風餐，戴月披星！……」「伐木響丁丁，傍幽林取次行，只聽得敗葉兒淅零索落隨風韻。疏星尚存，殘月尚明，碧溪清淺，梅橫疏影。算行程：山程共水程，一程過了又一程。」其健昂悲壯的情緒，似尤在「嘒彼小星，三五在東」之上。

四　南曲文人陳大聲及其他明代南曲作家

陳大聲在南曲壇上，也是一位縱橫馳騁罕逢敵手的大家。《秋碧》曲裡以南曲寫就者，似較之以北曲出之者為更柔媚，更富於綺膩宛曲之感。像《好事近》套：「兜的上心來，教人難想難猜！同心羅帶，平空的兩下分開。傷懷，舊日香囊猶在。詩中意，須寫的明白。歸期一年半載，算程途咫尺，音信全乖。」已甚纏綿悱惻，而《風情》的《鎖南枝》，《麗情》的《黃鶯兒》：

腸中熱，心上癢，分明有人閒論講。他近日恩情又在他人上。要道是真，又怕是謊，抵牙兒猜，皺眉兒想。

——《鎖南枝》

一見了也留情！口不言，心自省，平白惹下相思病。佳期又未成，虛耽著汙名。老天不管人孤另，對殘燈一場價睡醒，胡突夢，見分明。

尤能以本色語，當前景，曲曲傳達出最內在的柔情。這便是他的特色。

王世貞云：「徐髯仙霖，金陵人，所為樂府，不能如陳大聲穩妥，而才氣過之。」徐霖所作，惜今絕罕見。《南宮詞紀》所載的《閒情》二首，殆為他的全部的遺產了：「春染郊原如繡，草綠江南時候，和煙襯馬，滿地重茵厚。……添愁，桃花逐水流，還愁青春有盡頭！」若僅以此二曲衡之，卻實不足以和大聲並肩立。

同時有沈仕，字懋學，一字子登（《曲品》云一字野筠），號青門山人，仁和人。著《唾窗絨》，亦善繪畫。他和陳大聲齊名，明人每並稱之。沈德符云：「沈青門、陳大聲輩南詞宗匠。」徐又陵也並舉之。張旭初評「其辭：冶豔出俗，韻致諧和，入南聲之奧室矣。」梁辰魚的《江東白苧》嘗有《效沈青門唾窗絨體》，引云：「青門沈山人者，錢塘菁英，武林翹楚。丹青冠於海上，詞翰遍於江南。任俠氣滿，跡類霸陵將軍；自傷情多，家本秦川公子。但峻志未就，每託跡於醉鄉；逸氣不伸，常遊神於花陣。聯翩秀句，傾翠館之梁塵，旖旎芳詞，動青樓之扇影」他是那麼傾倒於青門。他的整個的《江東白苧》，也許可以說是規模《唾窗絨》的結果。自嘉、隆以後，像陳大聲那麼樣的本色的情歌，是不為文人學士所重視的了。他們追步的目標，便是《唾窗絨》和《江東白苧》。這風氣竟歷百餘年而未衰。沈仕所作，誠都是嬌豔若「臨水夭桃」的東西，像《黃鶯兒》：

> 俺只道秋水浸芙蓉，卻原來透窗綠臉暈紅。朦朧相對渾如夢。又不是雲山幾重，怎說與離情萬種！只見綠楊煙裡花枝動。總相逢，淡月籠煙，人在廣寒宮。

後人所追摹的便是這一類的綺膩而典雅之作。但他也時有很露骨，很淺顯的東西，像《鎖南枝》

雕闌畔，曲徑邊，相逢他猛然丟一眼。教我口兒不能言，腿兒撲地軟。他轉身去，一道煙。謝得臘梅枝把他來抓個轉。

那樣天真而漂亮的東西，卻便沒有人去模仿了。

唐寅、祝允明、文徵明的三人，在弘、正間也皆以南曲著名，唐寅成為白眉。他們都是吳人，又皆相友善。寅北曲未必當行出色，南曲則顯露著很超絕的天才。他的《黃鶯兒》數首最有名：

細雨溼薔薇，畫梁間燕子歸，春愁似海深無底。天涯馬蹄，燈前翠眉，馬前芳草燈前淚。夢魂飛山萬里，不辨路東西。

祝允明字希哲。號枝山，又號枝指生（1460～1526）。嘗為廣中邑令，歸裝載可千金，不二年都盡。好負逋責，出則群萃而訶誶者至接踵。竟不顧去。嘗賦《金落索》，為時膾炙：

東風轉歲華，院院燒燈罷。陌上清明，細雨紛紛下。天涯蕩子，心盡思家。只見人歸不見他！合歡未久難拋舍，追悔從前一念差。傷情處，懨懨獨坐小窗紗。只見片片桃花，陣陣楊花，飛過了鞦韆架。

以那麼陳腐的題目，寫出那麼雋妙的「好詞」，實在不是容易的事，難怪當時的許多少年們都發狂似的追隨於他之後。文徵明名璧，以字行。原籍衡山。他的畫最有名。有翰林時，每為同官者所窘，他們昌言於眾道：「我衙門中不是畫院，乃容畫匠處此耶？」唯陳石亭等數人，和他相得甚歡。（1470～1559）他所作曲，不多見；像《山坡羊》：「遠澗風鳴寒漱，落木天空平岫，也很清秀。

李日華的《南西廂記》大為人所詬病，但他的散曲卻是很清麗可愛的。他的《玉芙蓉》：「殘紅水上飄，青杏枝頭小」最有名。像《六犯清音》：「含情獨倚小闌前：怎禁得纖腰瘦怯愁如海，怎禁得淑景舒遲晝似處」之類，也都還很穩貼。

常倫、康海、王九思的幾位北曲作家，也間作南詞。在他們的時候，南曲是正抬頭要和北曲爭奪曲壇的王座的當兒。到嘉、隆的時代，便是南曲的霸權已定的時期了。

常倫的南曲，依然和他的北曲似的那麼豪邁；像《山坡羊》：「二十番春秋冬夏，數十場酸鹹甜辣，些娘世事，海樣胸襟大」；「山和水，水和山，廝環廝輳。醉而醒，醒而醉，閒拖閒逗。無邊光景，天付與咱情受。」在南曲裡實在是很可詫怪的一種闖入的情調。對山和碧山的南曲，卻和時人的作風無大差異，像對山的《山坡羊．四時行樂》：「鬬情白雲零露，驚心落霞孤鶩，碧天暗裡秋光度。……狂圖功名已自誣，江湖從今好共娛。」所不同者，唯北人的疏狂之態未盡除耳。

批評文學的進展

在明代文學發展的背景下，文學批評也得到了相應的發展。本章將探討明代文學批評的進展，包括元代文學批評對明代的影響，以及明代詩話和詩壇的發展趨勢。以下是對本章內容的簡要概述：

一、元代文學批評及古文勢力的影響

元代文學批評對明代文學的發展產生了一定的影響。元代文學批評注重實用性和寫作技巧，這些思想在明代繼續發酵。同時，古文勢力也在明代文學批評中占據重要地位，影響了文學的風格和內容。本節將討論元代文學批評的特點，以及古文勢力如何影響明代文學。

二、明代詩話及詩壇的發展趨勢

明代是中國詩壇的一個重要時期，詩話成為了詩人們交流和討論詩歌的平台。詩話記錄了當時詩壇的發展趨勢，包括詩歌風格、詩人觀念和詩詞技巧等方面的變化。本節將介紹明代詩話的特點，並探討當時詩壇的動向。

這一章將關注明代文學批評的演變，從元代的影響到明代詩話的發展，深入探討了當時文學界的動態和變遷。透過了解文學批評的演進，我們可以更好地理解明代文學的多樣性和豐富性。

一　元代文學批評及古文勢力的影響

元代批評家們承宋、金之後，規模日大，門徑漸嚴。有計劃、有組織的著作較多，這不能不說是一個進步。關於散文一方面，古文的勢力，仍然籠罩一切。人人競奉韓、柳、歐、蘇為規摹的目標，而蘇軾的影響尤大。陳秀民（字庶子，四明人，後為張士誠參軍，歷浙江行中書省參知政事翰林學士）至專編《東坡文淡錄》、《東坡詩話》以揚其學。元末楊維楨為文稍逸古文學家的範圍，王彝便作《文妖》一篇以詆之，至罵之為狐為妖：「會稽楊維楨之文，狐也，文妖也！噫，狐之妖至於殺人之身；而文之妖往往後生小子群趨而競習焉，其足為斯文禍，非淺小也！」明初的劉基、宋濂以及稍後的方孝孺等皆為純正之古文家，胥守唐、宋古文家法而不敢有所變易。被稱為「台閣體」的楊東里，則更摹擬歐陽修，一步一趨，莫不效之。直到了弘治間，李夢陽出來，與何景明、徐禎卿諸人，倡言復古，非秦、漢之書不讀：於是天下的風氣丕然一變。唐、宋諸大家的影響，至此方才漸漸的消歇下去。詩壇的趨向，他回覆到「盛唐」諸家求模範。

在古文勢力的絕對控制之下，元及明初的文學批評，是沒有什麼特殊的見解的。但有系統的著作，卻產生了不少。像陳繹曾的《文說》及《文筌》，王構的《修辭鑒衡》，楊載的《詩法家數》，范梈的

《木天禁語》、《詩學禁臠》等作，雖不是什麼了不得的作，雖不曾有什麼創見的批評的主張，卻已不復是宋人的隨筆掇拾成書的「詩話」了。也許他們都是為「淺學」者說法的，都是為了書賈的利潤而編成的——元代的書籍，書賈所刊者以通俗的、求廣銷的書為最多。但究竟是有組織的著作；是復興了唐人的《詩格》、《詩式》、《詩例》一類的作風的。

陳繹曾字伯敷，處州人。至順間，官國子監助教。嘗從學於戴錶元，故亦為正統派的文士之一。他的《文說》，本為程試之式而作。書中分列八條，論行文之法，而所論大抵皆宗於朱熹。又有《文筌》八卷，分《古文小譜》、《四六附說》、《楚賦小譜》、《漢賦小譜》、《唐賦附說》五類，蓋也是為「舉子」而作的。末附《詩小譜》二卷，則為繹曾友石桓、彥威之作。

王構字肯堂，東平人，官至翰林學士承旨，謚文肅（1245～1310）。他的《修辭鑒衡》分二卷，上卷論詩，下卷論文，皆採擷宋人的詩話以及筆記與文集裡的雜文而加以排比的。

楊載的《詩法家數》，敘述作詩的方法甚詳且備。最後的一篇《總論》，雖淺語，卻頗近理。像「詩不可鑿空強作。待境而生，自工」。「詩貴含蓄，言有盡而意無窮者，天下之至言也」；「作詩要正大雄壯，純為國事。誇富耀貴，傷亡悼屈一身者詩人下品」諸語，都是很有確定的批評主張的，似不能以其類「詩法入門」之作而忽之。

范梈字德機，所作《木天禁語》及《詩學禁臠》，皆《詩格》一類的「入門書」。《木天禁語》僅有「內篇」而無「外篇」，殆「外篇」已佚失。《詩學禁臠》似與之相銜接，或即其「外篇」歟？梈敘《禁語》謂：「詩之說尚矣。古今論著，類多言病而不處方。是以沉痼少有瘳日，雅道無復彰時。茲集開元、大曆以來諸公平昔在翰苑所論祕旨，述為一編。」是所依據者，仍為唐人諸作。每一作法，必舉一二唐人詩為例，也是王昌齡、賈島諸人《詩格》的規矩。《詩學禁臠》則分為「頌中有諷」，「美中有刺」，「撫景寓嘆」，「專敘己情」等十五格，每格也以唐詩一篇為例，而後附說明。

此外，潘昂霄有《金石例》，倪士毅有《作義要訣》，徐駿有《詩文軌範》，殆皆為便利儉腹的文士學子而設者。《四庫全書提要》雖極譏他們的淺陋，但他們的有組織的篇述，卻是不能以「淺陋」二字抹煞之的。為什麼在元代會復活了，且更擴大了唐代的「詩格」、「詩式」一類的科場用書呢？這是一個很值得研究的問題。一可以見當時通俗入門書的暢銷；二則當時文士們在少數民族壓迫之下，求師不易，而這一類通俗入門書便正是他們「無師自通」的寶庫。但通俗書之所以會暢銷，根本原因，還當在元代一般經濟狀況的進步。我們讀杜善甫的《莊家不識勾欄》，見一個農民入城而能慨然的以二百文為劇場的入門費，便可知那時的一般經濟狀況是並不如我們所想像的那麼同當時政治一樣的黑暗的。這問題太大，且留待專家門的討論。

二　明代詩話及詩壇的發展趨勢

到了明初，這一類通俗的入門書，忽又絕跡了。而隨筆或雜感體的「詩話」又代之而興。元人亦有「隨筆」式的詩話，像韋居安的《梅間詩話》，吳師道的《吳禮部詩話》，無名氏的《南溪詩話》；但不多。明人才又紛紛的寫作這一類「詩話」。在其間，瞿佑（1341 ～ 1427）的《歸田詩話》，可以說是最早的一部。佑所作，以《剪燈新話》為最著。《歸田詩話》於品藻唐、宋詩外，亦敘述元、明的近事，其中頗多很珍異的史料。像《梧竹軒》條：「丁鶴年，回回人。至正末，方氏據浙東，深忌色目人。鶴年畏禍，遷避無常居，有句云：『行蹤不異梟東徙，心事唯隨雁北飛。』識者憐之。」元末明初，少數民族人在華所遭逢的厄運，由此已可略得其訊息。

其後，詩話作者，以李東陽的《懷麓堂詩話》為最著。東陽字賓之，茶陵州人。天順進士。官至禮部尚書，文淵閣大學士。卒諡文正（1447～1516）。有《懷麓堂集》。他繼三楊之後，而主持著當代的文壇。「不為倔奇可駭之辭，而法度森嚴，思味雋永。」（楊一清《石淙類稿》）他的《懷麓堂詩話》，雜論作詩之法，並評唐、宋、元各代以及當代詩人之作，頗有可注意的地方：

詩貴意。意貴遠不貴近，貴淡不貴濃，濃而近者易識，淡而遠者難知。

詩有別材，非關書也；詩有別趣，非關理也。然非讀書之多，明理之至者則不能作。

作詩必使老嫗聽解，固不可。然必使士大夫讀而不能解，亦何故耶？也只是中庸平正之論，沒有什麼驚人的主張，所以也不能成為一派一宗。唯中有論詩與時代及土壤的關係的一段：

漢、魏、六朝、唐、宋、元詩，各自為體。譬之方言，秦、晉、吳、越、閩、楚之類，分疆畫地，音殊調別，彼此不相入。此可見天地間氣機所動，發為音聲，隨時隨地，無俟區別，而不相侵奪。然則，人囿於氣化之中，而欲超乎時代土壤之外，不亦難乎！最有創見；可惜他自己只是「隨感」的筆錄，而其後也更無批評家為之發揮光大之，此論遂成「曇花一現」。

東陽之後，有李夢陽的出來，繼他而主持文柄。夢陽的魄力比東陽大，主張比東陽激烈。他不滿於東陽的萎弱中庸的態度，他大聲疾呼的倡言：文必秦、漢，詩必盛唐。何景明輩和之。天下學者當之，如疾風偃弱草似的莫不披靡而拜下風。遂正式產生了一個偽擬古的運動。雖然不是什麼很偉大的一個文學運動，但明興以來的萎弱的文壇，卻受了這個激刺，不禁為之一震動。以後，「後七子」的運動，公安、竟陵二派的興起，差不多也都是受其撥動的。夢陽字獻吉，慶陽人。弘治進士。官戶部郎中，曾因事下獄二次。劉瑾被殺，他才起故官，出為江西提學副使。又以為宸濠作陽春書院記，削籍。有《空同集》六十六卷。

徐禎卿為維持空同主張的一人。他的《談藝錄》幾是何、李派偽擬古運動的批評的代表作。他的批評，只論漢、魏，六朝且不屑及，何論唐、宋！他道：「魏詩門戶也，漢詩，堂奧也。入戶升堂，固其機也。……故繩漢之武，其流也猶至於魏，宗晉之體，其弊也不可以悉矣。」他們是那麼樣的迷戀於古！總之，愈古是愈好的。而這樣擬古的結果，遂寫出了許多貌若古拙的詩文來。有時簡直是有意的做作。好像仿古的器物似的，遠盾似真，近矚卻知是冒牌的東西。這影響幾籠罩了百年！禎卿字昌谷，吳人。弘治進士。官國子博士。有《迪功集》六卷。

同時有何孟春，字子元，郴州人，官至吏部侍郎。作《餘冬詩話》，宗李東陽之說。都穆字元敬，吳人，官至禮部郎中。作《南濠詩話》，宗宋嚴羽之論。安磐字公石，嘉定州人，官都給事中，有《頤山詩話》，其論詩也以嚴羽為主。又有遊潛字用之，豐城人，官賓州知府。有《夢蕉詩話》，頗宗溫、李晚唐之作。他們都是不和空同、大復（何景明）同道的；然何、李的影響遍天下。他們的呼號卻是很少人聽得見的，所以和之者也終沒有和何、李者之多。他們是不足以和何、李爭批評家的論壇的主座的。又同時，韓邦奇作其弟邦靖行狀，有「恨不得才如司馬子長、關漢卿者以傳之」語，大為世人所非筆。但敢以漢卿和子長並舉，他實是第一人！可惜他的批評主張，我們已不能仔細的知道。

擬古運動的發生

本章將討論明代的擬古運動，這一運動在文學領域引起了顯著的變革。以下是對本章內容的簡要概述：

一、明初的詩文壇的散漫和萎弱，以及擬古運動的興起

明初的詩文壇呈現出一種散漫和萎弱的狀態，傳統文人的風采逐漸消退。然而，擬古運動的興起改變了這一現象。擬古運動強調恢復古代文學的風格和精神，詩人和作家開始模仿古代文學的形式和語言，以表達自己的情感和思想。本節將探討擬古運動的背景和特點。

二、吳中詩人的天真情趣和清狂風采

吳中地區的詩人在擬古運動中發揮了重要作用，他們以天真情趣和清狂風采著稱。這些詩人的作品充滿了對自然、鄉土和生活的熱愛，同時展現出對古代詩詞的熟稔。他們的詩歌在明代文學中占據了重要位置，影響深遠。本節將介紹吳中詩人的特點和作品。

三、明代散文中的王鏊、馬中錫、王守仁等名士及其不同風格

擬古運動不僅體現在詩歌中，還在散文領域有所體現。王鏊、馬中錫、王守仁等名士以其不同風格的散文作品在明代文壇嶄露頭角。他們的散文作品涵蓋了各種主題，從政治哲學到人生觀念，呈現出多樣性和豐富性。本節將探討這些名士的散文特色和影響。

這一章將深入研究明代的擬古運動，以及在這一運動中崛起的吳中詩人和名士，對當時文學界的影響和貢獻。這些文學現象反映了明代文學的多樣性和豐富性，對中國文學史有著重要的意義。

一　明初的詩文壇的散漫和萎弱，以及擬古運動的興起

在李夢陽、何景明不曾出現以前，明初的詩文壇是異常的散漫、萎弱的。散文是壓伏在唐、宋諸古文家的勢力之下，沒有一個人勇於超出這個勢力圈之外。散文作家們是那樣的無生氣，連呻吟、呼號的心腸都沒有；所謂「不知不識，順帝之則」者，恰正是那時候文壇的實況。三楊的台閣體，固然是如此；李東陽輩又何嘗不是如此。他們是庸俗，他們是低頭跟著人走。他們沒有創立一家之學，一派之說的野心。至於詩壇，情形卻是相反；沒有定於一尊的主派，也沒有一個確定的批評主張。有學唐的，有學宋的，也有學元人的。有追蹤於東坡之後的，有主張溫、李的，有崇奏嚴羽之說的。他們是凌亂，散漫，各自爭唱著。不曾有過挺身而出，揭竿而呼的詩壇的勇士。他們的能力，同樣的也不能夠達到獨闢一徑，獨創一派的雄略弘圖。他們的氣魄還不夠大。他們的呼聲還不夠高。所以都只是人自為戰，絕不

能夠「招朋引友」以成一個大團體。

其能「登高一呼」，四望響應著，當自何、李所提倡的擬古運動始。這運動的結果，並不怎麼高明。他們引導一部分的群眾入於更黑暗的一層魔障中了。然而他們的運動的意義，卻別有在。他們撥動了「反抗」的鐘擺；他們挑起了爭鬥，提倡誇大的宣傳的風氣。他們以驚世駭俗的主張，衝破了以前的陳腐平庸的羅網。久為「平庸」所苦的群眾，受到這一聲「斷喝」，便都抬起頭來，有些活動之意。至少，在這一點上，何、李的擬古運動是不能蔑視的。至少，他們是比較的有雄心，有號呼的能力的作者。

這個運動的主將為李夢陽（1472～1529）。他是一位精力彌滿的人。他夠得上做一個先鋒。王廷相道：「李獻吉以恢闊統辯之才，成沉博傳麗之文。遊精於秦、漢，割正於六朝，執符於雅謨，參變於諸子，用成一家之言。遂能掩蔽前賢，命令當世。」他的同輩是這樣的推重他。但楊慎卻很不滿意的批評道：「正變雲擾而剽襲雷同，比興漸微而風騷稍遠。」剽襲雷同，徒為貌似，實是他們的通病。但「矯枉之偏，不得不然」。同時與夢陽相呼應者有何景明、徐禎卿、邊貢、朱應登、顧璘、陳沂、鄭善夫、康海、王九思等，號「十才子」。又和景明、禎卿、貢、海、九思及王廷相，號「七才子」他們倡導不讀漢、魏以後書。他們自己所作的也往往佶屈聱牙，取貌遺神。像夢陽的《詩集自序》：

> 李子曰：曹縣蓋有王叔武云。其言曰：夫詩者，天地自然之音也。今途咢而巷謳，勞呻而康吟，一唱而群和者其真也。斯之謂風也。……李子曰：嗟，異哉！有是乎？予嘗聆民間音矣，其曲胡，其思淫，其聲哀，其調靡靡。是金、元之樂也，奚其真？

故作沉奧佶屈之言，實在不見得怎麼高明。後來推波助瀾的人，卻更進一步而「裝腔作態」。散文遂沉溺於另一個厄運之中而不克自拔，轉成為擁護唐、宋古文者攻擊的口實。他們在散文一方面，其成就實在是很有限的。夢陽的詩，卻比較的重要。他古詩樂府，純法漢、魏，近體則專宗少陵。在《空同集》裡，像《士兵行》：「北風北來江怒湧，士兵攖人人叫呼。城外之人徙城內，塵埃不見章江途。」《石將軍戰場歌》：「將軍此時挺戈出，殺敵不異草與蒿。追北歸來血洗刀，白日不動蒼天高。」《戲作放歌寄別吳子》：「唯昔少年時，彈劍輕遠遊。出門覽四海，狂顧無九州。……彎弓西射白龍堆，歸來洗刀青海頭。崑崙沙磧不入眼，指袂及作東南遊。江海洶湧浸日月，島嶼蹙沓混吳越。匡廬小瑣拳可碎，鄱陽觸怒踼欲裂。」都是狂放可喜的。難怪他會吸引了那麼多的跟從者們！

何景明也以能詩著。他字仲默，信陽人，弘治壬戌進士。官至陝西提學副使（1483～1521）。他的大復集，論者的評價，乃在《空同集》之上。他不復有空同之「霆驚電煜，駭日振心」的氣魄，卻以「清遠為趣，俊逸為宗」（趙彥復《梁園風雅》），有如「落日明霞，餘暉映遠」。他是一人苦吟的詩人。像《贈王文熙》：

> 行子夜中起，月沒星尚爛。天明出城去，暮薄長河岸。草際人獨歸，煙中鳥初散。解纜忽以遙，川光夕凌亂。

像《懷沈子》：「沈生南國去，別我獨淒然。落日清江樹，歸人何處船？」像《十四夜》：「水際浮雲起，孤城日暮陰。萬山秋葉下，獨坐一燈深。」都很澹遠，有盛唐風趣。他和空同，嘗因論詩，互相牴牾。薛君採詩云：「俊逸終憐何大復，粗豪不解李空同。」申何抑李，此可為一例。

徐禎卿（1479～1511）詩初沉醋六朝。散華流豔，所作像「文章江左家家玉，煙月揚州樹樹花」，嘗盛傳於世。見空同後，遂悔其少作，一以漢、魏、盛唐為宗，但仍未脫婉麗的風格。像「行人獨立宮牆外，又見空園落杏花。」「忽見黃花倍惆悵，故園明日又重陽。」連貢字廷實，歷城人（1476～1532）。弘治丙辰進士。官至南京戶部尚書，有《華泉集》。他名不逮何、李，所作卻清圓有遠致。像「征馬帶落日，出門君已遙。層城不隔夢，夜夜盧溝橋。……臨歧莫動殊方感，餘亦東西南北人。」康海、王九思詩，多率直之作。他們是慣於作曲的，於詩當然不能出色當行。王廷相字子衡，儀封人（1474～1544）。弘治壬戌進士。官至兵部尚書，都察院右都御史，有《家藏》、《內台》二集。錢謙益謂他「古詩才情可觀，而摹擬失真。」這話正中偽擬古的作家之病。像「有芃者艾生我土，七年之病得者愈。」正可證其言。但像他的短詩：

> 一琴幾上閒，數竹窗外碧。簾戶闃無人，春風自吹入。

其作風卻又迥然不同。朱應登字升之，寶應人（1477～1526）官雲南提學副使，升布政司右參政，有《凌溪集》。顧璘字華玉，南京人（1476～1545），官南京刑部尚書，有《息園》、《浮湘》、《歸田》諸集。陳沂有《遂初齋》、《拘虛館》二集（1469～1538）。鄭善夫字繼之，閩人，官南京吏部郎中（1485～1523）。有《少谷山人集》。他們並各有不同的作風，而皆依附何、李為重。究其實，未必都是走同一條道路。像顧璘的《簡陳宋卿》：「頗怪陳無己，尋詩日閉門。空庭疏繫馬，細雨負清尊。……不嫌官舍冷，燒燭對黃昏。」卻頗有江西詩派的氣味。鄭善夫的詩，雖刻意學杜，而短詩像「鷓鴣啼上桄榔樹，一寸鄉心萬里長。」卻也自有其特殊的作風。

二　吳中詩人的天真情趣和清狂風采

成化到正德間的許多吳中詩人，其作風別成一派，不受何、李的影響。他們以抒寫性情為第一義，每傷綺靡，亦時雜凡俗語，卻處處見出他們的天真來。在群趨於虛偽的擬古運動之際而有他們的挺生於期間，實在可算是沙漠中的綠洲。這些吳中詩人們，以唐寅為中心，祝允明、文徵明、張靈附和之，獨往獨來，不復以世間的毀譽為意。在他們之前的，有沈周，已獨樹一幟，不雜群流。周字啟南，長洲人，景泰中郡守。以賢良應詔，辭不赴（1427～1509）。有《石田先生集》。他以能畫名。「王摩詰詩中有畫，畫中有詩。」的批評，正可以移贈給他。文徵明云：「先生詩但不經意寫出，意象俱親，可稱妙絕。」朱彝尊《靜志居詩話》引其「落木門牆秋水宅，亂山城郭夕陽船」；「竹枝雨暗蠨蛸戶，豆葉風涼絡緯籬」；「剪取竹竿漁具足，撥開荷葉酒船通」；「歲晏雞豚鄰社鼓，秋深蝦蟹水鄉船」；「明月未來風滿樹，夕陽猶在鳥無聲」；「蘼蕪細雨山連郭，翡翠斜陽水滿川」等數十語，以為「即此即圖之不盡。」他的題畫之作，更無有不工者，像《溪亭小景》：

> 幽亭臨水稱冥棲，蓼渚莎坪咫尺迷。山雨乍來茆溜細，溪雲欲墮竹梢低。簷頭故壘雄雌燕，籬腳秋蟲子母雞。

此段風光韋小杜，可能無我一青藜。又像《題畫》：「碧水丹山映杖藜，夕陽猶在小橋西。微吟不道驚溪鳥，飛入亂雲深處啼。」《溪山落木圖》：「溪山落木正蕭蕭，野客尋詩破寂寥。一路夕陽秋色裡，不知吟到段家橋。」不必看到畫，便已清逸之趣迫人眉目了。

唐寅的《六如居士集》，雖多不經意之作，且往往以中雜俚語，受人譏評。王世貞云：「唐伯虎如乞兒唱蓮花落。」卻不知這正是他的高處。錢謙益云：「子畏詩，晚益自放，不計工拙；興寄爛縵，時復斐然。」此評最為的當。他常以賣畫為生，題畫詩也有絕為佳妙的。築室桃花塢中，讀書灌園，家無儋石，而客常滿坐。風流文采，照映江左。每謂：「人生貴適志，何有劌心鏤骨，以空言自苦。」他是純任天真，連以「空言自苦」也是不屑的。像《曉起圖》：

獨立茅門懶柱筇，鬢絲涼拂豆花風。曉鴉無數盤旋處，綠樹枝頭一線紅。

是那麼樣的清雋可喜！祝允明詩，多效齊、梁體；亦甚有富於畫意的，像「小山侵竹尾，細水護松根」；「人家低似岸，湖水遠於天」；「柳風吹水細生鱗，山色浮空澹抹銀」等。文徵明詩，工力甚深，而或病其纖弱。王世貞痛詆伯虎、枝山，獨於徵明略有恕辭，說他「如仕女淡妝，維摩坐語，又如小閣疏窗，位置都雅，而眼境易窮。」因為他所作還煉整雅飭之故罷？像《雪後》：「寒日晶晶曉溜聲，中庭快雪一宵晴。牆西老樹太骨立，窗裡幽人殊眼明。」《池上》：「單鳩喚雨雙鳩晴，池上柳花縱復橫。好風忽卷讀書幔，及君到時春水生。」也都是疏爽可愛的。張靈字夢晉，徵明等同縣人；也善畫能詩，而疏狂尤過於伯虎、枝山。臨終時，有詩云：「垂死尚思玄墓麓，滿山寒雪一林松。」又像《春暮送友》：「三月正當三十日，一壺一榼一孤身。馬蹄亂踏楊花去，半送行人半送春。」《對酒》：「隱隱江城玉漏催，勸君須盡掌中杯。高樓明月清歌夜，知是人生第幾回！」其清狂之態，直浮現於紙上。清人錢竹初嘗作《乞食圖》一劇，寫靈事，殊哀豔動人。

三　明代散文中的王鏊、馬中錫、王守仁等名士及其不同風格

在散文一方面，不和何、李等七子同群者，有王鏊、馬中錫、王守仁諸人，而守仁尤為重要。王鏊字濟之，吳縣人，成化乙未進士，官到武英殿大學士（1450～1524）。有《震澤集》。他的經義緊有名，但古文亦取法唐、宋諸家，平正有法度。馬中錫字天祿，故城人，成化乙未進士，官至左都御史，以事下獄死。有《東田集》。他雖和「七子」同時，且友善，但其作風卻截然不同。《東田集》裡的所作，都是很雍容暢達，不以「佶屈聱牙」為高的。

王守仁（1472～1529）的影響，在哲學方面最大。門生弟子，遍於天下。他的《陽明集》固不獨以文著。他也嘗和李空同諸人淳，卻不曾受到他們的汙染。他的散文是那麼工煉整飭，蓋不求工而自工的。

吳中詩人唐寅輩的散文，也和他們的詩一樣，表現著一種江南風趣，充滿了嬌嫩清新的氣氛。但這時代的散文，較之詩壇來，實在是黯淡得有些「自慚形穢」。

近代文學鳥瞰

本章將鳥瞰近代中國文學的發展，探討其特點和歷史背景。以下是對本章內容的簡要概述：

一、近代中國文學的特點和歷史背景

在本節中，將討論近代中國文學的特點和歷史背景。近代中國經歷了多次政治和社會變革，這些變革對文學產生了深遠影響。從清朝末期到民國時期，中國文學經歷了現代化的轉型，涌現出許多重要的文學作品和思潮。

二、中國近代文學的特點和歷史背景

中國近代文學的特點包括對西方文學和思想的接受和影響，以及文學風格的多元化。這一時期的文學作品反映了社會變革、政治動盪和文化衝突等多重因素。本節將探討近代中國文學的特點，包括文學運動、重要作家和代表作品。

三、近代中國文學的歷史發展階段和特點

近代中國文學的發展可以劃分為不同的階段，每個階段都有其獨特的特點。這些階段包括清末文學、新文學運動、白話文學的興起，以及抒情詩、現實主義文學等不同文學流派的出現。本節將對這些階段進行詳細的歷史分析，探討其特點和代表作品。

這一章將提供對近代中國文學的整體了解，強調其在歷史和社會背景下的演變，並介紹一些重要的文學運動和作家。這有助於讀者更好地理解近代中國文學的多樣性和豐富性。

一　近代中國文學的特點和歷史背景

近代文學開始於明世宗嘉靖元年（西元 1522 年），而終止於五四運動之前（民國七年，西元 1918 年）。共歷時三百八十餘年。為什麼要把這將近四世紀的時代，稱之為近代文學呢？近代文學的意義，便是指活的文學，到現在還並未死滅的文學而言。在她之後，便是緊接著五四運動以來的新文學。近代文學的時代雖因新文學運動的出現而成為過去，但其中有一部分的文體，還不曾消滅了去。他們有的還活潑潑的在現代社會裡發生著各種的影響，有的雖成了殘蟬的尾聲，卻仍然有人在苦心孤詣的維護著。中世紀文學究竟離開我們是太遼遠一點了；真實的在現社會裡還活動著的便是這近代文學。她們的的呼聲，我們現在還能聽見；她們的歌唱，我們現在還能欣賞得到；她們的描寫的社會生活，到現在還活潑潑的如在。所以這一個時代的文學，對於我們是特別的顯得親切，顯得休慼有關，聲氣相通的。

在這四世紀的長久時間裡，我們看見一個最偉大的作曲家魏良輔，創作了崑腔；我們看見許多偉大的小說家們在寫作著許多不朽的長篇名著；我們看見各種地方戲在迅速的發展著；我們看見許多彈詞、寶卷、鼓詞的產生。在這四個世紀裡，我們的文學，又都是本土的偉大的創作，而很少受有外來影響的了。雖然在初期的時候，基督教徒的藝術家們曾在中國美術上發生過一點影響；——但中國文學卻絲毫不曾被其影響所薰染到。雖然在最後的半個世紀，歐洲的文化，也曾影響到我們的封建社會裡，連文學上也確曾被其晚霞的殘紅渲染過一番；——然究還只是浮面的影響，並不曾產生過什麼重要的反應。她們激動了千年沉睡的古國的人們。這些人們似乎都已醒過來了；但還正是睡眼朦朧，餘夢未醒，茫茫無措的站在那裡，雙手在擦著眼，還不曾決定要走那一條路，要怎麼辦才好。認清楚了，已經完全清醒了的時代，當從五四運動開始。所以近代文學，我們可以說，還純然的本土的文學。這四百年的文學，實在是了不得的空前的絢爛。

二　中國近代文學的特點和歷史背景

但在政治上卻又是像中世紀似的那麼黑暗。我們的民族方才從蒙古族的鐵騎之下解放出來不到一百六十年，便又遇到了一個厄運，那便是倭寇的侵略。雖不過是東南幾省的遭受蹂躪；文化的被破壞的程度，卻是很可觀的。再過一百二十餘年，一個更大的壓迫便來了。清民族以排山倒海之勢，侵入中國本部。先蠶食了整個遼東，然後以討伐李自成為名，利用著降將與漢奸，安然的登上了北京的金碧輝煌的宮庭裡的寶座（西元1644年）。不到一年，又陷了南京，擒了福王。第二年又打到汀州，捉了唐王。到了西元1658年，攻雲南，整個的中國，便都歸伏聽命於愛新覺羅氏的指揮了。幾個偉大的政治家，立下了嚴厲的統治的訓條。整個漢民族，馴良的在被統治之下者凡二百六十餘年。但清民族不久也漸漸的腐敗了。他們吸收了整個的漢文化。當西洋人屢次的東來叩關時，他們便也無法應付了。從西元1842年（道光二十二年）鴉片戰爭失敗，簽訂南京條約，割香港，闢福州等五口為通商口岸起，幾乎是無時不在外國兵艦的威脅之下。西元1850年到1864年間的太平天國的起義，曾掀起了大規模的社會革命運動，但為期甚短，不能開花結果。甲午（1894年）中、日戰爭之後，中國幾成了四面楚歌的形勢。要港紛紛的被列強租借去。北方幾省雖有義和團的反抗外力運動。其努力卻微薄之極，經不起「八國聯軍」的打擊。但因此屢敗的結果，革新運動卻在猛烈的進行著，從軍備的改革，新機械的採用，到教育制度、政治制度的革命，其間不過四十年。西元1911年的大革命，產生了中華民國，恢復了漢民族的自由，開始了中華各民族的團結。革新運動總算得到一個結果。自此以後，國運也並不怎樣向上發展。以個人主義為中心而活動的軍閥們，幾有使中國陷入更深的泥澤中之概。因了歐洲大戰和日本哀的美敦書刺激，便又產生了一次比戊戌更偉大的革新運動，那便是1919年的五四運動。近代文學便告終於五四運動的前夜。五四運動以後的文學是一個嶄新的東西，和舊的一切很少銜接的。五四運動的絕叫，直是快刀斬亂麻似的切繼了舊的文學的生命。所以近代文學的終止，也便要算是幾千年來的舊式的文學的閉幕、收場。以後的現代的文學，便是另一種新的東西了。這麼猛烈的文學革命運動，這麼絕叫著的「在一夜之間易趙幟為漢幟」的影響，使那嶄新的若干頁的中國文學史，其內容便也和以前的整個兩樣。

三　近代中國文學的歷史發展階段和特點

就其自然的趨勢看來，這將近四世紀的近代文學，可劃分為下列的四個時期：

第一個時期，從嘉靖元年到萬曆二十年（西元1522～1592年）。這是一個偉大的小說和戲曲的時代。我們看見由平凡的講史進步到《西遊記》、《封神傳》；更由《西遊》、《封神》而進步到產生了偉大的充滿了近代性的小說《金瓶梅》。我們看見崑腔由魏良輔創作出來，影響漸漸的由太湖流域而遍及南北。我們看見了許多跟從了崑腔的創作而產生的許多新聲的戲劇，像《浣紗記》、《祝髮記》、《修文記》之類，我們看見雄據著金、元劇壇的雜劇的沒落，漸成為案頭的讀物而不復見之於舞台之上。在詩和散文一方面，這時代比較顯得不大活躍，但也並不落寞。我們看見正統派的古文作家們和擬古的詩文家們在作爭奪戰；我們也看見新興的公安派勢力的抬頭。而卓李吾、徐渭諸人的出現，也更增了文壇的熱鬧。

第二個時期，從萬曆二十一年到清雍正之末（西元1593～1735年）。這仍是一個小說和戲曲的大時代，但詩文壇也更為熱鬧。雖然中間經過了清兵的入關，漢民族的被征服，但文壇上的一切趨勢，卻並不因之而有什麼變更，只不過嗇了若干部悲壯淒涼的遺民的著作而已。詩和散文都漸漸由粗豪、怪誕、纖巧，而轉入比較恢弘偉麗的局面中去。但因了清初的竭力網羅人才；歷了若干志士學人的遁入「學問壇」裡去避禍，去消磨時力，明末浮淺躁率之氣卻為之一變。——雖然在明末的時候，風氣也已自己在轉變。小說有了好幾部大著，像《三寶太監西洋記》、《隋煬豔史》、《醒世煙緣傳》之類；但究竟以改編重訂的講史為最多。因了馮夢龍的刊布「三言」，短篇的平話的擬作，一時大盛，此風到康熙間而未已。

戲曲是這時期最可傲人的文體；偉大的名著，一時數之不盡。沈璟、湯顯祖為兩箇中心，而顯祖的影響尤大。「四夢」的本身固是不朽的名著，而受其影響者也往往都是名篇巨製。在這個時候，傳奇寫作的風尚，似乎始被許多的真正的天才們所把握到。他們的創作力有絕為雄健的，像李玉、朱佐朝等，所作都在二十種以上。洪昇、孔尚任所作也是這時代光榮的成就。

第三個時代，從乾隆元年到道光二十一年（西元 1736 ～ 1841 年）。這時期戲曲的氣勢已由絕盛的時代漸漸向衰落之途走去。崑腔的過於柔靡的音調，已有各種土產的地方戲，不時的在乘隙向她逆擊。終於古老的崑腔不能不退避數舍——雖然不曾完全被驅走。張照諸人為皇家所編的空前弘偉的《勸善金科》、《九九大慶》、《忠義璇圖》、《鼎峙春秋》諸傳奇，一若夕陽之反照於埃及古廟的殘存的巨像上，光景雖闊大，而實淒涼不堪。蔣士銓、楊潮觀們所作，雖短小精悍，不無可喜，而也已不能支援著將傾的大廈了。小說卻若有意和戲曲成反比例似的更顯出新鮮活潑，充滿精力的氣象來。《紅樓夢》、《綠野仙蹤》、《儒林外史》、《鏡花緣》等等，幾乎每一部都是可注意的新東西。詩壇的情形，也極為熱鬧。幾個不同的宗派，各在宣傳著，創作著，也各處有其成績。散文又為復活的古文運動的絕叫所壓伏。但同時潛伏了許久的六朝賦、駢儷文的活動，也在進行著。萬派爭競，都唯古作是式；卻沒有明代的擬古運動那麼樣的「生吞活剝」。宋學與漢學也不時的在作殊死戰。由幾位學士大夫們所提議的從《永樂大典》裡搜輯「逸書」的事業，廓大而成為四庫全書館的設立；《四庫全書》的編纂，雖然毀壞了不少名著，改易了不少古作的面目，但使學者們得以傳抄、刊布、閱讀，卻是「古學」普遍化的一個重要的機緣，明人的淺易的風氣，至此殆已一掃而光。然而一個爭驟的變動的時代快要到來了。這個古學的全盛，也許便是所謂「陳勝、吳廣」般的先驅者們罷？這時代在北京和山東所刊布的《霓裳續譜》和《白雪遺音》卻是極生要的兩部民歌集，儲存了不少的最好的民間詩歌，且也是搜輯近代民歌的最早的努力。葉堂的《納書楹曲譜》和錢德蒼《綴白裘合集》的流布，恰似有意的要結束了崑腔的運動似的。

第四個時期，從道光二十二年到民國七年（西元 1842 ～ 1918 年）。就是從鴉片戰爭到五四運動的前一年。這是中國最多變的一個時代。都城的北京，兩次被陷於英、法、美等帝國主義者們的聯軍之手。（1860 年英、法聯軍陷北京；西元 1900 年八國聯軍入北京）東南、西南的大部分，全陷入太平天國起義以後所生的大混亂之中。外國的兵艦大砲，不時的來叩關，來轟炸。繼而有甲午的大敗，要港的被強占。但那些事實，可惜都不曾留下重要的痕跡於文學中。太症天國的建立與其失敗，是一件可泣可歌的大事，卻只產生了一部不倫不類的《花月痕》。義和團的事變，也只見之於林紓的《京華碧血錄》及一二部短劇裡。文人的異樣的沉寂，實在是一個可怪的現象！西方文學名著的翻譯，最後，也繼了聲、光、化、電諸實學的介紹而被有名的古文家林紓所領導。雖還不曾發生過什麼很大的影響，至少是明白了在西方文學裡是有了和司馬子長同等的大作家存在著的。散文，因了時勢的需要，特別的有了長足的發展。梁啟超的許多論文，有了意料以外的勢力。他把西方思想普遍化了。他打破了古文學家的門堂。他開闢了「新聞文學」的大路。他和黃遵憲們所倡導的「新詩」運動，也經驗到在舊瓶中將得下新酒的成績。但這一切，都還不能夠有著重要的偉大的影響。他們所掀起的風波，要等到五四運動以來，方才成為滔天的大浪呢。小說和戲曲在這時，俱有復由士大夫之手而落到以市民為中心之概。其一是崑腔的銷沉與皮黃戲的代興；其二是武俠小說與黑幕小說的流行。文壇的重鎮，漸漸的由北京的學士大夫們而移轉到上海報館記者們與和報館有密切關係的文人們，像王韜、吳沃堯輩之手。這正足以見到新興的經濟勢力，正在侵占到文學的領域裡去。上海在這時期的後半，事實上已成了出版的中心。這時期，正預備下種種的機緣，為後來偉大的文學革命運動的導火線，成為這個革命運動的前夜。

崑腔的起來

在本章中，將討論崑腔（昆曲）戲曲的崛起以及南戲的革新。以下是對本章內容的簡要概述：

一、崑腔的崛起與南戲革新

本節將探討崑腔戲曲在明代的崛起，以及南戲在此過程中的革新。崑腔是一種優美而古老的中國戲曲形式，它在明代經歷了發展和變革，成為當時極具影響力的表演藝術形式。同時，南戲也進行了一系列的改革和創新，使其更加多樣化和吸引人。

二、梁辰魚與《浣紗記》：音曲的傳世佳作

這一節將介紹明代著名的戲曲作家梁辰魚以及他的代表作《浣紗記》。這部音曲作品在明代戲曲中具有特殊地位，它的故事情節、音樂和表演形式都極具特色，對崑腔戲曲的發展產生了深遠影響。

三、鄭若庸與張鳳翼：明代戲劇作家的時代對比

這一節將比較明代兩位重要的戲劇作家，鄭若庸和張鳳翼，以探討他們在不同時代背景下的創作風

格和影響。鄭若庸是明初的重要劇作家，而張鳳翼則在明中葉活躍。他們的作品代表了明代戲曲發展的不同階段和特點。

四、明代文學：元及明初的散文與戲曲作品概述

最後一節將總結明代文學的一些重要特點，包括散文和戲曲作品。明代的文學豐富多彩，不僅有優美的詩詞，還有精彩的散文和戲曲作品，這些作品反映了時代背景和文化特色。

這一章將幫助讀者更深入地了解崑腔戲曲的興起，以及明代戲曲作家的貢獻和創作成就。同時，它也將回顧明代文學的多樣性和豐富性，為讀者提供更全面的文學視角。

一　崑腔的崛起與南戲革新

崑腔的起來，是南戲革新的一個大機運。在崑腔未產生之前，南戲只是像野生的蔓草似的，無規律的發展著。正德以前的南戲作家們，以無名氏為多，蓋大都出於鄉鎮文士們的創作，教坊優伶的傳習，詞多鄙近，曲皆淺顯明白如說話，婦孺皆聽得懂。徐渭《南詞敘錄》謂：「永嘉雜劇興，則又即村坊小曲而為之，本無宮調，亦罕節奏，徒取其畸農布女順口可歌而已。諺所謂隨心令者即其技歟？」故南戲，明人往往謂之亂彈。蓋以其沒有一定的音律。又各囿於地域，同一戲文，而各地的歌唱的腔調不同。當時，有餘姚、海鹽等腔。明陸容《菽園雜記》（十卷）云：「嘉興之海鹽，紹興之餘姚，寧波之慈溪，台

州之黃巖，溫州之永嘉，皆有習為倡優者，名曰戲文子弟。」《南詞敘錄》云：「今唱家稱弋陽腔，則出於江西，兩京、湖南、閩、廣用之；稱餘姚腔者出於會稽，常、潤、池、太、揚、徐用之；稱海鹽腔者嘉、湖、溫、台用之。唯崑山腔止行於吳中。」湯顯祖《宜黃縣戲神清源師廟記》（《玉茗堂文集》卷七）云：「南則崑山之次為海鹽，吳、浙音也，其體局靜好，以拍為之節；江以西，弋陽；其節以鼓，其調喧。至嘉靖而弋陽之調絕，變為樂平，為徽、青陽。」這可見在崑腔起來的時候，南戲的歌唱法是極為凌亂的。弋陽流行最廣，卻以鼓為節，調又喧鬧。海鹽腔卻是以「拍」為節的。他們的樂器也是不能統一。到了崑山魏良輔起來，一手創作了崑腔之後，方才漸漸的征服了一切，統一了南戲的樂器與歌唱法，增大了南戲的音樂的效力。原來南戲的歌唱，是以簫管為主的，和北劇之以絃索為主器，恰相對抗。但良輔則集合於一堂，一切皆拉來為他自己所用。笛、管、笙、琵之合奏，實為良輔的勇敢的嘗試。沈德符云：「今吳下皆以三絃合南曲，而簫管葉之。」正指崑山腔而言。這繁音合奏的優雅的腔調，其能打倒單調而喧鬧的弋陽諸腔，那是當然的事。所以自嘉靖以後，不久便傳遍了天下。在徐渭寫他的《南詞敘錄》的時候（嘉靖三十八年，即西元1559年），崑山腔還只行於吳中。到了萬曆的時候，則崑山腔隨了南戲勢力的大盛，甚至侵入北方。其流行之速與廣，都是空前的紀錄。但在嘉靖間，尚有不了解的人，對於崑腔加以非難。徐謂在《南詞敘錄》裡，卻極力的稱揚崑腔的好處，極力為之辯護：

> 今崑山以笛管笙琵，按節而唱南曲者，字雖不應，頗相諧和，殊為可聽。亦吳俗敏妙之事。或者非之，以為妄作。請問《點絳唇》、《新水令》是何聖人著作？
>
> 崑山腔止行於吳中。流麗悠遠出乎三腔之上，聽之最足蕩人，妓女尤妙。此如宋之嘌唱，即舊聲而

加以泛豔者也。隋、唐正雅樂，詔取吳人充弟子習之。則知吳之善謳，其來久矣。

徐氏可謂崑腔的第一個鼓吹者、知音者、賞識者。自有崑腔，於是南戲始不復囿於地方劇。自有崑腔，於是南戲始不復終於亂彈而成為一種規則嚴肅，樂調雅正的歌劇。崑腔在海鹽、弋陽、餘姚諸腔中，實最後出。然在很短的時期內便壓倒了她們。同時，北劇也因之而大受排擠而至於消亡。沈德符《顧曲雜言》云：「自吳人重南曲，皆祖崑山魏良輔，而北詞幾廢。」沈氏之時，離良輔創崑腔之時不過五六十年，而崑腔的勢力，已慢如此之盛大！

關於這位偉大的音樂家，一手創作了崑山腔的魏良輔，其時代卻頗難確定。向來每以他為嘉、隆間人。陳其年詩亦有：「嘉隆之間張野塘，名屬中原第一部。是時玉峰魏良輔，紅顏妖好持門戶」的話。但他的時代似更應提前。徐渭時，崑山腔已有勢力。祝允明（嘉靖五年卒）的《猥談》云：「數十年來南戲盛行，更為無端。……妄名餘姚腔、海鹽腔、弋陽腔、崑山腔之類，變易喉舌，趁逐抑揚，杜撰百端，真是胡說。」是崑山腔之肖，至遲當在正德（西元 1506 ～ 1521 年）間。陸容為成化、弘治間人，所作《菽園雜記》，歷舉海鹽、永嘉諸腔，卻無崑腔的名目。可見崑腔的出現，最早也當在成化以後（即西元 1487 年之後）。我們如以崑山腔為出現於正德時代，當不會有多大的錯誤的。其盛行業在嘉靖中葉以後。良輔於嘉靖間或尚在人間。良輔的生平也不甚可知。余懷的《寄暢園聞歌記》（見《虞初新志》卷四）云：「南曲蓋始於崑山魏良輔雲。良輔初習北音，絀於北人王友山。退而鏤心南曲，足跡不下樓十年。當是時南曲率平直無意致。良輔轉喉押調，度為新聲，疾徐高下清濁之數，一依本宮，取字齒唇間，跌換巧掇，恆以深邈助其淒淚。吳中老曲師如袁髯、尤駝者，皆瞠乎自以為不及也。……而同時婁東人張小泉，海虞人周夢山，競相附和。唯梁溪人潘荊南獨精其技，至今雲仍不絕於梁溪矣。合曲必用簫管，而吳人則有張梅谷，善吹洞簫，以簫從曲，毗陵人則有謝林泉，工擫管，以管從曲，皆與良輔遊。而梁溪人陳夢萱、顧渭濱、呂起渭輩，並以簫管擅名。」胡應麟《筆叢》也說道：

魏良輔別號尚泉，居太倉南關，能諧聲律。若張小泉、季敬坡、戴梅川之類，爭師事之。梁伯龍起而效之，考證元劇，自翻新調，作《江東白苧》、《浣紗》諸曲。又與鄭思笠精研音理。唐小虞、陳梅泉五七輩雜轉之，金石鏗然。譜傳藩邸戚，畹金紫熠爚之家，而敢蕐必宗伯龍氏，謂之崑腔。張進士新，勿善也。乃取良輔校本，出青於藍，偕趙瞻雲、雷敷民與其叔小泉翁，踏月郵亭，往來倡和，號南馬頭曲。其實稟律於梁，而自以其意稍為韻節。崑腔之用，不能易也。一部崑腔史，已略盡於此。而梁辰魚便是第一個戲劇家，利用這個新腔以寫作他的劇本的。

二　梁辰魚與《浣紗記》：音曲的傳世佳作

梁辰魚字伯龍，崑山人。他的《浣紗記》雖不是一部極偉大的名著，卻是一部最流行的為人模楷的劇本：特別在音曲一方面。《靜志居詩話》云：「梁大伯龍填《浣紗記》。王元美詩所云：『呂閶白麵冶遊兒，爭唱梁郎雪豔詞』是也。又有陸九疇、鄭思笠、包郎郎、戴梅川輩，更唱迭和，清詞豔曲，流播人間，今已百年。傳奇家別本。弋陽子弟可以改調歌之，唯《浣紗》不能，固是詞家老手。」《筆從》亦云：「譜傳藩邸戚畹、金紫熠爚之家，而取聲必宗伯龍氏，謂之崑腔」《靜志居詩話》云：「梁辰魚字伯龍，以例貢為太學生。虬髯虎顴，好輕俠，善度曲。世所謂崑山腔，自良輔始，而伯龍獨得其傳。著《浣紗記傳奇》，梨園子弟多歌之。同裡王伯稠贈詩云：『彩毫吐豔曲，粲若春花開。鬥酒清夜歌，白頭擁吳姬。家無擔石儲，出多少年隨。』」《蝸亭雜訂》云：「梁伯龍風流自容，修髯美姿容，身長八尺，為一時詞家所宗。豔歌清引，傳播戚裡間。白金文綺，異香名馬，奇技淫巧之贈，絡繹於道。歌兒舞女，不見伯龍，自以為不祥也。其教人度曲，設大案西向坐，序列左右，弟傳疊和。所作《浣紗記》至傳海外。然止此不復續筆。《浣紗》初出，梁遊青浦時，屠隆為令，以上客禮之。即命優人演其新劇為壽。每遇佳句，輒浮大白。梁亦豪飲自快。演至《出獵》，有所謂擺開擺開者，屠厲聲曰：『此惡句，當受罰。』蓋已預備汙水，以酒海灌三大盂。梁氣索，強盡之。吐委頓。次日不別竟去。」屠氏此舉，未名過於惡作劇。《浣紗》雖非上品，然較之屠氏所作的《曇花》諸記，則固在乎其上。在屠氏眼中看來，或仍嫌《浣紗》未盡典雅呢。

《浣紗記》敘吳、越興亡的故事，而以范蠡、西施為中心人物。唯串插他事過多，頭緒紛煩，敘述時有不能一氣貫串之外，描寫也過嫌匆促。其擅勝處只是排場熱鬧，曲調鏗鏘而已。像范蠡、西施那麼重要的人物，也未能將其個性活潑的表現出來。唯寫伍子胥與伯嚭則頗為盡力，蓋那樣的人物本來是比較容易寫得好的。《浣紗》亦名《吳越春秋》（據《藝苑卮言》），王世貞評其「滿而妥，間流冗長」。呂天成亦謂：「羅織富麗，局面甚大。第恨不能謹嚴。中有可減處，當一刪耳。」實則其病乃在太簡率，並不在太「冗長」。她僅於敘述吳、越興亡的大事中，插入西施、范蠡的一件悲歡離合的事伯，大不似一般傳奇的生旦的遭遇為主體的樣子。

三　鄭若庸與張鳳翼：明代戲劇作家的時代對比

與伯龍同時的重要戲劇作家，有鄭若庸和張鳳翼二人。鳳翼到萬曆末尤存；而若庸則時代較早。這二人恰好代表了兩個不同的時代。若庸的時代，是嘉靖間諸藩王尚為文士的東道主的時代。鳳翼卻不曾做過諸侯的上客；他只是一位賣文為活的文人。這兩個時代便是明代中葉和明萬曆以後的大不相同的所在。自藩王不復成為文士們的東道主，諸藩的編刻書籍的風氣消歇了以後，江、浙的書肆主人們便代之而興。文士們所依靠者乃為求詩求文的群眾，以及刻書牟利的書賈們，而不復是高貴清華的諸侯王了。所以明末書坊所編刻的許多通俗的書籍，便應運而興，文士們也幾半為生活而著作著，一時且呈現著競爭市場的氣象。吳興凌、閔二家的爭印朱墨刊本；安徽、浙江、乃至蘇州、金陵之紛紛刊布小說、戲曲，都可以說是因此之故。至於福建，本是書賈刊書牟利之鄉，那更不用說了。張鳳翼乃是其中的許多賣文為活的文士之一。而鄭若庸也許便是最後一位曳裾侯門的學者了。

鄭若庸的《玉記》，承接於《邵璨香囊記》之後，而開創了曲中駢儷的一派。《曲品》謂：「《玉記》黃雅工麗，可詠可歌，開後人駢綺之派。每折一調，每調一韻，尤為先獲我心。」若庸字中伯，號虛舟，崑山人。詩有《蛣蜣集》八卷，《北遊漫稿》二卷。傳奇有《玉玦記》、《大節記》二種。趙康王聞其名，走幣聘入鄴。客王父子間。王父子親逢迎，接席與交賓主之禮。於是海內遊士爭擔簦而之趙。中伯乃為著書，採掇古文奇字累千卷，名曰《類雋》。康王死，去趙居清源，年八十餘始卒。其詩與謝榛齊名。《靜志居詩話》謂：「中伯曳裾王門，好擅樂府。嘗填《玉玦》詞以訕院妓。一時白門楊柳，少年無繫馬者。」

《曲品》亦謂：「嘗聞《玉玦》出而曲中無宿客。」《玉玦》在當時，其勢力當是極大的。《玉玦》凡三十六出，敘王商與其妻秦氏慶孃的悲歡離合事，而其中心描寫，則為妓女的無情，老鴇的狠毒，幫閒的惡辣。戲文中敘多情的妓女最多，如桂英，如杜十娘，如梁紅玉，如李亞仙等等，敘薄情的也有，唯都沒有《玉玦》那麼的著意著力。《玉玦》寫李大姐還不十分盡心，寫鴇母李翠翠卻最出色。此劇結構甚為嚴緊，可以說是無一事無照應，無一人無下落。王商廟中錄囚，方見秦氏，封贈之旨即下，在情節上實嫌骨突難解，但作者卻早已覺到了這一層。他便借商口問道：「辛大人，下官才見寒荊，聖上如何就有寵命？」又便借朝使辛棄疾口中答曰：「下官在軍中已知大人與賢夫人之事。前日陛見，具表奏聞。意欲待旨下才來奉報。誰想大人已先會合了！」如此，在結構上既顯得嚴緊，在情文上也便毫無闕漏矛盾了。

所謂《玉玦》之「板」，可於下文見之。其病在堆砌過當。

〔排歌〕（生）好鳥調歌，殘花雨香，鞦韆麗日門牆。可憐飛燕倚新妝，半卷朱簾春恨長。（合）花源畔，玉洞傍，免教仙犬吠劉郎。瓊樓啟，翠　張，不知何處是他鄉。（占）老身回敬姐夫一杯。大姐唱個曲兒。（丑）大姐通書博古，就說幾個古人，比喻王相公。（小旦）如此，汙耳了。

〔北寄生草〕（小旦）河陽縣栽花客。（丑）是好一個潘安。（小旦）錦官城題柱郎。（醜）好個相如。（小旦）山公立志多豪放，張良舉足分劉項，蘇秦唾手為卿相。這相逢不似楚襄王，怕思歸學了陶元亮。（生）起動，起動！小生與大姐同飲一杯。

若庸尚在《大節記》一種，今未見《曲品》謂：「《大節》工雅不減《玉玦》。孝子事，業有古曲；仁人事，今有《五福》；義士事，今有《埋劍》矣。」則《大節》似系合孝子、仁人，義士三事而為一帙者。《曲錄》又著錄若庸《五福記》一本；誤。《曲品》云：「《五福》，韓忠獻公事，揚厲甚盛。還妾事已見鄭虛舟《大節記》中。」可知鄭氏所敘的關於韓琦還妾事，已包括於他所著的《大節記》中，絕不會再寫一部《五福記》的。

張鳳翼字伯起，號靈虛，江蘇長洲人，與弟獻翼、燕翼，並有才史，號「三張」。嘉靖四十三年舉人。會試，不第。晚年以鬻書自給。沈瓚《近事叢殘》云：「張孝廉伯起，文學品格，獨邁時流，而以詩文字翰交結貴人為恥。乃榜其門曰：『本宅紙筆缺乏。凡有以扇求楷書滿面者銀一錢，行書八句者三分；特撰壽詩壽文，每軸各若干。』人爭求之。自庚辰至今，三十年不改。」他還受了總兵李應祥的厚禮而為之作《平播記》。《曲品》云：「伯起衰年倦筆，粗具事情，太覺單薄，似受債師金錢，聊塞白雲耳。」是他連戲曲也是肯出賣的。他於《平播記》外，所作戲曲更有《紅拂記》、《祝髮記》、《竊符記》、《灌園記》、《虎符記》、《扊扅記》、六種，合稱「陽春天集」。今唯《竊符記》未見全本，《扊扅記》已佚、另有《平播記》也佚，餘四種幸皆得讀。

《紅拂記》為鳳翼少年時作。尤侗謂系他「新婚一月中之所為」。流行最廣。敘李靖、紅拂妓事，全本杜光庭《虬髯客傳》而略加增飾。他名虬髯客為張仲堅。最後言仲堅浮海為扶餘國王后，並助唐征高麗。其中並雜以樂昌公主分鏡事。徐復祚謂：「惜其增出徐德言合鏡一段，遂有兩家門，頭腦太多。」《灌園記》本於《史記·田敬仲世家》，敘樂毅伐齊，殺齊王。齊世子法章，改名王立，逃亡於民間，為太史敫的灌園僕。敫女君後見而愛之，贈以寒衣。後二人的祕密暴露，法章殊受窘。恰好田單復齊，迎立法章為王。他遂納君後為妃，並以君後侍女朝英，嫁給田單為夫人。馮夢龍嘗改之為《新灌園》，其序道：「父死人手，身為人奴，汲汲以得一婦人為事，非有心肝者所為。伯起先生云：我率我兒試玉峰，舟中無聊，率爾弄筆，遂不暇致詳。誠然，誠然！」

《虎符記》敘明初花雲抗戰於太平事。雲為朱元璋守太平。陳友諒攻之。城陷，雲被囚，不屈。被送於武昌，雙眼因之而盲。妻郜氏投江，遇其弟救之。妾孫氏保孤而逃到金陵。中經若干困苦，方始出險。及其子成人，乃為父報仇，攻下武昌，闔家團圓，而雲目疾亦愈。雲不屈而死，是事實，但傳奇每重團圓，所以成了這樣的結局。這劇是鳳翼所寫者中最激昂慷慨的一本，寫花雲殊虎虎有生氣，頗像《雙忠記》。

《祝髮記》本於《南史．徐孝克傳》、《陳書．徐陵傳》，敘陵擒子孝克孝親事。這劇是伯起在萬曆十四年，因母八旬壽誕而作的。孝克當侯景亂時，家無餘糧。為救母饑，乃鬻妻以易米。母知之，大怒。恰孝克遇達摩大師，遂從之祝髮，改名法整。後王僧辯起兵討侯景，達摩乘葦渡江，見僧辯，以法整為託。而僧辨見到法整，卻原是他的舊友孝克。遂勸他還俗為官。而其妻臧氏也守貞不二，終於團圓。其中《達摩渡江》及孝克祝髮的幾段，至今傳唱猶盛。

鳳翼所作，其作風和若庸是很相同的，每好以典雅的文句，堆砌於曲文中，像《祝髮記》第十七折：

〔二郎神〕（旦唱）時乖蹇，少不了取義捨生難苟免。信熊掌和魚怎得兼！便有龍肝鳳髓，也只合嗑雪餐氈。這麟脯駝峰堆滿案，總則是臥薪嘗膽。轉憶我舊齊鹽，怎教人努力加餐。只說到吃一頓飯，卻用上了那麼多的典故進去！到了梅禹金的《玉合記》便無句不對，無語無典的了。

較辰魚較前，和若庸同輩者有山東李開先，也以能劇曲活動於文壇上。開先和王九思為友，嘗相唱和。他字伯華，號中麓，章丘人。家富藏書，尤富於詞曲，有「詞山曲海」之稱。所作散曲頗多。傳奇有《寶劍記》、《登壇記》二種。王世貞《藝苑卮言》謂：「伯華所為南劇《寶劍》、《登壇記》，亦是改其鄉先輩之作。二記餘見之，尚在《拜月》、《荊釵》之下耳。」《曲錄》所載別有《斷髮記》而無《登壇記》。蓋誤以《曲品》所載無名氏的《斷髮記》為李氏之作。《寶劍記》最有名。萬曆間，曾有陳與郊等幾個人將它改作過。《登壇記》今未之見，或系敘韓信滅楚事。《寶劍記》所敘者，為林沖被迫上梁山及終於受招安的經過。其事實完全本之於《水滸傳》。唯以錦兒代死。林沖夫婦終於團圓的結局，易去沖妻張氏殉難的不幸的悲劇耳。《水滸傳》敘林沖事，頗虎虎有生氣，特別是野豬林及《風雪山神廟》的幾段。此記於野豬林則匆匆敘過，於《風雪山神廟》一段，則竟不提太；於林沖得了管草廠的差缺後，即直接陸謙的焚燒草廠。此等外似皆不及《水滸傳》。唯《夜奔》一出，寫林沖逃難上梁山時的心理，較有精彩。今劇場上常演者亦僅此一折耳。

〔駐馬聽〕良夜迢迢，良夜迢迢，投宿休將門戶敲。遙瞻殘月，暗度重關，我急走荒郊。身輕不憚路迢遙，心忙又恐人驚覺。唬得俺魄散魂消，紅塵中誤了俺五陵年少。（白）想俺林沖，在那八十萬：〔雁兒落帶得勝令〕望家鄉去路遙，想母妻將誰靠！俺這裡吉凶未可知，他那裡生死應難料。呀，唬得俺汗津津身上似湯澆，急煎煎心內似火燒。幼妻室今何在？老萱堂空喪了。劬勞，父母的恩難報，悲號，嘆英雄氣怎消！英雄的氣怎消！

〔沽美酒帶太平令〕懷揣著雪刃刀，懷揣著雪刃刀。行一步哭號 兆，急走羊腸去路遙，怎能勾明星下照？昏慘慘雲迷霧罩，疏喇喇風吹葉落。聽山林聲聲虎嘯，繞溪澗哀譎猿叫。俺呵，唬得我魂飄膽消，心驚路遙。呀！百忙裡走不出山前古道。〔收江南〕呀，又只見烏鴉陣陣起松梢，聽數聲殘角斷漁樵。忙投村店伴寂寥。想親幃夢杳，想親幃夢杳，空隨風雨度良宵。

劇中更插入花和尚做新娘，黑旋風喬坐衙二段，也與本傳毫無關係。如將此作放在寫類似的題材的《水滸記》、《義俠記》及《翠屏山》之列，似頗有遜色。蓋伯華北人，其寫南劇，自不會當行出色。

又有《鳴鳳記》，盛傳於萬曆間，相傳為王世貞作。世貞字元美，號鳳洲，又號弇州山人，太倉人。嘉靖進士。以父忬因事為嚴嵩所殺，棄官歸。嵩敗後，隆慶初乃伏闕訟父冤。後累官刑部尚書。始與李攀龍狎主文盟。為後七子之中心。攀龍死，世貞獨霸文壇者近二十年。所作有《弇州山人四部稿》，及《鳴鳳記》傳奇等。或以為《鳴鳳記》系他門客所作，疑不能明。此記也多排偶之句，描景寫情，往往未能宛曲呀深刻。所述似以楊繼盛為中心，又似以鄒應龍為中心。頭緒紛煩，各可成篇。分則成為獨立的幾段，合則僅可勉強成為一劇耳。實則其中心乃為某事，並非某人。像這種的政治劇，在當時殊少見。傳奇寫慣了的是兒女英雄，悲歡離合，至於用來寫國家大事，政治訊息，則《鳴鳳》實實為嚆矢。以後《桃花扇》、《芝龕記》、《虎口餘生》等等似皆像繼之而起者。《鳴鳳記》的概略，可於第一齣《家門》大意中見之：

〔滿庭芳〕元宰夏言，督臣曾銑，遭讒竟至典刑。嚴嵩專政，誤國更欺君。父子盜權濟惡，招朋黨濁亂朝廷。楊繼盛剖心諫諍，夫婦喪幽冥。忠良多貶斥，其間節義並著芳名。鄒應龍抗疏感悟君心，林潤復巡江右，同戮力激濁揚清。誅元惡，芟夷黨羽，四海慶昇平。

所謂《鳴鳳記》，大約便是取義於「朝陽丹鳳一齊鳴」的罷。其中如《嚴嵩慶壽》（第四齣）、《燈前修本》（第十四出）、《夫婦死節》（第十六出）等，評者皆公認為全劇中最好的地方。但《慶壽》的一出較之《綠野仙蹤》（小說）所寫的同一的題材，其深入主與逼真似猶遠為不及。《修本》的一出似甚用力，但也未能十分的寫出楊繼盛的雄烈的情懷來。其最大的缺點，則為所寫的前後八諫臣，其面目都無甚懸殊，其行蹤也大相類似，頗給我們以雷同之感。

陸採的出現，約與梁辰魚為同時。他的作劇時代，在嘉靖中。他所作凡四劇，《易鞋記》、《懷香記》、《南西廂》及《明珠記》。《易鞋記》敘述程鉅夫與其妻離合事。鉅夫被擄為奴，其主以一宦家女妻之。女屢勸鉅夫逃去。他疑為偽，訴之主人。主人笞其妻，後更賣之。鉅夫乃知妻之真意。遂逃去，終為臣卿。事見陶宗儀《輟耕錄》。採寫此，也殊動人。《懷香記》敘述賈謐女偷香私贈給韓壽事。《明珠記》敘述王仙客、劉無雙的離合事。《南西廂記》則為不滿意於李日華的「斗膽翻詞」而重寫者。《明珠記》在其間最為有名，系他少年時所作。錢謙益云：「年十九，作《王仙客無雙傳奇》，子餘（採兄粲）助成之。」因此，頗有謂《明珠》乃陸粲所作而託名於採者。但採自己嘗說道：「曾詠《明珠》掌上輕，又將文思寫鶯鶯。」是《明珠》之非粲作可知。《明珠》頗圓瑩可愛，故得盛傳。但《南西廂》則殊令人對之有「江郎才盡」之感。他雖然看不起日華的剽竊，而他的成就也很有限。他嘗很自負的說道：「試看吳機新織綿，別生花樣天然；從今南北並流傳，引他嬌女蕩，惹得老夫顛。」其實，並不值得如何的讚賞，而說白尤為鄙野不堪，大有佛頭著糞之譏。採字天池，自號清疾叟，長洲人。

同時有盧柟者，字次梗，一字子木，大名浚縣人。好使酒罵座，補捕入獄幾死。曾作《想當然》傳奇，敘劉一春遇合雙雙美事。但《劇說》引《書影》，則以為實邗江王漢恭作，託柟名。（《醒世恆言》卷二十九《盧太學詩酒傲公侯》，即寫盧柟冤獄事。）

屠隆代表了一個思想荒唐淩亂的時代；那便是隆、萬間的幾十年。這時代昇平稍久，人習苟安，社會上經濟力比較的富裕。言大而誇的文人學士們盡有投靠到一般社會，以賣文為活的可能。於是許多的「布衣學士」，「山中宰相」乃至退職投閒的小官僚們，都可以用他們的「文名」做幌子，過著很優裕的生活。王百穀、陳眉公、張伯起都是這一流人。而屠隆也便在其間雄據著一席。因為生活的蕭逸自由，便漸漸的淪落到種種享樂與空想的追求。方士式的三教合一與長生不老的思想，因而形成了當時的一個特色。也真有荒唐的方士們應運而生，肆其欺詐。隆便是被詐的一人，也便是足以代表這些荒唐的文士們的一人。隆字長聊，又字緯真，號赤水，官至禮部主事。俞顯卿上疏訐之。遂罷歸。歸興自放。縱情詩酒，好賓客，賣文為活。詩文率不經意，一揮數紙。所作傳奇有《彩毫》、《曇花》、《修文》三記。《彩毫記》敘李白事，選事不精，文復板滯，似更下於《浣紗》。《曇花記》敘述木清泰好道，棄家外遊，遇僧、道二人點化之。歷試諸苦，並遊地府、天堂。其夫人亦慕道修行。清泰歸，乃轉試她。後闔門飛昇。這是一本荒唐的已入魔道之作。或謂木清泰即指其好友西寧侯宋世恩；也許便是迎合世恩之意而作的。《修文記》敘述蒙曜一家修道成仙事。（《曲海總目提要》及《小說考證》皆以為系敘李長吉事，大誤，蓋緣未見原書。）曜即是隆自己。其妻，其二子，其夭逝之女與子媳，並皆捉入戲中。即其仇俞顯卿，其友孫榮祖（即愚弄隆學仙者）亦並皆寫入。可說是一部幻想的戲曲體的自敘傳。其女湘靈死後，修文天上，全家皆賴以超拔。其仇俞顯卿，則被囚地獄，乃賴蒙曜的忠恕而亦得超脫鬼趣。在思想的荒唐空幻和想像的賓士自如上，隆的《修文》、《曇花》都可以說是空前的。唯曲白則多食古不化之語，並不能顯出什麼生動靈活的氣韻來。

偉大的宗教劇《目連救母行孝戲文》也出現於此時，卻較《修文》、《曇花》更為重要，更為弘偉。《修文》、《曇花》有些自欺欺人，近於兒戲，《目連救母》卻出之以宗教的熱忱，充滿了懇摯的殉教的高貴的精神。此戲文似當是實際上的宗教之應用劇。至今安徽等地，尚於中元節前後，演唱目連劇七日或十日，以祓除不祥或驅除惡鬼。此戲文的編者為鄭之珍，新安人，自號高石山房主人。全戲凡一百折，乃是空前的浩瀚的東西。其中插入的幾個短故事，像《尼姑下山》（即後來《思凡》之所本），和《勸姐開暈》。同為最強烈的人間性的號呼，肉對於靈的反抗。自五十七折以後，寫目連挑經擔和母骨到西天去求佛，大類《西遊記》的故事。也有白猿保護著他，也有火焰山，也有寒冰池，也有爛沙河，也有脫去凡胎的一幕，多少總受有《西遊》故事的影響。而青提夫人的遊十殿，也許是要當作實際上的勸懲之資的，故寫得特別的詳細，慘怖。

汪廷訥的《長生》、《同升》二記，也和屠隆的《修文》、《曇花》同樣的荒唐可笑。《長生記》敘述某人因虔敬呂仙而得子成道事；《同升記》寫三教講道度人事；其中主角也皆為汪氏他自己。廷訥字昌朝，一字無如，自號坐隱先生，無無居士，休寧人，官鹽運使。有《環翠堂集》。他在南京，有很幽倩的園林，常集諸名士，宴飲於園中。（詳見《南宮詞紀》）所作《環翠堂樂府》，據說凡十八種，但今所知所見者，只有十五種。《同升》、《長生》外，為《獅吼》、《天書》、《三祝》、《種玉》、《義烈》、《彩舟》、《投桃》、《二閣》、《七國》、《威鳳》、《飛魚》、《青梅》、《高士》諸記。其中有寫得很好的，像《獅吼記》，敘述陳季常妻柳氏的奇妒事，便是絕好的一部喜劇。清人所作《醒世姻緣傳》小說，中有一部分故事，便系剽竊《獅吼》的。《三祝記》之寫范仲淹微時事；《種玉記》之寫霍中孺事；《義烈記》之寫漢末黨禍事（以張儉為主角）；《天書記》之寫孫、龐鬥智事，都很不壞。唯《三祝》的情境，間亦竊之於古戲（即《呂蒙正破窯記》）。在濃妝淡抹、鬥豔競芳的風尚之中，廷訥諸作，還算是很靈雋自然的。周暉《續金陵瑣事》云：「陳所聞工樂府，《濠上齋樂府》外，尚有八種傳奇：《獅吼》、《長生》、《青梅》、《威鳳》、《同升》、《飛魚》、《彩舟》、《種玉》。今書坊廷訥皆刻為己作。餘憐陳之苦心，特為拈出。」此話如可靠，則廷訥的傳奇，大都皆非己作了。所聞字藎卿，金陵人，曾編刻《南北宮詞紀》。說廷訥以資買稿，攘為己有，或不能免。如以《長生》、《同升》諸作，也並作為他人之作，未免過甚其辭；特別《長生記》，似不會是倩他人代作的。因為，那裡面是充滿了廷訥自己的荒唐的思想。

梅鼎祚結束了駢儷派的作風。駢儷派到了他的《玉合記》，也便是登峰造極，無可再進展一步的了。鼎祚字禹金，定量城人。棄舉子業，肆力於詩文。嘗編纂《青泥蓮花記》、《才鬼記》等，甚見其搜輯的淵博。《玉合》外，並有《長命縷》，敘單符郎、邢春娘事。《玉合》敘述韓翃、章台柳事，幾至無句不對，無語不典。遂與《玉玦》之「板」，同傳為口實。《曲品》云：「詞調組詩而成，從《玉玦》派來，大有色澤；伯龍極賞之。恨不守音韻耳。」從《玉合》以後，駢儷派便趨於絕路。湯顯祖、沈璟出現於萬曆間，遂把這陳腐笨拙的作風，如狂飈之掃落葉似的，一掃而空。

沈璟與湯顯祖

本章將深入研究明代文學中兩位重要的文學巨匠，即湯顯祖和沈璟，以及他們在傳奇文學領域的貢獻和影響。以下是本章內容的簡要概述：

一、湯顯祖：明代文學巨匠與其傳奇作品

本節將介紹湯顯祖，他是明代文學史上的重要人物，以其卓越的文學成就和傳奇作品而聞名。我們將深入探討他的生平和代表作品，如《牡丹亭》等，以及他在明代文學中的地位。

二、沈璟：明代文學家與其對傳奇作品的影響

這一節將討論另一位明代文學家，沈璟，以及他對傳奇文學的影響和貢獻。沈璟的文學作品具有獨特的風格，並對後來的文學發展產生了深遠的影響。

三、沈璟影響下的傳奇作家：呂天成、卜世臣、王伯良、沈氏諸子弟及湯顯祖的傳奇創作

這一節將研究沈璟的文學影響，特別是對一些傳奇作家的影響，如呂天成、卜世臣、王伯良以及沈

氏的諸子弟。這些作家在沈璟的啟發下，創作了一系列優秀的傳奇作品，豐富了明代文學的寶庫。

四、明代戲曲作家湧現：陳與郊、張四維、許自昌、王異的傳奇創作

本節將介紹明代戲曲領域中湧現的一批重要作家，包括陳與郊、張四維、許自昌和王異。這些作家的傳奇創作為明代戲曲注入了新的活力，並延續了中國傳統戲曲的發展。

五、明代文壇怪傑馮夢龍及其對文學的貢獻

這一節將闡述馮夢龍，一位明代文壇的怪傑，以及他對文學的獨特貢獻。他的作品常常帶有諷刺和幽默的元素，為明代文學帶來了新的表現方式。

六、明代無名氏的傳奇作品及刊刻出版者

最後一節將討論明代一些無名氏的傳奇作品，以及當時的刊刻和出版情況。這些作品雖然作者不詳，但對明代文學的多樣性和豐富性做出了重要貢獻。

這一章將幫助讀者更深入地了解明代文學中的重要人物和作品，以及明代傳奇文學的豐富多彩。湯顯祖和沈璟等文學巨匠的作品對中國文學的發展產生了深遠影響，而本章將深入研究他們的創作和影響力。

一　湯顯祖：明代文學巨匠與其傳奇作品

湯顯祖與沈璟同為這個時代中的傳奇作家的雙璧。論天才，顯祖無疑的是高出；論提倡的功績，顯祖卻要遜璟一籌。他只是一位「獨善其身」的詩人，他只是一位不聲不響，自守其所信的孤高的作家。他不提倡什麼，他不宣傳什麼，他也不要領導著什麼人走。他只是埋頭的盡心盡意的創作著。然而他的晶瑩的天才，立刻便為時人所認識，他的影響立刻便擴大起來——那麼偉大的影響，大約連他自己也不會相信的。這種影響，一方面當然是時代的趨勢，必然的結果；一方面卻要歸功於他所樹立的那麼清雋崇高的天才的例子。他雖無意領導著人家走，後來的作家卻都滔滔的跟隨在他的後面。時代產生了他，而他也創造了一個時代。他乃是傳奇的黃金時代的一位最好的代表。他的影響，不僅籠罩了黃金時代的後半期，且也瀰漫在後來的諸大作家，如萬樹，如蔣士銓，以至於如黃韻珊等等。呂天成說道：「湯奉常絕代奇才，冠世博學。周旋狂社，坎坷宦途。當陽之謫初還，彭澤之腰乍折。情痴一種，固屬天生，才思萬端，似挾靈氣。搜奇《八索》，字抽鬼泣之文；摘豔六朝，句疊花翻之韻。紅泉祕館，春風檀板敲聲。玉茗華堂，夜月湘簾飄馥。麗藻憑巧腸而浚發，幽情逐彩筆以紛飛。蘧然破噩夢於仙禪，皭矣鎖塵情於酒色。熟拈元劇，故琢調之妍媚賞心；妙選生題，致賦景之新奇悅目。不事刁鬥，飛將軍之用兵；亂墜天花，老生公之說法。原非學力所及，洵是天資不凡。」此種贊語，原是很空泛的，但非玉茗實不足以當此種誇飾的歌頌。

顯祖字義仍號若士，又自號清遠道人。臨川人。年二十一，舉於鄉。萬曆癸未（西元 1583 年）舉進士。時相欲召致門下，顯祖勿應。除南太常博士。朝右慕其才，將徵為吏部郎。上書辭免。稍遷南祠郎。抗疏論劾政府信私人、塞言語，謫廣東徐聞典史。量移知遂昌縣。用古循吏治邑，縱因放牒，不廢嘯歌。戊戌上計投劾歸，不復出。裡居二十年，病卒，年六十有八（1550～1617）。自為祭文。顯祖「志意激昂，風骨遒緊，扼腕希風，視天下事數著可了」。而窮老蹭蹬，所居玉茗堂，文史狼藉，賓朋雜坐。雞塒豕圈，接跡庭戶。蕭閒詠歌，俯仰自得。同儕貴顯者或遣書迓之，顯祖謝曰：「老而為客，所不能也。」為郎時，擊排執政，禍且不測。詒書友人曰：「乘興偶發一疏，不知當事何以處我。」晚年倏然有度世之志。死後，其中子開遠，好講學，取顯祖「續成《紫簫》殘本及詞曲未行者悉焚棄之。」但《紫簫》今存，實未被焚。於《紫簫》外，顯祖又著有「四夢」。《四夢》者蓋《還魂記》、《邯鄲記》、《南柯記》、《紫釵記》四部傳奇的總稱。又有《玉茗堂文集》十卷，詩集十八卷。然其得大名則在《四夢》而不在他的詩文。——雖然他的詩文也有獨到之處。姚士粦謂：「湯海若先生妙於音律，酷嗜元人院本。自言篋中收藏，多世不常有。已至千種，有《太和正音譜》所不載。比問其各本佳處，一一能口誦之。」（《見只編》）王驥德曰：「臨川湯若士，婉麗妖冶，語動刺骨。獨字句平仄，多逸三尺。然其妙處，往往非詞人工力所及。」又曰：「其才情在淺深濃淡雅俗之間，為獨得三昧。」又曰：「臨川湯奉常之曲，當置法字無論，儘是案頭異書。所作五傳，《紫簫》、《紫釵》第修藻豔，語多瑣屑，不成篇章。《還魂》好處種種，奇麗動人。然無奈腐木敗草，時時纏繞筆端。至《南柯》、《邯鄲》二記，則漸削蕪纇，俯就矩度。布格既新，遣辭復俊。其掇拾本色，參錯麗語，境往神來，巧湊妙合，又視元人別一蹊徑。技出天縱，非由人造。使其約束和鸞，稍閒聲律，汰其剩字累語，規之全瑜，可令前無作者，後鮮來哲。二百年來，一人而已。」（以上並見《曲律》說四）沈德符謂：「湯義仍《牡丹亭夢》一出，家傳戶誦，幾令《西廂》減價。奈不諳曲譜，用韻多任意處。乃才情自足不朽也。」錢謙益謂：「胸中魁壘，陶寫未盡，則發而為詞曲。《四夢》之書，雖復留連風懷，感激物態，要於洗盪情塵，銷歸空有。則義仍之所存，略可見矣。」朱彝尊謂：「義仍真詞妙絕一時。語雖斬新，源實出於關、馬、鄭、白。」王驥德又謂：「臨川尚趣，直是橫行，組織之工，幾與天孫爭巧，而屈曲聱牙，多令歌者咋舌。吳江曾為臨川改易《還魂》字句之不協者（按此改本名《同夢記》），呂吏部玉繩以致臨川。臨川不懌。覆書吏部曰：彼惡知曲意哉！餘意所至，不妨拗折天下人嗓子。」大抵顯祖諸劇的不大合律是時人所公認的，而其縱橫如意的天才，又是時人所讚許的。這可以說是定論。但自葉堂作譜之後，協律與否之論已為之熄。我們現在很可以從這個魔障中跳出來去看顯祖作品的真相。

顯祖五劇中，最藉藉人口者自為《還魂記》或《牡丹亭夢》。王驥德雖將《還魂》抑置《邯鄲》、《南柯》之下，然一般人的見解，則大都反之。梁廷楠謂：「玉茗《四夢》，《牡丹亭》最佳，《邯鄲》次之，《南柯》又次之，《紫釵》則強弩之末耳。」此種甲乙之次，本極不足據，唯以《牡丹亭》為最佳，則足以代表一般人的意見。《還魂記》凡五十五出，沒有一出不是很雋美可喜的。這樣的一部劇本，出現於「修綺而非堆則陳，尚質而非腐則俚」的時代，正如危巖萬仞，孤松挺然，聳翠蓋於其上，又如百頃綠波之涯，雜草亂生，獨有芙蕖一株，臨水自媚，其可喜處蓋不獨能使我們眼界為之清朗而已，作者且進而另闢一個新境地給我們。開場的一支《蝶戀花》：「忙處拋人閒處住，百計思量，沒個為歡處。白日消磨腸斷句，世間只有情難訴。玉茗堂前朝復暮，紅燭迎人，俊得江山助。但是相思莫相負，牡丹亭上三生路。」及結束全劇的一首下場詩：「杜陵寒食草青青，羯鼓聲高眾樂停。更恨香魂不相遇，春腸遙斷牡丹亭。千愁萬恨過花時，人去人來酒一巵。唱盡新詞歡不見，數聲啼鳥上花枝。」已足以看見作者的用意。作者是多情人，又是極聰明人，卻故意的在最拙呆最荒唐的布局上，細細的畫出最雋妙的一幅相思圖。曹 曹雪芹所謂「滿紙荒唐言，一把酸心淚」，正足以說明顯祖的此劇。「但是相思莫相負，牡丹亭上三生路」二語，蓋較之東坡的「但願人長久，千里共嬋娟」，尤為深入一層，尤為真摯確切者。《還魂記》的概略如下：南安太守杜寶生有一女，名麗娘，才貌端妍，未議婚配。一日，杜太守想起，自來淑女，無不知書，便請了本府老秀才陳最良為西席，專教小姐，並以梅香為伴讀。陳最良正是民間的百科全書式的老秀才的代表，他無所不知，連醫道也懂得。上學的那一天，陳老先生教麗娘讀《詩經》，解說「關關雎鳩，在河之洲」一詩後，不禁使這位年已及笄，初解懷春的少女悵然有感於中。本府有個後花園，極為敞大，麗娘向未去過。為了春情鬱鬱，受了梅香的勸誘之後，便同去園中一遊。春色果然絕佳。好鳥輕囀，繁花綴樹，芍藥方放，牡丹盛開。麗娘回歸繡房，倦極而臥。彷彿身子仍在園中，突遇一位少俊的秀才，折柳一枝贈她，強她題詠，並抱她進牡丹亭中。百種溫存，緊相廝偎。正在歡洽之時，樹上忽墮下落花一片，驚醒了她。她惆悵的醒來，口中還叫道：「秀才，秀才，你去了也！」她母親剛來看她，盤問她也不語。便誡她以後少到後花園中閒行。自此以後，麗娘益為鬱鬱，夢中之事，無時放懷。捉空兒又到後花園中去。夢中之景，宛然如見，只是那少俊的人兒卻不在身邊了。太湖石仍在，牡丹亭依然，只是花事已將冷落，情懷更為淒然。自這回尋夢歸去之後，麗娘便生了病，時臥時起，精神恍惚。她父母十分著急。陳最良的藥方固無效力，石道姑的符咒，也欠靈驗。挨至秋初，病體益重，「十分容貌，怕不上九分瞧」。麗娘自己對鏡一照，也吃驚不已。「哎也！俺往日豔冶輕盈，奈何一瘦至此。」便著梅香取絹幅丹青來，為自己生描春容。畫得來可愛煞人。對象徘徊，更增忉怛。便在畫上題道：「近睹分明似儼然，遠觀自在若飛仙。他年得傍蟾宮客，在梅邊在柳邊。」想想他人之像，或為丈夫相愛，替她描模，也有美人自家寫照，寄與情人，而麗娘這像卻寄給誰呢？「梅邊柳邊」，只不過是個夢兒而已！但出於麗孃的不及料，也出於讀者的不及料，那位「梅邊柳邊」的秀才，在世間卻實有其人。這人姓柳，名夢梅，家住嶺南。少年英俟，貧窮未能赴試。卻說久病的麗娘到了八月十五，明月清朗之夜，便昏厥而去。臨終之時，囑咐她母親只將她屍身葬於後花園中老梅樹下，並私囑梅香將她的春容，放在太湖石邊。她死後不久，杜寶奉命升為淮揚安撫使。他帶了家眷同去。但因為麗孃的屍柩不便運去，便讓她埋於園中。卻將此園與太守官衙用一道牆隔開了，同時並建了一所梅花庵於旁，供奉小姐，命石道姑看守此庵，並請陳最良收取祭糧，歲時巡視。匆匆的過了三年。柳生因久困鄉里，終無了局，便勉力措籌，欲北上圖求功名。得了欽差識寶使苗舜賓的資助，方得成行。經過南安，染病難行，厥於途中。陳最良過而憐之，送他到梅花庵中暫住。柳生病體漸好。在後花園中散步時，拾得麗娘自畫的那幅春容。那畫中端麗絕世的少女，頓使夢梅出驚。他疑心這畫中人是觀音大士罷，卻又是小腳的，是月裡嫦娥罷，卻又沒有祥雲擁護，及見了題詩，乃知她確是人世間的一位美女。「梅邊柳邊」一語，又使他駭然。這不是指著他而言麼？不然如何會那麼巧合於他的姓名呢？於是他便生了痴心，天天對著畫，姐姐美人的叫著。麗孃的魂兒，在地府受了冥判，得了允許還陽的判語。她回到梅花庵，聽著夢梅「姐姐，美人」的叫著，頗為感動。知道了他便是從前夢中的人兒，便乘機進了書房，假託鄰女與他相晤。夢梅見了那麼倩麗的一位少女昏夜而至，當然是既驚且喜的。他們的好事，曾有一次為石道姑們所沖散，但也無甚阻礙。麗娘還陽的日期已盡，便囁嚅著與夢梅說知，她並不是鄰女，乃是畫中的人兒。夢梅看看畫兒，又看看她，果然是一模無二。她至此方才對他細訴自己的身世，並要求他開墳啟棺，出她於土中。夢梅與石道姑商議，設法開了墳，果然小姐復活起來；顏色嬌豔如生。掘墳的他們，當場也忘記了她乃是已死三年的少女！他們恐怕住在南安不便，便一同北上到臨安。這裡，陳最良到了庵中，見石道姑與柳生都不在，杜小姐的墳又已被掘發，便斷定乃是他們二人同謀為此，事成逃去。決意奔到淮揚前去告訴杜公。這時，金人正圖南下牧馬，封海賊李全為溜金王，著其擾亂淮南一帶。李全與妻楊氏，領眾圍了淮安。杜公奉命往救，也被陷於圍城之中。陳最良北來，恰好沖在賊人的網裡。李全設了一計，假說杜公的夫人及婢女春香已為全兵所殺。（這時杜公之夫人等已離揚城，逃難在外）最良信之。全便命他進城招降，欲他以此噩耗告杜公，以亂其心。但杜公悲憤之餘，反設了一計，命最良去說李全及楊氏降宋。恰好全與金使。突，懼禍，便衣言降宋。在此時之前，柳生偕眷到臨安赴試。試時剛過，柳生強欲補試，幸得遇前在廣贈金的苗舜賓為試官，竟通融了他入試。金榜正待揭曉，卻遇李全之亂，暫不宣布。柳生試畢回家。麗娘聞他父親被圍淮安，便遣他去看望杜老。他到了淮安，恰好李全已降，杜公正奉旨召為中書門下同平章事，僚屬在那裡宴別他。柳生自稱門婿，闖門而進。杜公得了最良之言，正惱著女墳被掘發，這位不知何來的門婿，卻憑空而至，便大怒的命人遞解柳生到臨安府幽禁著，以待後命。杜公入朝，皇帝大喜。最良也以功授為黃門官。李全已平，金榜遂揭曉，狀元是柳夢梅。但他們遍覓狀元赴瓊林宴不得。不知狀元卻在杜府吊打著呢。杜公到京後，便命取了柳生來，欲治他以發墳罪。任柳生怎樣辯解也不聽。覓尋狀元的人到來，才救了柳生此厄。杜公仍然不愉，堅執著：即使女兒活著，也是花木之妖，並非真實的人。於是這事達到皇帝之前，命他們三人同在陛前辯論。結果，以麗孃的細訴，事情大白。當杜公到了麗孃家中時，卻於無意中遇見了前傳被殺的夫人及梅香。原來他們逃難到臨安時，遇著麗娘，便同住在一處。於是闔家大喜著團圓著。然而柳生卻還不認那位狠心的丈人。經了麗孃的婉勸，方才重複和好。這一部離奇的喜劇，便於喜氣重重中閉幕。

關於《牡丹亭》，為了時論的異口同聲的歌頌，當時便發生了許多的傳說：《靜志居詩話》云：「其《牡丹亭》曲本，尤極情摯。人或勸之講學。笑答曰：『諸公所講者性，僕所言者情也。』世或相傳云：刺曇陽子而作。然太倉相君實先令家樂演之。且云：『吾老年人近頗為此曲惆悵。』假令人言可信，相君雖盛德有容，必不反演之於家也。當日婁江女子俞二孃，酷嗜其詞，斷腸而死。故義仍作詩哀之云：『畫燭搖金閣，真珠泣繡窗。如何傷此曲？偏只在婁江。』又《七夕答友詩》云：『玉茗堂開春翠屏，新詞傳唱《牡丹亭》。傷心拍遍無人會，自掐檀痕教小伶。』」按曇陽子事，詳見於吳江沈瓚《近事叢殘》中。《弇州史料》亦云：「女曇陽子以貞節得仙，白日昇舉。」曇陽子事，為當時所盛傳。世俗以其有還魂之說，故附會以為顯祖《還魂》即指此事。其實二事絕不相同。還魂之事，見於古來傳記者甚多。若士自序云：「傳杜太守事者，彷彿晉武都守李仲文，廣州守馮孝將兒女事，予稍為更而演之。杜守收考柳生，亦如睢陽王收考譚生也。」（按李仲文、馮孝將事皆見《法苑珠林》；談生事見《列異傳》——《太平廣記》引。）元人的《碧桃花》、《倩女離魂》二劇，與若士此作也極相似。又《睽車志》載：士人寓三衢佛寺，有女子與合。其後發棺，復生遁去。達書於父母。父以涉怪，忌見之。此事與《還魂》所述者尤為相合。「刺曇陽子」云云，蓋絕無根據之談。

《南柯記》事跡大抵根據唐李公佐的《南柯太過傳》而略有增飾。（陳翰《大槐宮記》與李作亦絕類。）《南柯》所說，仍是一個情字。論者每以為顯祖此劇的目的，乃在：「貴極祿位，權傾國都，達人視此，蟻聚何殊。」（李肇贊語）其實《南柯》的中心敘述乃在空虛的愛情，並不在蟻都的富貴。這在開場的一首《南柯子》便可見：「玉茗新池雨，金泥小閣晴。有情歌酒莫教停，看取無情蟲蟻也關情。國土陰中起，風花眼角成。契玄還有講殘經，為問東風吹夢幾時醒？」且淳於生入夢也由情字而起，結束也以「情盡」

為基，作者之意，益可知。故顯祖此劇，事跡雖依據於《南柯太守傳》，而其骨子裡的意解則完全不同。顯祖窮老以終，視富貴如浮雲，曾不芥蒂於顯爵，更何必卑視乎蟻職。

《邯鄲記》本於沈既濟的《枕中記》而作。盧生與呂翁遇於邯鄲道上。呂翁以瓷枕與生。生枕之而臥。逆旅主人蒸黃粱米熟，生已於夢中經歷富貴榮華、遷謫、圍捕的得失。情調和《南柯》雖若相類，實則不同。若士自道：「開元天子重賢才，開元通寶是錢財。若道文章空使得，狀元曾值幾文來！」則其憤懣不平，已情見乎詞。

《紫簫記》和《紫釵記》，同本《霍小玉傳》而作。《紫簫》較為直率，《紫釵》則婉曲悱惻，若不勝情。《曲品》云：「向傳先生作酒色財氣四犯，有所諷刺，作此以掩之，僅存半本而罷。」此實無根之談。若士《紫釵記序》述其刊行《紫簫》之故最詳。《紫簫》未出時，物議沸騰，疑其有所諷刺，他遂刊行之以明無他。「實未成之作也。」所謂未成，並非首尾不全，實未經仔細修煉布局之謂。《紫釵記》則布局較為進步，也更合於《霍小玉傳》。唯不及李益就婚盧氏事；強易這悲劇為團圓的結束，未免有損於《小玉傳》的纏綿悱惻的情緒。但像《折柳》、《陽關》諸折，卻是很嬌媚可愛的。

若士五劇，《還魂》自當稱首。但任何一劇，也都是最晶瑩的珠玉，足以使小詩人們妒忌不已的。那是最雋妙的抒情詩，最綺豔，同時又是最瀟灑的歌曲。若以沈璟和他較之，誠然要低首於他之前而不敢仰視的。

二　沈璟：明代文學家與其對傳奇作品的影響

沈璟字伯英，號寧庵，又號詞隱，吳江人。萬曆甲戌（西元 1574 年）進士。除兵部主事，改禮部，轉員外。復改吏部，降行人司正，升光祿寺丞。璟深通音律，善於南曲，所編《南九宮譜》，為作曲者的南圭。又有《南詞韻選》，所選者也以合韻與否為上下。所作傳奇凡十七種，總名《屬玉堂傳奇》。但大都為未刻之稿，故散失者極多。但璟影響極大，凡論詞律者皆歸之。他論文則每右本色，以樸質不失真為上品，以誇飾雕斫為下。在當時日趨綺麗的曲風中，他確是一位挽救曲運的大師。有了他的提倡，《玉玦》、《玉合》的宗風方才漸息。已走上了死路的南劇方才復有了生氣。同時才人湯顯祖，更以才情領導作者。當時論律者歸沈，尚才者黨湯，而已成風氣的綺麗堆砌之曲，則反無人顧問。呂天成、王驥德二家則力持「守詞隱先生之矩矱，而運以清遠道人的才情」的主張。此後的傳奇作家，遂皆深受此影響而有以自奮勉。孟稱舜、范文若、吳炳、阮大鋮諸人，並皆三致意於此。但清遠並不是有意的提倡，而詞隱則為獅子的大吼。學沈苦學可至，學湯則非天才不辦。故詞隱的跟從者一時遍於天下，而清遠則在當時是孤立的。力為詞隱張目者為呂天成、王驥德及沈氏諸子侄。然驥德作《曲律》，對詞隱已有不滿。沈自晉增訂《南九宮全譜》，於詞隱原作也頗有所糾正。而清遠則聲望日隆，其《四夢》，後來作者無不懸以為鵠。蓋詞隱的影響止於曲律，其「本色論」則時代已非，從者絕少。清遠則在曲壇中開闢了一條展布才情，無往不宜的一條大路，正合於時代的風尚，才人的心理。直到了這個時代以後，傳奇方才真正的上了正則的文壇而入於有天才的文人之手。此時，離東嘉、丹丘之時，蓋已有二百餘年了。在那二百年中，傳奇只是在若明若昧之中，無意識的發展著，偶然的入於文人之手，也只是走著錯路，未入正規。至是，詞隱才示之以嚴律，清遠才示之以雋才，而傳奇的風氣與格律，遂一成而不可複變，傳奇的創作，遂也有了定型而不可更移。在其中，提倡最力，最有功績者則為詞隱。二百年間，作者寥寥，作品也很少，而在最後的不到百年間則作者幾超出十倍，作品更為充棟汗牛，不可勝計。有意的提倡與無意識的發展，已入文人學士之手與在民間的自然生長，無途徑的自由寫作與已有定型成譜的寫作，這其間相差是不可以道裡計的。東嘉、丹丘以後，傳奇便應入了後一條路上的。為了提倡的無人，與乎正則的文人的放棄責任，特別是「科舉」的束縛人心，羈絆人才，使詩人們無心傍及雜學，更無論戲文，傳奇發展的時針，遂撥慢了二百餘年。應該在東嘉、丹丘之後便完成的傳奇的黃金時代，遂遲到了這個時代方才實現。

《曲品》頌詞隱為曲中之聖：「沈光祿金、張世裔，王、謝家風。生長三吳歌舞之鄉，沉酣勝國管絃之籍。妙解音律，花月總堪主持；雅好詞章，僧妓時招佐酒。束髮入朝而忠鯁，壯年解組而孤高。卜業郊居，遁名詞隱。嗟曲流之泛濫，表音韻以立防。痛詞法之榛蕪，訂全譜以闢路。紅牙館內，謄套數者百十章，屬玉堂中，演傳奇者十七種。顧盼而煙雲滿座，咳唾而珠玉在豪。運斤成風，樂府之匠石；遊刃餘地，詞壇之庖丁。此道賴以中興，吾黨甘為北面。」沈德符說：「沈寧庵吏部後起，獨恪守詞家三尺，如庚清真文，桓歡寒山，先天諸韻，最易互用者，斤斤力持，不少假借，可稱度曲申、韓。」「此道賴以中興」一語，誠是詞隱的功狀。然其作品卻未盡滿人意。王驥德云：「詞隱傳奇，要當以《紅蕖》稱首。其餘諸作，出之頗易，未免庸率。然嘗與餘言，歉以《紅蕖》為非本色。殊不其然。生平於聲韻宮調，言之甚毖。顧於己作，更韻更調，每折而是，良多自恕，殆不可曉耳。」蓋璟自是一位有力的提倡者，卻不是一位崇高的劇曲作者。

璟的《屬玉堂傳奇十七種》為《紅葉》、《分錢》、《埋劍》、《十孝》、《雙魚》、《合衫》、《義俠》、《分柑》、《鴛衾》、《桃符》、《珠串》、《奇節》、《鑿井》、《四異》、《結髮》、《墜釵》、《博笑》。尚有《同夢記》一種，亦名《串本牡丹亭》，蓋即改削湯顯祖的《還魂記》者，不在這十七種之內。《同夢》今已佚，僅有殘文見於沈自晉的《南詞新譜》中。其中未刻者有《珠串》、《四異》、《結髮》及《同夢》數種。即已刻者今也已散佚殆盡，不皆可見。（《曲錄》錄璟的傳奇凡二十一種，《同夢記》尚不在內，誤。璟所作者於《同夢記》外，蓋僅有《紅葉》等十七種。其他《耆英會》、《翠屏山》、《望湖亭》三種，蓋不沈自晉作。）

璟的《十孝》及《博笑》二記，其體例並非傳奇。下章當述及之。《義俠記》為今所知璟傳奇中最著名的一種。《義俠》敘武松的本末，情節與《水滸傳》所敘者無大出入，唯增出武松妻賈氏為不同耳。《曲品》云：「《義俠》激烈悲壯，具英雄氣色。但武松有妻似贅；葉子盈添出無緊要。西門慶鬥殺，先生屢貽書於餘云：此非盛世事，祕弗傳。乃半野商君得本已梓，吳下競演之矣。」《義俠》中的賈氏的增入，作者大約以為生旦的離合悲歡，已成了一個傳奇不可免的定型，故遂於無中生有，硬生生將武行者配上一個幼年訂婚的賈氏吧。在曲白中，也不見得十分的本色。作者才情自淺，故雖處處用力，卻只得個平正無疵而已。論清才雋語是說不上的。像景陽崗打虎，快活林打蔣門神，飛雲浦殺解差，《水滸傳》中已是虎虎有生氣，這裡頗襲用《水滸》，寫得卻仍未能十分出色。即《萌奸》（第十二出，俗名《挑簾》）、《巧媾》（第四齣，俗旬《裁衣》）二出，俗人所深喜者，也未必能高出《水滸》的本文。

《紅蕖記》，今未見，有殘文存於《南詞新譜》中。《曲品》云：「《紅蕖》著意著詞，曲白工美。鄭德磷事固奇，無端巧合，結構更宜。先生自謂字雕句鏤，正供案頭耳。此後一變矣。」此劇為璟早年之作，其風格與後來諸作頗有不同。王伯良頗右之，以為勝其後作。《埋劍記》有刻本。本唐人《吳保全傳》。《曲品》謂：「書生坎坷之狀，令人慘慟。雜取《符節》事，《薦福碑》中，北調尤佳。」《合衫記》今未見《曲品》謂：「《埋劍》，郭飛卿事奇，描寫交情，悲歌慷慨。此事鄭虛舟採入《大節記》矣。大節記以吳永固為生。」《分錢記》今未見。殘文亦存於《南詞新譜》中。《曲品》謂：「《分錢》全效《琵琶》，神色逼似。第一廣文不能有妾，事情近酸。然苦境亦可玩。」《又魚記》有刻本。敘劉符郎、邢春娘事。《曲品》謂：「苦處境界大約雜摹古傳奇。此乃元劇公孫合汗衫事。曲極簡質，先生最得意作也。第不新人耳目耳。餘特為先生梓行於世。」《鴛衾記》今未見。《曲錄》謂：「聞有是事，局境頗新。妻之掠於汴也，章台柳也。含譏無所不可。吾友桐柏生有《鳳》、《釵》二劇，亦取之。」桐柏生即葉憲祖。「鳳」大約即指《團花鳳》一劇。「釵」的一劇未知所指。《桃符記》有傳本，敘劉天義、裴青鸞事，本元《碧桃花》劇。《曲品》謂：「即《後庭花》劇而敷衍之者。宛有情致，時所盛傳。聞舊亦有南戲，今不存。」《分柑記》，今未見。呂文謂：「《分柑》，男色，為佳曲。此本詼態疊出可喜。第情境尚未徹暢。不若譜董賢更喜也。」《四異記》今未見。《今古奇觀》中有《喬太守亂點鴛鴦譜》，即此故事。《曲品》謂：「舊傳吳下有嫂奸事。今演之快然。醜、淨用蘇人鄉語，亦足笑也。」這一點是極可注意的。丑、淨用土白，實是近代劇的一個特徵。但像作者那樣的將連篇土語公然用之於劇本上的，則絕無僅有。《鑿井記》今未見。《曲品》謂：「事奇，湊拍更好。通本曲腔名，俱用古戲名串合者。此先生長技處也。」《珠串記》今未見。《曲品》謂：「崔郊狎一青衣，賦侯門如海詩，事足傳。寫出有情景。第其妻磨折處不脫套耳。」《奇節記》今未見。《曲品》謂：「正史中忠孝事宜傳。一帙分兩卷。此變體也。」《結髮記》今亦未見。《曲品》謂「是餘所傳致先生而譜之者。情景曲折，便覺一新。」《墜釵記》俗名《一種情》，有傳本。《曲品》謂：「興慶事甚奇，又與賈女雲華，張倩女異。先生自遜謂不能作情語。乃此情語何婉切也。」蓋本於瞿佑《金鳳釵記》。這是他有意和湯顯祖的《還魂記》相匹敵的。然任怎樣也不會追得上《還魂》的。不過璟究竟是一位極努力的作家。在璟之前，作雜劇者有多至六十餘本的，如關漢卿；作傳奇者則大都少則一本，如《琵琶》、《拜月》；多亦不過五種六種耳，如張鳳翼的《陽春六集》，徐霖的《三元》、《繡襦》等；至若一人而著劇多至十七種者當始於璟。

三　沈璟影響下的傳奇作家：呂天成、卜世臣、王伯良、沈氏諸子弟及湯顯祖的傳奇創作

最受沈璟的影響者，有呂天成、卜世臣二人。卜世臣字大匡，一字大荒，秀水人。（《嘉興府志》作字藍水）磊落不諧俗，日局戶著書。有《樂府指南卮言》、《多識編》及《山水合譜》等（見《府志》卷五十三）。所著傳奇，則有《冬青》、《乞麾》二記。《冬青》寫唐珏葬宋帝骨殖事。《曲品》道：「摛李屠憲副於中秋夕帥家優於虎丘千人石上演此，觀者萬人，多泣下者。」《乞麾》敘杜牧之恣情酒色事。王伯良云：「其詞駢藻煉琢，摹方應圓，終卷無上去疊聲，直是竿頭撒手，苦心哉！」（《曲品》引）此二記皆不存，僅有殘文見於《南詞新譜》。呂天成字勤之，號鬱藍生，別號棘津，餘姚人。著《曲品》，又作《雙棲》、《雙閣》、《四相》、《四元》、《神劍》、《二窯》、《神女》、《金合》、《戒珠》、《三星》諸記及其他小劇，凡二三十種，今不存一種。王伯良《曲律》（卷四）嘗詳及其生平。伯良云：「勤之童年便有聲律之嗜。既為諸生，有名，兼工古文詞。與餘稱文字交垂二十年。每抵掌談詞，日昃不休。孫太夫人好儲書，於

古今戲劇，靡不購存。故勤之泛瀾極博。所著傳奇，始工綺麗，才藻煜然。最服膺詞隱，改轍從之，稍流質易。然宮調字問平仄，兢兢毖慎，不少假借。」伯良又道：「勤之製作甚富，至摹寫麗情褻語，尤稱絕技。世所傳《繡榻野史》、《閒情別傳》，皆其少年遊戲之筆。」他死時年未四十。這兩個人都是沈璟的最服從的信徒。《曲律》云：「自詞隱作詞譜，而海內斐然向風。衣缽相承，尺尺寸寸，守其榘矱者二人，曰吾越鬱藍生，曰檇李大荒逋客。鬱藍《神劍》、《二窯》等記並其科段轉折似之。而大荒《乞麾》，至終帙不用上去疊字。然其境益苦而不甘矣。」

王伯良他自己卻不是那麼低頭於詞隱的人。他也佩服詞隱，但同時又未免有些微詞。他是更傾倒於湯義仍的。在這一點上，他的賞鑒的能力確是很高超的。伯良名驥德，號方諸生，又號玉陽仙史，會稽人。《明文授讀》稱他為王守仁侄，不知何據。他嘗受學於徐渭，曾校訂《西廂》、《琵琶》二記，並著有《曲律》。對於戲曲的探討，是比了沈璟更進一步的。為了他並不是怎樣的要求恢復「古劇」的「本色」，所以他唯一的一部傳奇，《題紅記》，寫得很是嬌豔。與其說是受沈璟的影響，不如說是受湯顯祖的。他除了在曲的音律上曾受沈璟的啟示之外，其他都是不滿於璟的。其實璟的影響他只在這一方面。明末諸作家，我們可以說，直接間接，都是受著顯祖的絕代才華的照耀的。伯良的《題紅記》為少年時作，系改其祖爐峰的《紅葉記》，為屠隆強序入梓。他自己不很滿意。但又述孫如法語，謂湯顯祖令遂昌日，會如法，「謬賞餘《題紅》不置」。則亦自負不淺。《題紅》敘于、韓夫人紅葉題詩事，今存。

就是沈氏諸子弟，對於詞隱也不盡服從。沈氏諸子弟，幾無不能曲者。其侄自晉、自徵二人，尤為白眉。自徵有《漁陽三弄》雜劇，乃是追隨於徐渭《四聲猿》之後的。自晉作《南詞新譜》，是糾正、增訂詞隱的《南九宮譜》的。自晉所作的《翠屏山》、《望湖亭》、《耆英會》三記，尤露才情，迥非詞隱本色一語，所能範圍得住。蓋也是私淑臨川的作風的。自晉字伯明，又字長康，號鞠通生。他在清初尚存，年已七十餘歲。《南詞新譜》有他丙戌（西元 1646 年）的凡例，則至少他是活到七十六歲以上的（1571～1646）。沈自友《鞠通生傳》云：「海內詞家，旗鼓相當，樹幟而角者，莫若吾家詞隱先生與臨川湯若士先生。水火既分，相爭幾於怒詈。生蟬緩其間。錦囊彩筆，隨詞隱為東山之遊，雖宗尚家風，著詞斤斤尺矱，而不廢繩簡，兼妙神情。甘苦匠心，朱碧應度。詞珠宛如露合，文冶妙於丹融。兩先生亦無間言矣。」這把他的立場寫得很明白。不僅他如此。明末的諸大家，殆無不是秉用沈譜，而追慕湯詞的。他的《耆英會》今未見傳本。《翠屏山》傳唱最盛。今劇場上俗名「石十回」的，即是此戲。事本《水滸傳》楊雄、石秀殺潘巧雲的一則。《望湖亭》敘錢萬選秀才代其表兄顏伯雅去相親，被留結婚。因此錯誤，終得與高氏女成就姻緣事。此事曾有話本，名《錢秀才錯占鳳凰儔》（見《醒世恆言》卷七，又見《今古奇觀》）。此二記皆寫得很雋妙，結構也極為整煉，而曲白的互相映照生趣，莫不虎虎有生氣，尤為前一時代作家們所罕見。像下面一曲：

雪花飛，攪得我心間碎。且走向湖邊覷，步難移。這的吼地寒飆，何處把仙舟滯？只見高高簇浪堆，高高簇浪堆，又怕層層結水衣，早是白茫茫不見個山兒和意。

——《望湖亭》第二十五折

寫顏伯雅於大雪中立在湖邊，等候迎親的船，是很能捉得其焦急不堪的神情的。同劇《自嗟》（第十折，俗名《照鏡》），尤為劇場上最能惹起鬨堂大笑的一幕。

四　明代戲曲作家湧現：陳與郊、張四維、許自昌、王異的傳奇創作

和湯、沈同時的戲曲作家們，幾有一時屈指不盡的盛況。在萬曆的時代，劇場上的新曲如雨後春筍，夏夜繁星似的那麼層出不窮。呂天成序《曲品》道：「予舞象時即嗜曲，弱冠好填詞。每入市見傳奇，必挾之歸，笥漸滿。初欲建一曲藏，上自前輩才人之結撰，下自腐儒教習之攢簇，悉搜共貯，作江海大觀。既而謂多不勝收。彼攢簇者收之汙吾篋，稍稍散失矣。」又道：「傳奇侈盛，作者爭衡，從無操柄而進退之者。矧今詞學大明，妍媸畢照，黃鐘瓦缶，不容並陳，白雪巴人，奈何混進。」在他的《曲品》中，於「不入格者擯不錄」之外，傳奇之數，「亦已富矣。」可見當時的盛況為如何，下文僅舉比較重要的若干作家，略講一下。其他作品不傳及不甚重要者皆未之及。

陳與郊字廣野，號玉陽仙史，海寧人。官太常寺少卿。著《隅園》、《蘋川》、《黃門》諸集。他自以為縉紳大夫，不屑以詞曲鳴於時，乃託名高漫卿，著《論痴符》四種。或稱之為任誕軒，蓋誤以其軒名為著者之名。那總名為《論痴符》的四部曲，有改他人之作者，亦有為自己創作者。一為《靈寶刀》，寫林沖的始末，蓋本於李開先的《寶劍記》。他自己題記於劇末道：「山東李伯華先生舊稿，重加刪潤，凡過曲引尾二百四支，內修者七十四支，撰者一百三十支。」實等於重作。唯情節則無變動。二為《麒麟廚》，寫韓世忠、梁夫人的始末。他自己說道：「韓王小傳本奇妙，奈譜曲梨園草草，因此上任誕軒中信口嘲。」則似因不滿意於張四維的《雙烈記》而改作者。三為《鸚鵡洲》，寫韋皋、玉簫女的始末，蓋亦本於無名氏的《韋皋玉環記》。四為《櫻桃夢》，則系他的創作。事本《太平廣記》所載《櫻桃青衣》蓋為

《南柯》、《邯鄲》的另一轉變，唯情節似更婉曲而富於詩意。這四劇寫得都很有風趣，盡有很秀美的曲文，惜見之者絕少。

張四維所作，今存《雙烈記》一種，尚有《章台柳》及《溪上閒情》（此種似為散曲集）則未見。四維字治卿，號五山秀才（《曲錄》及《曲品》均作午山），元城人。嘗和陳所聞以曲相贈答。（見《南宮詞紀》）《雙烈記》敘韓世忠和梁紅玉事。雖為陳與郊所不滿，然今見之劇場上者，卻仍為四維之作，而非與郊的改本。其實《雙烈》也殊明白曉暢，甚能動人。

許自昌字玄祐，吳縣人。有《樗齋漫錄》十二卷，《詩抄》四卷，《捧腹談》十卷。他和陳眉公諸人交往，構梅花墅，聚書連屋。又好刻書，所刻有韓、柳文集及《太平廣記》等。所作傳奇有《水滸記》、《橘浦記》、《靈犀佩》、《弄珠樓》及《報主記》等，唯《水滸記》流傳最廣。《水滸記》敘宋江事，皆本《水滸》，唯《惜茶》、《活捉》為添出者。只寫到江州劫法場，小聚會為止，沒有一般「《水滸》劇」之非寫到招安不可。詞曲甚婉麗，結構極完密。像《劉唐醉酒》等幕，尤精悍有生氣。《橘浦記》寫柳毅傳書事，而添出不少的枝節。本於「眾生易度人難度」的前提，而極意的抒寫「負德的小人丘伯義，銜恩的幾個眾生」的幾段情節，或作者有所感而發歟？《靈犀佩》諸作，今俱未見。郃陽人王異（字無功）也作《弄珠樓》、《靈犀佩》（尚有《百花亭》一種）二劇，不知是否改自昌之作？也許自昌此二劇是改王異的也說不定。

湯顯祖的友人鄭之文，也寫作了《白練裙》、《旗亭記》、《芍藥記》三本，今唯《旗亭記》存。之文字應民，一字豹先，南城人。官南部郎，後出為知府。他少年時，很刻薄，嘗作《白練裙》以譏馬湘蘭，頗為時人所不滿。湯顯祖嘗為序其《旗亭記》，實亦不甚好。

徐復祚字陽初，號暮竹，又號三家村老，常熟人，有《三家村老委談》及《紅梨記》、《宵光劍》、《梧桐雨》、《祝髮記》等傳奇數本。今唯《紅梨記》最為流行；《宵光劍》亦見存，餘皆佚。《紅梨》本於元劇《詩酒紅梨記》，而添入不少的枝節，寫得很嬌豔，是這時代所產生的最好的劇本之一，雖然其中未免有些褻穢處。他自道：「論賣文，生涯拙；豈是誇多，何曾鬥捷。」是此劇似亦為易米而作者。《宵光劍》寫衛青事，也甚動人。

同時有《快活庵評本紅梨記》一本，今亦傳於世。和復祚同名的一本，雖敘同一故事，而詞語全異。如果把這兩劇對讀起來，復祚的一本，似還嫌過於做作、塵凡。惜此很偉大的一本名著，竟不能知道其作者為誰。

高濂的《玉簪記》足和《紅梨記》並肩而立，而有的地方，寫得更較《紅梨記》為蕩魂動魄。《紅梨》寫聞聲相思，有些不合理。《玉簪》則通體為少年兒女的熱戀，或即或離，或聚或散，是那樣的妖嫩若新荷出水，是那樣的綺膩若蜀錦甌綢。《玉簪》事本《張於湖誤宿女貞觀》。（見《國色天香》、《燕居筆記》諸書。）敘述陳妙常、潘必正事。為了糾正道德上的缺撼，故濂添出「指腹為媒」的一段。其間像《琴挑》、《偷詩》《秋江》諸折、其情境都是《西廂》、《還魂》所未經歷的。濂字深甫，號瑞南，錢塘人，所作尚有《節孝記》一本。《曲品》云：「陶潛之《歸去》，令伯之《陳情》，分上下帙，別是一體。」濂又編《遵生八籤》，是一部很重要的論服食養生之書，足以使我們明白明代士大夫的生活和思想的實況的一斑。

周朝俊的《紅梅記》，其婉麗處不下《紅梨》、《玉簪》。朝俊字夷玉，鄞縣人（《曲錄》作吳縣誤）。《紅梅》敘裴生遇賈似道妾的鬼魂，被其所救，且得美配事。其中《鬼辯》的一幕，今猶常上演於劇場。

王玉峰，松江人，作《焚香記》，敘王魁、桂英事。此為宋、元以來最流行於劇上的的故事。宋人已有戲文，元劇亦有尚仲賢的《王魁負桂英》。玉峰此戲，則站在傳奇必須以團圓的原則上，添出種種的幻局，成了一本「王魁不負桂英」，正如湯顯祖《紫釵記》之把結局改為李益不負小玉似的。

周履靖和許自昌一樣，也是一位喜刻書的作家。他號螺冠，秀水人。所刻有《夷門廣牘》及《十六名姬詩》等。傳奇有《錦箋記》一本，敘梅玉和柳涉孃的戀愛。以「遺箋」為始戀，中間好事多磨，致義女為主捐軀。最後，有情人才得成為眷屬。情節是並不怎麼高明。

朱鼎的《玉鏡台記》雖亦為寫悲歡離合的劇本，卻全異於一般的戀愛劇。這裡是，國家的大事，占據了家庭的變故的全部。雖本關漢卿的《溫太真玉鏡記》，卻比之原劇，面目全殊。其間《新亭對泣》、《聞雞起舞》、《中流擊楫》諸出，至今讀之，猶為之感興。《桃花扇》與此戲正是同類。唯《桃花扇》充滿了淒涼悲楚，而此記則尚有陽剛銳厲之氣魄，是興國，而非亡國的氣象。鼎字永懷，崑山人。

顧大典和沈璟是同輩。他字道行，吳江人。官至福建提學副使。著《海岱吟》、《閩遊草》、《園居稿》、《清音閣十集》等。所作傳奇，則有《青衫記》，本馬致遠《青衫淚》劇，敘白居易、裴興娘事；《葛衣記》，敘任昉子西華，貧無所歸事，本劉孝標《廣絕交論》；《義乳編》，敘後漢李善義僕事；《風教編》，分四段，敘四則足以範世的故事；這四記總名為《清音閣四種》。今傳者唯《青衫記》。白香山的《琵琶行》，不意乃生出這樣的故事出來，豈是他所及料的。清代作劇者，究竟高明些，乃紛紛為白氏洗刷，竟恢復了那篇絕妙的抒情詩的本來面目。（像蔣士銓的《四弦秋》。）

葉憲祖字美度，一字相攸，號桐柏，別號六桐，又號槲園居士，亦號紫金道人，餘姚人。官至工部郎中。以私議魏忠賢生祠事，削籍。他所作傳奇有《雙修記》、《鸞鎞記》、《四豔記》及《金鎖記》、《玉麟記》。《四豔記》為四篇不同的故事的集合，類似《四節記》的結構，唯皆為戀愛劇。（並見《盛明雜劇》二集）《鸞鎞記》敘唐女道士魚玄機事。《金鎖記》敘竇娥事，本於關漢卿《竇娥冤》劇，而更為淒怖動人；但其結局則為團圓的。《傳奇匯考》云：「或雲袁於令作，或雲桐柏初稿，於今改定之。」《玉麟》、《雙修》二記，皆未見。《雙修》為純正之佛教劇，不似屠隆諸人之仙佛雜陳。蓋憲祖之作是記，也正是表示不滿意於屠隆諸作的。憲祖的諸記，皆出之以鏤金錯彩，過於眩目的辭藻，也足以使人不感得舒服；特別是《四豔記》，四段故事，情節皆面目相似，讀之尤憮憮無生氣。

王穉登字百穀，吳縣人，為當時的老名士之一。他和張伯起、陳眉公之流，皆是以布衣而遨遊於公卿間的。潤筆所及，足以裕身，聲望之高，有過鄉宦。他所編有《吳騷集》，乃是明季許多南曲選本中最早的一部（1535～1612）。所作傳奇，有《全德記》一本，敘竇禹鈞積德致多子事。馮道詩：「燕山竇十郎，教子以義方，靈椿一株老，仙桂五枝芳。」指的便是禹鈞。此記傳本罕見。嘗獲讀於長洲吳氏，多腐語、教訓語。

這時的劇壇，幾為江、浙人所包辦，而浙人尤多。

金懷玉字爾音，會稽人。所作傳奇凡九本：《香球記》（《船載書目》作《新編五倫全備江狀元香球記》，敘江祕事）、《寶釵記》（《船載書目》作《寶簪記》）、《望雲記》、《完福記》、《妙相記》、《摘星記》（霍仲孺事）、《繡被記》（紀東侯王忳事）、《八更記》（匡衡事）、及《桃花記》（崔護事）。今唯《望雲記》及《妙相記》有傳本。《曲品》云：「《妙相》全然造出，俗稱為《賽目連》，哄動鄉社。」《望雲》則敘狄仁傑事，而多及二張召幸，對博賭裘，懷義爭道，三思遇妖諸插出，熱鬧可觀。懷玉所作，多諧俗。《曲品》列之「下之下」，評道：「金乃稽山學究之翁，棄青衿而陶情詩酒。」深致不滿。然唯其能諧俗，故當時傳唱也殊盛。

沈鯨字涅川，平湖人。所作有《雙珠記》、《分鞋記》、《鮫綃記》及《青瑣記》四本。《曲品》云：「後二記或雲非涅川作。」《雙珠記》敘王楫事。楫從軍受誣，其妻郭小豔鬻子全貞。後子九齡做了官，卻棄職去尋親，闔家得以團圓。《分鞋記》敘程鉅夫與其妻離合事。事本《輟耕錄》，為漢人被擄作奴婢者最沉痛的故事的代表。如果寫得好，可成史多活夫人《黑奴籲天錄》的同類。可惜程鉅夫太殘刻，無人性，竟汙損了整個的纏綿悱惻的最動人的故事。陸採有《易鞋記》，亦敘此事；不知今傳的《易鞋》為陸作抑為沈作？《鮫綃記》敘魏必簡及沈瓊英遇合事。《青鎖記》敘賈午事，亦和陸採的《懷香記》相類。怡春錦堂選其《贈香》一出。涅川所作，《曲品》稱其「長於煉境」，這話是不錯的。

吳世美字叔華，烏程人，所作有《驚鴻記》，敘唐明皇、楊貴妃事，其中增梅妃爭寵事，大為生動可愛。在《長生殿》沒有出現之前，這部傳奇，乃是寫貴妃事的最好的一本。

陳汝元字太乙，會稽人。著《金蓮記》及《紫環記》二本。《金蓮記》今存於世，敘蘇軾事，以五戒私紅蓮為關節，蓋是通俗的東西。車任遠字遠之，號梶齋，亦號蘧然子，上虞人。所作有《四夢記》及《彈鋏記》。《彈鋏》敘馮歡事，今佚。《四夢》以《高唐》、《邯鄲》、《南柯》及《蕉鹿》的四段組成之。及湯顯祖的《邯鄲》、《南柯》二記出，《四夢》為之闇然失色。今亦唯《蕉鹿》一夢，尚載於《盛明雜劇》中。謝讜號海門，亦上虞人。著《四喜記》，敘宋郊、宋祁兄弟事。郊以救蟻獲中狀元，乃是「因果劇」的常套。中入貝州王則叛亂事，蓋故以引起劇中波瀾者。單本字槎仙，會稽人。著《露綬記》及《蕉帕記》。《蕉帕記》今存，敘西施被罰為白牝狐，見龍驤有仙骨，冒胡弱妹名，與之戀愛。以芭蕉變一綠帕贈之。龍、胡的姻緣，反因此錯誤而終得結成。驤後為呂洞賓度去。徐元字叔回，錢塘人。著《八義記》，敘程嬰、公孫杵臼事，蓋本於元人《趙氏孤兒記》而改作者。楊珽字夷白，亦錢塘人。著《龍膏記》及《錦帶記》。《龍膏記》今存，敘張無頗得起死藥龍膏於袁大娘，以治元載女湘英疾，遂得成就姻緣，也只是一本習套的戀愛傳奇。

胡文煥字德文，號全庵，錢塘人。嘗刊《格致叢書》數百種，中多祕冊珍函，有功於文化不淺。當是毛晉以前的一位很重要的編輯者兼出版家。他曾編《群音類選》二十六卷，為明代最大的一部戲曲選，中多今人未知未見的劇本。惜僅錄曲，不載賓白（載賓白者僅有數出），是一大缺點。蓋《雍熙樂府》、《詞林摘豔》等書之選錄北劇，不妨有曲無白；因為北劇的唱詞，本出於一人之口，殘留著很多的敘事歌曲的痕跡，雖無白，亦可瞭然。南戲則唱者不一，曲、白每分離不開；單錄其曲，最易令人茫然。文煥亦能填詞作曲。他自作的傳奇，凡四本：《奇貨記》（呂不韋事）、《犀佩記》（符世業事）、《三晉記》（趙簡子事）及《餘慶記》，今並不傳。唯《餘慶記》有九折被儲存於《群音類選》，尚可窺見一斑。《曲品》於評《奇貨》、《三晉》二記時，每「恨不得名筆一描寫之」，蓋深憾文煥之作非「名筆」也。

陸江樓，號心一山人，杭州人。著《玉釵記》，敘何文秀修行，歷經苦難事，和無名氏的《觀世音香山記》同為很偉大的宗教劇。鄭國軒著《白蛇記》，敘劉漢卿因救蛇獲厚報事。他自署浙郡逸士，蓋亦浙人。又有蘇漢英著《黃粱夢境記》，陸華甫著《雙鳳齊鳴記》，葉良表著《分金記》，其生平惜皆未詳。

呂天成《曲品》所載萬曆時代作傳奇者，更有龍膺（字朱陵，武陵人）、戴子晉（字金蟾，永嘉人）、祝長生（字金粟）、顧允默、允燾（原作希雍、仲雍，誤）兄弟、黃伯羽、秦鳴雷、謝廷諒、章大綸、張太和、錢直之、金無垢、程文修、吳大震等數十人。所作並佚，故今不之及。

五　明代文壇怪傑馮夢龍及其對文學的貢獻

最後，應一敘馮夢龍。夢龍為明季文壇一怪傑。他的活動的時代，始於萬曆而終於清初。據《南詞新譜》，沈自晉《凡例續紀》他於弘光乙酉（西元1645年）之春尚在。到了丁亥（西元1647年）才知道他已死。其卒年蓋在乙酉冬或丙戌春夏（1574～1646）。他和沈自晉同為劇場的老師宿將。但其活動的範圍則較自晉廣泛得多了。他編《笑府》、《情史》、《智囊》及《智囊補》；又編《喻世明言》、《警世通言》及《醒世恆言》；改作《平妖傳》及《新列國志》；選輯《太霞新奏》；刊布《掛枝兒》小曲。其對於當時的影響是絕為偉大的。單就「三言」的刊行而論，明、清之際的話本的復活，差不多可說是他的提倡的結果。他的墨憨齋重訂戲曲，在曲律、文辭兩方面是兼行顧到的。他是那麼精悍，又是那麼細心的在工作著。他字猶龍，一字耳猶，吳縣人。每喜用種種筆名，龍子猶一名尤所常用。他自己所作劇本，有《雙雄記》和《萬事足》二本。《雙雄記》寫丹信和劉雙結義為兄弟。仙翁贈以寶劍。不幸二人皆陷於獄。其妻魏夫人（丹妻）及黃季娘（劉妻）也皆歷經顛沛流離之苦。卒因龍神之救，劉生義氣之感，得以「終吉」。《萬事足》寫陳循妻賢慧，為夫設妾生子。循登第後，並勸化同年的悍妻。兩家皆安好和樂。這二劇的情節，都帶些教訓意味。唯辭語則皆適典諧俗，不典、不鄙，恰到了「本色」的好處。明末諸家，追摹臨川過甚，往往塗彩抹朱，流於纖豔。夢龍卻是自信不惑的。他最愛真樸本色的美，最恨做作。沈璟才力不足，提倡本色的結果遂流於鄙野。他則從容遣辭，無不入格。這才是「青出於藍而勝於藍」。

所謂《墨憨齋新曲十種》，於《雙雄記》、《萬事足》外，有：

（一）《精忠旗》題西陵李梅實原稿，敘岳飛、秦松事；

（二）《楚江情》袁於令作，敘於叔夜、穆素徽事，即《西樓記》；

（三）《女丈夫》敘紅拂妓虬髯客事，合張伯起、劉晉充、凌初成三人之作於一編；

（四）《灑雪堂》題楚黃梅孝己原編，寫賈雲華病沒，其魂復投入別一少女之身而與魏鵬續締姻緣，事本李禎《剪燈餘話》的《賈雲華還魂記》；

（五）《酒家傭》合陸無從（名弼，江都人，一作姑蘇人）、欽虹江二作為一，敘漢末李燮避仇傭工於酒肆事；

（六）《量江記》——原為銅陵佘翹（字聿雲）作，敘南唐樊若水諫後主不聽，遂去投宋事；

（七）《新灌園》改張鳳翼的《灌園記》；

（八）《夢磊記》寫文景昭與劉亭亭戀愛遇合事；原為會稽史磐作。磐字叔考，作傳奇至多，若《合紗》、《櫻桃》、《鵜釵》、《雙鴛》、《孿甌》、《瓊花》、《青蟬》、《雙梅》、《檀扇》、《梵書》諸記，皆不存；

並題「墨憨齋重訂」，中實吹入不少夢龍的精神。但墨憨齋所改之曲，實不止這八種；現在所見者，更有《風流夢》（改湯顯祖的《牡丹亭》）、《邯鄲記》（亦改湯氏作）、《人獸關》、《永團圓》（皆改李玉作）及《殺狗記》（即《六十種曲》本《殺狗記》，題龍子猶改訂）五種。也許尚有他種。墨憨齋重訂的劇本傳遍天下，顧曲者無不重之，即原作者也很心折。夢龍是一位愛國的熱情詩人。當清兵入關時，他曾刊印幾種小冊子，散布各處，傳達抗戰的訊息，以期引起民眾的敵愾心。（這些小冊子，今所見者有二種，日本有翻刻本。）唐王即位於福建時，他被任為壽寧縣知縣，不久便死難。沈自晉有《和子猶辭世原韻二律》（見《南詞新譜》卷首），可見他確是從容自盡的。惜《辭世》的原詩未得見。

六　明代無名氏的傳奇作品及刊刻出版者

無名氏所著的戲曲，今存者不在少數。見於《六十種曲》中者，有《金雀》、《霞箋》、《節俠》、《飛丸》、《四賢》、《運甓》、《贈書》諸記。而《金雀》、《運甓》為尤著。《金雀記》寫潘岳事，其中《喬醋》諸折，辭意若雨後山色，新翠欲滴。《運甓記》寫陶侃事，所敘晉室南渡，北方淪沒，諸賢同心努力以支危局諸事，極慷慨激昂之致。和朱鼎的《玉鏡台記》異曲同工。

明金陵唐氏富春堂所刊無名氏諸傳奇，往往富古樸之趣，本色之美，若未斫之璞，荒蕪之園，別饒一種蕭野的風味。富春堂所刊，以十本為一套，套以甲乙為次，則當有一百本，未知其究竟全功告成否。今所見富春堂刊無名氏傳奇，有《白袍記》，敘薛仁貴事；《綈袍記》，敘范叔事；《和戎記》，敘王昭君事；《鸚鵡記》、敘蘇皇后被陷害事；《草廬記》，敘三國劉備、諸葛亮事；《水滸青樓記》，敘宋江殺閻婆惜事；《金貂記》，敘尉遲敬德事；《香山記》，敘觀世音修行香山事；《十義記》，敘韓朋被陷得救事；《昇仙記》，敘韓湘子九度文公事；《江流記》，敘陳玄奘為父報仇事。這些劇本都是最諧俗的；故事是民間最流行的故事，曲文也是民間能懂得的本色語。其中像《白袍記》、《金貂記》、《草廬記》氣魄都很闊大。《水滸青樓記》、《和戎記》也寫得很深刻入情。這些劇本，未必都是這一時代的產物，可能還有「古作」在內，以其皆刊於萬曆間，姑並附述於此。

明金陵唐氏文林閣也刻有不少無名氏的傳奇。文林閣和富春堂同為唐氏，同在一地刊刻傳奇，或有些關係罷。文林閣所刻，不及富春堂之多，像《袁文正還魂記》、《觀音魚籃記》、《青袍記》、《古城記》、《胭脂記》、《雙紅記》、《四美記》、《雲台記》等若干種，皆是別無他本的。《古城記》寫張飛事，很雄莽可喜；《胭脂記》寫郭華事，本是流行最廣的故事；《雙紅記》合紅線、紅綃二事，串插為一；《雲台記》敘漢光武得天下事。

明會稽商氏半野堂嘗刻《箜篌記》一本。《曲品》云：「此乩仙筆也。彼謂自況。詞亦駢美，但時有襲句。豈仙人亦讀人間曲耶？或云：乃越人證聖成生作。」此當是傳奇中唯一的一部「託仙」之作。

在陳眉公評本諸傳奇中，有《異夢記》一本，亦為無名氏作。又閩南刻本《杏花記》，版式絕類陳眉公諸評本傳奇，亦為無名氏作。又有《葵花記》、《珠衲記》、《綵樓記》、《百順記》、《蘆花記》、《雙杯記》、《長城記》等，並有明刊本，或其中若干出，嘗見選於流行的選本中，其作者也並皆無名氏可考。《長城記》在明萬曆時流行甚廣，敘孟姜女尋夫事，惜僅見其中數出，未得讀全曲。曲辭渾樸。也許是很古老的著作。

南雜劇的出現

本章將深入研究明代後期北劇的衰落和雜劇的演變，以及南雜劇的興起。以下是本章內容的簡要概述：

一、北劇的衰落和雜劇的演變

本節將討論北劇在明代後期的衰落，以及雜劇這一劇種的演變過程。隨著時代變遷和觀眾口味的改變，北劇逐漸式微，為雜劇的興起鋪平了道路。

二、明代雜劇作家及其作品概況

這一節將介紹明代時期的雜劇作家，以及他們的代表作品。明代雜劇以其多樣性和豐富性而著稱，各種主題和風格的作品應運而生，為文學舞台增添了色彩。

三、明清雜劇壇的重要人物：徐渭及其作品《四聲猿》

特別關注明代文壇的重要人物徐渭，以及他的傑出作品《四聲猿》。這部作品在明清雜劇中占有重要地位，探討了徐渭的文學貢獻和影響。

四、明清時期的雜劇及其作者

最後一節將總結明清時期的雜劇發展，列舉一些重要的雜劇作家和他們的作品。明清時期雜劇的繁榮和多樣性使之成為中國戲曲發展史上的一個重要時期。

這一章將幫助讀者更好地了解明清時期中國戲曲的演變，特別是南雜劇的興起和發展。南雜劇在中國戲曲史上占有重要地位，並對後來的劇種和表演形式產生了深遠影響。

一　北劇的衰落和雜劇的演變

用北曲組成的雜劇，在元代到達了她的全盛期的頂峰。在明的初葉，周憲王尚以橫絕一代的雄才，寫作數十種。弘、正（弘治、正德）以還，作者雖不少，而合律者卻稀。馴至嘉靖以後，入於近代期中，則「北劇」已幾乎成為劇場上的「廣陵散」了。演者幾乎不知北劇為何物，民間的演唱者也舍北曲而之南曲與小調。作者雖寫北劇，也未必為劇場而寫。至了萬曆之間（西元 1573 ~ 1619 年），則北劇益為凌替。王驥德在他的《曲律》中說道：「宋之詞，宋之曲也；而其法元人不傳。以至金、元人之北詞也，而其法今復不能悉傳。是何以故哉？國家經一番變遷，則兵燹流離，性命之不保，遑習此太平娛樂事哉！」（《曲律》卷三）沈德符在他的《顧曲雜言》中，說得更為詳盡：「嘉、隆間（西元 1522 ~ 1572

年），度曲知音者有松江何元朗，蓄家僮習唱，一時優人俱避舍。以所唱俱北詞，尚得金、元遺風。予幼時猶見老樂工二三人，其歌童也，俱善絃索。今絕響矣！何又教女鬟數人，俱善北曲，為南教坊頓仁所賞。頓曾隨武宗入京，盡傳北方遺音，獨步東南。暮年流落，無復知其技者，正如李龜年江南晚景。其論曲，謂南曲簫管，謂之唱調，不入絃索，不可入譜。近日沈吏部所訂《南九宮譜》盛行，而《北九宮譜》反無人閱，亦無人知矣！」他又說道：「自吳人重南曲，皆祖崑山魏良輔，而北詞幾廢。今唯金陵尚存此調。然北派亦不同，有金陵，有汴梁，有雲中，而吳中以北曲擅場者，僅見張野塘一人。故壽州產也。亦與金陵小有異同處。頃甲辰年馬四娘以生平不識金閶為恨。因挈其家女郎十五六人，來吳中唱《北西廂》全本。其中有巧孫者，故馬氏粗婢，貌甚醜而聲遏雲，於北曲關捩竅妙處，備得真傳，為一時獨步，他姬曾不得其十一也。四娘還曲中，即病亡。諸妓星散。巧孫亦去為市嫗，不理歌譜矣。今南教坊有傳壽者，字靈修，工北曲。其親生父家傳，誓不教一人。壽亦豪爽，談笑傾坐。若壽復嫁去，北曲真同《廣陵散》矣！」且這時代雜劇作者雖不少，然也與唱北曲者一樣，多不甚明瞭北劇的結構，往往以南劇的規則施之於雜劇。其能堅守元人北劇的格律者甚少。雜劇的面目竟為之大變。在元代及明初，「雜劇」及「北劇」的兩個名辭，乃是一而二，二而一者。此時則雜劇已不復是「北劇」了。其中有好幾劇是純然用南曲寫成了的，例如王驥德的《離魂》、《救友》、《雙鬟》、《招魂》，便是全用南曲寫成的。「自爾作祖，一變劇體」（呂天成語）。更有逞意的施用著南北合套的，例如葉憲祖的《團花鳳》。即應用了北曲來寫劇的作者，也每多不遵守北劇的成規定律。北劇每劇定為四折或五折，此時的劇本則每每少至一折，多至七八折，這個現象在中世期的最後，王九思他們的劇本中已是如此。例如王氏的《中山狼》，便只是一折。在那時北劇便已現出崩壞之跡了。又，北劇的四折中，總是首尾敘述一件故事的，或者總合了四五劇以敘述一件故事的也有，如王實甫的《西廂記》，吳昌齡的《西遊記》。卻從不曾有在「四折」之中，分敘四個故事，而仍合為一個總名，有如這個時代的徐渭的《四聲猿》那個樣子的。即對於楔子的使用，也和元人完全不同。如汪道昆的《大雅堂雜劇》，其篇前所用的「楔子」，乃是全劇的提綱，其作用與南劇中所慣用的「副末開場」無異，卻絕對不是元劇的所謂「楔子」。純然應用了南調作雜劇者，當始於王驥德。王氏自己說：「餘昔譜《男後》劇，曲用北調而白不純用北體，為南人設也。已為《離魂》，並用南調。鬱藍生謂自爾作祖，當一變劇體。既遂有相繼以南詞作劇者。後為穆考功作《救友》。又於燕中作《雙鬟》及《招魂》二劇，悉用南體。知北劇之不復行於今日也」（《曲律》卷四）「為南人設」及「知北劇之不復行於今日」二語，切實的中了北劇之所以凌替及其體例規則之所以崩壞變異的主因。但雜劇雖用了南調，雖變更了體例與規則，以適應於時代，卻仍無救於實際的滅亡。她已經是再也維持不住在劇場上的優越的地位的了。這時的劇場，蓋已為新興的崑劇所獨占。北劇雖舍北而就南，實際上已成了與長篇大套的傳奇相對待的短劇，或雜劇，而不復是與南戲相對待的北劇。北劇終於是過去的東西了。

又在歌唱上，也起了一個大變動。北劇原是四折全由一個主角歌唱的。到了這時，則受到了南戲的猛烈的影響，也放棄了這個嚴格的規律。在全劇中，論什麼角色都可以歌唱著。又，在題材一方面，有了一個不很細微的變動。他們挑選著文人學士們所喜愛的——即他們自己所喜歡的——題材來寫，人物們也大都不出於文士階級之外，悲歡離合也只是文人們的悲歡離合，如《遠山戲》、《洛水悲》、《鬱輪袍》、《武陵春》、《蘭亭會》、《赤壁遊》、《同甲會》之類。絕少寫什麼包拯、李逵、尉遲恭、鄭元和等等的民眾所熟知的人物。更有一點，特別的可注意。此時是北劇既成為文士們的產物與讀物，作者們便特別的注重於抒寫文士階級的情懷，每欲藉著劇中人物一葉作者自己的憤懣不平的心意。《漁陽弄》、《鬱輪袍》、《簪花髻》、《霸亭秋》、《脫囊穎》、《一文錢》等等都是如此。雜劇至此，遂不僅僅是劇場上娛樂群眾的作品而且是抒寫真實的自己心情的著作了。

二　明代雜劇作家及其作品概況

在這時期，第一個要講的作家是楊慎。慎字用修，號升庵，新都人。官翰林院修撰。謫戍雲南，三十餘年未得召還。卒死於流放之中（1488～1559）。他才情暢茂，著述極富。其詩文皆能自名一家，無所依傍。所作雜劇有《宴清都洞天元記》一本及《太和記》六本。其散曲也殊佳。王世貞在《藝苑卮言》中評之道：「楊狀元慎，才情蓋世。所著有《洞天元記》，《陶情樂府》，《續陶情樂府》，流膾人口，而不為當家所許。蓋楊本蜀人，故多川調，不甚諳南北本腔也。」《洞天元記》今未見傳本。系敘「形山道人收崑崙六賊事，所以闡明老氏之旨」（《劇說》上）。《太和記》今亦不可得見。《太和記》凡六本，每本四折，每折抒寫一段故事；全記實共有二十四篇短劇，據說是按著一年二十四個節令而分排著的。然錢曾《也是園書目》著錄此書，只有四卷，不知何故。呂天成的《新傳奇品》，亦著錄《泰和記》一種，他說：「每出一事，似劇體，按歲月，選佳事。裁製新異，詞調充雅，可謂滿意。」則其書正與升庵《太和記》相同。然其作者則為許潮。沈泰的《盛明雜劇二集》，著錄許潮的雜劇最多，凡八種，大約皆為《泰和記》中的短劇。然他於《武陵春》一劇雖標許氏之名，而首頁上端則特著之道：「弇州誚升庵多川調，不甚諳南北本腔。說者謂此論似出於妒。今特遴數劇以商之知音者。」而於其下的《蘭亭會》一劇其作者之名下則直題升庵。似沈氏當時，尚未別白清楚《泰和記》一書，究竟是楊著或許著。焦循《劇說》：「餘嘗憾元人曲，不及東方曼倩事，或有之而不傳也。明楊升庵有割肉遺細君一折。」(卷三) 又同書：「近伶人所演陳仲子一折，向疑出《東郭記》，乃檢之實無是也。今得楊升庵所撰《太和記》，是折乃出其中。甚矣博物之難也！」(卷四) 以此說證之《也是園書目》，則升庵實有《太和記》一書可知。胡文煥《群音類選》，載《泰和記》十出，其中正有「東方朔割肉遺細君」。而《王羲之》、《劉蘇州》諸出，則又同《盛明雜劇》。是《雜劇》本所載《泰和記》又實為升庵作可知。或者，《太和記》原有兩本，一為許潮作，一為升庵作，其體裁又俱相同，故後人往往混之而為一。連《盛明雜劇》的編者也分別不清，故有目題許作，而評語又稱楊作之矛盾發生。

李開先所著雜劇，今存《園林午夢》，蓋為《一笑散》中的一種。開先初與王慎中、唐順之等號稱嘉靖八才子。然不甚爭時名，獨孜孜於當世所不為的詞曲之業。他所藏的曲，在當時為最富，有「詞山曲海」之稱。但論者對於他的作品往往以「詞意浮淺」譏之。蓋因其一面雖不肯失文士的面目，一面卻欲力求與民眾相合拍，因此頗露著矛盾之態。這是讀中麓作品者所都可看得出的。錢謙益的《列朝詩集》說：「伯華弱冠登朝，奉使銀夏，訪康德涵，王敬夫于武功鄠杜之間。賦詩度曲，引滿稱壽。二公恨想見晚也。罷歸，置田產，蓄聲妓，徵歌度曲，為新聲小令，搊彈放歌，自謂馬東籬、張小山無以過也。為文一篇輒萬言，詩一韻輒百首，不循格律，詼諧調笑，信手放筆。所著詞多於文。文多於詩。又改定元人傳奇樂府數百卷。蒐集市井豔詞、詩禪、對類之屬，多流俗瑣碎，士大夫所不道者。嘗謂古來才士，不得乘時枋用。非以樂事系其心，往往發狂病死。今藉此以坐銷歲月，暗老豪傑耳。」「藉此坐銷歲月」數語，意願可悲，卻可見他對於文節並非以真誠從事，所以常多草率隨意之作。

汪道昆在實際上是這時代中第一個著意於寫作雜劇的人。道昆字伯玉，號南溟，歙縣人。除義烏知縣。歷襄陽知府，福建副使，按察使。擢右僉都御史，巡撫福建，改鄖陽，進右副都御史，巡撫湖廣。召拜兵部侍郎。有《太函集》一百二十卷，又有《大雅堂雜劇》四種。道昆與王世貞等同時，世目之為「後五子」。雖不得預與「後七子」之列，然文名甚著。七子相繼凋謝後，世貞與道昆之名乃益著。論者往往以汪、王並稱。然王既不甚滿人意，汪則更為後人所譏誚。沈德符說：「汪文刻意摹古，僅有合處。至碑版記事之文，時援古語，以證今事，往往扡格不暢。其病大抵與歷下同。弇州晚年甚不服之。嘗云：餘心服江陵之功，而口不敢信，以世所曹惡也。予心誹太函之文，而口不敢言，以世所曹好也。無奈此二屈事何！是亦定論。」錢謙益也說：「伯玉名成之後，肆意縱筆，沓拖潦倒，而循聲者猶目之曰大家。於詩本無所解，沿襲七子末流，妄為大言欺世。」他的雜劇也不甚得好評。沈德符說，「北雜劇已為金、元大手擅勝場。今人不復能措手。曾見汪太函四作，為《宋玉高唐夢》、《唐明皇七夕長生殿》、《范少伯遊五湖》、《陳思王遇洛神》，都非當行。」以北劇的格律律之，這幾劇當然不是「當行」之作。然辭語亦頗尖新可喜。在故事上，在文辭上，都可見其為文人之劇而非民眾的指令碼。是案上的讀本，而非場上的戲劇。說白是整飭雅潔的，曲文更是深奧富麗，多用典實。離「本色」日益遠，而離文人的抒情劇則日益近了。

今所見伯玉的《大雅堂四種》是：《楚襄王陽台入夢》、《陶朱公五湖泛舟》、《張京兆戲作遠山》、《陳思王悲生洛水》，與沈德符所說的四種，中有一種不同。當是沈氏記錯。這四劇都只是寥寥的「一折」。故事的趣味少，而抒情的成分卻很重。在格律上，這些雜劇也完全打破了北劇的嚴規。最可注意的是：(一)有「引子」，以「末」來開場；(二)全劇都只有一折，並不像元人北劇之至少必須四折；(三)唱曲文的，並不限定主角一人，什麼人都可以唱幾句。南戲的成規，在這時已完全引進到雜劇中來了。

梁辰魚雜劇有《紅線女》及《紅綃》。伯龍以《浣紗記》得盛名。《紅線女》敘的是唐人袁郊《甘澤謠》中所記的一個故事。當藩鎮相爭，天下大亂之際，人心雖怨怒，卻無法奈那一班好亂的武人悍將何，於是便造作許多俠士的故事，誅奸嚇強，聊以快意。紅線的故事，便是許多俠士故事中的一篇。梁氏此劇，嚴守北劇規則，全劇皆以旦角主唱。此種故事，本來只能成為短篇，鋪張成為四折，頗覺索然無味。同時胡汝嘉亦有《紅線記》一劇，然不傳。汝嘉字懋禮，號秋宇，金陵人，嘉靖己丑進士。在翰林，以言事忤政府，出為藩參。顧起元說：「先生文雅風流，不操常律。所著小說書數種；多奇豔聞，亦有閨閣之靡，人所不忍言，如《蘭芽》等傳者。今皆祕不傳。所著《女俠韋十一娘傳》記程德瑜云云，託以詬當事者也。其《紅線雜劇》，大勝梁辰魚。」（《客坐贅語》）惜今未得見汝嘉的紅線，不知其「大勝梁辰魚」者果何所在。梁氏的《紅綃雜劇》，今未見。其所敘的故事，則與梅鼎祚的《崑崙奴雜劇》相同，皆本於唐人的傳奇。

沈璟的《屬玉堂十七種傳奇》中，有兩種是以雜劇之體出之的：即《十孝記》與《博笑記》。《新傳奇品》說：「《十孝》，有關風化，每事以三出，似劇體。此自先生創之。末段徐庶返漢，曹操被擒，大快人意。」《群音類選》所載《十孝記》，每事皆選一出，唯少說白耳。《新傳奇品》又說：「《博笑》，體與《十孝》類，雜取《耳談》中事譜之，輒令人絕倒。先生遊戲至此，神化極矣。」今有天啟刻本（上海有石印本）。沈自晉說：「《十孝記》系先詞隱作，如雜劇體十段。」像《十孝》這種體裁，以略相類似的故事數篇或數十篇合為一帙，而題以一個總名者，在前一個時期及這個時期都有；而以這個時期為最盛。其作俑似當始於前期沈採的《四節記》。《四節》系以敘寫四時景節的四劇，合而為一者。其每一劇實即一個雜劇。其後，小帙者如汪道昆的《大雅堂雜劇》四種，徐渭的《四聲猿》四種，車任遠的《四夢記》四種皆是；大帙者如楊慎的《太和記》二十四種，許潮的《太和記》若干種，葉憲祖的《四豔記》四種，顧大典的《風教編》四種皆是。璟的《十孝》、《博笑》，蓋即他們的同類。《十孝》每事三出，十事當有三十出。《群音類選》所載，尚非其全部。《十孝》者，蓋指黃香、郭巨、緹縈、閔子、王祥、韓伯俞、薛包、張孝、張禮、徐庶等十人孝親的故事而言。

顧大典的《風教編》為《四節記》體的雜劇合集。今不傳。《列朝詩集》：「副使家有諧賞園、清音閣，亭池佳勝。妙解音律，自按紅牙度曲。今松陵多蓄聲伎，其遺風也。」呂天成謂：「道行俊度獨超，逸才早貴，菁花綴元、白之豔，瀟灑挾蘇、黃之風。曲房姬侍如雲，清閣宮商和雪。」又云：「《風教編》一記分四段，仿《四節》，趣味不長。然取其範世。」但未知所譜究為何事。

三　明清雜劇壇的重要人物：徐渭及其作品《四聲猿》

給最大影響於明、清的雜劇壇者，則為徐渭。渭字文清，一字文長，號青藤道士，天池山人，別署田水月。山陰人。有集三十卷。又有雜劇四種，總名為《四聲猿》。胡宗憲督師浙江時，招致他入幕府，管書記。時胡氏威勢嚴重，文武將吏莫敢仰視。文長卻以一書生傲之。戴敝烏巾，衣白布浣衣，非時直闖門入，長揖就座，奮袖縱談。幕中有急需，召之不至，夜深開戟門以待。偵者還報，徐秀才方泥飲大醉，叫呶不可致。宗憲聞之，顧稱善。文長知兵好奇計。宗憲餌王、徐諸虜，用間鉤致，皆與文長密議。宗憲被殺，文長懼亦被禍，乃佯狂而去。後以殺其繼室，坐罪論死，系獄。張元忭力救，方得出。年七十二卒（1521～1593）。袁宏道謂：「文長既已不得志於有司，遂乃放浪麴糵，恣情山水，走齊、魯、燕、趙之地，窮覽朔漠。其所見山奔海立，沙起雷行，雨鳴樹偃，幽谷大都，人物魚馬，一切可驚可愕之狀，一一皆達之於詩。其胸中又有一段不可磨滅之氣，英雄失路，托足無門之悲，故其為詩如嗔如笑，如水鳴峽，如種出土，如寡婦之夜哭，羈人之寒起。當其放意，平疇千里，偶爾幽峭，鬼語秋墳。喜作書，筆意奔放如其詩，誠八法之散聖，字林之俠客也。間以其餘旁及花草竹石，皆超逸有致。」王驥德則對於他的劇本，稱揚盡至。「至吾師徐天池先生所為《四聲猿》，而高華爽俊，穠麗奇偉，無所不有，稱詞人極則，追躅元人。」又說：「徐天池先生《四聲猿》，故是天地間一種奇絕文字。《木蘭》之北，與《黃崇嘏》之南，尤奇中之奇。先生居與餘僅隔一垣。作時，每了一劇，輒呼過齋頭，朗歌一過，津津意得。餘拈所警絕以復，則舉大白以釂，賞為知音。中《月明度柳翠》一劇，系先生早年之筆。《木蘭》《禰衡》得之新創。而《女狀元》則命餘更覓一事，以足四聲之數。餘舉楊用修所稱《黃崇嘏春桃記》為對。先生遂以春桃名嘏。今好事者以《女狀元》並餘舊所譜《陳子高傳》稱為《男皇后》，並刻以傳，亦一的對。特餘不敢與先生匹耳。先生好談詞曲，每右本色。於《西廂》、《琵琶》皆有口授心解。獨不喜《玉玦》，目為板漢。先生逝矣！邈成千古。以方古人，蓋真曲子中縛不住者。則蘇長公其流哉！」又說：「山陰徐天池先生瑰瑋濃鬱，超邁絕塵。《木蘭》、《崇嘏》二劇，刳腸嘔心，可泣神鬼，惜不多作。」沈德符則持論與王氏正相反。他說：「徐文長渭《四聲猿》盛行。然以詞家三尺律之，猶河、漢也。」文長之作，較為奔放則有之，然亦多陳套，王氏所謂「可泣鬼神」，自未免阿其所好。沈氏所謂

「詞家三尺律之」一語，卻也有幾分過分。假定必以元人的嚴格的劇本規則來律文長之作，他當然只好受「猶河、漢也」四個字的酷評了。這是四個絕不相干的「短劇」的合集。《漁陽弄》寫禰衡擊鼓罵曹操的事，卻不從正面來寫，只是很滑稽的將已在陰司定罪的曹氏與不久便要上天的禰衡，更加上一個在第五殿閻羅天子殿下的判官察幽，在陰間重複「演述那舊日罵座的光景」。《翠鄉夢》故事見張邦畿《侍兒小名錄》及田汝成《西湖志》。《西湖志餘》稱，杭州上元雜劇，有鍾馗捉鬼，月明度妓，劉海戲蟾之屬。是「月明度妓」之故事不僅流傳甚廣，抑且由來已久。大約最早的時候，僧人為妓所誘的事，只是民間流行的一幕滑稽劇；後來乃變成嚴肅的劇本，附上悔悟坐化之事；再後來，則有再世投胎，為友所度的事。而月明的一度，也頗具有滑稽的意味，當仍是民間滑稽劇的遺物。第二齣最後一段的《收江南》一曲，許多批評者都認她為絕世的妙文。但實像民間跳舞劇的兩個演者的對唱。《湖壖雜記》謂「今俗傳月明和尚度柳翠。燈月之夜，跳舞宣淫，大為不足」。這「度柳翠」、「馱柳翠」或者便是對唱的吧。

《雌木蘭》本於古《木蘭詩》，但古詩並無木蘭擒賊的事，只淡淡的寫了幾句：「將軍百戰死，壯士十年歸。歸來見天子，天子坐明堂。策勛十二轉，賞賜百千強」而已。詩裡也不言木蘭的姓，劇中則作為姓花氏，名弧。詩中無木蘭的結果，只是說「出門看火伴，火伴皆驚惶。同行十二年，不知木蘭是女郎。」劇中則多了一段嫁給王郎的事。但劇中也間將詩句概括了來用。

《女狀元》凡五出，敘黃崇嘏事。文長以黃為狀元，實誤。按《十四春秋》，崇嘏好男裝，以失火系獄。邛州刺史周庠，愛其豐採，欲妻以女。崇嘏乃獻詩云：「幕府若容為坦腹，願天速變作男兒。」庠驚召問，乃黃使君之女。幼失父母，與老嫗同居。庠命攝司戶參軍。已而乞罷歸，不知所終。文長劇中所敘，則與此略異。全劇充滿了喜劇的氣氛，特別是第五齣。作者的態度頗不嚴肅，更不穩重，大有以戲為戲之心腸，頗失去了藝術者對於藝術的真誠。

《歌代嘯》一劇相傳亦為文長所作。袁石公為序而刻之。雖卷頭題著「山陰除文長撰」，而石公的序，已先作疑詞：「《歌代嘯》不知誰作，大率描景十七，摛詞十三，而呼照曲折，字無虛設，又一一本地風光，似欲直問王、關之鼎。說者謂出自文長。」劇前有《凡例》七則，皆為作者的口氣。《凡例》之末，則署著「虎林沖和居士識」，或者便是沖和居士所作的罷？《凡例》上說：「此曲以描寫諧謔為主，一切鄙談猥事，俱可入調，故無取乎雅言。」真的，此劇嬉笑怒罵，所用者無非市井常談，而其骨架便建立在：沒處洩憤的，是冬瓜走去，拿瓠子出氣，有心嫁禍的，是丈母牙疼，炙女婿腳根，眼迷曲直的，是張禿帽子，教李禿去戴，胸橫人我的，是州官放火，禁百姓點燈。的四句當作「正名」的俗語之上。作者將每一個俗語都拍合了一個故事，又將這四個故事，以張、李二和尚為中心而一氣聯貫之。結構頗為有趣，但未免時有斧鑿痕。勉強的湊拍，終於是不大自然的。又劇中所用的俗語，間有很生硬的，又多文氣，極顯然的可以見出她是出於一位好掉筆頭的文人學士之手。雖然作者力欲從俗，卻終於是力不從心不知不覺的又時時掉起文來。不過本色語究竟還多。如與《四聲猿》（不必說是《紅線》、《崑崙奴》了）一比較，則此劇真要算是本色得多了。

梅鼎祚的《崑崙奴雜劇》本於裴鉶的傳奇。曲白也駢偶到底。徐渭嘗為之潤改一過，亦未能點鐵成金。

陳與郊有《昭君出塞》、《文姬入塞》及《袁氏義犬》三劇。這三劇頗足見作者的縱橫的才情。

《昭君出塞》為後人盛傳漢代的故事之一。詩歌、小說及雜記諸書不說，即就戲曲而論，今存的已有了三部。一是馬致遠的《漢宮秋》，二是明人的傳奇《和戎記》，三即與郊這部《昭君出塞》。馬致遠之作，以漢帝為中心人物，所以其描寫完全注重在漢帝而不注重在昭君；特別是著重在昭君去後，漢帝回宮時所感到的種種淒楚的回憶。《和戎記》雖長篇大幅，卻是民間流行的昭君傳說。與郊此劇卻與她們不很相同。第一是完全依據於最初的本子，——《西京雜記》——只是說，毛延壽索賄不遂，將昭君圖像，點破了臉，因此，漢帝按圖指派，便將昭君遣嫁於匈奴單於。到了拜辭時，漢皇才駭異的發現昭君原來是那麼美麗。然他不欲失信於單於，終於將昭君遣嫁了去。

與郊的《文姬入塞》，其運用題材之法也與《昭君出塞》一劇相同。文姬的故事，極為動人，然描寫的人卻不多。與郊似乎是有意的將她取來，作為「出塞」的一個對照。劇情完全根據於蔡琰的《悲憤詩》及《胡笳十八拍》，一點也不加以附會。《悲憤詩》原寫琰的為北人所擄及她別子而歸的事。像這樣的事，在敵虜侵入中原之時，往往是有的。文姬卻代表了那許多悲楚無告的女子們。玉陽在此劇中寫文姬既悲且喜的心理是很為深刻的。她夢想著要回中原。這個夢境是要實現了。然而她心中卻又多了一個說不出的苦楚。原來她在北已生了二子。生生的撇下了二子，而獨自南去，真是做母親的萬不能忍受的事。然而她又有什麼方法留連著呢？來使在催發，孩子們在哭著。要捉住這時的淒楚來寫，真是頗為不易的。玉陽在這裡，很著意，很用力，所以不唯不至於失敗，且還甚為出色。

《袁氏義犬》本《南史》袁粲本傳。粲在宋末為尚書令，加侍中，與蕭道成、褚淵、劉彥節等同輔政。道成篡位，粲不欲事二姓，密有所圖。為道成所覺，遣人斬之。粲有小兒數歲，乳母將投粲門生狄靈慶。靈慶曰：「我聞出郎君者有厚賞。今袁氏已滅，汝匿之尚誰為乎？」遂抱以首。乳母號泣呼天曰：「公昔於汝有恩，故冒難歸汝。奈何欲殺郎君，以求少利！若天地鬼神有知，我見汝滅門！」此兒死後，靈慶常見兒騎大劉狗戲如平時。經年餘，一狗忽走入其家，遇靈慶於庭，噬殺之。此狗即袁郎所常騎者。《宋書》粲本傳，事亦略同。與郊此劇，其事與史全同，但略加烘染而已。與郊三作，在曲白兩方面，都未能擺脫了時人的影響，往往過於求整，失了本色。

王衡的幾部雜劇——《鬱輪袍》、《真傀儡》與《葫蘆先生》，頗有些感慨，不僅僅是說故事而已。王衡字辰玉，太倉人。大學士錫爵之子，官翰林院編修（1564～1607）。《鬱輪袍》敘王維事。沈泰評之道：「辰玉滿腔憤懣，借摩詰作題目，故能言一己所欲言，暢世人所未暢。閱此，則登科錄正不必作千佛名經，焚香頂禮矣。韓持國覆部已久，何必以彼易此！此劇全用北曲寫，卻長至七折，究竟也守不了北劇的嚴規。《真傀儡》一劇，《盛明雜劇》作「綠野堂無名氏編」，實亦辰玉所作。劇敘宋杜衍退職閒居時，與田夫野老相周旋，自忘其為元宰身分。「做戲的半真半假，看戲的誰假誰真。」或以為系辰玉寫其父錫爵罷相家居時事，或以為系寫申時行事。官場像戲場，作者的主意當在於此耳。辰玉的《長安街》及《和合記》二劇，未見。《沒奈何》（《葫蘆先生》）一劇，也未有傳本。但陳與郊的《義犬》劇中，插有《沒奈何》一劇的全文，當即為辰玉所作的罷。與郊為辰玉父錫爵的門生，與辰玉甚交好，在插寫《沒奈何》的開始，他明明白白的說道：「新的是近日大中書令王獻之老爺，編《葫蘆先生》。」正以王獻之影射王辰玉。

葉憲祖所作雜劇有《易水寒》等九種。《易水寒》敘荊軻刺秦王事。此故事在《史記．刺客列傳》中已是一節很有戲劇力的文字，編之為劇，當然更動人。但也頗多附會。其第四折敘軻刺秦王。秦王逃。然終於為軻所捉住，強他一一歸返諸侯侵地。他皆依允。正在這時，仙人王子晉來度軻，因他們原是仙班故友。子晉吹著笙，軻隨之而去。這卻是完全蛇足的故事。全部絕好的悲劇，至此遂被毀壞淨盡了！我們真要為作者惋惜。憲祖喜作佛家語，在《易水寒》中，他力革這個積習，然而終於還清了個仙人王子晉出來。在《北邙說法》中，他便充分的表現出來佛家的思想。《北邙說法》的正目是：「天神禮枯骨，餓鬼鞭死屍。若知真面目，恩怨不須提。」《團花鳳》、《夭桃紈扇》、《碧蓮繡符》、《丹桂鈿合》和《素玉梅蟾》都是普通的戀愛劇。《夭桃紈扇》以下四種，便是所謂《四豔記》。《新傳奇品》評之道：「選勝地，按節令，賞名花，取珍物，而分扮麗人，可謂極排場之致矣。詞調優逸，姿態橫生，密約幽情，宛然如見，卻令老顛沒法耳。」推許似稍過度。《金翠寒衣記》有《元明雜劇二十七種》本。這是葉氏最守北劇規則的一作。事本《剪燈新話．翠翠傳》。《灌將軍使酒罵座記》，也有《元明雜劇二十七種》本，寫竇嬰及灌夫都虎虎有生氣。魏其、灌夫之死，原是一件很動人的悲劇。將這件材料捉入劇本中的，恐將以槲園居士為第一人，葉氏也頗用心用力的寫。唯最後一折，添出「活捉田授」的一段事，未免有些蛇足。如此收場，一般觀眾，果然是滿意了，然而悲劇的嚴肅的意味，與最高的效力卻完全被摧毀了。

四　明清時期的雜劇及其作者

王驥德作《男王后》、《離魂》、《救友》、《雙鬟》、《招魂》等雜劇。傳者僅有《男王后》一劇耳。據作者自己說，有好事者曾以此劇與徐渭的《女狀元》合刻為一冊。其故事，也正是徐渭的「辭凰得鳳」的

《女狀元》的一個反面。彼為女扮男裝，而此則男扮女裝。彼為「辭凰得鳳」，而此則為後得妻。事實頗為荒誕，且無多大意義，唯作者串插尚佳耳。驥德的《離魂》諸劇皆用南曲。他頗自豪，以為雜劇而用南曲乃系「自爾作古，一變劇體」。唯《男王后》則為他早年之作，故仍頗守北劇的成規。汪廷訥所著的雜劇有《廣陵月》一種。此劇敘唐韋青與張才人遇合事，凡七出，亦雜劇中的篇幅較長者。事本《樂府雜錄》。

車任遠字梠齋，號蘧然子，上虞人，著《四夢記》。蓋以絕不相干的四段故事合而為一本者。這四夢是《高唐》、《南柯》、《邯鄲》及《蕉鹿》。今「四夢」原本未見，唯《蕉鹿夢》存耳。此劇的故事是敷演《列子》中的鄭人得鹿失鹿的寓言的。但敘述過於質實，反失空靈幻妙的趣味；教示過於認真，又有笨人說夢之感覺，遠不如《列子》原文之雋逸可喜。

徐復祚著《一文錢》雜劇。《一文錢》的故事，出於佛經。雖亦為了悟的宗教劇，卻頗有詼諧的趣味，形容慳吝的富人盧至員外，極其淋漓盡致。

王澹字澹翁，自號澹居士，會稽人，著《櫻桃園》一劇。又有《雙合》、《金碗》、《紫袍》、《蘭佩》諸傳奇，今並不傳。這是一篇無多大趣味的鬼魂報恩的故事。但作者將這平談的故事，卻能點染生姿，頗饒雋語。

陳汝元字太乙，會稽人，著《紅蓮債》一劇。《紅蓮債》大似徐渭的《翠鄉夢》，唯更為複雜些，其主角乃為世俗所熟知的蘇東坡與佛印。

又有林章字初文，福清人，萬曆間曾在戚繼光幕下。後因事下獄死。章有奇才，頗有建立功名意。

而外境艱苦，欲試無從，終至被奸人所陷。他所著有《青虯記》，今惜不傳。佘翹字聿雲，池州人。著《量江記》傳奇及《賜環記》與《鎖骨菩薩》雜劇。《量江記》今有墨憨齋改本。馮夢龍序《量江記》道：「所為樂府，尚有《賜環記》、《鎖骨菩薩》雜劇。餘恨未悉睹。」則此二劇，在馮氏之時已在若有若沒之數的了。今更不可得見。黃方胤，號醒狂，金陵人，著《陌花軒雜劇》。焦循《劇說》云：「《陌花軒雜劇》，凡十折，曰《倚門》，四折；《再醮》，一折；《淫僧》，一折；《偷期》，一折；《督妓》，一折；《孌童》，一折；《懼內》，一折；皆舉市井敝俗，描摹出之。」此七劇今有「雜劇編」本，頗鄰於鄙褻。孫源文字南公，號笨庵，無錫人。著《餓方朔》一劇，今不傳。焦循《劇說》云：「《餓方朔》四出，以西王母為主宰，以司馬遷、卜式、李陵、李夫人等串入。悲歌慷慨之氣，寓於俳諧戲幻之中，最為本色。」陸世廉字起頑，號生公，又號晚庵，長洲人。宏光時官光祿卿。入清，隱居不出。著《西台記》，敘謝皋羽慟哭之事，蓋繫有感而發者。惜今亦不傳。

茅維字孝若，歸安人，坤子。自號僧曇，著《蘇園翁》、《秦庭築》、《金門戟》、《雙合歡》、《鬧門神》等五劇。焦循《劇說》說，《鬧門神》「謂除夕夜，新門神到任，舊門神不讓相爭也。曲中《紫花兒序》云：『誰將俺畫張紙裝的五彩冷麵皮，意氣雄赳豎劍眉。闊口鬢〔髟鬼〕，手擎著加冠進爵，刀斧彭排。奇哉！剛買就，遍街人驚駭，盡道俺龐兒古怪。滿腹精神，倜儻胸懷。』《金蕉葉》云：『俺且眼偷瞧桃符好乖，那戴頭盔將軍忒呆，只你幾年上都剝落了顏色，甚滋味全無退悔。』《小桃戲》云：『少不了將笤帚兒刷去塵埃，把舊門神摔碎扯紙條兒滿地踹，化成灰。非俺莫面情掣帶，只你風光過來，威權齘，至今日迴避也應該。』」又《金門戟》一劇演的是：「闢戟諫董偃事，皆本正史。」（北京圖書館所藏殘本《雜劇新編》，存維四劇。）

長篇小說的進展

本章將探討明代以來中國文學中的長篇小說的發展。以下是本章內容的簡要概述：

一、明代文學中的長篇小說及其發展

本節將介紹明代時期的長篇小說，並討論這一文學體裁在明代的發展趨勢。明代是中國長篇小說興盛的時期，許多重要作品應運而生。

二、明代小說中的西遊記及其相關作品

特別關注《西遊記》及其相關作品，詳細討論這一經典小說的內容、作者以及影響。《西遊記》被視為中國文學史上的巔峰之一，對後來的文學創作和文化傳承產生了深遠影響。

三、《金瓶梅》：中國小說的現代寫實之峰

深入研究《金瓶梅》，這部作品被視為中國小說的現代寫實之巔峰，探討其內容、作者以及文學價值。《金瓶梅》是一部極具爭議性的小說，引起了廣泛的討論和評價。

四、明代講史小說的興盛與演化

最後一節將討論明代講史小說的興盛和演化。這一類型的小說以歷史故事和事件為基礎，通過虛構和編排呈現，具有豐富的敘事內容和文學價值。

這一章將幫助讀者更深入地了解明代以來中國長篇小說的演變和多樣性，並探討了一些具有重要文學地位的作品，如《西遊記》和《金瓶梅》。這些作品代表了中國文學史上的重要里程碑，反映了不同的文學風格和主題。

一　明代文學中的長篇小說及其發展

自羅貫中以後，長篇小說的作者似乎又中斷了一時。從洪武到正德，這一百六七十年間，我們找不到一位重要的作者或著名的作品。「也許書闕有間」，我們不能得到正確的史料。但即有幾位無名的作家，而其沒有產生著名的作品，則為不可掩的事實。直到了嘉靖、萬曆時，偉大的創作，方才陸續的出來，呈現了空前的光彩。自有長篇小說以來，其盛況恐怕沒有超過那個時代的。《水滸傳》完成於這時，《封神傳》寫作於這時，《西遊記》也於這時始有了定本。尤其偉大的，則更有了空前所未有的一部「現實主義」的小說——雖然其中一部分的描寫，未免過於刻劃淫穢，曾招致了多數人的責難——《金瓶梅》。所謂小說界中的四大奇書，已有了三部是完成於這時的。此外《皇明英烈傳》和《三寶太監西洋記》的出現，諸種講史的編訂，也都是值得一說的。

《水滸傳》的祖本，雖創作於施耐庵，編纂於羅貫中，然使其成為今樣的偉大的作品的，則斷要推嘉靖時代的某一位無名作家的功績。這一位偉大的作家可惜我們現在已不能知道他的真確的姓名。有的人說是郭勛寫的，但事實上似乎不會是的。（也有人說是汪道昆寫的，更不可靠。）也許這位大作家曾在過郭勛的幕府中的也難說。我們以簡本的《水滸傳》與嘉靖時出現於世的繁本「水滸傳」一加比較，我們便知道，在這兩本之中，軀殼雖是，而精神則已是全然不同的了。原本或只是一具枯瘠不華的骨殖；附之以血肉，賦之以靈魂者，則為嘉靖本的《水滸傳》的作者。嘉靖本《水滸》之對於原本《水滸》，不僅擴大、增飾、潤改之而已，簡直是給她以活潑潑的精神，或靈魂，而使之煥然動目，犁然有當於心，由平常的一部英雄傳奇而直提置之第一流的文壇的最高座上。《水滸》而沒有遇到嘉靖時代的這位改作者，則也終於是羅貫中氏的一部創作而已，終於是羅氏《三國志演義》的伯仲之間的一物而已。但既遇到了這位改作者，則其地位與重要便完全不同了。她已不復是《三國志演義》的儕輩，也不復是《說唐傳》，及原本《平妖傳》的儕輩。她獨自高出於羅氏的諸作而另呈了一副面目，正如羅氏的《三國志演義》之高出於元刊《全相平話》的諸作一樣，而其高出的程度則不僅伯仲之間而已。這位改作者，其運用國語文的程度已臻爐火純青之候，幾乎是瑩然的美玉，粹然的真金，湛然的清泉，已不見一毫的渣滓，一絲的疵瑕。而其曲折深入，逼真活潑的描寫，也已與最高的創作的標準相符合。第一黃金時代的諸話本作家，有時雖也可達到這個境地，然其作品總是短篇。若長至一百回，十餘冊的作品，他們是不敢試手的。這種長篇的大著之出現於此時，正足以見這個嘉靖時代之較第一黃金時代為尤偉大。也正足以表現文學史上的發展規律，絕不是「一代不如一代」，而有時是在向前進步的。

綜觀嘉靖本的《水滸傳》與羅氏原本不同者約有數點。第一是，新增了一部分的「題材」進去。嘉靖本與原本其事實間架當無不同，次序也犁然如一；起於洪太尉的誤走妖魔，而終於宋江、吳用、李逵的死與葬。但嘉靖本究竟也新增了一部分材料進去，那便是征遼的故事的一大段。這一大段故事是加在全夥受招安之後，擒捕方臘之前的。因為羅氏原本已將陸續聚集於梁山泊的一百單八位好漢的結果，都已安排定了，嘉靖本的作者無法再將這種前定的結果移動。所以他對於平遼的一役，便平空添出了許多人物來，代替梁山泊諸好漢去衝鋒陷陣，死於戰地，梁山泊好漢們卻是一個也不曾受到損害——雖然戰事的激烈，未必下於征方臘。這乃是嘉靖本作者的苦心孤詣處，也是他的補插此段的顯出補插的大罅隙處。第二是，擴大了原文的敘述。往往原文十字，嘉靖本的作者可以擴大而成為百字。胡應麟謂：「中間抑揚映帶，回護詠嘆之工，真有超出語言之外。」蓋其高出於原本遠甚之處，便在於這種「遊詞餘韻，神情寄寓處」。

二　明代小說中的西遊記及其相關作品

《西遊記》小說，流行於今者凡數種。於《唐三藏取經詩話》之外，有楊致和作的四十一回本，萬曆時，余象斗曾編入他所刊行的《四遊記》中。有朱鼎臣作之十卷本《唐三藏西遊釋厄傳》，為隆、萬間福建書林劉蓮台所刻。有吳承恩作一百回本，即今日所通行者。近更在《永樂大典》一三一三九捲發現《西遊記》的一段，「魏徵夢斬涇河龍」。其中情節，大致相同，無甚出入。朱、楊似從吳本刪節而來，而《永樂大典》本則當為吳本之所本。吳本之出現，實為《西遊》故事裡最偉大的一個成就。吳承恩字汝忠，號射陽山人，淮安人。性敏多慧，博極群書，復善諧劇。著《西遊記》及《射陽存稿》等。嘉靖甲辰歲貢生。後官長興縣丞。隆慶初，歸山陽。萬曆初卒。承恩在當時，名不出鄉里，《西遊記》雖風行一時，而知其出於吳氏之手者蓋鮮。以《永樂大典》本與吳本較之，二本之間，相差實不可以道裡計。《大典》本《西遊記》，未脫民間原始傳說的面目。吳氏之作則為出於文人學士之手的偉大的創作。其一枯瘠無味，其一則豐腴多趣。其間的不同，正若嘉請本《水滸傳》之與羅氏原本。難怪吳作盛傳於世，而《大典》本則掩沒不傳。吳氏依據《大典》本以成其骨骼，更雜以詼諧，間以刺諷，或有意的用以說說道理，談談玄解。於是後之解說便多。或以為作者是以此闡佛的，或以為作者是講修煉的，或以為作者是用以討論儒家的明心見性之學的。總之，他們是無一是處的。作者難免故弄滑稽，談談久已深入民間及文人的哲學中的五行的相生相剋等等之說，然絕不是有意的處處如此布置的。原來，這種布置，一半並非吳氏的創作而是傳之已久的。吳氏之作的百回，可分為下列的四大段：

第一段第一—第七回：敘孫悟空出生、求仙及得道、鬧三界等事。

第二段第八—第十二回：敘魏徵斬龍、唐皇入冥、劉全送瓜及玄奘奉諭西行求經事。（通行本吳氏《西遊記》於第八九回間插入玄奘的身世及為父母報仇事，蓋系從朱鼎臣本抄補而來的。）

第三段第十三—第九十九回：敘玄奘西行，到處遇見魔難，所遇凡八十一難，但皆由佛力佑護，及孫行者的努力，得以化險為夷，安達西天。這是全書最長的一大段。寫得雖是層次井然的一難過去又一難，卻難得八十一難之中，事實雷同者卻不很多。此可見作者的心胸的細緻與乎經營的周密。

第四段第一百回：寫玄奘及其徒孫悟空、豬悟能、沙悟淨等護經回東土，皆得成真為佛事。但作者算算，前文只有八十難，於是又增「水厄」一難，以成全八十一難之數；殊足使讀者有迷離惝恍之感。（按吳昌齡的《西遊記雜劇》，玄奘的樂歸是由佛另行派人護送的，孫行者諸人皆留在西天成佛，並不與玄奘同歸。）

這四大段至少可成為三部獨立的書。孫行者花果山水簾洞的出生，龍宮、地府與天宮的大鬧，八卦爐、五行山的厄運，乃是一部獨立的英雄傳奇。第二段唐太宗入冥事，在唐末便已有了像《唐太宗入冥記》一類的俗文小說了。第三段及第四段，更可以自成一部好書，與荷馬的《亞特塞》（Odyssey）是有同樣的迷人的魔力的。將這不同的四段而以玄奘西行的一條線貫串之，這是很有趣的，而且是很早的一種努力。而吳氏則為這個努力中的最後而且最高明的一位作者。連吳昌齡氏也有內。從《唐太宗入冥記》以後，敘述太宗、玄奘之事者，不知多少，而集其大成者則為吳氏此作。其後雖更有《後西遊記》、《續西遊記》以及《西遊補》之屬，然方之吳氏的所作，則似乎皆有「續貂」之感。《西遊補》雖另有寄託，另饒趣味，然其文學上的成功，則實在趕不上吳氏。

與《西遊記》同類的著作，這個時候也產生了好幾部。萬曆時，余象斗曾總集之編為《四遊記》一書。這部《四遊記》名雖一書，其實乃是四部毫不相干的書的總集。其中的一部便是楊致和氏的四十一回本的《西遊記》。其他三部則為：（一）《上洞八仙傳》（一名《八仙出處東遊記傳》），蘭江、吳元泰作；（二）《南遊記》（亦名《五顯靈官大帝華光天王傳》），余象斗編；（三）《北遊記》（亦名《北方真武玄天上帝出身志傳》），亦為余象斗編。合此四者，即所謂東、西、南、北《四遊記》者是。當時未必是恰恰合於「四遊」之數的。除了楊致和的《西遊記》外，其餘三書，皆未必原名即為《東遊記》等等的。

且除了楊致和、吳元泰二書顯然為萬曆以前的舊本外，《南遊記》及《北遊記》亦當為相傳已久的民間的讀物。故余象斗加了一番的編訂之後，只題為「編」而不題為「作」。《上洞八仙傳》凡二卷，五十六回，敘八仙得道原由，而其敘述的中心則為八仙赴蟠桃會後渡海而歸。八仙各有寶物，而藍採和的玉版尤爛爛發光。龍王太子深愛之，遂攝而奪之，並將採和幽於海底。其他七仙上岸，不見採和。借其仙術，知採和陷在龍宮。因此仇隙，遂與龍王大戰。以火燒海，移山填洋，極仙家幻變的能事，大似《西遊記》前數回孫行者大鬧天宮。龍王大敗，請了天兵來助，也敵不了八仙的威力。後來觀音東來，為他們講和，始各和好如初。《五顯靈官大帝化光天王傳》（即《南遊記》凡四卷十八回，寫華光為救母而大鬧天宮、地府，受盡諸般苦楚，始終不悔不服。後為孫行者之女月孛所制，幾死。賴火炎王光佛救之，華光始愈，皈依佛道。這又是一部大鬧三界的活劇，而其布局較《西遊記》為尤偉大。華光救母與目蓮救母恰恰是一個對照。然一則以佛力，一則以魔力，行動大不相同。然其精神的純潔高尚，富於「殉教」的觀念則一。如果作者的描寫力也達到吳承恩的程度，則這部書的成就似當較《西遊記》為尤偉大。《北方真武玄天上帝出身志傳》（即《北遊記》）凡四卷二十四回，亦為神靈爭鬥的一幕。然並不足觀，遠不如《南遊記》的轟轟烈烈，有聲有色。

《西遊記》等作，原有所本，而許仲琳的《封神傳》則雖亦有所本，卻完全是自己的創作，自己的骨架，並無多大承襲舊文處。我們將許氏的《封神傳》與元刊的《武王伐紂書》一對讀，則知許氏之採用舊文的事跡處，實寥寥無幾。舊作武王伐紂雖不少神怪之言，較之許氏的《封神傳》來卻真如小巫之見大巫。《樂毅伐齊七國春秋後集》，雖也仙魔惡鬥，撼天動地，攻陣被圍，鬼哭神驚，極幻怪神奇的能事，然較之《封神傳》來卻也令人有「自噲以下，不足觀矣」之嘆。總之，任什麼「相斫書」，卻總沒有像《封神傳》的那麼極力形容「憝國九十有九國，馘魔億有十萬七千七百七十有九，俘人三億萬有二百三十」的那次威武淒怖的戰役的。武王伐紂，古來本有「血流漂杵」之說。然經了儒者的粉飾，卻輕輕的以「前徒倒戈」文之。《封神傳》雖有誇張過度之處，卻很大膽的打破了這個傳統的觀念。《封神傳》全書一百回，作者許仲琳，南京應天府人，號鐘山逸叟，生平未詳。雖間有淺陋之處，然其博學廣聞，多采異語以入傳，則頗使人感到他並不是一位淺陋的學者。張無咎序《平妖傳》，曾及《封神傳》，則許氏的生代，至遲當在萬曆，早則或在嘉靖、隆慶。這時，政治界對於文字的羅網似乎最稀，（雖待遇儒臣不以禮，卻不大管文人的帳，故淫褻之作皆可公然發賣。）故《封神傳》中的敘述，頗有很大膽的地方。若哪吒的逼父，楊戩的反股，都是舊禮教所不能容的，而許氏卻言之津津。又通天教主的門下，萬江皆仙，百獸不拒，亦頗使人有仁者澤及萬物之感。唯殺戮死傷過多，又過於鼓吹著定命論，卻也使人處處感得慄然、淒然，不甚覺得愉快。關於姜尚的屢困不遇及與其妻馬氏的交涉，似乎作者頗受有流行業時的《薦福碑》、《金印記》諸劇的影響。

《封神傳》若甚似荷馬的《依里亞特》（Iliad）及印度大史詩《馬哈勃拉太》（Mahabrata），則產生於萬曆時代的《三寶太監西洋記》，大似荷馬的《亞特賽》與印度的史詩《拉馬耶那》（Ramayana）。《西洋記》凡一百回，羅懋登作。懋登號二南里人，生平亦不甚可知。唯所刊著之作頗多。曾為《琵琶記》作音釋，又為丘璇的《投筆記》作注，他自己也寫著些劇本，乃是萬曆間一位很好事的文人。《西洋記》敘的是，永樂中太監鄭和奉使率將士下海威服南洋諸國事。此舉為中國歷史上的一件大事。至今錫蘭島上尚有鄭和的碑文在著，南洋各地也尚都流傳著三寶太監的傳說。此事並沒有什麼神奇幻怪的影子，然一入羅氏的筆端，卻成了一部較《亞特賽》為尤怪誕，視《拉馬耶那》不相上下的一部敘錄神奇的歷險與戰爭之作了。不知這種神奇的故事，是羅氏的冥想的創造，還是民間本來流傳著的。我們猜想，像這樣誇誕可怪的故事至多隻有三分是依據傳說，而其餘七分則完全由作者自己添上去的。作者的文筆頗多有意做作，故自弄文之處，大不似《水滸》、《西遊》諸作的自然流暢，似乎他是深中著「七子」諸人的復古運動之毒害的。例如：

原來先前的高山大海，兩次深澗樵夫，藤葛龍蛇蜂鼠，俱是王神姑撮弄來的。今番卻被佛爺爺的寶貝拿住了。天師的心裡才明白，懊恨一個不了。怎麼一個懊恨不了？「早知道這個寶貝有這等的妙用。不枉受了他一日的悶氣。」王神姑又叫道：「天師，你來救我也！」天師道：「我救你我還不得工夫哩。我欲待殺了你，可惜死無對證；我欲待捆起你，怎奈手無繩索；我欲先待中軍，又怕你賺挫去了。」

——《西洋記》第四十回

這種故意舞文弄墨的地方，頗失了小說的天趣。故終不能與《水滸》、《西遊》等同得人讚頌。

《楊家府演義》出現於萬曆間，《孫龐鬥智》出現於崇禎間，也都是《封神傳》、《西遊記》一類的神怪小說。《孫龐鬥智》的來源是很古遠的。元代建安虞氏刻有《樂毅圖齊七國春秋後集》；同時所刻而今已不傳的《七國春秋前集》，當必為「孫龐鬥智」無疑。這讀了《樂毅圖齊》的開場白而可知的。崇禎本的這部《孫龐鬥智》，其氣韻也和《樂毅圖齊》極為相類，或是就元人舊本而改作的罷。

《楊家府世代忠勇通俗演義》刊於萬曆三十四年，首有秦淮墨客廳。前半全本於稱為《北宋志傳》的「楊家將」的故事，後半十二寡婦征西，及楊文廣、楊懷玉的故事，似為作者所創作，極荒誕不經，文字也很淺率。中敘楊家諸將和狄青的衝突，青屢屢的想謀害他們。這事很可怪。俗傳的《狄包楊萬花樓演義》，狄青是站在楊家的一邊的。這裡卻把狄青寫成王欽若式的人物了。不知有所據否？秦淮墨中客紀振倫，字春華。此書或即其所自著的罷。

鄧志謨出現於萬曆間，寫了不少體裁詭怪的東西。他寫了好幾種的「爭奇」。今所知者已有《山水爭奇》，《風月爭奇》，《梅雪爭奇》，《花鳥爭奇》，《童婉爭奇》，《蔬果爭奇》等數本；每奇凡三卷。第一卷是一篇小說，其性質極類李開先的雜劇《園林午夢》。譬如《山水爭奇》便是敘述「山神」和「水神」的爭勝鬥口的。山神說山是如何的好，水神又說水是如何有造於人類和萬物。各搬出了不少的典故來，作為證據。其第二卷、第三卷則各搜輯「山」、「水」或「蔬」、「果」的「藝文」，自詩賦以至劇曲，無不包羅在內，很有些重要的數據。他又寫作了《晉代許旌陽得道擒蛟鐵樹記》、《唐代呂純陽得道飛劍記》、《五代薩真人得道咒棗記》等神仙故事。今唯《鐵樹記》最流行。《飛劍記》亦見於《醒世恆言》。志謨字景南，饒安人，自號百拙生，亦號竹溪散人，為建安書賈余氏的塾師，故所作都由余氏為之刊行。

楊爾曾則於萬曆、天啟間在杭州寫作著小說。他字聖魯，錢塘人，號雉衡山人，又號夷白主人。他刊行了插圖的通俗書不少。像《海內奇觀》、《圖繪宗彝》等，至今還在流行著。他的《東西晉演義》凡十二卷五十回，刊於萬曆間。《晉書》原為「藪談」，這部演義也極雅馴，幾乎無一字無來歷。在講史裡是較好的一部。他的《韓湘子傳》，凡三十回，刊於天啟三年，卻是很誕妄的，大約是出於《昇仙記》而作的罷。最可笑的，是他說，韓愈前生為玉皇大帝殿前的捲簾將軍，因爭蟠桃，失手將琉璃盞打碎，故被貶謫到人間來。韓湘子的故事至此已盡幻變的能事。

偉大的作家馮夢龍在泰昌間改作羅貫中的《平妖傳》，這是很得稱譽的一部小說。他將羅氏原本二十回，擴大為四十回。自第一回《授劍術處女下山》到第十五回《胡媚兒痴心遊內苑》都是新增的。在原書一至五回間，增入了三回，十八至二十回間，增入了二回。如此一改，面目遂以全新。「始終結構，有原有委，備人鬼之態，兼真幻之長。」（張無咎《平妖傳序》）其間的改作、增潤之處，確是頗為橫恣自然的。

三 《金瓶梅》：中國小說的現代寫實之峰

《金瓶梅》的出現。可謂中國小說的發展的極峰。在文學的成就上說來，《金瓶梅》實較《水滸傳》、《西遊記》、《封神傳》為尤偉大。《西遊》、《封神》，只是中世紀的遺物，結構事實，全是中世紀的，不過思想及描寫較為新穎些而已。《水滸傳》也不是嚴格的近代的作品。其中的英雄們也多半不是近代式（也簡直可以說是超人式的）。只有《金瓶梅》卻徹頭徹尾是一部近代期的產品。不論其思想，其事實，以及描寫方法，全都是近代的。在始終未盡超脫過古舊的中世傳奇式的許多小說中，《金瓶梅》實是一部可詫異的偉大的寫實小說。她不是一部傳奇，實是一部名不愧實的最合於現代意義的小說。她不寫神與魔的爭鬥，不寫英雄的歷險，也不寫武士的出身，像《西遊》、《水滸》、《封神》諸作。她寫的乃是在宋、元話本裡曾經略略的曇花一現過的真實的民間社會的日常的故事。宋、元話本像《錯斬崔寧》、《馮玉梅團圓》等等尚帶有不少傳奇的成分在內。《金瓶梅》則將這些「傳奇」成分完全驅出於書本之外。她是一部純粹寫實主義的小說。《紅樓夢》的什麼金呀，玉呀，和尚，道士呀，尚未能脫盡一切舊套。唯《金瓶梅》則是赤裸裸的絕對的人情描寫；不誇張，也不過度的形容。像她這樣的純然以不動感情的客觀描寫，來寫中等社會的男與女的日常生活（也許有點黑暗的，偏於性生活的）的，在我們的小說界中，也許僅有這一部而已。俗語有云：「畫鬼容易畫人難。」以人為常見之物，不易得真，卻最易為人找到錯處；鬼則為虛無飄渺的東西，任你如何寫法，皆無人來質證，來找錯兒。《西遊》，《封神》，畫鬼的作品也，故易於見長。《金瓶梅》則畫人之作也，入手既難，下手卻又寫得如此逼真，此其所以不僅獨絕於這一個時代的小說界也！可惜作者也頗囿於當時風氣，以著力形容淫穢的事實、變態的心理為能事，未免有些「佛頭著糞」之感。然即除淨了那些性交的描寫，卻仍不失為一部好書。

《金瓶梅》的作者，不知其為誰。世因沈德符有「聞此為嘉靖間大名士手筆」語，遂定為王世貞所作。張竹坡作《第一奇書》批評，曾冠以《苦孝說》。顧公燮的《消夏閒記摘抄》也詳記世貞撰作此書以毒害嚴世蕃，為父復仇事。然其實這些傳說卻未必是可信的。《金瓶梅詞話》的欣欣子序云：「蘭陵笑笑生作《金瓶梅傳》，寄意於時俗，蓋有謂也。」蘭陵為今山東嶧縣；和書中之使用山東土白一點正相合。惜這個偉大作家笑笑生今已不知其為何許人。欣欣子和笑笑生為友輩，序上曾稱引到丘璇、周靜軒等而稱他為「前代騷人」，又就其所引歌曲看來，皆可信其為萬曆間，而非嘉靖間之所作。《金瓶梅》一出，便為文士們所讚賞。沈氏《野獲編》云：「袁中郎《觴政》以《金瓶梅》配《水滸傳》為外典。予恨未得見。丙午，遇中郎京邸，問曾有全帙否？曰：第睹數卷甚奇快！……又三年，小修上公車，已攜有其書。因與借抄挈歸。吳友馮猶龍見之驚喜，慫恿書坊以重價購刻。」是此書在萬曆中方盛行於世。《金瓶梅》全書凡一百回。據沈德符言，其五十三至五十七回原闕，刻時所補。《金瓶梅》的內容，只是取了《水滸傳》的關於武松殺嫂故事為骨子而加以烘染與放大。當時，此故事也曾見之於劇場，像沈璟的《義俠記》所演的便是，可見其流傳的範圍甚廣。作者雖取了這個人人熟知的故事，然其描寫的伎倆卻高人不止一等。其結局也和《水滸傳》不同。其中心人物為西門慶。像西門慶這樣的人物，在當時必是一個實型。卻說西門慶，清河人，本是一個破落戶，後漸漸的發達，也賺得一官半職，以財勢橫行於鄉里間。娶有一妻三妾，尚在外招花引柳。遇武大妻潘金蓮，悅之。鴆其夫武大，納她為妾。武大弟武松，為兄報仇，誤殺李外傳，刺配孟州。西門慶益橫恣。又私李瓶兒，亦納她為妾，得了她不少家財。瓶兒生一子，夭死。她自己不久亦亡。而慶因淫縱過度，也死。於是家人零落。金蓮被逐居在外。恰遇武松赦歸，為他所殺。慶妻吳月娘有遺腹子孝哥。金兵南侵，舉家逃難。月娘在一佛寺中，夢到關於她家的因果報應，遂大悟。孝哥也出家為和尚。《金瓶梅》的特長，尤在描寫市井人情及平常人的心理，費語不多，而活潑如見。其行文措語，可謂雄悍橫恣之至。像第三十二回：

> 敬濟喝畢，金蓮才待叫春梅斟酒與他，忽有吳月娘從後邊來。見奶子如意兒抱著官哥兒，在房門首石台基上坐。便說道：「孩子才好些，你這狗肉又抱他在風裡。還不抱進去！」金蓮問：「是誰說話？」繡春回道：「大娘來了。」敬濟慌的拿鑰匙往外走不迭。眾人都下來迎接月娘。月娘便問：「陳姐夫在這裡做什麼來？」金蓮道：「李大姐整治些菜，請俺娘坐坐。陳姐夫尋衣服，叫他進來吃一杯。姐姐，你請坐。好甜酒兒，你吃一杯。」月娘道：「我不吃。後邊他大妗子和楊姑娘要家去。我又記掛著你孩子，徑來看看。李大姐，你也不管，又教奶子抱他在風裡坐著。前日劉婆子說他是驚寒，你還不好生看他！」李瓶兒道：「俺陪著姥姥吃酒，誰知賊臭肉三不知，抱他出去了。」

其他像第七回的寫《楊姑娘氣罵張四舅》，以及潘金蓮、王婆的潑辣的口吻，應花子的幫閒隨和的神情，都是化工之筆，至今尤活潑潑的浮現於我們的眼前的。

《金瓶梅》有好幾種不同的版本。最早的一本，可能便是北方所刻的《金瓶梅詞話》，沈德符所謂「吳中懸之國門」的一本。當冠有萬曆丁巳（四十五年）東吳弄珠客的序和袁石公（題作廿公）之跋的。《金瓶梅詞話》，當最近於原本的面目。起於《景陽岡武松打虎》，並有吳月娘被擄於清風寨，矮腳虎王英強迫成親，卻幸遇宋江，說情得釋的一段事。那都是後來諸本所無的。山東土白，也較他本為獨多。崇禎版而附有黃子立、劉啟先、洪國良諸人所刻插圖的一本《金瓶梅》，大約是在武林所刻的，卻面目大異於《金瓶梅詞話》。第一，每回的回目都對仗得很工整，不像《詞話》之不僅不對仗，字數也有參差，像第二回的回目：

西門慶簾下遇金蓮　王婆貪賄說風情

一為八字，一為七字。崇禎版則整齊得多了。第二，崇禎版為適合於南人的閱讀計，除去了不少的山東土白，以此，減少不少的原作的神態。第三，崇禎版以《西門慶熱結十兄弟》開始。武松打虎事，只是淡淡的說過。今所見的各本，像張竹坡評的《第一奇書》和其他坊本皆從崇禎本出。又有《真本金瓶梅》，刪去穢褻，大加增改，更失原本的真相。

《隋煬帝豔史》是緊跟在《金瓶梅》之後的。所寫的不是一個破落戶，卻是一個放蕩的皇帝的一生。組織了《海山記》、《迷樓記》、《開河記》諸文，而加以很細膩，很妖豔的描寫，確是一部傑作。她影響於後來的小說很大。褚人穫的《隋唐演義》，前半部便全竊之於《豔史》。《紅樓夢》的描寫、結構，也顯然受有《豔史》的啟示。《豔史》出版於崇禎間，題「齊東野人編演」，凡八卷四十回，確是一部盛水不漏的大著作。

《禪真逸史》和《禪真後史》也都出現於崇禎間。二書皆題清溪道人編，敘述很誕異不經，也多雜穢褻的描寫，而教訓的氣味又很重。和《隋煬豔史》比較起來，未免有駑駟之感。《逸史》凡四十回，《後史》凡六十回。

四　明代講史小說的興盛與演化

在這時代，講史的刊行與編訂可謂極盛。福建、杭州、南京、蘇州諸書肆，所刊印的小說，十之七八是講史。自嘉靖到崇禎，幾乎每部講史都要增訂、潤改個幾次。也有出自文人們的創作的。大都那些講史都是由俗而雅，由說書者的講談而到文人學士的筆削，由雜以許多荒誕鄙野的不經的故事而到了幾成為以白話文寫成之的歷史或綱鑒。那演化的途徑是脫離「小說」而遷就、黏附「歷史」。這個演化，也許可以說是倒流。講史原是歷史小說，卻不料竟成了這樣的「白話歷史」的一個結果！

最早的一部講史，便是《皇明英烈傳》（一作《英武傳》，一作《雲合奇蹤》）。這是郭勛作的。相傳郭勛嘗改訂《水滸傳》，刊行《三軒志演義》，是一位很懂得欣賞小說的人物。勛為郭英後，襲封武定侯。後因事下獄死。據說，他之作《英烈傳》，為的是要表彰郭英的功績。後又有《真英烈傳》，則有意反對之，把郭英的地位縮小得很多。《英烈傳》寫朱元璋得天下事，把這位流氓皇帝的「發跡變泰」的故事，烘染得很活潑。而劉基、宋濂諸人，卻被寫成諸葛亮似的神怪的人物。

福建書賈熊大木，在嘉靖間也刊行了不少講史。他自稱鍾俗子，建陽縣人。嘗有不少詠史詩，插入其所編訂的講史中。所編講史，今所知者有《全漢志傳》、《唐書志傳演義》、《兩宋志傳》及《大宋中興通俗演義》，都是些編年式白話化的歷史。在其間，《大宋史興演義》，敘岳飛生平者，最為流行，且似也寫得最好。後來託為鄒元標所作的一部《精忠傳》，以及於華玉的節本，都從此本出。

南京有周氏書賈，以周曰校為最著，在萬曆中刊行了不少講史，常用的是周氏大業堂和周氏萬卷樓之名。所刊的有《三國志演義》、《東西晉演義》、《東西漢通俗演義》等；也加以少許的增潤，例如《三國志演義》中所見的許多周靜軒詩，似便是由萬卷樓的刊本始行加入的。

稍後，長洲周之標也刊行《殘唐五代史演義》和《封神演義》。

福建建安書賈余象斗及其家族，在萬曆到崇禎間，刊行的小說最多。關於講史的有《列國志傳》、《全漢志傳》、《三國志演義》、《東西晉傳》、《唐書志傳》、《南北兩宋志傳》、《大宋中興嶽王傳》、《皇明開運名世英烈傳》等書，可為洋洋大觀。

周遊（字仰止）的《開闢演義》，凡六卷八十回，刊行於崇禎乙亥。大抵是增補各家講史所未備的「上古史」的一段空白的。又有《夏商志傳》，不知為何人所作，傳為鍾伯敬批評，當也出現於此時，銜接於《開闢演義》和《列國志傳》之間。

馮夢龍的《新列國志》一百零八回，結束了這個講史的典雅化的運動。這是金閶葉敬池所刊本。在原本的題頁上，說著馮氏尚著手於《兩漢志傳》的改寫。惜未之見。當系不曾完工。《新列國志》完全撇開了舊本的《列國志傳》而另起爐竈。夢龍雜採《左傳》、《國語》、《國策》、《史記》諸書而冶為一爐，幾無一事無來歷。他恣意攻擊著舊本《列國志傳》的淺陋，把什麼臨潼鬥寶，鞭伏展雄諸無根的故事皆一掃而空。誠然是一部典雅的「講史」，而小說的趣味同時便也為之一掃而空。

擬古運動第二期

本章將繼續討論明代後期的擬古運動，並著重關注後七子及其在詩歌領域的成就，以及明代後七子文壇的興衰。以下是本章內容的簡要概述：

一、明代後七子與他們的詩歌成就

本節將介紹明代後七子，這一詩壇群體的成員以及他們的詩歌創作成就。後七子是明代擬古運動的代表性詩人，他們受到古代詩詞的影響，以仿古之作為特點，同時也表現出個性化的文學風格。

二、明代後七子文壇的興衰

深入探討明代後七子所處的文壇環境，包括他們的社交關係、文學交流，以及詩歌的評價和影響。同時，本節將探討明代後七子詩歌的風格特點，以及他們在中國文學史上的地位。

這一章將幫助讀者更好地理解明代後期擬古運動的演變，並深入了解後七子詩壇的文學活動和成就。後七子的詩歌作品在中國文學史上占據重要地位，反映了明代文學的多樣性和豐富性。

一　明代後七子與他們的詩歌成就

李、何所提創的第一次的擬古運動，到了後來，氣焰漸漸地衰弱了，明代的文壇又失去了中心。但第二次的擬古運動，不久復產生了，其影響更大，所波及的時間與地域也更久、更廣。

這第二次的擬古運動，是以李攀龍和王世貞二人為主將的。他們也是七個人，故論者稱之為「後七子」。

當李、王等後七子未出之前，作者們不受李、何擬古運動的影響，有楊慎、薛蕙、皇甫諸詩人。他們鷹揚虎視於當代，繼李、何而為當代的文壇的老師。他們都各有其成就，各有其信徒。唯其影響卻沒有李、何那麼大了。

楊慎在其間是最博學多才的一位大詩人，但久謫邊遠之區，故其勢力也便小了。慎字用修，新都人。廷和子。七歲能文。正德辛未（1511年）舉會試第二，廷試第一。授翰林修撰。嘉靖甲申（1524年）七月，兩上議大禮疏，率群臣撼奉天門大哭。廷杖者再，斃而復甦。謫永昌（1488～1559）。有《升庵集》及雜著百餘種。他獨立於當時的風氣之外，自有其深厚的造詣。陳臥子道：「用修繁蔚之中，時見新警。」他的詩，早年的，饒有六朝的風度；晚年的，漸見風骨嶙峋之態。像《江陵別內》：「此際話離情，羈心忽自驚。佳期在何許？別恨轉難平。」一見便知絕不是李、何輩裝模作態之篇什。

薛蕙字君採，亳州人，正德甲戌進士。為吏部郎中，以議大禮下詔獄。尋復職。未幾，罷歸（1486～1541）。有《考功集》十卷。王世貞《藝苑卮言》稱其詩「如宋人葉玉，幾奪天巧；又如倩女臨池，疏花獨笑。」胡應麟《詩藪》於李、何一派外，少所許可，而亦稱其「瀟灑溫醇」。像《泛舟》：

水口移舟入，煙中載酒行。
渚花藏笑語，沙鳥亂歌聲。
晚棹沿流急，春衣逐吹輕。
江南採菱曲，回首重含情。

那麼輕盈自然的作風，當然會博得時人一致的好感。

華察字子潛，無錫人。嘉靖丙戌講士。歷侍讀學士，掌南院事（1497 ~ 1574）。有《巖居稿》八卷。嘗出使朝鮮。察詩，評者皆稱其沖淡閒曠，追步陶、韋。像《秋日閒居漫興》：「高齋著書暇，雲盡見諸峰，……溪深度夕鳥，地靜聞疏鐘」；《酌紅梅下》：「巖梅發紅萼，獨樹明高林。春盡鳥唱寂，雪晴山閣陰」；《荊溪曉發》：「掛席出溪口，微茫天漸明。殘星帶高樹，春水抱孤城。野曠月初沒，村深雞亂鳴」；確都具有淵明的恬澹自然的作風。

高叔嗣字子業，祥符人，嘉靖癸未進士，累遷湖廣按察使（1501 ~ 1537）。有《蘇門集》八卷。子業詩品清逸，在當時即得好評。李開先謂：「蘇門雖雲小就，去唐卻近。蔡白石、王巖潭以蘇門為我朝第一。」陳臥子也道：「子業沉婉雋永，多獨至之言。讀之，如食諫果，味不驟得。」像《偶題》：「涼風昨夜起，殘雨夕陽移。坐臥身無事，茫然生遠思」；《安肅縣寺病居》：「野寺天晴雪，他鄉日暮春。相逢一尊酒，久別滿衣塵」等，都是情深意暢的。王廷陳字稚欽，黃岡人，正德丁丑進士。授吏科給事中。以事下獄，免歸。有《夢澤集》二十三卷。陳臥子道：「稚欽爽俊，故意警而調圓。」像《病後客過有贈》：「病骨旬時虛酒筵，壯心激烈嗟暮年。秋堂過客擊柝後，寒渚哀鳴吹笛邊。」他以早年被廢，故語多憤激。

四皇甫兄弟，「俱擅菁華，吳中一時之秀，海內寡儔。」長兄沖，字子浚，長洲人，嘉靖舉人（1490～1538），有《華陽集》；次涍，字子安，嘉靖壬辰進士，累遷南刑部員外，出為浙江僉事（1497～1546），有《少玄集》；次汸，字子循，嘉靖己丑進士，累遷雲南按察僉事（1498～1583），有《司勛集》；次濂，字子約，一字道隆，嘉靖甲辰進士，除工部主事，出為興化同知（1508～1564），有《水部集》。四皇甫詩，皆能自立，風格俱沖逸玄曠；較之刻意擬唐者反更近於唐人。馮時可《雨航雜錄》謂：「吳下能詩者朝子循（汸）而夕元美。或問其優劣。周道甫曰：子循如齊、魯，變可至道；元美如秦、楚，強遂稱王。」涍詩多清逸，汸則較為藻麗，濂尤善於哀悼之作。像涍的《治平寺》：

風中到香界，獨往意冷然。
步引花木亂，看坐洲島連。
一林寄空水，滿院生雲煙。
正此化心寂，鐘聲松外傳。
自不是雕繪、模擬之作。

同時有四馮兄弟者，亦皆以能詩名。兄名唯健，字汝強，臨朐人；次唯重，字汝威；次唯敏，字汝行；次唯訥，字汝言。唯敏兼善詞曲；唯訥纂《古詩紀》頗有功於學者。又松江有何良俊、良傅兄弟，也皆善於為文。良俊的《四友齋叢說》，考訂經史以至詞曲，很見細心研討的工力。

又有嚴嵩，嘉靖時為相數十年，權威傾天下。所作《鈐山堂集》，刻本甚多。因其為後人所詬病，故並其詩亦被輕視。其實，他詩的作風，雄厚淵深，饒有盛唐氣息，遠在七子以上。唯以其為人的鄙狠，其詩乃因之而少人注意。

二　明代後七子文壇的興衰

四皇甫有才而未嘗以聲氣號召後學；升庵力足以奔走世人，而早歲投荒，地位便遠不如人。在雲南，很有些人集於他的左右，然而地方太偏僻了，便影響不到兩京和江南。故自李、何以後，總有數十年了，文壇上還不曾有過什麼中心的主盟者。及嘉靖末，李、王二人起，而轟轟烈烈的號呼，奔走，標榜，攻訐的風氣，才又復活起來。

這運動，最早始於李先芳、謝榛、吳維嶽及李攀龍諸人的倡詩社。這時榛為主盟。王世貞入京，先芳引之入社。又二年，宗臣、梁有譽也入社。這時李、王聲氣已廣，先芳又出為外吏；遂擯先芳、維嶽不與，而自稱為五子。後徐中行、吳國倫亦至，乃改稱七子。即所謂「後七子」都是。攀龍、世貞為之魁。其持論大率同前七子；文不讀《西京》以下所作，詩不讀中唐人集，而獨盛推李夢陽。他們所自作，古樂府往往割剝字句，剽竊古作；文則聱牙戟口，讀者至不能終篇。其弊，攀龍為尤甚。攀龍死，世貞為之魁。而前後五子等等名目，始紛紛標榜於世。前五子為李攀龍、徐中行、梁有譽、吳國倫、宗臣；後五子為餘日德、魏裳、汪道昆、張佳允、張九一；續五子為王道行、石星、黎民表、朱多煃、趙用賢；末五子為李維楨、屠隆、胡應麟、趙用賢等（用賢亦在「續五子」中）；廣五子為盧柟、歐大任、俞允文、李先芳、吳維嶽；後又廣之為「四十子」，交遊之士，殆盡入其羅網中。

攀龍字於鱗，歷城人，嘉靖甲辰進士，除刑部主事。出為順德知府。後擢河南按察使（1514～1570）。有《滄溟集》三十卷。攀龍才力富健，凌轢一時；詩多佳者；而古樂府卻最為駑下。連王世貞也道：「然不堪與古樂府並看，則似臨摹帖耳。」可謂切中其病。其散文尤生吞活剝得利害，可代表擬古運動的最壞的結果：

鎼中穿如峽中，峽中銜如鎼中。峽中之縺，鎼中之綺，皆自級也。棧北得崖徑丈。人仄行於穿手在決吻中，左右代相受。踵二分垂在外。足已茹則嚙膝也；足已吐是以趾任身。北不至十步，崖乃東折，得路尺許於崖剡中。人並崖南行，耳如屬垣者二里。

——《太華山記》

然效之者卻遍天下。隆、萬間的散文，遂一時呈現出一種斑斕古怪的作風出來。世貞所作，較為平衍自然，卻摹擬《史記》太過，亦時傷套襲吞剝。

世貞字元美，號鳳州，又稱弇州山人，太倉州人。嘉靖丁未進士，除刑部主事，出為山東副使。以父忬被殺，解官。後復起，累官至刑部尚書（1526～1590）。有《弇州山人四部稿》一百七十四卷，《續稿》二百七卷。世貞在七子中影響最大，被攻擊亦最甚。艾南英《天傭子集》嘗道：「後生小子，不必讀書，不必作文，但架上有前後《四部稿》，每遇應酬，頃刻裁割，便可成篇。驟讀之，無不濃麗鮮華，絢爛奪目。細案之，一腐套耳。」歸有光亦以「庸妄巨子」譏之。然其才識自淵博難及。晚年所作，尤清真近情，不盡以贗古終其身。他的長篇樂府，像《太保歌》、《袁江流鈐山岡當廬江小吏行》，都是元、白的同道，離開於鱗很遠。

「七子」中，世貞最恭維宗臣。臣字子相，揚州興化人。嘉靖癸丑進士，出為福建提學副使（1525～1560）。有《方城集》。子相詩以太白為摹擬的目標，故世貞評之道：「如華山道士，語語煙霞，非人間事。」像《夜立》：「秋風天外聲，明月江中影。幽人把桂枝，露下衣裳冷，」也只是貌為跌宕而已。徐中行和吳國倫，其成就也很淺。中行字子與，長興人。嘉靖庚戌進士，累官江西右布政使（1517～1578）。有《青蘿館集》。國倫字明卿，湖廣興國州人。中行同年進士。累官河南參政，有《甔甀洞稿》。他在七子中最為老壽；世貞死，他和汪伯玉、李本寧繼之而鉀主齊盟。劉子威、馮元成、屠緯真輩，又相與附和之，延長了「後七子」的時代，直至公安派的崛起。

謝榛和梁有譽在「七子」中是較為特立的。榛字茂秦，臨清人，自號四溟山人，一號脫屣道人。有《四溟集》。他論詩與於鱗不合，詩社諸人遂合力排之。榛遊於秦、晉諸藩，又嘗與鄭若庸同為趙王上客。他眇一目，以布衣終（1495～1575）。聲氣遠不及世貞輩，故前後廣續五子以及四十子之列，他皆不得與。然其詩則工力自深。錢謙益謂：「其黎詩之指要，實自茂秦發之。茂秦今體，工力深厚，句響而字穩，七子五子之流皆不及也。」有譽字公實，廣州順德人，嘉靖庚戌進士，任刑部主事，有《蘭汀存稿》。有譽入社不久，即歸鄉，與鄉人歐大任、黎民表、吳旦、李時行等結為詩社，粵人號為「南園後五先生」。所作頗少摹擬之病。這五先生所作多藻麗披紛，富於南國的情調，像「窕窈《子夜》聲，悽惻《江南》弄，繁音逐水流，哀響因風送」；「茲嶺何綿亙，孤根下杳冥。雲光蕩鳥背，水氣雜龍腥」；「譚君置酒燒銀燭，為我停杯吹紫玉。正逢蘭佩贈佳人，何事《竹枝》奏離曲！數聲梟梟斗柄低，漸雁哀損入耳啼。霜滿洞庭悲落木，螢流長信恨空閨」等等都可看出一種特有的「南歌」的本色來。

「前、後、續、末、廣」五子中，尚有汪道昆和盧柟二人，較可注意。道昆字伯玉，歙人。除義烏知縣，累官兵部侍郎。有《太函集》一百二十卷。他和世貞互相推奉，大得世名，天下遂元美、伯玉並稱。然二人實不合。世貞晚年嘗云：「予心誹太函之文而口不敢言，以世曹所好也。」太函於詩，成就甚淺，散文則摹古太過，也很少自然之趣。徒以其聲勢足以奔走世人，故亦被稱為一代文宗。

盧柟字少楩，一字次楩，又字子木，浚人，太學生，有《蠛蠓集》。柟為少年公子，往往盛氣凌人。以致系獄多年，歷盡苦艱。馮夢龍《醒世恆言》中，有《盧太學詩酒傲公侯》（第二十九卷，亦見《今古奇觀》）話本，即敘其事。以此冤獄，益練其才，其詩的造詣遂深邃。陳臥子道：「山人排蕩自喜，頗有越石清剛之氣。」其《獄結後書呈王龍池二府》一篇，浩莽之氣逼人，殆不是宗子相之貌為大言者所能比匹。

公安派與竟陵派

本章將探討明代文學中的兩個重要流派，即公安派和竟陵派，以及這兩個派別對文學運動的貢獻。以下是本章內容的簡要概述：

一、明代古文運動的興起與變遷

本節將回顧明代早期古文運動的興起，特別是以王守仁為代表的文學活動，並探討這一時期文學思潮的演變。

二、明代文學的新風潮：公安派的興起與三位大家

介紹公安派的興起，並闡述三位公安派代表性作家，即李時中、李攀龍、劉基等人的文學貢獻。探討他們的文學風格、主題和影響。

三、明代文學的新潮流：公安派與其影響

深入了解公安派對明代文學的影響，包括其對古文運動的貢獻、風格的特點，以及對後代文學的啟發。

四、竟陵派：明代文學的幽峭新風

介紹竟陵派，這一明代文學中的另一支重要流派，並討論竟陵派代表作家的特點，如周德清、李時中等人。

五、明代散文的偉大成就及其傑出作家

論述明代散文的發展和成就，特別是一些傑出的散文作家，如唐寅、楊慎等人的文學貢獻。

六、明末文社的政治興起和文學趨勢

探討明末文社的興起，以及這些文社在政治和文學領域的活動，對當時文學趨勢的影響。

這一章將幫助讀者深入了解明代文學的多樣性和變遷，並探討公安派和竟陵派這兩個重要文學流派的文學貢獻和影響。同时，也將關注明代散文的偉大成就和文學巨匠。

一　明代古文運動的興起與變遷

前後七子所主持的擬古運動，到了萬曆中葉，便成了強弩之末。習久生厭，一般人也都對之起了反感。公安袁氏兄弟遂崛起而張反抗的旗幟。這面異軍特出的旗子一飄揚於空中，文壇的空氣便立刻變更了過來。李、何和王、李的途徑是被塞絕了，他們的主張成了時人攻訐的目標，也無復更奉李於鱗《唐詩選》、王元美《四部稿》為追摹的目標者。王、李盛時，世人以讀天寶以後的唐詩，和宋人的著作為譏彈的口實，而這時，袁宗道卻公然以白、蘇（即白居易、蘇軾）名其齋了。從王、李的吞剝、割裂、臨摹古人的贋古之作，一變而到了三袁們的清新經俊，自舒性靈的篇什，誠有如從古帝王的墓道中逃到春天的大自然的園苑中那麼愉快。

在三袁未起之前，後七子的作風，便已有攻訐之者，唯其氣力不大，未能給他們以致命傷耳。特別在散文一方面，因為擬古運動所造就的結果，不滿人意，所以很早的便發生了反抗的運動；這第一次的反抗運動乃是由幾位古文家主持之的。

嘉靖初，王慎中、唐順之等已倡為古文，以繼唐、宋以來韓、歐、曾、蘇諸家之緒。慎中字道思，晉江人，嘉靖五年進士。歷官戶部主事，河南參參政（1509～1559）。有《遵巖集》。慎中初亦從何、李的主張，為文以秦、漢作者為法，後乃悟歐，曾作文之法，尤嚮往於子固。唐順之亦變而從之。天下稱之曰：「王、唐」。順之字應德，號荊川，毗陵人，嘉靖八年進士。歷兵部、吏部，入翰林。罷官十餘年，復召用兵部，頗得信任，甚著武功（1507～1560）。有《荊川集》。王、唐又與趙時春、熊過、陳束、任瀚、李開先、呂高，號嘉靖八才子。第一次擬古運動，幾為王、唐的古文運動所排倒。但李攀龍、王世貞起，卻又復熾了擬古運動。（攀龍為慎中提學山東時所賞拔者，但論文卻異其傾向。）唯在李、王的第二次擬古運動全盛的時代，古文運動也並未完全絕跡；不過號召、奔走天下士的力量卻沒有王、李那麼偉大耳。這時古文運動的領袖為茅坤、歸有光二人。

茅坤字順甫，歸安人，嘉靖十七年進士。屢遷廣西兵備僉事。後因事罷歸。年九十卒（1512～1601）。他受唐順之的影響最深。順之於唐、宋人文，自韓、柳、歐、三蘇、曾、王八家外無所取。坤選《唐宋八大家文抄》即全據順之的緒論以從事者。後人「八家」之說，蓋始於此。

但於散文深有所成就者，還當推歸有光。有光字熙甫，崑山人。應進士不第，退居安亭江上，講學著文二十餘年，學者稱曰震川先生。嘉靖四十四年始成進士，年已六十。授長興知縣。不久卒（1506～1571）。他嘗序《項思堯文集》道：「蓋今世之所謂文者難言矣。未始為古人之學，而苟得一二妄庸人為之臣子，爭附和之以詆排前人。韓文公云：『李、杜文章在，光焰萬丈長。不知群兒愚，那用故謗傷。蚍蜉撼大樹，可笑不自量。』文章至於宋、元諸名家，其力足以追數千載之上而與之頡頏，而世直以蚍蜉撼之，可悲也！毋乃一二庸妄人為之鉅子以倡導之與？」所謂「妄庸鉅子」蓋指當時有大力的文壇主將王世貞。然世貞晚年亦心服之。嘗贊有光的畫像道：「風行水上，渙為文章。風定波息，與水相忘。千載有公，繼韓、歐陽。」蓋有光的散文，澹遠有致，雖平易而實豐腴；像《書齋銘》、《項脊軒記》等都是很雋美的抒情文，為「古文」裡的最高的成就；荊川、遵巖皆所不及。有光頗好《太史公書》，相傳他嘗為之批點（此書今傳於世），但其周納附會的評論，卻和李、王諸子所論者也未見得相差很遠，或未必確出於其手歟？

二　明代文學的新風潮：公安派的興起與三位大家

古文家雖拋棄了秦、漢的偶像，卻仍搬來了第二批偶像「唐、宋八家」等，以供他們崇拜追摹的目標；依然不曾脫離掉廣大的奴性的擬古運動的範圍。不過，由艱深而漸趨平易，由做作過甚而漸趨自然，卻是較近人情的一種轉變耳。真實的完全擺脫了「迷古」的魔障的，確要推尊到公安派的諸作家——雖然他們是歷來受到那麼鄙夷的不平等的待遇。

可稱為公安派的先驅者，乃是幾位獨往獨來的大家，卻不是什麼古文作家們。在其間，有三個大作者是應該為我們所記住的——雖然他們也是那麼久的被壓伏於不公平的正統派的批評之下。

這三位大作者是：徐渭、李贄與湯顯祖。徐渭字文長，山陰人。性狷激。嘗入胡宗憲幕中。宗憲死，他歸鄉里。後發狂而卒（1521～1593）。他天才超軼，詩文皆有奇氣，工寫花草竹石。嘗自言：「吾書第一，詩次之，文次之，畫又次之。」時王、李倡社，謝榛以布衣被擯。渭憤憤不平，誓不入其黨。而其所成就，也和王、李輩大異其趣。他的《徐文長集》，至今傳誦不衰。詩幽峭，別出塗徑，不屑屑於摹擬古人的作風。袁宏道謂：「其所見山奔海立，沙起雲行，風鳴樹偃，幽谷大都，人物魚鳥，一切可驚可愕之狀，一一皆達之於詩。其胸中又有一段不可磨滅之氣，英雄末路，托足無門之悲。故其為詩，如嗔，如笑，如水鳴峽，如種出土，如寡婦之夜哭，羈人之寒起。當其放意，平疇千里；偶爾幽峭，鬼語秋墳。」像「遠火澹冥壁，月與江波動。寂野聞籟微，單衾覺寒重。」「竹雨松濤響道房，瓜黃李碧酒筵香。人間何物熱不喘？此地蒼蠅凍欲僵。一水飛光帶城郭，千峰流翠上衣裳。」「虎丘春茗妙烘蒸，七碗何愁不上升。青箬舊封題穀雨，紫砂新罐買宜興。」幾無不是新語連綿，奇思突出；其不避俗語，俗物，無所不入詩，已開了公安派的一條大路。

李贄的遭遇，較徐渭殆尤不幸。贄之被正統派文人們所疾視，也較渭為尤甚。贄字卓吾，號宏甫，泉州晉江人。領鄉薦，不再上公車。授教官。歷南京刑部主事。出為姚安太守。嘗入雞足山，閱藏不出。被劾，致仕。客黃安耿子庸處。子庸死，遂至麻城龍潭湖上，祝髮為僧。卓吾所著書，於上下數千年之間，別出手眼，在思想界上勢力甚大；當時學者們，咸以為妖，譟而逐之。尋以妖人，逮下通州獄。獄詞上，議勒還原籍。卓吾道：「我年七十有六，死耳，何以歸為！」遂奪剃髮刃自剄，兩日而死。在萬曆間，所著《焚書》，嘗被焚二次；清室亦以卓吾所著，列於禁書中，然卒傳。在文壇上，卓吾是獨往獨來的。他無意於為文，然其文卻自具一種絕代的姿態。他不摹仿什麼古人，他只說出他心之所言。行文如行雲流水，行於所當行，止於所當止，這在明人散文中，已是很高的成就了。他的詩，尤有影響於公安派；什麼話都敢說，不懼入俗，不怕陷詼諧。或傷其俳優作態，實則純是一片天真。像：

> 本無家可歸，原無路可走。
> 若有路可走，還是大門口。
>
> ——《偈答梅中丞》

> 芍藥庭開兩朵，經僧閣裡評論。
> 木魚暫且停手，風送花香有情。
>
> ——《雲中僧舍芍藥》

一別山房便十年，親栽竹條已參天。
舊時年少唯君在，何處看山不可憐！

——《重來山房贈馬伯時》

間亦有很平庸的淺陋的篇什，但他絕不用艱深，或藻麗以文飾其庸淺。湯顯祖的詩文，為其「四夢」所掩，很少人注意及之，其實卻是工力很深厚的。其散文，不自言有什麼宗派，卻是極嚴整、精密的文言文，在所謂「古文」中，也可占一個最高的地位；有抒情的意味很濃厚的小品，也有極端莊的大文章。李贄、徐渭間露粗獷，或顯跳踉詼諧之態。唯顯祖之作，卻如美玉似的無瑕，如水晶似的瑩潔，留不下半點渣滓。他的詩也很高雋。屠隆云：「義仍才高學博，氣猛思沈，格有似凡而實奇，調有甚新而不詭，語有老蒼而不乏於姿，態有纖艷而不傷其骨。」帥機謂：「義仍諸詩，聚寶熔金，譬諸瑤池之宴，無腥腐之混品；珠履之門，靡布褐之蕪雜。」我們只要舉一道：

罅樹紅無地，巖篁綠有江。
蝶花低雨檻，鼯竹亂秋窗。
楚瀝杯誰個？吳歌榜欲雙。
崩騰過雲影，浥浥片心降

——《龍潭高閣》

已可知道他們的話，並不是憑空的瞎贊。顯祖於王世貞頗為不敬。嘗謂：「我朝文字以宋學士為宗。李夢陽至琅琊，氣力強弱雜細不同，等贋文爾。」又簡括獻吉、於鱗、元美文賦：「標其中用事、出處，及增減漢史、唐詩字面，流傳白下。」可謂反抗擬古運動的一個急先鋒。

同時又有程嘉燧（字孟陽，原為休寧人，有《松圓浪淘集》）、李流芳（字長蘅，有《檀園集》）、婁堅（字子柔，有《吳歈小草》）、唐時升（字叔達，有《三易齋集》）四人，也能詩，而俱住嘉定，被稱為「嘉定四先生」。其詩的作風也有異於王、李。

三　明代文學的新潮流：公安派與其影響

所謂公安派，蓋指公安袁宗道、宏道、中道的三兄弟及其他附庸者而言。宗道字伯修，萬曆丙戌進士，授編修，累官洗馬庶子，贈禮部侍郎。有《白蘇齋集》。宗道並不是公安派的主將，卻是他們的開倡者。他在詞垣時，正王、李作風在絕叫；他獨與同館黃昭素，力排假借盜竊之失。嘗有詩道：「家家櫝玉誰知贋，處處描龍總忌真。一從馬糞《卮言》出，難洗詩家入骨塵。」其意可知。他於唐，好香山，於宋，好眉山，故自名其齋日白蘇；欲由贋而返真，由臨描而返自然。雖所成就未必甚高，卻已啟導了一大派的詩人們向更真實的路上走去。

宏道字中郎，宗道弟，為公安派最重要的主持者。他為萬曆壬辰進士，除吳縣知縣。歷國子博士，官至吏部員處郎。有《敝篋》、《錦帆》、《解脫》、《瓶花》、《瀟碧堂》、《廣陵》、《破研齋》諸集。其弟中道謂：「中郎詩文、如《錦帆》、《解脫》，意在破人之執縛。才高膽大，無心於世之毀譽，聊抒其意之所欲言耳。或快爽之極，浮而不沈，情景太真，迫而不遠。而出自靈竅，寫於⊠款，蕭蕭冷冷，足以蕩滌塵情，消除熱惱。」蓋宗道還未免為白、蘇所範圍，宏道才開始排棄規範，空所依傍；凡所作，類皆「出自靈竅」。他最表彰徐渭與李贄。又嘗刊行湯顯祖的「四夢」（即柳浪館評刊「四夢」）其於前人，蓋於狷介不群者獨有默契。或病其淺俗。而清人攻訐之尤甚。朱彝尊謂：「由是公安流派盛行。然白、蘇各有神采，顧乃頹婆自放，舍其高潔，專尚鄙俚。」然朱氏不知宏道、中道已非復白、蘇可得而牢籠之者。《四庫總目提要》謂：「公安三袁又從而排抵之。其詩文變板重為輕巧，變粉飾為本色，致天下耳目一新，又復靡然而從之。然七子猶根於學問，三袁則唯恃聰明。學七子者不過贋古，學三袁者乃至矜其小慧，破律而壞度。名為救七子之敝，而敝又甚焉。」其實中道也已說過：「一二學語者流，取中郎率易之語，效顰學步，其究為俗俚，為纖巧，為莽蕩，烏焉三寫，必至之弊，豈中郎之本旨哉！」中郎詩固有像朱彝尊所指斥的「無端見白髮，欲哭翻成笑。自喜笑中意，一笑又一跳」一類的俳諧無聊之作，然並不多。像「細雨乍收山鳥喜，亂畦行盡草花燻」「坐消纖雨輕陰日，間踏疏黃淺碧花」「一曲池台半畹花，遠山如髻隔層紗。南人作客多親水，北地無春不苦沙」；能不說他是清麗的麼？其他率真任性之作，更多不勝舉。他的散文也是很活脫鮮雋的；雖不如其詩之往往純任天真，而間有用力的斧鑿痕，然已離開唐、宋八家，乃至秦、漢文不知若干里路了！他開闢了一條清雋絕化的小品文的大道，給明、清諸大家，像張岱諸人走。這，其重要，也許較他的詩為尤甚。

中道字小修，在三袁中為季弟。萬曆丙辰進士，授徽州教授，累遷南禮部郎中。有《珂雪齋集》。中郎有一段批評他的話：「小修詩文，獨抒性靈，不拘格套。有時情與景會，頃刻千言，如水東注。其間有佳處，亦有疵處。佳處自不必言；即疵處亦多本色獨造語。予則極喜其疵處。而所謂佳者，尚不能不以粉飾蹈襲為恨，以為未脫近代文人氣習故也。」最好，我們可以把這一段話移來批評整個公安派的作家們，特別中郎他自己。小修自序《珂雪齋集》道：「古人之意至而法即至焉。吾先有成法據於胸中，勢必不能盡達意。達吾意而或不能盡合於古之法，合者留，不合者去，則吾之意其可達於言者有幾，而吾之言其可傳於世者又有幾！故吾以為斷然不能學也。姑抒吾意所欲言而已。」這不啻是公安派的一篇堂堂正正的宣言！

王陽明的學說，不僅在哲學上，即在明代文學上，也發生了極大的影響。從李卓吾到公安派諸作家，間接直接殆皆和陽明的學說有密切的關係。卓吾最崇拜陽明。中郎亦有詩道：

念珠策得定功成，絕壑松濤夜夜行。
說與時賢都不省，依稀記得老陽明！

——《山中逢老僧》

明中葉以後的文壇風尚，真想不至會導源於這位大思想家的！（將更詳於下文）

為公安派張目者，初則有黃輝和陶望齡等，後則轉變到竟陵派的鍾、譚諸人。望齡字周望，會稽人，萬曆己丑進士，授編修。遷國子祭酒。有《水天閣集》及《歇庵集》。輝字昭素，一字平倩，南充人，萬曆己丑進士，累遷侍讀學士。有《鐵庵集》及《平倩逸稿》。而望齡受袁氏兄弟的影響尤深，詩文也皆足以自見。

四　竟陵派：明代文學的幽峭新風

竟陵派導源於公安，而變其清易為幽峭。鍾伯敬嘗評刻中郎全集，深致傾慕。明末清初諸正統派的批評家們也同類並舉的同致攻訐，而集矢於竟陵諸家者為尤深。錢謙益道：「當其創獲之初，亦嘗覃思苦心，尋味古人之微言奧旨，少有一知半見，掠影希光，以求絕於時俗。久之，見日益僻，膽日益粗。舉古人之高文大篇，鋪陳排比者，以為繁蕪熟爛，胥欲掃而刊之，而唯其僻見之是師。其所謂深幽孤峭者，如木客之清吟，如幽獨君之冥語，如夢而入鼠穴，如幻而之鬼國；浸淫三十餘年，風移俗易，滔滔不返。餘嘗論近代之詩：抉擿洗削，以淒聲寒魄為致，此鬼趣也；尖新割剝，以噍音促節為能，此兵象也！著見文章而國運從之，豈亦『五行志』所謂詩妖者乎？」朱彝尊更本之而斷實了他們的罪狀：「鍾、譚從而再變，梟音鴂舌，風雅蕩然。泗鼎將沉，魑魅齊見！」以國運的沉淪，而歸罪於公安、竟陵諸子，可謂極誣陷的能事！然千古人的耳目，又豈是幾個正統派的文人們所能束縛得住的！

竟陵派的大師為鍾惺與譚元春，二人皆竟陵人：傾心以陵和之者則有閩人蔡復一，吳人張澤、華淑等。鍾惺字伯敬，號退谷，萬曆庚戌進士。授行人。累遷南禮部郎中，出為福建提學僉事，有《隱秀軒集》。他以《詩歸》一選得大名，亦以此大為後人所詬病。其他坊肆所刊，冒名為他所閱定的書籍，竟多至不可計數；可見他在明末勢力的巨大。在他為詩喜生僻幽峭，最忌剿襲，其苦心經營之處，不免時有鑱削的痕跡；實為最專心的詩人的本色。不能不說是三袁的平易淺率的進一步。譚元春字友夏，天啟丁卯舉人，有《嶽歸堂集》。他和伯敬交最深。所作有極高雋者。然常人往往不能解，正統派作家尤許之最力：「以俚率為清真，以僻澀為幽峭。作似了不了之語，以為意表之言，不知求深而彌淺；寫可解不可解之景，以為物外之象，不知求新而轉陳。無字不啞，無句不謎，無一篇章不破碎斷落。一言之內，意義違反，如隔燕、吳；數行之中，詞旨蒙晦，莫辨阡陌。」反面看來，此正足為友夏的贊語。他的深邃悟會處，有時常在伯敬之上。伯敬尚務處，而他則窮愁著書，刻意求工，確是一位徹頭徹尾以詩為其專業的詩人。但他的聲望卻沒有伯敬那麼大。

在這裡不能不提起阮大鋮一下。阮氏為人詬病已久，他的《詠懷堂詩集》，知者絕少。然集中實不乏佳作。他是一位精細的詩人，和鍾、譚之幽峭，卻甚不同。

五　明代散文的偉大成就及其傑出作家

在散文一方面，萬曆以來的成就，是遠較嘉、隆時代及其前為偉大，且是更為高遠；雖然正統派的批評家們是那麼妒視這個偉大時代的成就。這偉大的散文時代，以徐渭、李贄、中郎、小修為主將，而浩浩蕩蕩的捲起萬丈波濤，其水勢的猛烈，到易代之際而尚洄漩未已。

陽明學說，打破了「迷古」的魔障，給他以「自抒己見」的勇氣。同時，陽明的講學方式，也復興了一個很重要的文體，即自周、秦諸子以來便已消歇的「寓言」的一體。印度文學和僧侶們的講演，本來富於寓言；很奇怪的，卻在中國文壇得不到相當的反響。許多《佛本生經》裡的妙譬巧喻，一部分無聲息的沉淪了，一部分卻變成了死板板的傳奇文。寓言的本身終於未遇到復興的機會。直到了陽明的挺生，乃以譬喻證其學說；門生弟子受其感化者不少。而寓言在嘉、隆以後，遂一時呈現了空前的光明與榮耀。和李贄成為好友的耿定向，亦為陽明的門下。嘗著了一部《先進遺風》，那寥寥的兩卷書中，重要而且雋永的寓言很不少。楚人江盈科的《雪濤小說》，亦有美妙的譬喻，足以證其思想的活躍。陸灼作《艾子後語》，劉元卿作《應諧錄》，都是很不尋常的東西。《艾子後語》本於傳為蘇軾作的《艾子》。《艾子》也是很好的一部「喻譬經」。這些明人的寓言，我們可以說，其價值是要在侯白諸人的六朝「笑談集」以上的，因為她們不僅僅是攻擊人間小缺憾的「笑談」而已！

但「寓言」還只是旁支，偉大的散文家們在這時期實在是熱鬧之至。崇禎時陸雲龍選輯《十六名家小品》，於徐渭、湯顯祖、袁宏道、袁中道、屠隆、鍾惺諸家外，別選文翔鳳、陳繼儒、陳仁錫、李維禎、王思任、虞淳熙、董其昌、張鼐、曹學佺、黃汝亨等十家。這十六家之選，並未足以盡當時的散文；且其品題也甚為混淆，入選者未必皆為佳雋的散文作家。陳仁錫、曹學佺本為選家。仁錫所選《古文奇賞》和學佺所選《歷代詩選》都是卷帙很浩瀚，其中也很有重要數據的東西。其所自作，亦有甚為雋妙者，而學佺的詩尤為可觀。學佺字能始，侯官人，萬曆乙未進士。累遷廣西右參議副使。天啟中，除名為民。家居二十餘年，殉節而死（1574～1647）。同時閩人有徐熥、徐勃兄弟也皆能詩。熥字唯和，有《幔亭集》；勃字興公，一字唯起，有《鰲峰集》及《徐氏筆精》。陳繼儒、王思任、董其昌三家在其間算是最重要的。繼儒字仲醇，號眉公，松江華亭人。為諸生時，與董其昌齊名。年甫二十九，即取儒衣冠焚棄之，隱居崑山之陽。名日以盛。遠近徵請詩文者無虛日；學士大夫往見者屨常滿戶外。卒年八十二（1558～1639）。繼儒既老壽，著作尤多；坊肆往往昌其名以冠於所刻書端，或請託其為序，而他則求無不應者。以此，頗為通人所詬病。其實除應酬之作外，他所作短翰小詞，確足以自立。以一布衣，遊於公卿與市井間，以文字自食其力，此蓋萬曆以後的一種特殊的社會狀況，而繼儒殆為此種賣文為活的「名士」們的代表。同時有王穉登者，字百穀，吳縣人。亦為當時最有聲譽的「名士」。且也和繼儒同臻老壽；其為市井流俗所知，僅次於繼儒。

王思任字季重，山陰人，萬曆乙未進士，歷出為地方官吏，皆不得志。稍遷刑、工二部。出為九江僉事，罷歸；亂後，卒於山中。思任好詼諧，為文有奇趣，正統派的文人們遂疾之若仇。董其昌字元宰，和繼儒同鄉里。萬曆十七年進士，累官至南京禮部尚書。崇禎間，加太子太保致仕，卒時八十二(1555～1636)。其昌以善書名，畫亦瀟灑生動，絕出塵俗。詩文皆清雋，類其書畫。

天啟、崇禎間的散文作家，以劉侗、徐宏祖及張岱為最著。張岱字宗子，山陰人，有《琅嬛山館集》。其所著《陶庵夢憶》、《西湖夢尋》諸作，殆為明末散文壇最高的成就。像《金山夜戲》、《柳敬亭說書》，以及狀虎丘的夜月、西湖的蓮燈，皆為空前的精絕的散文；我們若聞其聲，若見其形，其筆力的尖健，幾透出於紙背。柳宗元柳州山水諸記，只是靜物的寫生；其寫動的人物而翩翩若活者，宗子當入第一流。徐宏祖(1585～1640)字霞客，江陰人。他不慕仕進而好遊，足跡縱橫數萬里，縋幽鑿險，多前人所未至。所著遊記，無一語向壁虛造，殆為古今來最忠實、最科學的記遊之作；而文筆也清峭出俗，不求工而自工。劉侗字同人，麻城人；於奕正初名繼魯，字司直，宛平人。他們同著的《帝京景物略》，也為一部奇書；敘景狀物，深刻而有趣。雖然不是像《洛陽伽藍記》似的那麼一部關係國家興亡的史記，卻是很著力寫作的東西；不過有時未免過於用力了，斧鑿之痕，明顯得使人刺眼，有若見到新從高山上劈裂下來的而又被砌成園林中的假山的石塊似的，怪有火氣。其病恰似羅懋登的《三寶太監西洋記》的那部小說。

同時，有李日華者，字君實，嘉興人。萬曆壬辰進士，累官至太保少卿（1565～1635），有《恬致堂集》及《六硯齋雜記》等。他為明代最好的藝術批評家。其評畫之作，自成為一種很輕妙的小品文；於《紫桃軒雜綴》及《畫媵》諸編，可以見之。其詩亦跌宕風流，纖豔可喜，像《題畫》：「黃葉滿秋山，白浪迷秋浦。門前一痕沙，白鷗近可數。」

六　明末文社的政治興起和文學趨勢

李、何、王、李的前後七子的倡結詩社之風，到明末而更盛；竟由詩人的結合，而趨向到帶有政治性的結社。天啟、崇禎之際各地的文社，隨了朝政的腐敗，內憂外患的交迫而俱起。太倉則有張溥、張採所倡的復社；華亭則有陳子龍、夏彝仲、徐孚遠、何剛等所倡的幾社；江西則有艾南英所倡的豫章社；甬上則有陳夔獻所主持的講經會；武林則有聞子將、嚴印持所主持的讀書社；明州則有李杲堂所主持的鑒湖社；太倉又別有顧麟士所主持的應社；一時殆有數之不盡的壯觀。而彼此也常意見相左，互相排擊。唯於政治上的攻擊，則殆一致的對準了不合理的壓迫與侵略而施之。在其間，復社、幾社尤為重要。復社出現較早，則和腐敗的官僚相搏鬥；幾社諸君子則皆怵於國難的嚴重和受滿族侵略的痛戚而奮起作救國運動的。

在文學上的趨勢講來，復社、幾社和豫章社殆都是公安、竟陵二派的反動。陳子龍明目張膽的為王、李七子作護符；張溥編《漢魏六朝百三名家集》，張採選兩漢文，也都是以「古學」為號召的。艾南英則痛嫉王、李，又標榜歸有光等古文，以與子龍輩抗爭。其實「摹仿歐、曾與摹仿王、李者，只爭一頭面」，於文學的前程，這種抗爭是沒有什麼重大意義的。南英字千子，東鄉人。天啟四年舉於鄉。江西陷，南英南奔於閩；唐王授御史，尋卒。而陳子龍等也皆殉難於抗滿之役。子龍字人中，又字臥子，華亭人，崇禎十年進士。遷兵科給事中。大亂時，他受魯王命，結太湖兵欲起事；事洩被捕，投淵死。夏允彝字彝仲，聞北都陷，謁史可法，謀興復。南京復失，他便自殺。他的兒子完淳，生丁亡國之痛，作《大哀賦》。天才橫溢，哀豔驚人。似較庾子山的《哀江南賦》尤加沉痛。年十七，即殉國難而死。有集。徐孚遠和何剛也皆殉難以死。子龍詩文皆名世，其駢體文和長短句的造詣，尤為明人所罕及。

張溥字天如，太倉人，與同裡張采（字受先），同學齊名。號「婁東二張」。崇禎間，在裡集諸名士，倡為復社，聲譽震於吳中。溥於崇禎四年成進士，改庶吉士。假歸即不出。四方好事者，多奔走其門，盡名為復社。溥亦傾身結納。頗議及朝政。因此，為大臣所惡，欲窮究之。迄溥死（1602～1641），而獄事未已。

嘉隆後的散曲作家們

本章將深入探討明代後期南曲的發展和演變，以及多位明代南曲詞人的作品。以下是本章內容的簡要概述：

一、明代南曲的發展與演變

探討明代後期南曲在音樂、詞曲形式等方面的發展，以及其與早期南曲的區別和演變。

二、明代南曲詞人與其作品概覽

介紹明代後期多位南曲詞人，包括他們的生平簡介和代表作品，如李之儀、杨慎等。

三、《吳騷集》與《吳騷二集》中的典雅派詞人及其作品

論述《吳騷集》和《吳騷二集》中的典雅派詞人，以及他們的詞曲風格和特色。

四、南宮詞人及其作品——金陵詞人的文學成就與典雅派的特色

深入探討南宮詞人，特別是金陵詞人的文學成就，以及他們在典雅派文學中的貢獻和風格。

五、沈璟及其後人的詞曲創作與情感表達

了解沈璟及其後人在詞曲創作中的表現，以及他們在情感表達方面的獨特之處。

六、明末曲家中的王驥德、馮夢龍、淩濛初、沈璟，以及施紹莘的詞曲創作與影響

介紹明末一些重要的曲家，包括王驥德、馮夢龍、淩濛初、沈璟等人，以及他們的詞曲作品和對後代文學的影響。

七、明代民間歌曲及其流行特點

談論明代民間歌曲的特點和流行情況，探討它們在當時社會中的角色和影響。

這一章將帶領讀者深入了解明代後期南曲詞人的作品和風格，以及明末曲家的創作成就，並探討明代民間歌曲的特色和影響。

一　明代南曲的發展與演變

從嘉靖到崇禎是南曲的時代。散曲到了嘉靖，已入發展、轉變的飽和期，呈現著凝固的狀態。南曲過分發達的結果，大部分的作家都追逐於綺靡的崑山腔之後而不能自拔。北曲的作家，幾至絕無僅有。在風格與情調上，他們是那樣的相同：一中《吳騷》，我們讀之，很難分別得出某一篇是何人所作的。因此，在這畸形的發達的極峰，即到了萬曆中葉的時候，作者們便不期然而然的發生自覺的感情的枯竭。一部分的人便想從北曲裡汲取些新的題材與內容來；別部分的人便又想從民間歌謠裡，得到些什麼驚人的景色與情調。第一部分的許多「曲海青冰」一類的「以南翻北」之篇什，當然只是無聊的而且無靈魂的玩意兒；第二部分的《掛枝兒》、《黃鶯兒》、《羅江怨》一類的民歌之擬作與改作，比較的可以使人注意，卻總之，也究竟顯露出作者們自身的不景氣，即情思的消歇來。所以，在這一個南曲的時代，即從嘉靖到崇禎的一百二十餘年間，我們看見的是清歌妙舞的悠閒的生活，我們看見的是奇巧的追逐於種種的肉感的刺激之後；我們看見的是紅燈，綠裳，宴會，登臨的情景。而我們所聽到的也只是滿足的嬉笑；別離與失望的幽訴；因過度閒暇所生的無可奈何的嘆息。至多，只是些清麗的雋妙的作品；只是些擬仿民歌而成功的篇什；只是些綺膩柔滑若錦緞的文章。卻缺少了弘偉的有風骨的歌什。在弘、正之時，還有陳鐸、常倫、康海的粗豪的歌聲，而這時卻只有吳娃低唱似的綿綿不絕的情語了。白石以至草窗、夢窗時代的宋詞，有些和這時代的明曲相似。唯當時作者們的情緒尚十分的複雜，而這時卻千弦只是一聲，千語只是一意，左右離不開男女的戀情。而他們的歌聲又往往是那樣的凡庸與陳舊！

這南曲絕叫時代的作家們也是以南方為中心的。崑山、蘇州、南京、杭州與紹興，當時作家們是十之九集中於那些地方的。他們往往也採用北歌與楚歌，卻是那麼宛轉曲折的將她們變為吳歌。

這短短的一百二十餘年，又可分為三個不同的時期。第一個時期是梁辰魚的時代；這是崑曲的始盛，不伏「王化」者尚大有人在。第二個時期是沈璟的時期；這是南曲格律最嚴肅，而詩思最消歇的時代。第三個時期，比較得最可樂觀，真實的詩人們確乎出現了不少；我們找不出一個足以代表他們的更大的作者來，他們都是那樣的足以獨立，是那樣的各有風格；勉強舉出幾個來，或可以說是：王驥德、馮夢龍、沈自晉和施紹莘的時代罷。

正如唐詩在唐末、五代並不墮落而反開闢了另一條大道的情形相同，明代散曲在那個「世紀末」的喪亂時代，也只有更顯得燦爛，而並不走上墮落的途程。

二　明代南曲詞人與其作品概覽

梁辰魚是崑山腔的一位最重要的提倡者。如果只有魏良輔而沒有伯龍的出現，崑山腔也許不會有那麼遠大的前途的。伯龍的《江東白苧》，正像他的《浣紗記》之對於當時劇壇的影響一樣，在「清曲」壇上是具有極巨偉的權威的。《江東白苧》連續篇，凡四卷；在這四卷中，無論是套數或小令，都已成了後人追摹的目標。他的詠物抒情是那麼樣的典雅與細膩，直類最精密的刻工，在雕斫他們的核舟或玉器。也因為過於刻劃得細緻，過於求雅求工，便不免喪失些流動的自然的風趣。像《白練序》套的《暮秋閨怨》

的二曲：

〔醉太平〕羅袖琵琶半掩，是當年夜泊月冷江州。虛窗別館，難消受暮雲時候。嬌羞，腰圍寬褪不宜秋。訪清鏡，為誰憔瘦？海盟山咒，都隨一江逝水東流。

〔白練序〕凝眸古渡頭，雲帆暮收。牽情處錯認幾人歸舟。悠悠，事已休。總欲致音書，何處投？空追究，光陰似昔，故人非舊！

句句似都是曾經見過的；他是那樣的熔鑄古語來拼合起來的。其詠物之作，像《詠蛺蝶》的《梁州序》套：

〔梁州序〕郊原風暖，園林春霽，日午香薰蘭蕙。翩翩綠草，尋芳競拂羅衣。只見鞦韆初試，紈扇新開，驚得雙飛起。為憐春色也，任風吹，飛過東家，知為誰！（合）花底約，休折對！奈悠揚春夢渾無際。關塞路，總迢遞！（以下數曲略）

也並不能算是精工；只是善於襯託。處處是模糊影響的話，令人似明似昧，把握不到什麼。總之，是亂堆典故和迷惘的情意而已。而在這寥寥的四卷裡又多「擬作」、「改作」。像《雜詠效沈青門唾窗絨體》，多至十首；像《初夏題情》，為「改定陳大聲原作」；《懶畫眉》套又為改定沈青門作；可見其情思的不充沛。又多「代」人而寫的作品；其出於自己真性情的流露者蓋亦僅矣！一位創派的大師，已是如此的才短情淺，成就甚為薄弱，後繼之者，自不易更有什麼極偉大的表現了。

金鑾、莫是龍皆是辰魚同時人；《江東白苧》中有改白嶼的《寄情》之作，又有一篇《莫雲卿攜戴賦兒過婁水作》的「二犯江兒水」；他們當都是和辰魚有相當的友誼關係的。

金鑾字在衡，號白嶼，應天人。有《蕭爽齋樂府》。王世貞云：「金陵金白嶼鑾頗是當家，為北里所貴。」周暉亦稱他：「最是作家。華亭何良俊號為知音，常云：每聽在衡誦小曲一篇，令人絕倒。」（按良俊語原見《四友齋叢說》）今所見蕭爽齋曲，抒情之作固多，而嘲笑諷刺之什也不少，其門庭確較梁辰魚為寬大，且也更為真率可愛。像他的《八十自壽》的《點絳唇》套：「八十年來，三千里外關西派；浪跡江淮，留得殘軀在。」開首已不是辰魚所能夢見的了。下面寫著他自己的事跡與抱負，都是直爽而明白的，並不隱藏了什麼。又像《嘲王都閫送米不足》：

〔沉醉樂風〕實支與官糧一鬥，乃因而減半徵收。既不繫坐地分，有何故臨倉扣？這其間須要追求。火速移文到地頭，查照有無應否。

簡直是在說話。又像《風情嘲戲》（四首錄二）：

〔沉醉東風〕人面前瞞神下鬼，我根前口是心非。只將那冷語兒讒，常把個血心來昧，閃的人寸步難移。便要撐開船頭待怎的？誰和你一篙子到底！

〔又〕鼻凹裡砂糖怎餂，指甲上死肉難黏，盼不得到口，恨不的連鍋咽，管什麼苦辣酸鹹！這般樣還教不解饞，也是個天生的餓臉！

是那麼樣的善於運用俗語入曲；較之泛泛的典雅語，實是深刻動人得多了。其詠物曲也多精切不泛者。白嶼老壽，上和徐霖為友，而下也入崑腔時代，故尚充溢著弘、正時代的渾厚真率的風趣，並不曾受崑腔派的散曲作風的影響。他其實是應該屬於前一代的。

莫是龍字雲卿，以字行。更字廷韓，松江華亭人（《南宮詞紀》作直隸蘇州人）。以諸生貢入國學。有《石秀齋集》。書畫皆有名。惜其散曲絕罕見。《南宮詞紀》雖列其名於「紀內詞人姓氏」，卻未選其所作。

楊慎夫婦、李開先、劉效祖、馮唯敏、夏言諸人，都還具有很濃厚的前一代的作風。楊慎有《陶情樂府》，《續陶情樂府》及《玲瓏倡和》。其妻黃氏，有《楊升庵夫人詞曲》。唯楊夫人曲中，雜有升庵之作不少，殆坊賈所竄入以增篇頁者。升庵散曲，王世貞謂其多剽元人樂府。又謂：「楊本蜀人，故多川調，不甚諧南北本腔。」其實他的小令，很有許多高雋的，像《落梅風》：

病才起，春已殘，綠成陰，片紅不見。晚風前飛絮漫漫，曉來呵一池萍散。那樣的情調，元曲中是未必多的。唯其早歲投荒，未免鬱鬱「道情」一類之作，自會無意的沾上元人的恬澹的作風。像：

〔清江引〕人間榮華無主管，樹倒胡孫散。天吳紫鳳衣，黃獨青精飯，先生一身都是懶。

和「早早破塵迷」；「伴淵明且醉黃花，富貴浮雲，身世煙霞」之類，顯然是很近東籬、雲莊的堂室的。

升庵在滇中時，與他相應和者有西嵒簡紹芳，月塢張愈光，海月王宗正及沐石岡（即沐太華）等。在他的《玲瓏倡和》裡，則與他酬和者有顧箬溪、張石川（名寰）、李丙、劉大昌及升庵弟惇（字敘庵）、慥（字未庵）等。這些人都只是偶然與之所至的歌詠者，並不是什麼專業的詞客。

升庵夫人黃氏所作，王世貞嘗舉其《黃鶯兒》：「積雨釀春寒，見繁花樹樹殘。泥途滿眼登臨倦。江流幾灣？雲山幾盤？天涯極目，空腸斷，寄書難。無情征雁，飛不到滇南！」而盛稱之，以為「楊又別和三詞，俱不能勝」。楊夫人曲，佳者固不僅此；她別有一種鮮妍的情趣，纖麗的格調，像：

〔落梅花〕樓頭小，風味佳，峭寒生雨初風乍。知不知對春思念他？背立在海棠花下。

〔又〕春寒峭，春夢多，夢兒中和他兩個。醒來時空床冷被窩，不見你空留下我。

升庵是不會寫作那麼爽雋的曲語的。

李開先（1501～1568）刻元人喬夢符、張小山小令，自稱藏曲最富，有「詞山曲海」之目。然所作卻並不怎樣重要。王世貞謂：「伯華以百闋《傍妝台》為德涵所賞。今其辭尚存，不足道也。」《傍妝台》並有王九思的次韻，皆只是一味的牢騷，像「不拘拘從人喚做老狂夫：笑將四海為杯勺，五嶽作茅廬。消磨日月詩千首，嘯傲煙霞酒一壺。無窮事，多病軀，得支吾處且支吾。」已成濫調，徒拾唾餘，確不足重。他別有曲集，惜未見。《傍妝台》外，《南宮詞紀》（卷五）有他的《詠月》、《詠雪》的「黃鶯兒」二篇，也很平庸。

劉效祖字仲修，濱州人，嘉靖庚戌進士，除衛輝推官。歷戶部員外郎，出為陝西副使。有《短柱效顰》、《蓮步新聲》、《混俗陶情》、《空中語》等集。朱彝尊謂：「副使負經世略，坐計吏罷官。晚寄情詞曲。所填小令，可入元人之室。」然所作流傳甚罕。其《拜年》「堯民歌」：「一個說，現成熟酒飲三杯，一個說，看經吃素剛初一」，寫市井風俗，淺率而真切。像《沉醉東風》：

門巷外旋栽楊柳，池塘中新浴沙鷗。半灣水繞村，幾朵雲生岫，愛村居景緻風流。啜盧仝茗一甌，醉翁意何須有酒。

也是造語坦率不加濃飾的。

馮唯敏最為王世貞所稱許。他道：「近時馮通判唯敏獨為傑出，其板眼，務頭，攛搶緊緩，無不曲盡，而才氣亦足以發之。止用本色過多，北音太繁，為白璧微纇耳。」其所謂「本色過多」，卻便是唯敏的高出處。他的《勸色目人變俗》、《剪髮嘲羅山甫》、《清明南郊戲友人作》等套數，其詼諧放肆，無稍顧忌，正類鍾嗣成的《醜齋自述》，蓋嬉笑怒罵，無不成文章。其小令也自具一種豪爽蕭疏之致，像《朝天子》的《喜客相訪》：

掩柴門不開，有高賢到來，又破了山人戒。斯文一氣便忘懷，笑傲煙霞處。雅意相投，誠心款待，酒瓶幹還去買。你也休揣歪，俺也休小哉，終有個朋情在。

他的曲集有《擊築餘音》和《海浮山堂詞稿》，皆附文集後。其南曲小令，雖多情語，而亦不是粉白黛綠的姿態，像《盹妓》：

〔鎖南枝〕打趣的客不起席，上眼皮欺負下眼皮。強打精神扎賺不的，懷抱著琵琶打了個前拾，唱了一曲如同睡語，那裡有不散的筵席。半夜三更，路兒又蹺蹊，東倒西歆，顧不的行李。昏昏沉沉，來到家中，睡裡夢裡，陪了個相識。睡到了天明，才認的是你。

嘲笑之作，刻劃至此，自不是梁辰魚輩浮泛之作所能做到的。

夏言字公謹，貴溪人。正德丁丑進士，授行人。累遷禮部尚書，加太子太保，入參機務。後罷職，復起為吏部尚書，因河套事敗，棄市（1482～1548）。有《桂洲集》及《鷗園新曲》。在《新曲》裡，不過寥寥十幾套，都是詠歌鷗園的景色和他的閒適的生活的。像《端陽日白鷗園與客泛舟曲》裡的：

〔金錢花〕醉回月滿林塘林塘；籠燈列炬交光交光。歸深院，過迴廊，賓客散，漏聲長。情不極，樂無央。

這一曲，已是他最好的成就了。

同時有夏暘者，字汝霖，亦貴溪人，作《葵軒詞》，後附散曲甚多，其情調也是屬於隱逸豪放一類的。

王世貞《藝苑卮言》嘗載嘉靖間的其他散曲作者們云：「予所知者，李尚寶先芳，張職方重，劉侍御時達，皆可觀……張有二句云：『石橋下，水粼粼，蘆花上，月紛紛。』予頗賞之。」又云：「吾吳中以南曲名者，祝京兆希哲，唐解元伯虎，鄭山人若庸，……陸教諭之裘散詞，有一二可觀。吾嘗記其結語：『遮不住愁人綠草，一夜滿關山。』又『本是個英雄漢，差排做窮秀才。』語亦雋爽。其他未稱是。」今李、張、劉諸氏所作，已不可得見。鄭若庸、陸之裘則尚有若干流傳於世。若庸以作《玉玦記》著名；《北宮詞紀·詞人姓氏》中有其名，卻未見其詞。《南宮詞紀》及《吳騷集》所錄他的南詞也極寥寥。《梧桐樹》套：「忘不了共攜纖手，忘不了西園秉燭遊，忘不了同心帶結鴛鴦扣。」語亦平庸，無甚新警處。陸之裘字箕仲，號南門，直隸太倉人。其南詞也不多見。《南詞韻選》有《江頭金桂》曲：「漫尋思幾遍，終難割斷這姻緣。怎說得空惹旁人笑，若負恩時是負天。」也不怎麼好。

《南詞韻選》所載諸家，尚有顧夢圭、秦時雍、吳嶔、曹大章、張鳳翼、殷都、張文台、周秋汀、陶陶區、劉龍田等，其時代皆在梁辰魚與沈璟間。顧夢圭字武祥，號雍裡，崑山人。所作像《詠雪》的《念奴嬌序》也只是鋪敘雪景，無甚深意。秦時雍字堯化，號復庵，直隸亳州人，喜作詼諧語。「新詞信口歌，好句同聲和。問人生浮雲，富貴如何？鶯花隊裡休嘲我，名利場中且讓他。」這便是他的生活態度罷。吳嶔號昆麓，直隸武進人。沈詞隱評其詞為上上。像《寒夜》的《山坡羊》：「衷情萬疊，難對丫鬟道。淚暗拋，金釵獨自敲，清清細數三更到。」確是很好的情詞。曹大章字一呈，號含齋，直隸金壇人。他的《集賢賓》小令：「人在心頭歌在口，心中意，歌中人知否？春心暗透，到關情秋波欲溜。」此種意境，尚少人道及。張鳳翼的散曲，不似他的劇曲那麼堆砌麗語。像《桂枝香》：「半天豐韻，前生緣；驀然間冷語三分；猝地裡熱心一寸。」《九迴腸》：「一從他春絲牽掛……音書未託魚和雁，凶吉難憑鵲與鴉，成話靶！」都是很近坦率的一流；大約還是他少年之所作的罷。殷都字無美，號鬥墟，直隸嘉定人。他的《二犯桂枝香》：「只落得眉兒上鎖，心兒裡窩，指兒上數，口兒裡哦，這段風流債，今生了得麼？」也很有輕蒨的風趣。張文台名恆純，周秋汀名瑞，虞竹西名臣，陶陶區名唐，皆直隸崑山人。劉龍田不知其名（系書賈，嘗刻《西廂記》？），所作存者並寥寥，且也不很重要，殆和梁辰魚同為崑山腔的宣傳者。

王世貞他自己，名雖見於《北宮詞紀》的「詞人姓氏」及《南詞新譜》的「入譜詞曲傳劇總目」，然未收其隻字。他對於散曲的批評，有時很中肯；所自作，一定也很可注意。惜見於《四部稿》中者不過寥寥數套，未足表現其所得。

與世貞同以詩文雄於一代的汪道昆，他也曾作散曲，《北宮詞紀》嘗載其《歸隱》（南北合套）：「早歸來遙授醉鄉侯，更無端病魔迤逗」，也只是熟套腐調。

徐渭的《四聲猿》流傳最廣，得名最盛，然其散曲卻更不見一令一套的存在；這也許是我們很大的損失。王伯良《曲令》云：「吾鄉徐天池先生，生平諧謔小令極多。如……《黃鶯兒．嘲歪嘴妓》：『一個海螺兒在腮邊不住吹，面前說話，倒與旁人對』等曲，大為士林傳誦，今未見其人也。」按今所見《嘲妓》的《黃鶯兒》，凡二本，一見《南宮詞紀》，題孫伯川作；一見《浮白山人雜著》（？）中，皆無伯良所引諸語，可見其必為擬曲，非文長作（此二本所錄《嘲妓》的《黃鶯兒》，相同者頗多，似即同出一源），而文長作今反不傳。

三 《吳騷集》與《吳騷二集》中的典雅派詞人及其作品

王穉登、張琦二人在萬曆甲寅（四十二年，西元 1614 年）所編的《吳騷集》，未錄沈寧庵所作隻字片語；後三年，張琦、王輝復編《吳騷二集》，寧庵之作，入選者也僅《惜春》的《集賢賓》「枝頭幽鳥」等二曲。可見當時的詞人們和蘇州沈氏，原是很隔膜的。其作風也不甚同。寧庵重本色，而百穀諸人側仍保守著梁辰魚《江東白苧》所留下的傳統的典雅的特質。蓋道不同不相為謀也（《吳騷二集》惜未見）《吳騷集》的作者們，除已見於前的諸家外，復有李復初、陸包山、王雅宜、許然明、梅禹金、王百穀、張琦及二酉山人等；《吳騷二集》復有范夫人、吳載伯、錢鶴灘、凌初成、杜圻山、清河漁父、蔣瓊瓊、謝雙、張少谷、沈寧庵、漁長、陳海樵、吳無咎、周幼海、張孺彝、景翩翩、宛瑜子、張伯瑜、揭季通等。惜餘所見《吳騷二集》缺其後半，故自謝雙以下，其詞無從得見。凌初成在此已嶄然露頭角。王輝、張琦皆武林人，故所選也獨詳浙人。這些人大都皆未受沈璟的影響者；他的影響，要到了天啟、崇禎間方始大著。

李復初未詳其裡居。《吳騷》錄其《漁父》：「恨只恨難逢易別」一闋，是很露骨的情詞。陸包山名治，他所作，《吳騷》及《二集》各錄一闋；像《畫眉序犯二郎神》：「煙暖杏花明，芳草東風燕子輕，羅袖上傷春數點啼痕」，是如何的逼肖《江東白苧》的作風。王雅宜名寵，直肅蘇州人（1494～1533）。《吳騷》兩集，錄其曲獨多。像《香遍滿》：「一春長病，香肌近來偏瘦生。簾外鶯啼春又盡，薄情何處行」；《傍妝台》：「無睡數流螢，乳鴉啼散玉屏空。舞衫清露涼金縷，層樓十二與誰同」；《步步嬌》套：「睡起嬌無力，窮愁莫可當。聽丁冬風韻簾鉤響，清溜溜竹筴茶煙漾，碎紛紛日映晴絲蕩；混攪碎離人情況；總有良工，畫不出相思模樣」；在典雅派的作家中，他的許多曲，確可算得是很鮮妍很新警的，故選家是那麼的喜愛她們。

許然明也未知其裡居，今見《步步嬌》：「簾卷西風重門掩」一套，無甚可觀。梅禹金以作錯彩鏤金的《玉合》著；他的散曲自也不會離開典雅派的門戶的。但像「傍人計，隨他舌劍唇槍利，怎忍得耳畔心頭生是非。」究竟和《玉合》之無句不儷、無語不典者有別。大約散曲的作用，多半供用於妓院、歌宴之間，其辭句總不能十二分的太費解的。

王穉登列名於《吳騷集》的編者們，而自作也登入不少。實際上此集本或系張琦所編而借重其名的罷。他所作也是典雅派的正統弟子的面目（1535～1612）。像《醉扶歸》：「相思欲見渾難見，果然是別時容易見是難」；《步步嬌》套：「自別，逢時遇節，冷淡了風花雪月，奈愁腸萬結」；《月雲高》：「別情無限，新愁怎消遣！沒奈何分恩愛，忍教人輕拆散」等等，都是實際上的歌宴上的應用曲子罷。張琦，武林人；所作僅見《八不就》一套：「海棠開，燕子初來。都只為一點春心，番成做兩下下上愁懷」，並沒有什麼新鮮的情調。二酉山人不知其名（或作馮二酉），其典像《斗寶蟾》：「兩字鴛鴦惹心頭，夢裡多少牽纏」；《普天樂》：「對西風愁清夜，燈兒影半壁明滅。」也都是典雅派的作風。

《二集》裡的范夫人，為這時代女作家中的最重要者之一，和楊夫人殆是雙璧。夫人為吳郡范長白妻，姓徐，名淑媛，著有《緯絡吟》。她的《寒夜書愁》（《仙呂．桂枝香》套）：「聽簾鈴逗風，恍一似舊日笙歌雅調，更添我迴腸縈繞。轉眼總虛飄，池館人歸後，朱門氣寂寥……耽沉痾倩誰相告？著冷暖有誰相勞？空自旅魂銷，泣盡燈前淚，家園已棘蒿！」如泣如訴，殆是《吳騷》中最淒涼之一曲。蔣瓊瓊亦為當時女流作家之一，所作《桂枝香》的《四時思》及《曉思》、《夜思》的六令，很有好句。玩其辭意，當為一妓女；語多拘謹而本色，或為自抒本懷之作而非代筆的罷。

澄湖如鏡，濃桃如錦；心驚俗客相邀，故倚繡幃稱病。一心心待君，一心心待君。為君高韻，風流清俊。得隨君半日桃花下，強如過一生。

——《春思》

錢鶴灘名福，所作《春閨》的《步步嬌》：「萬里關山音書斷，阻隔南來雁」，見於《吳騷》。杜圻山，吳人。吳載伯及清河漁父等皆未知其裡居。載伯《冬思》（《普天樂》）：「前生緣，今生契；遭磨折，成拋棄。」（《吳騷》並載其《春思》、《夏思》、《秋思》及《思情》等套。）圻山的《春思》（《駐雲飛》）：「減盡朱顏，無奈相思」，和清河漁父的《步香詞》二闋，其作風都顯然可看出是典雅派的。

凌初成（名濛初，吳興人）。編《南音三籟》，將南詞分為三等而品第之，又崇尚本色，棄去浮辭，都是顯然的受有沈璟的《南詞韻選》的影響的。其《夜窗對話》的《新水令》南北合套，曲寫情懷，頗非浮泛之作。張琦謂：「餘於白下，始識初成，見其眉宇恬快，自負情多。復出著輯種種，頗有謔浪人寰，吞吐一世之概。」像「你為我把巧機關脫著身，你為我把親骨肉拚的離」云云，確有他所崇尚的《掛枝兒》、《山坡羊》等民曲的風趣。

張伯瑜、張少谷、吳無咎、周幼海、張孺彝、宛瑜子諸人所作，我們雖因《吳騷二集》的殘缺而未得見，然嗣刊之《彩筆情辭》、《吳騷合編》、《詞林逸響》、《太霞新奏》中亦皆選錄他們之作，殆皆從《吳騷》轉錄。他們的作風也都是屬於典雅派的。

陳海樵的散曲，見於《南宮詞紀》者較多；《吳騷二集》（卷三）所載僅《夜思》：「黃昏後，鼓一更」一套（見目錄）。海樵，名隺（見徐渭《自訂畸譜》及王氏《曲律》）浙江人。其作風，也是拘拘於典雅派的。像《春怨》（《桂枝香》）：「半庭殘雨，一簾飛絮，去年燕子重來，今日那人何處。」

四 南宮詞人及其作品——金陵詞人的文學成就與典雅派的特色

金陵陳所聞編的《北宮詞紀》刊行於萬曆甲辰（即三十二年，西元 1604 年）；《南宮詞紀》刊行於萬曆乙巳（即三十三年）；較《吳騷集》的出現還早十年。所聞在《南宮詞紀・凡例》上說道：「凡曲忌陳腐，尤忌深晦；忌率易，尤忌率澀。下里之歌，殊不馴雅。文士爭奇炫博，益非當行。大都詞欲藻，意欲纖，用事欲典，豐腴綿密，流麗清圓；令歌者不噎於喉，聽者大快於耳，斯為上乘。」這種見解便是典雅派的正式宣言！所謂「下里之歌」，真不知被埋沒了多少！唯他所選，不僅以「思情」為限；有遊覽，有宴賞，有祝賀，有寄答，有旅懷，有隱逸，有嘲笑。故趣味也比較的複雜：「有豪爽者，有雋逸者，有淒惋者，有詼諧者。」

在這兩部南、北宮《詞紀》裡，除開前人所作者外，當代詞家之作，殆全以所聞他自己的友朋們為中心；易言之，可以說是所聞及其他金陵詞人們的總集。非金陵人所作，亦有選入者；然多半亦為所聞輩的友朋或大名家們。

周暉的《金陵瑣事》敘述金陵詞人之事最詳。於陳鐸、徐霖、金鑾諸大家外；別載陳全、馬俊、史痴、羅子修、盛鸞、邢一鳳、鄭仕、胡懋禮、杜大成、王逢原、沈越、盛敏耕、高志學、段炳、張四維、黃方胤諸人（《續瑣事》亦載數人）。其時代有在弘、正間者；其作品，南、北宮《詞紀》及他書所未載者亦多。南、北宮《詞紀》所載金陵詞人們更有在此以外者，殆皆所聞同時的交遊。像倪民悅、李登、黃祖儒、黃戌儒、孫起都、皮光淳以及中山王孫徐唯敬等，都是和所聞相酬和的。休寧汪廷訥那時也住在南京，他以財雄一時；儼然有和徐唯敬同為他們的東道主之概。

馬俊、史痴諸人之作，惜不得見。「陳全秀才有《樂府》一卷行於世，無詞家大學問，但工於嘲罵而已。」（周暉語）《北宮詞紀》雖載其名於詞人姓氏，然未錄其所作。偶見萬曆版陳眉公編（即胡文煥編）的《遊覽粹編》（卷六），卻發現他的嘲罵式的小令好幾首，頗為快意！但他所作，實在有些刻劃過度，不避齷齪；像詠「禿子」的《雁兒落》：「頭髮遍週遭，遠看像個尿胞，如芋苗經霜打，比冬瓜雪未消。有些兒腥臊，又惹的蒼蠅鬧鏖糟，只落得不梳頭鬧到老。」

邢一鳳字伯羽，號雉山，官太常；「所填南北詞，最新妥，入絃索。」像《燕山重九》：「幾回搔短髮，晚風柔，破帽多情卻戀頭。」實在也不過是穩妥而已，無甚新意也。胡懋禮名汝嘉；所作像《夏日閒情》（《高陽台》套）：「出谷鶯啼，穿簾燕舞，」也多套語，未足見其有異於時人。盛敏耕字伯年，號壺林，為盛鸞子。鸞有《貽拙堂樂府》，惜一篇不傳。敏耕友於陳所聞，其曲像《陳藎卿卜築莫愁湖》：「小小蝸廬，半畝春蔬千頃雨，瀟瀟蓬戶，萬竿修竹一床書」云云，亦只是辦得平穩無疵。朱蘭嵎云：「盛仲交（鸞字）以倚馬之才，寄傲詩酒；而長公亦復豪俊如此。惜皆淪落，不偶於時。」高志學（《南宮詞紀．詞人姓氏》作承學），號石樓，「秀才，工小令」。常與李登相唱和。杜大成號山狂，為陳所聞友人；有《九日同陳藎卿南鄭眺遠》一曲，見《北宮詞紀》。張四維號午山，秀才，有《溪上閒情》；而《北宮詞紀》所載，則僅《秋遊莫愁湖因過陳藎卿看菊》一曲耳。黃方胤的雜劇，今存者不少，唯其《陌花軒小詞》則今未見。

倪民悅號公甫，亦秣陵人，官縣尹。有《合歡》的《新水令》一套，見《北宮詞紀》。李登號如真，應天上元人。他的曲有《題澗松晚翠》等，見《南宮詞紀》。

黃祖儒、戍儒二人，疑為兄弟輩。祖儒號叔初，戍儒號參鳳。叔初所作，南、北宮《詞紀》所載甚多，而無特長；參鳳之作，《南宮》所載雖僅寥寥數篇，而像《嘲蚊蟲》的《黃鶯兒》：「我恰才睡醒，他百般做聲，口兒到處胭脂贈」，在詠物曲中卻是上乘之作。

東西。

皮光淳號元素，應天人。他的《溪上臥病》（《步步嬌》套），把很少人顧問而應該寫得有點新意的東西，卻給糟蹋了。孫起都號幼如，亦為應天人。所作《代妓》四首（《金落索》）只是摭拾浮辭以成之的東西。

中山王的後裔徐唯敬，號惺予。有很大的園林在南京，所以常成為文士們宴集之所。他也會寫些散曲，有《秋懷》的《二郎神》套，見《南宮詞紀》。汪廷訥雖是安徽人。也有很幽靜的花園在秣陵；他似是一位多財善賈的人。故周暉頗攻擊之（見《金陵瑣事》）。然陳所聞則和他關係甚深。他所作散曲，《南宮詞紀》所錄，皆泛泛應酬之作；其見於《環翠堂集》者，也都不是從真性情裡流露出來者。《南詞》所載徽州詞人，尚有程中權（名可中）、王十嶽（名寅）二人，殆亦系廷訥同時人。十嶽有《訪汪伯玉歸穩》的《黃鶯兒》一闋；他和汪道昆當有相當的友誼。

陳所聞他自己似是一位最健筆的作曲者。據周暉所言，汪廷訥的劇本，幾皆系攘竊他之所作者；而南、北宮《詞紀》裡，他自己之作所載也獨多。他寫了不少「即興」的歌曲，應酬的令套，那些，當然不容易寫得出色。他嘗作《述懷》（《解三酲》套）：「對西風把行藏自省，嘆年來百事無成。蕭條一室如懸磬……《蓼莪》篇玩來悲哽，寂寞了萱室椿庭」；幸而有賢妻，甘貧食苦，伴他病軀；而「年過半百，蘭夢無徵」。他家庭是那樣的清寒與孤寂。而他的生活便「只落得床頭濁酒，筆底新聲」。將劇稿售給了富翁之事，在他或者會這麼辦。他受梁辰魚、鄭若庸諸典雅派作家的影響過深，故類我浮辭綺語，罕見精悍之作。

這一班金陵詞人們，其作風大體也都是這樣的。他們流連於遊宴，沉酣於詩酒，傾倒於戀情的遭遇，這樣便是一生。所謂「不得志於朝廷」的一生，便是這樣的消磨過去。一時強而有力者，也便樂為他們的東道主。故雖窮，而文酒之宴，卻似無虛日。最盛大的一會，為齊王孫國華所主持，至有二百文人，四十名妓，同時集於回光寺。萬曆初元的詞壇，便是在這樣的環境之中孵育而成的。

《南宮詞紀》載高瑞南之作最多。瑞南名濂，號深甫，浙江杭州人，即有名的《玉簪記》的作者。他所作曲，為典雅派最高的成就；圓瑩而不流於滑，綺膩而不入於板；以他較梁辰魚，他似尤高出梁氏一著。像《代妓謝雙送別》：「此夜人黯黯，離愁心上忍。寒雞殘月，似妒我衾綢緣分。三唱聲沉影一痕，報曉窗鵲傳初信」；《斷弦愁》：「窗前花褪雙頭朵，枕邊線脫連珠顆。又早扇掩西風泣素羅……早受用些夢魂寂寞，鬥心兵戟與戈；愁營怨陣幾時和，恨殺是冤家誤我，賺得人那裡去開科」；《四時怨別》：「心牽掛，滿前春色落誰家？我的病也因他，愁也因他；病和愁都在斜陽下」；都是很新鮮的。

作《錦箋記》的周履靖，號螺冠，又號梅墟，也有好幾闋散曲，見於《南宮詞紀》。像《詠風》：「隔簾時見柳絲搖，臨軒乍遞歌聲到」；《帶雨鳴珂》：「巖花搖落東風冷，頃刻山光暝蒙，鳩藏樹鳴，遠岫君嶙黰黰雲遮映，濛濛甘霤傾，為採薪荷笠登山嶺」；都是寫得很新妍可愛的。

史叔考之作，《南宮詞紀》裡也載得很多。為徐文長的門人，作劇曲十餘種；又有散曲集《齒雪餘香》，惜皆不傳；即見存者觀之，那麼清雋駿逸的歌曲，確是這個庸腐的時代的珍品。像《旅思》：「敲冰進舫，正瑤天忽漫飛雪。兩岸荻蘆，風打梢折，見漁火乍明滅，在江心也，萬頃波濤平貼，暗敲篷時聽風葉敗。寒已冽，香到梅花船未歇。欲向那酒家沽酒，指尖兒瓶冷難挈」；《醉羅歌》：「難道難道丟開罷！提起提起淚如麻。欲訴相思抱琵琶，手軟彈不下！一腔恩愛，秋潮捲沙，百年夫婦，春風落花，耳邊廂枉說盡了從話！他人難靠，我見已差，虎狼也狠不過這冤家！」都是能夠另出新意，以自救出於塵凡的熟套裡的。

顧仲方的散曲，《南宮詞紀》裡只選《詠芙蓉》一套；他的《筆花樓新聲》也不過八套；所作多凡庸，無甚新的情境。唯《新聲》所附插圖，出於仲方自筆，頗可珍貴。仲方名正誼，直隸松江人。和陳眉公、王百穀皆有交誼。工於畫，甚有聲於當時。

胡文煥號全庵，浙江錢塘人，編刻《格致叢書》，甚有名。他的散曲，《南宮詞紀》只有一闋；他處更渺不可得。唯《遊覽粹編》所錄獨多：題為《警悟》（《清江引》）的凡十二首，題為《道情》（《浪淘沙》）的亦十二首；《南紀》的《秋思》（《駐雲飛》），「玉露金風，一枕淒涼」還不在其中。這些「警悟」，都是「歸田樂府」的同類。但像：

> 鐘送黃昏雞報曉，世事何時了！春來草再生，萬古人空老。好笑他忙處多，閒處少。
>
> ——《警悟》

那麼直捷的教訓意味的歌詞，在散曲中卻還不多。他殆是曲中的王梵志一流人物。

在南、北宮《詞紀》裡的詞人們，尚有王仲山（名問，直隸無錫人）、范晶山、朱長卿（名世徵，崑山人）、茅平仲（名溱，鎮江人）、湯三江（江陰人）、孫百川（名樓）、費勝之（名廷臣）、蘇子文、王玉陽、晏振之、武陵仙史（應天人）、趙南星、孫子真（名湛，新都人）等。王玉陽即王驥德，所錄《十二紅》（《紀情》）一套，亦見《太霞新奏》。蘇子文的《集常談》的《黃鶯兒》五曲，乃是《南紀》中最重要的數據之一，姑舉其一篇。

現世報，活倒包，過了橋兒就拆橋。人牢物也牢，心高命不高。湯澆雪，火燎毛；窮似煎，餓似炒。

其餘諸家，都不怎麼重要。可以不必詳講。但這時代尚有幾個散曲作家，有曲集流傳於世者，卻不能不於此一提及。

趙南星字夢白，號清都散客，高邑人。萬曆甲戌進士，除汝寧推官，累遷吏部尚書。以忤魏忠賢謫戍代州（1550～1627）。有《趙忠毅集》及《芳茹園樂府》。（《北宮詞紀》只載其曲一套。）高攀龍謂：「儕鶴先生為小詞，多寓憂世之懷。酒酣令人歌而和之，慷慨徘徊，不能自已」《列朝詩集》謂：「鄉里後進，依附門下，已而奔趨權利，相背負。酒後耳熱，戟手唾罵，更為長歌、小詞、瘦語、吳歌、《打棗竿》之類以戲侮之。」在《芳茹園樂府》裡，確多慷慨雄豪之作，像《點絳唇》套的《慰張鞏昌罷官》：「你休怨烏台錯品題，也休道老黃門不察端的；從來讒口亂真實，辜負了誓丹心半世清名美。也只因逢著捲舌一點官星退。他只道是貓兒都吃腥，是鴉兒一樣黑。已做到五馬諸侯位，那裡有不散的筵席！」但也有最潑辣精悍的情歌，在別的曲集裡決難遇到的，像《鎖南枝半插羅江怨》：

非容易，休當耍！合性命相連怎肘拉，這冤家委實該牽掛。除非是全不貪花，要不貪花，誰更如他；既相逢怎肯幹休罷。不瞧他，眼怕睜開；不抓他，手就頑麻。見了他歡歡喜喜無邊話；一回家埋怨蒼天：怎麼來生在煙花！料麼他無損英雄價。

其他像《銀鈕絲》五首，《鎖南枝》二首，《折桂令》（《永平賞軍作》）二首，《一口氣》二首，《山坡羊》四首，《玉胞肚》五首，《喜連聲》六首，《劈破玉》一首，哪一首不是精神虎虎，爽脆異常。這樣的單刀直入的情詞，真要愧死梁伯龍輩的忸怩作態，浮泛不切的戀歌了。如他那麼善用《銀紐絲》《劈破玉》、《山坡羊》的俗曲者，馮夢龍的《掛枝兒》外，殆未見其匹。然而三百餘年來，除陳所聞登入他的一套外，選家幾曾留意到他！在典雅派的黴腐氣息的壓迫之下，如他這種的永久常新的活潑潑的東西，自是不易脫穎而出的。

朱應辰的《淮海新聲》，明、清選家，似亦不曾見到過。應辰字拱之，一字振之，累舉不第，貢入太學。有《消遙館集》。其曲亦豪爽放蕩，似馮唯敏諸人之所作。像《啄木兒》：「那巢由可笑，他把天下將來當什麼」，其氣魄不為不偉大。

圻山山人的《三徑閒題》，刊於萬曆戊寅（六年，即西元 1578 年），首有王百穀序。此書很可怪，於自作的《黃鶯兒》的《詠花》一百三首，《雜詠》二十九首，又《閒居》一套，《遊春》，《題風花雪月》，《題虎丘》等作外，別於下卷附刻張伯子、梁伯子「新詞」數套，又附刻「前人名詞」，如唐六如、祝枝山、王尚書、陳翰林之所作若干套。他自稱勾吳圻山山人。百穀序云：「太醫杜夫子，善能詩，有雋才。家擅園池之勝，香草美箭，燦然成蹊。君對之脩然樂也。莫不倚而為曲。細而禽蟲花竹，大而寒暑四時，風雲月露之變幻，芳辰樂事之流連，一觴一詠，積之青箱，於是蓋盈卷矣。」此杜圻山，自即《吳騷二集》的杜圻山無疑。然《吳騷》所錄《駐雲飛》一曲，又不見於是書；則圻山之曲，佚者當亦不少。這書所錄唐六如、王尚書等之作，也多未見於他選者，頗可珍視。

陳繼儒有《清明曲》，見於《寶顏堂祕笈》，僅寥寥數頁，且僅《清明曲》一套耳，不能成一帙也。此曲殊平庸，無可注意。

袁宗道也善於詞曲，然所作罕見。其弟小修的《珂雪齋隨筆》嘗載他的《一枝花帶折桂令》的《自壽》曲：「秋風高掛洞庭帆，夏雨深耕石浦田，春窗飽吃南平飯，笑冬烘歸忒晚，明朝已是三三。」其作風還是鄰於前期的豪放。

騎蝶軒「祕選」《情籟》，首有陳眉公序，當亦萬曆間所刊。其中所選張葦如、伍灌夫、余王公、姚小涞、扶搖五人的散曲，確都是他選所未入錄的「祕」物。然其作風卻全都是很凡庸的。

五　沈璟及其後人的詞曲創作與情感表達

沈璟開創了另一派的作風：他反對陳腐，他要拋卻貌為綺麗而中實無所有的陳調；他推崇本色，要以真誠的面目與讀者想見，而不想用濃妝巧扮的人工來掩飾凡庸。然而他是失敗的。典雅派的勢力實在太大了。連他自己也不期然而然的捲入他們的狂濤之中。凌初成也在狂叫著「本色」，然而他也同樣的失敗了。原因是：劇曲的本色，尚易為世人所了解，所以沈氏於此還得到若干的成功；而於散曲求本色，則實在太難了。能達到民歌中的《掛枝兒》、《銀紐絲》的程度，已是不易。（沈璟的能力實在夠不上追摹民歌。）而《掛枝兒》、《銀鈕絲》卻正是典雅派之慾以萬鈞之力排斥之於曲壇之處的東西。沈氏既沒有趙南星、馮夢龍那麼大膽，他便只好停止在中途了。「畫虎不成反類犬」，他的散曲便成了十分淺凡的東西。然而沈氏多才，寧庵闢地於此，一大串的沈氏詞人們便都也隨之而定居於此，其成就盡有高過寧庵若干倍以上者。

寧庵的散曲集，有《情痴囈語》，《詞隱新詞》，及《曲海青冰》。《青冰》全是翻北為南之作，吃力不討好，和李日華翻《西廂》同樣的失敗。其自作之曲，情詞最多，亦間有很蒨秀者，像《偎情》（《四時花》套）：「當初戲語說別離，道伊口是心非。誰料濃歡猶未幾，恁下得霎時拋棄！千央萬浼，但只願休忘前誓。我雖瘦矣，再拚得為伊憔悴。」

寧庵的仲弟瓚，字子勺，號定庵，從弟珂，字祥止，號巢逸，也皆能作曲。子勺的曲子，見於《太霞新奏》者不少。他亦喜翻北詞，足見其情思的枯澀。巢逸詞僅見《南詞新譜》，倒頗有些本色的傾向。

寧庵諸從子，天才皆遠出他之上，所成就也更高，像自晉、自徵、自繼，都是很高明的詞人。自繼字君善，別號礙影生；自徵字君庸；自晉字伯明，一字長康，號西來，別號鞠通生。自晉、自徵，於劇曲造詣甚深。香月居主人云：「詞隱先生為詞家開山祖。伯明其猶子。其諸弟則平、君善、君庸，俱以詞擅場，信王、謝家無子弟也。」而伯明尤為白眉。他編《南詞新譜》，儲存了不少明末的文獻。他的散曲，有《賭墅餘音》、《黍離續奏》、《越溪吟》、《不殊堂近稿》等。今見傳者僅《黍離續奏》、《不殊堂近稿》及《越溪新詠》三集。《續奏》為甲申以後作，《新詠》為丁亥以後作，皆他晚年之作也。而他的作風也以晚年所作為最蒼老淒涼，豪勁有力；若庖丁之解牛，迎刃而解，不求工而自工。在曲子裡，像這樣的感亂傷離的情調，最為罕有。像《再亂出城暮奔石裡問渡》：

〔漁家傲〕昨日個門雪梅花遍野芳。恰才的酒泛瑤樽，歌翻豔腔，夜月暗香幽棲徑。驀逢塵揚，疾忙走身脫危城，又驚喧烽起戰場，怎知他燕雀嬉遊嘆處堂！〔剔銀燈〕回頭看，風鶴盡影響。泥踏步，任把腳蹤兒安放，急打點帶著一家忙趨向。急竄逃，再免一番幾摧喪。昏黃，花月盡慘，草莽處潛跡，只

索在路旁。（下略）

甲申三月作的《字字啼春色》套（見《新譜》）尤為悲憤之極：

〔轉調泣榴紅〕雄都萬年金與湯，更何難未雨苞桑。奈養軍千日都拋向，說甚輸攻墨守無傷。……

〔雙梧秋夜雨〕酬恩事已荒，報國身何往！死矣襄城，血濺還爭葬。（下略）

充分的表現當時士大夫身丁家難的態度。君庸、君善的所作，皆見《南詞新譜》及《太霞新奏》。他們的作風，都是以雋語來儲存了「本色」的，所作雖不多，而都是上乘的篇什，像君善的《自題祝發小像》：「慢延俄，有口渾如鎖。猛端相，曾經認哥。兩頭蛇，撮空因果，三腳驢，撒謎禪，那窮窯幾陣風吹墮。纏腿帳派誰擔荷，看掂播，依然暈渦。休待要瞞人，打破少鍋。」那樣潑辣辣的以真正的口語自抒所懷，是同時所罕見的。則平未知其名，詞多見《太霞新奏》。

第三代的沈氏子弟，會作曲的也不少。如自晉子永隆（字治佐），君善子永啟（字方思，號旋輪），詞隱孫繡裳（字長文，一字素先），詞隱侄孫永馨（字建芳，別號篆水），又從孫憲（字祿天，號西豹），自晉侄永瑞（字雲襄），又同輩永令（字一指，一字文人）。第四代的自晉侄孫辛杼（號龍媒），世楙（字旃美，號初授），也都善於作曲（皆見《南詞新譜》）。又有沈昌（號聖勷），沈非病（有《流楚集》），當也都是他們的一派；而其本邑同宗沈君謨（號蘇門，作傳奇《丹晶墜》等，散曲集名《青樓怨》）及沈雄（號偶僧，作《古今詞話》），也都是作曲的能手。

不僅子弟為然，即詞隱季女靜專（字曼君，著《適適草》），巢逸孫女蕙端（字幽芳，適顧來屏），也都是很不壞的女流曲家。而蕙端婿顧來屏，作《耕煙集》，雋什也不少。來屏還作傳奇幾種。他本為卜大荒甥，故於曲學也頗有淵源。

但可怪的是，沈家諸子弟，對於詞隱的詞律，個個人都不敢違背；然對於他的崇尚「本色」的作風，卻沒有一個能夠徹底服從的。典雅派的力量壓迫得他們不得不向著更雄偉的一個呼聲：「守詞隱先生之矩矱，而運以清遠道人之才情」走去。故詞隱的影響只是曲律一方面，其作風的跟從者卻很少，特別在散曲上。

吳江人善作曲而見收於《新譜》者有高鴻（字雲公，號玄齋），尤本欽（號伯諧，著《瓊花館傳奇》），顧伯起（字元喜，大典侄孫），吳亨（字士還），梅正妍（號暎蟾）等。松江近於蘇州，受其影響是當然的；故當時松江曲家也甚多。見收於《南詞新譜》者有張次璧（名積潤），宋子建（名存標，別號蒹葭秋士），宋尚木（名徵璧，別號歇浦材農），宋轅文（名徵輿，別號佩月主人），陳大樽（即子龍，字臥子）等。大樽散曲最罕見，《新譜》所載《詠柳》套的《琥珀貓兒墜》一曲：

> 奈成輕薄，又逐曉雲回，盡日空濛吹絮未？一江搖曳化萍飛。相疑：尚是春深，暗驚秋意。

也還是不壞的典雅派之作品。

卜大荒之作，見於《太霞新奏》者不少。大荒和呂天成二人殆是最信從詞隱之說的。香月居主人云：「大荒奉詞隱先生衣缽甚謹，往往紬詞就律，故琢句每多生澀之病。」為了翻北為南的風氣開於詞隱，故大荒也多此類公開的剽竊之作，較他所創作的更不足道。

六　明末曲家中的王驥德、馮夢龍、凌濛初、沈璟，以及施紹莘的詞曲創作與影響

明末曲家，自以王驥德、馮夢龍、凌濛初為三大家；沈家自晉、自徵亦傑出群輩。然能脫出窠臼，自暢所懷，高視闊步，不主故常者，卻要推異軍蒼頭突起的施紹莘。

王驥德貌似服從詞隱，實則他卻為復歸「典雅」運動的最有力的主持者。他的《方諸館樂府》雖不傳，然所作見於《新譜》、《新奏》者尚可輯成一帙。自晉和夢龍（即香月居主人？），都絕口讚頌他。其實，他於熟諳曲律外，也只能辦到綺麗二字，並沒有什麼了不起的成就。像《寄中都趙姬》套：

〔小桃紅〕轉頭來，春光瞥；屈指處，秋風歇。從教捱到芙蓉節，多應咒破丁香舌。情知難過梅花劫，悔當初輕散輕別。

也少新警之語。唯他「思情」以外之作，像《酬魏郡穆仲裕內史》一類的東西，卻頗有些高曠的意境，少相因相襲之病。像之套：「白眼看青天，悠悠更誰同調相憐」，起得便很疏放；「西園好風似剪，初調笑紅牙錦籤，當場肝膽投一片」以後，也都還惆悵雄壯。他是最崇拜臨川的，為才力所限，故所成就僅止於此。（臨川散曲，片字只語不傳，最為憾事！）

馮夢龍之服膺詞隱訓條，較伯良為真摯。他嘗訂正詞隱的《南九宮譜》，多增古作，是為他崇尚本色之證。（此譜惜不傳。）而由愛好《掛枝兒》一類的民歌上，也可以知道他是一位不甚為庸腐的「典雅」之作所沉醉的人。他的《掛枝兒》，流傳最盛；這本是擬作或改作，大類「以南翻北」的把戲。然為了此類

民歌的內容過於新妍，略經點綴，便成絕妙好辭。王伯良《曲律》云：「小曲《掛枝兒》即《打棗竿》，是北人長技。」然夢龍傳布之於南，而南人卻也無不為之心蕩神醉者。劉效祖已擬過《掛枝兒》，然不甚有影響。「馮生《掛枝兒》」刊布，其影響始大。其中像《噴嚏》：

對妝台忽然間打個噴嚏，想是有情哥思量我寄信兒。難道他思量我剛剛一次！自從別了你，日日淚珠垂。似我這等把你思量也，想你的噴嚏常如雨。

據說這一首乃是夢龍自己的創作。詞隱一生鼓吹「本色」，其實他何嘗夢見此種真實的絕妙好辭。他向元曲中討生活，而夢龍則向活人的歌辭裡求模範，其結果遂以大殊。夢龍的散曲別有《宛轉歌》一集，亦多真率異常的情語，像《有懷》（《集賢賓》套）：

相思一日十二時，那一刻不相思！問往事，相問誰可似？演將來有千段情詞。任你伶牙俐齒，說不透我胸中一二。衫淚漬，從別後，到今不次！

而小令尤多佳什，像《江兒水·留客》：

郎莫開船者，西風又大了些。不如依舊還儂舍。郎要東西和儂說，郎身若冷儂身熱。且消受今朝這一夜。明日風和，便去也儂心安貼。

又像《玉胞肚·贈書》：

頻頻書寄，止不過敘寒溫別無甚奇。你便一日間千遍郵來，我心中也不嫌聒絮。書啊，你原非要緊的東西，為甚你一日遲來我便淚垂！

《掛枝兒》的風趣，刻骨銘心，拂拭不去。《太霞新奏》評夢龍作，云：「子猶諸曲，絕無文彩；然有一字過人，曰：真。」這確是一言破的。

施紹莘字子野，號峰泖浪仙，華亭人。有《花影集》。《南詞新譜》錄松江人之作甚多，獨不及子野隻字；《太霞新奏》諸書也未見他的曲子一篇。他在當時可謂是「不入時流眼」的一位特立獨行之士了。而他的曲子也便是那麼樣的瀟灑超脫，別有境地，和時人之濃豔及粗率的不同。他的性格，是孤獨的文人的典型。他耽於幻想，習慣了孤僻的生活。而過於閒暇的公子哥兒的環境，屢試不酬的一段磊落不平之氣，更迫他走上自我欣悅的一條路上去。「峰泖浪仙行吟山谷，盤礴煙水，如槁木，如寒灰，我喪其我，不知我為何等我也。一日，刺杖水涯，撥苔花，數遊魚，藻開萍破，見耳目口鼻，浮浮然在水面焉。因自念言：此是我耶？抑是影耶？影肖我耶？我肖影耶？我之為我，亦幻甚矣！」（《花影集．自序》）這還不逼像馮小青、那克西斯（Narcissus）的顧影自憐麼？這樣的性格，便到處表現於他的曲子裡。若《送春》、《感梅》、《佞花》、《惜花》諸曲，殆無不是劉希夷《白頭吟》、《紅樓夢》林黛玉《葬花詞》的同類。

——《佞花．鎖南枝》套

願輕輕雨灑，願輕輕雨灑，洗妝抹黛，蕭然標韻風塵外。願微微風擺，願微微風擺，韻臉笑微開，波俏世無賽。願疏疏月曬，願疏疏月曬，清影逗香階，永伴佳人拜。

把酒祝花神，願先生粗不貧，酒錢猶可支花信。新茶正新，醇醪正醇，藤花竹筍剛肥嫩。綺筵成，飛籤召客，珠履破花痕。

——《花生日祝花‧黃鶯兒》套

他也有極自然高邁的篇什，像《吟雪》：「寒酸味，煨芋魁，烘棉被，天明一覺呵呵睡。人間尚有鶉衣碎，幾處繩床赤腳眠，於中不要豐年瑞。」「一杯麥飯粗歡喜，人間尚有瓶無米，幾處詩人得句時，貧家何限淒涼淚。」像《黃鶯兒》：「晚晴脫帽科頭處，棗花兒漸疏，茭簪兒漸粗，嘗新蠶豆猶微苦。杖間扶，看頑童好事，帶雨刻桃符。」極新警香俊的辭句，像：「討得個風回門自關，霧溼弦初劣，火歇衣剛燥」像「淡睃睃秋水和眉皺，把俺骨髓春風燻透。」像「牽絲意緒多，落瓣衣裳換，晚妝出來全帶軟。」「芳心未明還半卷。」我們可以說那樣的風趣，是「時人」所不易了解的。明曲中，田園的風趣最少，而子野曲中則獨多。這也是使他風格與眾特異的一點。陳眉公說：「子野才太逸，情太痴，膽太大，手太辣，腸太柔，心太巧，舌太纖，抓搔痛癢，描寫笑啼，太逼真，太曲折。」或正足以抓搔著子野的痛癢處。

同時俞琬綸、袁於令、徐石麒、黃周星、張瘦郎、王屋等，也有曲子流傳。唯都不甚重要。琬綸字君宣，長洲人，萬曆癸丑進士，官衢州西安知縣，有《自娛集》。他的散曲，知音者每譏其出調落韻，唯也嘗加以改作，蓋取其內容也。（見《太霞新奏》）袁於令散曲，極罕見。《太霞新奏》嘗載他的《代周生泣別阿蟬》一套，亦多庸語，並不怎麼清秀。徐石麒號坦庵（1578～1645），有《坦庵六種》，其散曲也是鄰近典雅派的。黃周星字九煙，上元人（1611～1680），在散曲集，附於他的別集之後，其作風和時人並無殊異。張瘦郎字野青，石陽人，有《步雪初聲》，馮夢龍為之序。楚人能曲者少，故馮序有「楚人素不辨冰青，得此開山，尤為可幸。」瘦郎的曲子，時習甚深，是伯龍的肖子的一流。王屋字孝峙，嘉善人，作《𥳑弦齋詞籤》，後附《黃鶯兒》八十餘首，卻是馬致遠、張小山、馮唯敏的一派，唯曲語卻並不輕新有力耳。

七 明代民間歌曲及其流行特點

民間歌曲，在明代生產了不少；也像今日的小唱本似的，坊肆間常常有單本出售。這些唱本，今日所見，最古者為成化間金台魯氏所刊的《四季五更駐雲飛》、《題西廂記詠十二月賽駐雲飛》、《太平時賽賽駐雲飛》及《新編寡婦烈女詩曲》等，幾全以小令為主體。《盛世新聲》、《雍熙樂府》諸書，無名氏所作令套，其中也多來自民間的東西。唯自中葉以後，民曲流行更多，而蒐集之者卻反少見。不知埋沒了多少絕妙好辭！唯坊肆中所刊戲曲選本，間也附有流行歌曲若干首，當都是當時市井裡傳唱最盛的。詞人們也有擬仿此類歌曲的作風者。在這些坊刊劇選裡，所選載的民間歌曲，種類並不怎麼多；大都是聚集同調的曲子若干首以成一「選」的，正和《駐雲飛》的單刊本情形相同。這可見民間的唱調，雖帶地方性與時代性，卻最趨向於單一化。民間唱熟了那些調子，便老是愛唱他們，並不樂有新曲。在其中，有所謂《劈破玉歌》的，有所謂《羅江怨》的，還有所謂《耍孩兒歌》、《急催玉》、《鬧五更》、《哭皇天》等等，在萬曆左右都最為風行。沈德符說：「嘉、隆間乃興《鬧五更》、《寄生草》、《羅江怨》、《哭皇天》……

之屬，不過寫淫媟態，略具抑揚而已。」此外更流行著《黃鶯兒》、《掛枝兒》等等的小曲。這些小曲調，為了未曾招得文人雅士們的青睞，至多隻是被民眾們隨口而出的歌唱著，或為妓女們採用來娛俗客，故尚能保持著她們的新妍與活氣，反要比較梁伯龍、沈伯英、張伯起、王百穀他們的令套，更為美好自然。凌濛初說：「今之時行曲，求一語如唱本《山坡羊》、《刮地風》、《打棗竿》、《吳歌》等中一妙句，所必無也。」是當時的人已把「民曲」猜想得比文人曲更高的了。

今所見的《劈破玉歌》，以詠唱諸傳奇的故事為大宗，大略頗像明初流行的詠《西廂記》故事的百首《小桃紅》。姑舉一例：

（《荊釵記》）王十朋一去求科舉，占鰲頭，中狀元，寫寄書回。孫汝權換寫書中意，繼母貪財寶，姑娘強作媒。逼得我投江，逼得我投江。乖，繡鞋兒留與你。

——《玉谷調簧》

但也有很好的情歌值得我們的讚許的，像下面見於《詞林一枝》的一首：

為冤家淚珠兒落了千千萬，穿一串寄與我的心肝。穿他恰是紛紛亂。哭也由他哭，穿時穿不成。淚眼兒枯乾，淚眼兒枯乾。乖！你心下還不忖！（又一句）

——《哭》

《羅江怨》被加上「楚歌」的一個形容詞，大約是始創於楚地的罷。其中大抵皆為情歌，皆為女兒們訴說相思的調子，當是很流行於妓院裡的：

紗窗外，月兒圓，洗手焚香禱告天。對天發下宏誓願，宏誓願：一不為自己身單，二不少少吃無穿，三來不為家不辦；為只為好人心肝，阻隔在萬水千山，千山萬水，難得難得見！望蒼天早賜順風，把冤家吹到跟前，那時方顯神明神明現。

《急催玉》今所知的，也都是圓瑩得像雨後新荷葉上的水點似的情歌；差不多沒有一首不是鮮鮮妍妍的，像在新荷的綠葉的絕細茸毛上打著滾的：

青山在，綠水在，冤家不在；風常來，雨常來，情書不來；災不害，病不害，相思常害。春去愁不去，花開悶未開！倚定著門兒，手託著腮兒，我想我的人兒。淚珠兒汪汪滴，滿了東洋海，滿了東洋海！

吳歌在南方最流行；最早的見於選本的，也許便是《浮白山人雜著》所輯的那一集罷。（《浣紗記》、《玉簪記》中都有吳歌。）後來，《萬錦清音》也照抄上去。那些歌，幾乎沒有一首不是最真摯的情詞。在《浮白雜著》裡也載有《嘲妓》的《黃鶯兒》數十首。

阮大鋮與李玉

本章將探討明清時期崑劇的全盛時代以及多位重要的傳奇劇作家。以下是本章內容的簡要概述：

一、明代崑劇的全盛時代及其特點

介紹明代崑劇在文學和表演方面的全盛時期，包括劇種的多樣性、表演風格的特點等。

二、明清時期的傳奇劇作家與其代表作

介紹明清時期多位重要的傳奇劇作家，以及他們的代表作品，如阮大鋮、李玉等。

三、明清時期崑劇的全盛時代與李玉的代表作

深入探討明清時期崑劇的全盛時代，以及李玉的重要地位和代表作品。

四、明清時期崑劇中的朱氏兄弟及其戲劇作品

介紹朱氏兄弟在崑劇界的貢獻，以及他們的戲劇作品。

五、明清時期浙江戲劇與李漁筆下的十種傳奇劇

論述明清時期浙江地區的戲劇發展，以及李漁筆下的十種傳奇劇作品，這些作品在當時的文學界具有重要地位。

這一章將帶領讀者了解明清時期崑劇的繁盛局面，以及多位傑出的劇作家和其代表作品，並介紹浙江地區的戲劇發展和李漁的傳奇劇創作。

一　明代崑劇的全盛時代及其特點

從天啟、崇禎，到康熙的前半葉，乃是崑劇的全盛時代。徐渭時，崑山腔方才嶄然露頭角；湯顯祖時，崑山腔還只流行於太湖流域。但到了這個時代，崑山腔方才由地方戲漸漸的升格而成為「國腔」。資格較老的弋陽腔、海鹽腔、餘姚腔等或已被廢棄不用，或反退處於地方戲之列；眼看著崑山腔飛黃騰達的由蘇、松而展布到南北二京，由民間而登上了帝室。許多貴家富室，幾乎都各有一部伶工。阮大鋮為《燕子箋》至以吳綾作烏絲欄寫呈帝覽。不過崑山腔雖發達已極，作者們卻還大多數是蘇、浙一帶的才士，尤其在明、清之間，劇壇幾全為蘇州、會稽、杭州那幾個地方的才士們所包辦。這正像元雜劇初期之由大都人包辦了的情形相同。

這時，戲曲的作風卻是完全受了湯顯祖的影響的。而對於曲律，則個個作家都比湯氏精明。原始期戲文的「本色」的作風，固無人問鼎，即梁伯龍、鄭虛舟輩的駢儷板澀的標準，也久已為人所唾棄。這一百

年來的作家們，幾無不是徘徊於雅俗之間的。王伯良的「守詞隱先生之矩□，而運以清遠道人之才情」的一個口號，幾成為一種預言。雖然作者們的才情有深淺，描寫力有高下，而其趨向卻是一致的。有的作家們，甚至連若士劇的布局、人物，乃至一曲折、一波濤，也加以追摹擬仿。這當然，又成了一種贗品，又入了一層魔障。唯大體說來，有才情的智士究竟要比笨伯們多些，無害其為崑山腔的一個黃金時代。

這時期的作家們，其作劇的勇氣的銳利，也大有類於元劇初期的關漢卿們。當沈璟、湯溼祖時代，作劇五大本者已為難得，一人而作十七劇，已算具有空前的弘偉的著作力了。然而在這時代，竟有好幾個作家，乃以畢生之力寫作二十劇，三十劇的。莎士比亞一生寫了三十七劇的事，在我們文學史上是很少有其匹敵的。而這時李玉、朱素臣諸人，則竟亦有此種偉績！阮大鋮、吳炳們的作劇，是為了自己的娛樂，是偶然興至的寫作。而後半期的李玉、丘園、朱氏兄弟們的作劇，則似不是單純的為自我表現的創作。崑劇過度發展的結果，需要更多的新劇本。而當易代之際，文士們落魄失志者又甚多。為迎合或供給各劇團的需要而寫作著多量的劇本，這當是李、朱們努力作劇的一個解釋罷。關漢卿們的作劇夥多，也正是為了這同樣的理由。

二　明清時期的傳奇劇作家與其代表作

這一百餘年間的黃金時代，天然的可劃分為兩期：第一期是阮大鋮的時代。這是達官貴人，以戲曲為公餘時的娛樂，公子歌兒，以傳奇為閒暇時的消遣的一個時代。作劇者不是為了誇耀才情，便是為了抒寫性靈，僅供家伶的演唱，不顧市井的觀聽。然而「春色滿園關不得」，市井間的劇團，卻也往往乞其餘瀝以炫眾。第二期是李玉、朱氏兄弟們的時代。這是寒儒窮士，出賣其著作的勞力，以供給各地劇團的需要的一個時代。作劇者於抒寫性靈，誇耀才華之外，還不得不迎合市民們的心理，撰作他們的喜愛的東西，像公案戲一流的曲本。

第一期的作家們，有阮大鋮、孟稱舜、袁於令、吳炳、范文若、沈嵊、孫仁儒、姚子翼、張旭初等，其劇作多有流傳於今者。

阮大鋮在明、清之交，嘗成為學士大夫們所唾棄的人物。他的《詠懷堂詩集》，較之嚴嵩的《鈐山堂集》命運尤惡。然其所著《燕子箋》諸劇本，卻為人傳誦不衰。《桃花扇》裡《征歌》一出，充分的表現出學士大夫們對於他的意見。他字集之，號圓海，又號百子山樵，懷寧人。崇禎初，以魏忠賢黨故，被斥。後官至兵部尚書。清兵入江南時，大鋮不知所終。他所作劇，凡八本：《燕子箋》、《春燈謎》、《雙金榜》、《牟尼合》、《桃花笑》、《井中盟》、《獅子賺》及《忠孝環》。其中，《桃花笑》至《忠孝環》四劇，未見傳本，《燕子箋》則流傳獨盛。此劇寫：霍都梁與妓華行雲相戀，將其畫像交鋪裝裱。及其取回時，不料卻因貌似，誤取了少女酈飛雲的畫像。以此因緣，又因燕子銜去詩箋的巧遇，都梁遂也戀上了飛雲。中間雖有鮮於佶的假冒都梁，疊起波瀾，然佳人才子卻終於團圓。劇情曲折殊甚，而顯然可見其為崇慕臨川《牡丹亭》的結果。以畫像為媒介，實即由《還魂》「拾畫」、「叫畫」脫胎而來。鑄辭布局，尤多暗擬明仿之處。《春燈謎》一名《十錯認》，布局曲折更甚，有意做作，更多無謂的波瀾。寫：宇文彥元宵觀燈，遇韋節度女改妝為男，也去觀燈，彼此因猜打燈謎，遂以相識。及夜闌歸去，宇文卻誤入韋氏舟中，韋女也誤入宇文舟中。以此為始，錯雜更多。一旦誤會俱釋，宇文與韋女也便成了夫婦。《雙金榜》敘皇甫敦遭受盜珠通海的不白之寃，卻終得昭雪事。《牟尼合》敘蕭思遠因家傳達摩牟尼珠而得逢凶化吉，闔家團圓事。大鋮諸劇，結構每嫌過於做作。文辭固亦不時熌露才情，而酸腐之氣也往往撲鼻而來。我們讀了他的劇本，每常感到一種壓迫：過度的雕鏤的人工，迫得我們感到不大舒適；一位有過多的閒暇的才子，往往會這樣的弄巧成拙的。

孟稱舜也是一步一趨的追逐於臨川之後的；然他的所作，卻比阮大鋮要疏蕩而近於自然些。稱舜字子若，一字子塞，又作子適，會稽人。（《明詩綜》作烏程人，誤。）在啟、禎間，他是一位最致力於戲劇的人。他嘗編《古今雜劇》五十餘種；晉叔《百種曲》後，刊布元劇者，當以此集為最富。《古今雜劇》分《柳枝》、《酹江》二集，蓋以作風的秀麗與雄健為區別。其自作之《桃花人面》、《英雄成敗》、《花前一笑》《眼兒媚》諸劇也附於後。其傳奇則有《二胥記》、《二喬記》、《赤伏符》、《鴛鴦塚》、《嬌紅記》、《鸚鵡墓貞文記》五種。今唯《二胥》、《嬌紅》、《貞文》三記存。《二胥》寫伍子胥亡楚，申包胥復楚事，而以包胥及其妻鍾離的悲歡離合為全戲關鍵。《嬌紅記》寫申生、嬌娘事。本於元人宋梅洞的小說《嬌紅記》而作。此事譜為劇本者元、明間最多，今尚存劉東生一劇。稱舜此作，綺麗遠在東生劇之上。《貞文記》敘沈佺、張玉娘事。佺與玉娘已定婚，而事中變。二人乃俱殉情而死。「楓林一片傷心處，芳草淒淒鸚鵡墓。……我情似海和誰訴，彩筆譜成腸斷句。不堪唱向女貞祠，楓葉翻飛紅淚雨。」全劇敘事抒情乃亦如秋天楓林似的淒豔。唯以佺為善才，玉娘為玉女謫降人間，則不免和《嬌紅記》之以申生、嬌娘為金童、玉女下凡者，同一無聊。

袁於令於明末清初，得名緊盛。他的《西樓記》傳奇，也幾傳唱無虛日；直壓倒《燕子》、《春燈》，更無論《嬌紅》諸曲了。於令本名晉，又名韞玉，字令昭，一字鳧公，號籜庵，又號幔亭仙史。明諸生。所作曲，已有聲於時。嘗居蘇州因果巷，以一妓女事，除名。清兵南下，蘇紳託他作降表進呈。敘功，官荊州太守。十年不見升遷。《顧丹五筆記》嘗記其一事：一上司謂於令道：「聞君署中有三聲：弈棋聲，唱曲聲，骰子聲。」袁曰：「聞大人署中亦有三聲：天平聲，算盤聲，板子聲。」上司大怒，奏免其職。他年逾七旬，尚強為少年態。康熙十三年，過會稽，忽染異病，不食二十餘日卒。他為葉憲祖的門人，和馮夢龍友好。夢龍嘗改其《西樓記》為《楚江情》。他所作傳奇嘗匯為《劍嘯閣五種》。那五種是：《西樓記》、《金鎖記》、《珍珠衫》、《鷫鸘裘》、《玉符記》。此外又有《長生樂》一種，見《顧丹五筆記》；《戰荊軻》、《合浦珠》二種，見《千古麗情》曲名；《雙鶯傳》雜劇，見《盛明雜劇》。今僅《西樓記》及《長生樂》二本尚存。《西樓》寫：於鵑（叔夜）及妓穆素徽事。鵑即於令的自況。其「中第一名」云云，則姑作滿筆，以求快意；當為被褫青衿後的所作。故於挑撥離間的奸人們深致憤恨，終且使之死於俠士之手。原本《西樓記》末，附有《西樓劍嘯》一折，也全是於令他自己豪情的自白。《長生樂》寫劉晨、阮肇天台遇女仙事，當作於《劍嘯五種》後。《金鎖記》敘竇娥事，唯改其結果為團圓。《珍珠衫》敘蔣興哥事，當本於《蔣興哥重會珍珠衫》的話本（見《古今小說》及《今古奇觀》）。《鷫鸘裘》敘司馬相如、卓文君事。此數本皆有散出見於諸選本中。唯《玉符記》不知所寫何事。（《金鎖記》或以為葉憲祖作。）

吳炳字石渠，宜興人。永曆時，官至東閣大學士。武岡陷，為孔有德所執，不食死。有《粲花齋五種曲》：《畫中人》、《療妒羹》、《綠牡丹》《西園記》、《情郵記》，今並存。石渠在明末，和阮大鋮齊名，

《西園》的傳唱，也不下於《燕子箋》；而其追摹臨川的一笑一顰也相同。唯石渠諸作，較為疏朗可觀，不像圓海之專欲以「關目」的離奇取勝耳。

《畫中人》敘趙顏得仙畫，呼畫中人真真名百日，仙女便翩然從畫中出來，與他同居，生子。後復攜子上畫；畫裡卻多了一個孩子。此段事雖非創作，然石渠之採用它，顯然也是受有臨川《還魂記》的影響的。《療妒羹》敘馮小青事。《小青傳》出，作曲者都認為絕好題材，競加採取；然盛傳者唯石渠此劇。其中《題曲》等出，是那樣的致傾倒於《牡丹亭》！《綠牡丹》敘因沉重學士為女擇婿，而引起佳人才子遇合事，大似圓海《燕子》，而情節較近情理。《西園記》最得盛名，也最像《還魂記》，張繼華和趙玉英的「人鬼交親」，還不是柳生、杜孃的相同的故事麼？唯他終與王玉真結合，則有些像沈璟的《墮釵記》的情節。《情郵記》敘劉士元題詩郵亭，有王家二女，後先至，各和其詩；以此因緣，遂得成佳偶。石渠五劇，全皆以戀愛為主題，「只有情絲抽不盡」，這五劇自不能窮其情境。其作風又是玲瓏剔透之至，不加浮飾，自然美好。是得臨川的真實的衣缽而非徒為貌似的。

沈嵊字孚中，又字會吉，錢塘人。「作填詞，奪元人席。好縱酒，日走馬蘇、白兩堤。髯如戟，衿未青，不屑意也。」（陸次云：《沈孚中傳》）清兵南下，嵊因偽傳戰耗，為其裡人所擊斃，並燒其著書。所存者獨《息宰河》、《綰春園》傳奇二種；又有《宰戍記》，聞亦有刊本。但我所見唯《綰春園》耳。（《曲錄》作《幻春園》，誤。）《綰春園》敘元末楊珏與崔倩雲、阮蒨筠二女郎的錯合姻緣事。一錯到底，直到最後方才將那迷離而緊張的結子鬆解開去。造語鑄辭，尤雋永可喜，幾至不蹈襲前人隻字！

范文若初名景文，字香令，一字更生，號荀鴨，又自稱吳儂，雲間人。著《博山堂傳奇》若干種。

《南詞新譜》所載者有《夢花酣》、《鴛鴦棒》、《花筵賺》、《勘皮靴》、《金明池》、《花眉旦》、《雌雄旦》、《歡喜冤家》、《生死夫妻》等九本。尚有《鬧樊樓》、《金鳳釵》、《晚香亭》、《綠衣人》等記數種，沈自晉編《新譜》時即已僅見目錄，不知其書何在。自晉云：「因憶乙酉春，予承子猶委託，而從弟君善實慫恿焉；知雲間荀鴨多佳詞，訪其兩公子於金閶旅舍。以傾蓋交，得出其尊人遺稿相示。」是文若蓋卒於乙酉（西元 1645 年）以前。《曲錄》以他為清人，大誤。文若所作，受臨川的影響也極深。他和吳炳、孟稱舜同為臨川派的最偉大的劇作家。其綺膩流麗的作風，或嫌過分細緻，然而卻沒有阮大鋮那麼做作。乃是才情的自然流露，雅俗共賞的黃金時代劇本之最高成就。惜有刻本者僅《花筵賺》、《鴛鴦棒》、《夢花酣》三本，今尚可得見；其他未刻諸作皆已蕩為雲煙，僅留若干殘曲，供我們作為憑弔之資耳。《花筵賺》演溫嶠戀上了劉若妍，以玉鏡台為聘，託名娶之，而後來卻受若妍的捉弄事。此事關漢卿已有《玉鏡台》劇；朱鼎的《玉鏡台記》也寫得不壞，唯離開本題，多述家國大事。荀鴨此劇，則復歸到漢卿的原轍，反純寫一位年華已老的溫太真騙婚的故實。是徹頭徹尾的一部喜劇。《鴛鴦棒》寫薛季衡不認糟糠之妻，反把她——錢媚珠——推落江邊。後她被搭救，和季衡再上花筵，而以鴛鴦棒責其負心事。這事和《金玉奴棒打薄情郎》話本（見《古今小說》及《今古奇觀》）全同，唯易劇中人的姓名耳。《夢花酣》所敘，亦為尋常的一件戀愛故事。

孫仁儒的《東郭》、《醉鄉》二記在一般的幻想離奇的變愛劇中，獨彈出一種別調。像《東郭記》那樣的諷刺劇，在我們整個的戲曲史上本來便少見。《醉鄉記》雖比較的近俗，其設境卻也不凡。這二記可以充分的表現不第書生們的憤慨。《東郭記》組織《孟子》裡的故事，極見工夫，連題目也全用《孟子》原文。「莫怪吾家孟老，也知遍國皆公，些兒不脫利名中，儘是乞墦番登壟。……而今不貴首陽風，嘗把齊人尊棒。」不免借古人的酒杯，來澆自己的塊壘。而嬉笑怒罵，便也都成文章。《醉鄉記》敘烏有先生與無是公女焉孃的姻緣遇合事：一場顛播與榮華，全在醉鄉中度過。銅相公、白才子雖著先鞭，而烏有生也終得榮顯。然最後一曲：「盈懷慨憤真千種，誰識麟和鳳，送不去韓窮，做得成江夢。一會價蘇長公滿肚皮壘塊湧。」卻又明明點出作者的牢騷來。仁儒裡劇未詳，自號峨嵋子，又號白雲樓主人。其《東郭記》作於萬曆四十六年，《醉鄉記》作於崇禎三年。王克家序《醉鄉記》云：「吾友孫仁儒，才未逢知。」則仁儒似是終困於一衿的。

同時別有白雪齋主人者，作《白雪齋新樂府五種》：《明月環》、《詩賦盟》、《靈犀帶》、《鬱輪袍》、《金鈿合》。此五作的情調和《東郭》、《醉鄉》截然不同。此白雪齋主，自絕非彼白雲樓主也。明刊本《吳騷合編》，也題白雪齋編刊，而編《吳騷》者為武林人張旭初（字楚叔），則此白雪齋主人似即為張旭初氏。就《新樂府五種》之亦刊於武林，插圖版式，也大略相同的一點上證來，《新樂府》之亦是張氏所作，實大有可能。這五種，除《鬱輪袍》敘王維事外，他皆為戀愛劇，題材大類葉憲祖的《四豔記》，而較多插科打諢，因此便顯得不若《四豔》那麼板笨。

姚子翼字襄侯，秀水人，作《遍地錦》、《上林春》、《白玉堂》、《祥麟現》四傳奇，今唯《遍地錦》及《上林春》存。《上林春》敘武后催花上林事，而中心人物則為安金鑒、金藏兄弟。《遍地錦》寫趙襄改扮女裝得與劉嫺嫺等結為姻眷事。子翼文章渾樸，頗與時流之競尚綺麗者不同。或已透露出轉變風尚的訊息來歟？

同時作劇者還有王翃、李素甫、朱寄林、許炎南、鄒玉卿、吳千頃、蔣麟徵、謝廷諒、湯子垂、吳玉虹、朱九經、葉良表、顧來屏、沈君謨、沈永喬、楊景夏、馬佶人、劉方等。王翃（《曲錄》作翊，非。）字介人，嘉興人，有《秋懷堂集》；所作傳奇《紅情言》、《博浪沙》、《詞苑春秋》、《榴巾怨》四種。李素甫字位行，吳江人，有《稻花初》、《賣愁村》、《元宵鬧》等五種曲，今唯《元宵鬧》存。（一作朱佐朝著）此劇敘《水滸傳》中「火燒翠雲樓」的一段事。朱寄林名英（又字樹聲），上海人，有《醉揚州》、《鬧揚州》、《倒鴛鴦》三劇，今並不存。許炎南字有丁，海鹽人，有《軟藍橋》、《情不斷》二劇，今亦不存。鄒玉卿字昆圃，長州人，有《雙螭璧》、《青鋼嘯》二本；《雙螭璧》本於元曲《老生兒》，《青鋼嘯》敘馬超與曹操事，並有抄本見存。吳千頃，名溢，吳江人，有《雙遇蕉》一本。蔣麟徵字瑞書，一作字西宿，烏程人，有《白玉樓》一本。謝廷諒字九索，湖廣人，有《紈扇記》一本。湯子垂，名裡不詳，有《續精忠》（一作《小英雄》）一本，敘嶽雷、嶽電事。吳玉虹，名裡不詳，有《翻精忠》一本，敘岳飛事，而翻其結局；今劇場上所傳的《交印》、《刺字》諸出，即出其中。顧來屏名必泰，崑山人，為卜大荒甥，有《摘金圓》一本。沈君謨號蘇門，吳江人，有《丹晶墜》、《一合相》、《風流配》、《玉交梨》、《繡風鴛》等五本。沈永喬字友聲，吳江人，自晉侄，有《麗鳥媒》一本。楊景夏，名弘，別號脈望子，青浦人，有《認氈笠》一本，當系本於《宋金郎團圓破氈笠》（見《警世通言》及《今古奇觀》）。他們所作，今皆未得見，雖間有數出見存於選本，或幾段殘曲見存於《南詞新譜》等曲譜裡，而本來面目，卻未易為我們所知。

馬佶人字吉甫，又字更生，號擷芳主人，吳縣人。所作有《梅花樓》、《荷花蕩》、《十錦塘》三本，今唯《荷花蕩》及《十錦塘》存。《新傳奇品》稱其詞「如五陵年少，白眼調人」。《荷花蕩》敘李素與少女貞娘相戀事；其間西席變東床，幾死淫僧手諸事，並是「傳奇」中的熟套，唯辭藻卻頗繽紛耳。劉方字晉充，長洲人，有《羅衫合》、《天馬媒》、《小桃源》三本。又墨敢齋《改本女丈夫上卷》題：「長洲張伯起、劉晉充二稿」，則晉充更有譜紅拂事的一曲；惜今已不知其名。今唯《天馬媒》存。敘黃損借「玉馬墜」之力，得和妓女薛瓊瓊團圓事。《醒世恆言》有《黃秀才徼靈玉馬墜》一篇，當即晉充此劇所本。

朱九經，字裡無考，有《崖山烈》一本，寫南宋亡國的故事；把陸秀夫、文天祥乃至賈似道等都寫得很好，而末以《祭祠》為結，呈著悲壯淒涼之暗示，和《翻精忠》等之強拗悲劇為團圓者大不同。傳奇寫家國大事而充滿了無可奈何的悲痛，當以此劇和《桃花扇》為最。

葉良表也未知其裡字，有《分金記》一本，見存。敘管、鮑分金，小白圖霸事，大都本於故傳；唯加入姜一孃的節孝事，卻為傳奇中所應有的文章。

清嘯生的《喜逢春》和澹慧居士的《鳳求凰》，皆有明末刊本。《喜逢春》寫魏忠賢事，當作於崇禎間。《鳳求凰》寫司馬相如、卓文君事。題材雖陳舊，文采卻新妍；在許多相如、文君劇裡，這一本是很可取的。

徐石麒所作傳奇有《珊瑚鞭》、《九奇緣》、《胭脂虎》、《闢寒釵》四本，今僅見《珊瑚鞭》一本。黃周星的一本傳奇：《人天樂》，傳本也極罕。

女流劇作家，在這時最罕見。馬湘蘭的《三生傳》，殆為獨一之作。湘蘭字守真，小字玄兒，又字月嬌，金陵人，妓女。嘗與王百穀相善。卒於萬曆間。當屬於前一時代中，姑附於此。《三生傳》合《王魁負桂英》及雙卿事於一帙，惜不傳；有殘曲見於《南詞新譜》。

三　明清時期崑劇的全盛時代與李玉的代表作

第二個時期，從明末到康熙三十年左右，乃是崑劇的全盛時代。元劇由關漢卿到鄭德輝，是盛極而衰；明傳奇從梁辰魚到湯顯祖，再從湯顯祖到李玉、朱氏兄弟，卻是源微而流長，一步步都有極顯著的進步，由陳二白、李漁諸人而後，才開始呈現了衰徵。

在這時期，北京及其他區域，皆以崑劇為正統的戲曲，伶人們也以出生於蘇州一帶者為最多。為伶人們作新劇的戲曲家們，因此也便以蘇州一帶的文人學士們為盛。戲曲中每多流行著蘇白的插科打諢。在這些蘇州的戲曲家中，最有聲者為李玉、薛旦、葉時章、朱佐朝、朱㿥、畢萬侯、張大復、朱雲從、陳二白諸人。

李玉字玄玉，號蘇門嘯侶。吳縣人。《新傳奇品》評其詞如「康衢走馬，操縱自如」。《劇說》謂：「玉系申相國家人，為申公子所抑，不得應試。」但吳偉業《北詞廣正譜序》則云：「李子元玉，好奇學古士也。其才足以上下千載，其學足以囊括藝林。而連厄於有司。晚幾得之，仍中副車。甲申以後，絕意仕進。以十郎之才調，效耆卿之填詞。所著傳奇數十種，即當場之歌呼笑罵，以寓顯微闡幽之旨。」是玉並不是沒有赴考過的。為申公子所抑之說，自當是無稽的傳言。所作傳奇，《新傳奇品》著錄三十二種，《曲錄》著錄三十三本，《劇說》著錄二十九本，當以《劇說》為最可靠。像《劇說》所不著錄的《秦樓月》，便實為朱素臣所作，而非玉的著作。又說《精忠譜》，一說系玉與朱㿥、畢萬侯合撰的；《一品爵》系玉與朱佐朝合撰的。故玉所自作，當不會超過三十種。今存者僅三之一。以「一、人、永、占」四種為最有名，且也傳唱最盛。「一」為《一捧雪》，敘莫懷古以藏玉杯得禍，賴義僕代死，孝子雪冤，方才一家復聚事。「人」為《人獸關》，敘桂薪受施濟厚恩，不想報答，後見家人變狗，才憬然大悟事（事本《警世通言》第二十五卷《桂員外途窮懺悔》）。「永」即《永團圓》，敘蔡文英、江蘭芳已締婚約，為親所逼，訟於官，太守乃斷：准予團圓事。「占」即《占花魁》，敘秦鐘與莘瑤琴事（事本《醒世恆言》第五卷《賣油郎獨占花魁》）。此外尚有《眉山秀》，敘蘇東坡、蘇小妹事；《太平錢》，敘種瓜張老以太平錢聘韋氏女事（事本《太平廣記》，宋人詞話有《種瓜張老》一本；《古今小說》所收《張古老種瓜娶文女》當即此作的改名）；《麒麟閣》，敘秦瓊、程咬金諸人事；《風雲會》，敘趙匡胤得天下事（？）；《萬里緣》（緣一作圓），敘孝子黃向堅萬里尋親事；《千忠會》大概便是《千忠錄》，敘建文遜國，程敬濟隨同周遊各地事。這幾本都不如「一、人、永、占」四種的易得，或僅有伶工傳抄本。然皆律穩曲工，足為崑劇最成功的作品。吳梅謂：「《一》、《人》、《永》、《占》，直可追步奉常。且《眉山秀》劇，雅麗工煉，尤非明季諸子所可及。」其實像《麒麟閣》、《千忠會》等規模尤為弘偉，聲律尤為雄壯；其敘英雄窮途之哭，家國傾亡之慟，胥令人撼心動魄，永不可忘。以視崑劇始祖梁辰魚的《浣紗記》，則《浣紗》之敘吳、越興之，誠未免鄰於兒戲。玄玉的《千忠會》，才是真實的以萬斛亡國之淚寫之的；非身丁亡國之痛而才如玄玉者誰能作此！故以此劇歸在他的名下，是最恰當的。其中像《慘睹》、《代死》、《搜山》、《打車》諸折，哪一折不是血淚交流的至性文章。且引《慘睹》的一段：

（小生上，生挑擔各色蒲團上）徒弟走嚇。（生）大師請。

〔傾盃玉芙蓉〕（合）收拾起大地山河一擔裝，四大皆空相。歷盡了渺渺程途，漠漠平林，壘壘高山，滾滾長江。但見那寒雲慘霧和愁織，受不盡苦雨淒風帶怨長！這雄壯，看江山無恙，誰識我一瓢一笠到襄陽！

《麒麟閣》寫秦瓊的落魄，也足以引人掬一把同情之淚。玄玉的傳奇，論曲文是那麼流利，那麼漂亮，卻又不是不通俗的；論結構，則往往於平平談談之中，見出他的精緻周密，乃至奇巧骨突處來。確是這時代最偉大的一位代表的戲曲家。

薛旦字既揚，一字季英，號欣然子，吳郡人。所作《書生願》、《戰荊軻》、《蘆中人》等十種，無一存者，僅《醉月緣》有殘曲見於《南詞新譜》。又《昭君夢》見於《雜劇新編》，則為雜劇，非傳奇也。葉時章字稚斐，又字英章，吳縣人。《新傳奇品》著錄其傳奇八本，又稱其詞如「漁陽三弄，意氣縱橫」。今存者唯《英雄概》一本。又《遜國疑》（《曲錄》云：即《鐵冠圖》），如果也是敘述建文事，則和李玉的《千忠會》（《千鐘祿》）極為相同，頗有混淆的可能。八本外，更有《後西廂》，相傳系時章先成八折，餘由朱雲從續成。然今亦未見。《英雄概》，敘李存孝打虎及掃平黃巢事，中以李存信的嫉賢妒能，進讒奪女為波瀾，極盡波翻浪湧的能事。《五代殘唐》寫存孝事最為悲壯，關漢卿也有《鄧夫人哭存孝》，亦為最可痛的悲劇。此雖以團圓結局，其寫存孝之含冤負屈，也足以令人髮指。

四　明清時期崑劇中的朱氏兄弟及其戲劇作品

朱佐朝和朱素臣名望沒有李玉大；他們的著作，知道的人也很少，且往往為他人所攘奪（畫素臣的

《秦樓月》便是久被歸在李玉的名下的）。佐朝的《黨人碑》、《乾坤嘯》、《漁家樂》，素臣的《十五貫》，都是劇場上常演的名劇，然而有誰知道是他們寫作的呢？他們也都是吳縣人。生平不詳；僅知佐朝字良卿，素臣名脽，號茳庵。素臣嘗和吳綺、李玉等友好。《曲海總目提要》云：「聞明季時有兄弟二人，皆擅才思。其一作《未央天》，其一作《瑞霓羅》。《瑞霓羅》用包拯以青天三鍘刀誅豪惡事，而《未央天》則用聞朗以釘板恤冤。拯黑麵，朗金面，兩相對照。」（卷十八，《未央天》條）按《瑞霓羅》為佐朝作，《未央天》為素臣作。是二人乃兄弟也。佐朝所作，《新傳奇品》著錄二十五本，《劇說》著錄三十三本，（僅舉二十九本名目，雲「有四本未詳。」）《曲錄》著錄三十本。當以《劇說》為較可靠。今存者有《乾坤嘯》、《豔雲亭》、《漁家樂》、《血影石》、《元宵鬧》、《吉慶圖》（一名《南瓜傳》）、《御雪豹》、《錦雲裘》、《軒轅鏡》、《朝陽鳳》、《五代榮》、《牡丹圖》、《石麟鏡》、《瓔珞會》等十四種，而《黨人碑》、《虎囊彈》二種（此二種，《新傳奇品》以為丘園作）則偶有數出存於《曲譜》中。又《四奇觀》系佐朝與素臣等四人合作的。餘皆散佚無遺。但即在此十數種裡，佐朝的戲劇家的天才，已充分的表白出來。他並不誇麗鬥富，他並不張皇鋪敘，只是在天然本色之中，顯出他的異常超越的戲曲力。今所見的十四本，差不多沒有一本不是結構緊密的。《乾坤嘯》寫宋大將烏廷慶為奸妃韋合霍所陷害，賴包拯勘問得實而被釋。此事似曾見到一部彈詞也寫及之。雖是民間最流行的故事型，被佐朝寫來，卻成了不平常的名劇。《豔雲亭》寫宋時才子洪繪和蕭惜芬的悲歡離合事。其中以王欽若為播弄風波的奸人；情節極奇幻，卻並沒有什麼依傍。《漁家樂》是他最有名的一劇，寫漢代清河王與漁家女鄔飛霞的離合事。梁冀專權，清河王被迫而逃。冀遣校尉追之。王避入漁舟。追兵誤射殺鄔姓漁翁。因此，王得脫。而鄔女飛霞則以匿王故，和他發生戀愛。後飛霞代馬融女入冀宅，用神針灸殺冀。終為清河王妃。這裡，寫漁家的生活是極可愛的；

像《漁錢》、《端陽》、《藏舟》都是常見於劇場上的。《刺梁》的氣象也極壯烈。《血影石》寫一婦人為守貞而被殺。血濺石上，現出她的影子，洗後仍有脫去。《五代榮》寫徐晞事；《元宵鬧》即上文歸於李素甫的一本，不知究為誰作；《朝陽鳳》一作朱素臣撰；《牡丹圖》寫鄭虎臣及賈似道與其子事；《軒轅鏡》敘檀道濟、王同二家夫婦的悲歡離合事。餘數劇也皆類此。《黨人碑》氣魄極雄壯，寫宋徽宗時，蔡京立「黨人碑」，謝瓊仙乘醉打碑僕地，被捕。幸為俠士傅人龍所救。今所見《打碑》、《酒樓》數出，極激昂動人。《虎囊彈》寫魯智深事，今僅見《山門》一出，已驚其弘偉。將來也許有機會可讀到全劇罷。

素臣作劇凡十九種。今存者有《秦樓月》、《聚寶盆》、《十五貫》、《朝陽鳳》、《悲翠園》、《未央天》、《文星現》七種。《未央天》的故事，今尚見於皮黃戲中，敘聞朗斷米新圖冤獄事。《秦樓月》題「笠庵傳奇第十五種」，刊刻極精，可見諸劇當時皆有刊本。今所見者除《秦樓月》外，卻皆為伶工的傳抄本。《秦樓月》寫呂貫和陳素素的離合事。呂貫中秋遊虎丘，見到妓女陳素素在貞娘墓上所題的詩，大為傾倒。劉嶽在蘇州編花榜，卻沒有素素在內。貫大為不平，責備了嶽一頓。嶽因此見到陳素素，也設法使她和貫想見。二人遂成就了戀愛。但山賊胥大奸等卻借名拐了素素，入岱山為寇去。她不屈，幾次欲自殺，寇不敢迫。這裡，呂生因素素失蹤，到處尋訪不見。遠到京師，也都毫無蹤影。他因之而病。病中赴試，卻於無意中，中了狀元。這時，山寇已討平，素素為劉嶽等所救出，他回到蘇州，二人便正式結了婚。此劇排場串插，極為雋妙，辭華也若春天的花草似的，盡態極妍，一望無際。像：「〔針錢箱〕一天愁偏縈著方寸，千古恨獨撮在逡巡。凝眸盼斷驚鴻信，幾忘了白日黃昏。嗳，老天，老天！似這等多磨多折三生分，早難道添熱添親，只是這一夜恩！」其刻骨鏤膚的情語是未必遜於湯奉常的。《十五貫》一名《雙熊夢》，為素臣劇中最流行的一本。寫熊友蘭、熊友蕙二人，友好甚篤，而家境極窘。友蘭在外行商。友蕙在家讀書，忽得奇禍。鄰家有養媳何氏，其夫一日食餅，忽斃。此餅蓋友蕙購得，中藏鼠藥，欲以殺鼠者。乃為鼠銜入鄰家。鄰翁有鈔十五貫及釵鐶等物，交何氏收藏，一旦忽也不見。此鈔及環也皆為鼠銜入穴中，而以一環銜到友蕙室內。友蕙以為天賜，持以易米。乃因此被誣為因姦殺夫。後賴況太守私訪得實，始昭雪了他們的冤情。《聚寶盆》敘明初沈萬三家有聚寶盆，入物即滿，他因行善而得之，又因此盆而生出許多波折事。《朝陽鳳》敘海瑞為官清介，以忤張居正，幾得橫禍事。《翡翠園》敘舒德溥被誣為盜，所居被人占為翡翠園，後其子芬狀元及第，始得伸枉為直事。《文星現》敘唐伯虎、沈玉田等四人事。

朱氏兄弟所作，劇情雖多通俗，其描寫卻能深入淺出，雅俗並皆可解。其對話尤明白淺顯，頗多插科打諢處，故伶工們儲存他們的作品也特別多。

畢萬侯字晉卿，一作名魏，字萬後，吳縣人，自號姑蘇第二狂。《新傳奇品》評其詞如「白璧南金，精彩耀目」。所作凡六種，今存《竹葉舟》、《三報恩》二本。《竹葉舟》的情節和元劇的《陳季卿誤上竹葉舟》完全相同，唯易其主角為石崇耳。《三報恩》寫鮮於同老年及第，報恩於其主師蒯通時祖孫三代事；此事本於《警世通言》的《老門生三世報恩》話本（亦見《今古奇觀》），馮夢龍為之作序。萬侯所作，風格近於孫仁儒，多憤激語，蓋也是八股文重壓底下的不得志之士也。

張大復字星期，一字心其，號寒山子，蘇州人（1554～1630）。《新傳奇品》稱其詞如「去病用兵，暗合兵法」。所作凡二十三種，今存者有《醉菩提》、《吉祥兆》、《金剛鳳》、《釣魚船》、《海潮音》、《讀書聲》、《紫瓊瑤》、《喜重重》、《如是觀》等。《醉菩提》敘宋僧濟顛事，本於《東窗事犯》的瘋僧及明代《濟顛傳》小說而作，其《當酒》、《打坐》諸折，今猶常見於劇場上。《吉祥兆》敘長孫益與尹貞貞由天上謫降人間；長孫氏和姦臣賈國祚發生仇隙，因此生出許多波瀾；益改裝為女，代貞貞去和番；貞貞改裝為男，又代益去應試。後復中途相遇，男女仍復原來面目。《金剛鳳》敘錢鏐的出身與成名。鏐娶了猛女鐵金剛，又娶了杭州刺史李彥雄女鳳娘；金剛女聞鏐再娶鳳娘，大怒，興兵下山問罪。被鳳娘一席話，勸她入城。對鏡自照，猛覺其醜，乃伏劍自殺。而鏐則繼李氏而主持浙事。《釣魚船》敘劉全進瓜事，本於唐太宗入冥的故事而作（似本《西遊記》），唯將劉全改為呂全耳。《海潮音》敘觀音修行得道事，和《香山記》（富春堂本）大略相同。《讀書聲》敘宋儒好讀書，貧困無依。後娶了船戶戴老大女潤兒。因病，被老大棄於海島。他卻因此得了一注大財，復和潤兒團圓。事本《警世通言》二十二卷《宋小官團圓破氈笠》（亦見《今古奇觀》），而頗加烘染。《紫瓊瑤》敘燕脆以行善得尹喜降生為子，名瓊瑤。脆奉命勤王，為賊所逼，遇瓊瑤突至，殺賊救父。《喜重重》當即心其所作的《重重喜》，敘唐長孫貴因虔事鬥姥，致立功，擢為太師事。《如是觀》一名《翻精忠》，與吳玉虹的一本同，不知究為誰作，今所存者僅數折，全本未見。又有《雙福壽》、《快活三》二本，也俱有傳本。

朱雲從字際飛，吳縣人。所作凡十二本，今唯《兒孫福》殘存半本。他若《赤須龍》、《人中虎》、《別有天》等均已不傳。陳二白字於令，長洲人。所作，《新傳奇品》僅著錄三本：《綵衣歡》今不傳；《雙官誥》及《稱人心》則皆尚流傳於世。《稱人心》一名《詩扇緣》，敘徐景韓先後娶洛蘭藻、魏星波二女事；《雙官誥》亦為多妻的喜劇，今劇場上尚盛行此同名的皮黃戲。又江都人鄭小白，作《金瓶梅傳奇》一本，今也傳於世，內容卻遠沒有《金瓶梅》小說那麼橫恣精悍了。

盛際時、史集之、陳子玉、王續古諸人，也皆為吳縣人，唯作劇卻皆不過數本。際時字昌期，作《人中龍》、《胭脂雪》等四本，今存二本。《人中龍》敘李德裕被宦官仇士良所害，卻為俠士劉鄴所救；鄴並殺了士良，以除天下大害。《胭脂雪》敘白皁隸於公門中廣行方便，生子白簡，貴為廉訪使事。史集之字友益（一作溧陽人），作《清風寨》、《五羊皮》二本。陳子玉字希甫，作《三合笑》等三本。王續古字香裔，作《非非想》、《黃金台》二本，今僅存《非非想》一種。

尤侗在同時諸吳人作劇者裡聲譽最為廣大。李玉、薛旦、朱氏兄弟等皆窮愁終老。侗則晚年忽遭際清室皇帝，由寒儒而擢為文學侍從之臣。他字同人，一字展成，號西堂，長洲人。和朱素臣輩為友。（素臣《秦樓月》有他的題詞。）淪落不第，乃作《鈞天樂傳奇》、《李白登科記》（《清平調》）、《讀離騷》諸雜劇，以寓其牢騷不平之意。《鈞天樂》敘沈白（字子虛）高才不偶，歌哭無端。乃遇試官何圖，中式者盡為賈斯文、程不識、魏無知之流。白反被放。其未婚妻魏寒簧又死。流寇大起，其好友楊雲夫婦亦亡。他伏闕上書，言天下事，乃被亂棒打出。遂過霸王廟大哭，焚其所著文。然上天卻愛才，命試，中第，授為巡按天下監察御史，雷打何圖，並雪恨於賈斯文等。報命後，授紫虛殿學士。不得意於人間，乃得伸素志於天上，侗心可謂痛矣。此作或當在鼎革後。然他終於得志，授翰林院檢討。這也是他始料所不及的；失之於東隅者，乃收之於桑榆。

蘇州附近的戲曲家在這時也挺生不少。吳偉業出現於太倉；丘園產生於常熟；周坦綸、稚廉父子傑出於華亭；嵇永仁突現於無錫；黃兆森挺生於上海；吳綺創始於江都；皆負一時重望，足為蘇州諸劇家張目，招號。

吳偉業字駿公（1609～1671），明末已有重名。清初，被逼出山，仕為國子祭酒，心抑抑不歡。所作傳奇《秣陵春》（一名《雙影記》），當系作於明末，故饒有明末的離奇怪誕的傳奇的作風。徐適有玉杯，被借於人。少女黃展娘乃於杯影中見一清俊少年。適得一古鏡，鏡中乃亦有一少女影。這空想的相思，乃先完成於仙婚，而後始成真婚。情節是過於可怪。然其流麗可喜的曲文，卻能把這缺點掩飾過去，正像讀《牡丹亭》者之不復致訝於麗孃的復活一樣。偉業和李玉是好友，受玉的影響噹不會少的。

丘園字嶼雪，作傳奇八本。其《虎囊彈》、《黨人碑》二種，一說為朱佐朝所作；《一合相》，據《南詞新譜》，系沈君謨作，則實屬園所著者僅五種耳。《新傳奇品》別有《御袍恩》一本，實即《百福帶》的別名，今存。又《幻緣箱》一本，敘方瑞生與劉婉容、陳月娥等姻緣事，今也存。

周坦綸字果庵，所著傳奇凡十四本，今僅存《玉鴛鴦》一本。此劇敘仙宮中簫史、秦弄玉下凡，仍為夫婦，男為謝珍，女為文小姐。中經種種幻變，女扮男裝，娶了二妻，終乃和她丈夫團圓事。這種情節，在這時代的小說、傳奇裡都是很流行的。坦綸子稚廉，字冰持，號可笑人，有《容居堂三種曲》，今並存。《珊瑚玦》敘卜青和祁氏的悲歡離合事；「秀才之苦苦無加，黃柏黃連之下」，作者寫自身的體驗，故入骨三分。《雙忠廟》寫廉國寶和舒真俱為劉瑾所害，廉女改裝為男，太監生須以撫育之；舒子改裝為女，忠僕王保也生乳以養育他。及瑾勢敗，乃以真面目出現，聘為夫婦。《元寶媒》寫一乞丐行義事，他救人而反被陷，終於得伸其直。所救一女劉淑珠，後為武宗妃。大似胎脫於正德的「遊龍戲鳳」的故事。這三本的曲辭，都是通俗而又文雅的。

嵇永仁字留山，號抱犢山農，入范承謨幕，隨遊浙、閩。承謨為耿精忠所殺，永仁也隨死獄中。所作傳奇二本：《揚州夢》寫杜牧之事；《雙報應》寫錢可貴賣婦得重圓事，大類《尋親記》。

黃兆森字石牧，有《忠孝福》一本，寫殷旭為御史，不避奸邪，後巡邊陷賊，其子冒險去尋他的遺骸事。他還寫雜劇《四才子》，其情調卻與此大不相同了。

吳綺字園次，和朱素臣等友善；入清，官湖州府知府。他嘗奉敕填詞，流入宮掖，人都目為江都才子。所作傳奇三本：《嘯秋風》、《繡平原》、《忠愍記》，今並不見傳本。

五　明清時期浙江戲劇與李漁筆下的十種傳奇劇

浙人在明末，原和吳人同為曲學的領導者。唯明、清之交，浙人為曲者卻遠不及吳人之盛。《新傳奇品》作於高奕手，然所著錄，於他自己外，僅一李漁為錢塘人耳。高奕字晉音，會稽人，所著傳奇《春秋筆》、《聚獸牌》等十四本，今隻字不傳。

李漁字笠翁，本蘭溪人，寓居錢塘，遂為錢塘人。《曲海總目提要》云：「漁本宦家書史，幼時聰慧，能撰歌詞小說，遊蕩江湖，人以俳優目之。」《笠翁十種曲》及全集等作，傳遍天下，至今未衰。然通人往往譏之，目為淺薄。他之作風，誠未免時有流蕩子出言不擇的惡趣，但也間有可取處，不可一概視為「張打油」之作而抹殺之。《新傳奇品》評其詞為「桃源嘯傲，別存天地」，最得其真。他和時人殆皆不是同流。雖和朱素臣等為友，然他的作風卻截然與朱、李諸人不同。他有有意求勝人的性情，其傳奇的布局往往出奇裝巧，非人所及，而也時傷於做作；其文辭每流於諧俗，而也時有善言。他是有疵病的作家，每易給讀者們以不愉快的感覺。最奇怪的是，他作曲雖多，其曲流傳雖極廣，卻很少見之於劇場。或劇場久受士大夫們的薰陶，故對於這位不羈的「才人」也不怎麼恭維罷。笠翁劇有「前八種、後八種」（見原刻《十種曲》序）之目，然今所盛傳者則為《十種曲》。那十種是：《奈何天》、《比目魚》、《蜃中樓》、《美人香》、《風箏誤》、《慎鸞交》、《凰求鳳》、《巧團圓》、《玉搔頭》及《意中緣》。此外坊間更有《笠翁續刻五種》、《新傳奇三種》等等皆為張冠李戴者。《曲錄》別有《萬年歡》一本，蓋即《玉搔頭》的異名而誤列者。（《新傳奇品》著錄笠翁作，凡九本。）《奈何天》敘闕素封富而貌醜，娶三妻皆改道裝，入淨室，不與同居。素封乃焚借券，輸十萬金於邊。封尚義君。而三官亦奏聞上帝，易其形骸。終得與三妻諧老。《比目魚》敘譚楚玉與女伶劉藐姑相戀，為其母所阻，將藐姑另嫁他人。她偽允之。恰在江邊演《荊釵記》，飾錢玉蓮投江，乃真實的自投於江。楚玉亦投江自殺以殉。但為平浪侯所救，居水府，變比目魚。後出水，乃復人形，得團圓。《蜃中樓》敘洞庭女、東海女同在東海蜃樓眺望，乃與張羽、柳毅訂盟。洞庭女被父命嫁涇河小龍，她誓死不從。羽代毅傳書。他自己也以鍋煮海，脅龍王。東海龍王不得已，也以女嫁之。此蓋合元劇《張生煮海》、《柳毅傳書》事而為一者。《美人香》（即《憐香伴》）敘石堅妻崔雲籤與少女曹語花相遇於尼庵，相憐愛，各賦《美人香》詩，相約為來生夫婦。雲籤歸，要夫向曹府議親。為其父有容所拒。後石堅易名范石，登第，代有容使琉球。有容乃以女妻之，卻不知其為石生。後事聞於朝，乃兩封贈之。《風箏誤》敘韓世勛拾得一風箏，上有少女詹淑娟的題詩。世勛和之。後此風箏為詹愛娟所得。她乃冒姊淑娟名，召世勛想見；他見女郎之醜，乃大駭遁去。後詹父強為主婚，將淑娟嫁給他。他不得已而許之。結婚之夕，乃知並非所見之醜女。此女同時亦嫁戚友先。會親時想見，一切事方始瞭然。《慎鸞交》敘秀才華秀、侯雋定花榜，和妓女王又嬙、鄧蕙娟飲於虎丘，以詩定交。約十年後娶。秀意志堅定，侯則不久便有所惑。歷經波折，二女才各歸其夫。《凰求鳳》敘少年呂曜與妓女許仙儔善。仙儔出資為聘良家女曹淑婉，而自願為側室。別有少女喬夢蘭者，亦慕曜，與詩約婚，定期入贅。仙儔知之，至期，乃以轎迎曜，冒夢蘭名，而實與曹氏結婚。有殷媼者，代定計，令曜偽作危病。後經調解，三女遂同心；共構一第以居曜，名其堂曰求鳳。《巧團圓》敘姚繼幼失二親，入嗣於姚器汝。他商於松江，有尹小樓者欲賣身為人父，繼見而心動，即買之為父。流賊起，父子分散。會仙桃鎮賣女，盛女於布囊中，繼乃買得一老媼，奉之為母。不料即小樓妻。又買得一少女，卻即其聘妻。後遇小樓，過其家，宛如曾住過的。原來繼實為小樓子而失散者。《玉搔頭》敘明武宗微行大同，託名威武將軍，幸小家女劉倩，以玉搔頭為信。中途失去，為范欽女所得。後經波折，武宗乃並納二女為妃。盛傳民間之「遊龍戲鳳」的故事，蓋即此劇前半段寫者。《意中緣》寫杭州有女子楊雲友、林天素者能偽作董其昌、陳繼儒書畫。以此生出許多波瀾。後乃嫁給其昌及繼儒。

《笠翁十種》，最少做作最近自然者當推《比目魚》。像《投江》的一折，簡直辨不出是戲中戲，還是真實的放在目前的事；真情噴薄，沒有不為之感動的。至若《凰求鳳》、《巧團圓》等，過於求巧求新，便不免墮入惡道。

笠翁對於自己的戲曲是頗為自負的。「可惜元人個個都亡了；若使至今還壽考，過予定不題凡鳥。」他是那麼努力的在尋找題材：「無事年來操不律。考古商今，到處搜奇蹟。」然而立刻也顯出滑稽的作曲者的面目了：「年少填詞填到老，好看詞多耐看詞偏少。只為筆端塵未掃，於今始夢江花澆。」「浪播傳奇八種，賺來一派虛名。閒時自閱自批評，愧殺無鹽對鏡。既辱知者謬賞，敢因醜盡藏形。再為悅己效娉婷，似覺後來差勝！」這是一種什麼樣的態度呢？簡直像告白：以前的都不好，這一本才是最妙的傑構。忠實的藝術家的態度，似不是那樣的滑稽的乞憐相的。在《閒情偶寄》裡，笠翁有許多對於戲曲的意見，頗可注意；他頗以闡忠說孝為傳奇的目的，但同時，他自己的筆端卻也不大清白，正像他的《十二樓》一樣。

誤被坊賈們冒刻笠翁名以傳世的戲曲，尚有八種，實皆范希哲作。（據《千古麗情》曲名）希哲不知其生平，亦錢塘人。為笠翁的友人。初印本的《八種曲》的題頁上，嘗寫著「湖上李笠翁先生閱定」字樣。希哲喜化名，幾乎每種曲都別署一個筆名。《萬全記》（即《富貴仙》）署四願居士作，《雙錘記》（即《合歡錘》）署看松主人作，《十醋記》（即《滿床笏》）署西湖素岷主人作，《偷甲記》（即《雁翎甲》）署秋堂和尚作，《魚籃記》（即《雙錯巹》）署魚籃道人作（以上五種，後印本題頁，偽稱笠翁《續刻五種》），《四元記》（即《小萊子》）署燕客退拙子作，《補天記》（即《小江東》）署小齋主人作，《雙瑞記》（即《中庸解》）署不解解人作（以上三種，後印坊本偽稱《笠翁新傳奇三種》）。這八種曲的作風和笠翁的所作大不相同。像《十醋》、《偷甲》諸記，今亦尚被傳唱。《萬全記》敘卜帙尚公主，生男子三人：得富、得貴、得仙，蓋為蔡邕、楊修、禰衡所託生。後平蠻，成大功。《雙錘記》敘陳大力助張良擊始皇帝於博浪沙，誤中副車，逸去，投雙錘於海中，乃浮而不沉，為琉球國女主姊妹二人所得，招以為婿。助以獼猴兵，靖國難。《十醋記》以龔敬為主角；雜以李白、郭子儀事。敬無子，妻師氏亦妒，故有十醋之目。後乃完滿解決。《偷甲記》本於《水滸傳》時遷偷甲，徐寧上山事。希哲云：「《雁翎》舊譜新辭」，則似此事舊亦有傳奇，惜不傳。《魚籃記》敘則天時，遣宮女尹若蘭冒為太監，周歷天下，訪求美男事；事本《載花船》小說。《四元記》敘宋再玉與王安石女方雲戀愛事。《補天記》為《單刀會》的翻案；寫關羽赴會，魯肅嘔血而亡，曹操歷受諸苦事。其以伏後為呂后的投胎，蓋也本於司馬仲相斷獄的傳說。《雙瑞記》敘周處除三害，娶時、吉二女事。處有惡名，二女以醜著。然至婚夕，乃知二女實為絕代美人，而處也已去邪歸正，從陸雲學。在這八種裡，《雙瑞》和《十醋》都是很動人的喜劇。唯像《萬全》、《補天》，卻有些故意做作，未免弄巧成拙。喜劇。唯像《萬全》、《補天》，卻有些故意做作，未免弄巧成拙。

中國文學史解析：
流光繚宇，文學演進之路

作　　者：鄭振鐸
發 行 人：黃振庭
出 版 者：複刻文化事業有限公司
發 行 者：複刻文化事業有限公司
E-mail：sonbookservice@gmail.com
粉 絲 頁：https://www.facebook.com/sonbookss/
網　　址：https://sonbook.net/
地　　址：台北市中正區重慶南路一段六十一號八樓 815 室
Rm. 815, 8F., No.61, Sec. 1, Chongqing S. Rd., Zhongzheng Dist., Taipei City 100, Taiwan
電　　話：(02)2370-3310
傳　　真：(02)2388-1990
印　　刷：京峯數位服務有限公司
律師顧問：廣華律師事務所 張珮琦律師
定　　價：420 元
發行日期：2023 年 12 月第一版
◎本書以 POD 印製

國家圖書館出版品預行編目資料

中國文學史解析：流光繚宇，文學演進之路 / 鄭振鐸 著 . -- 第一版 . -- 臺北市：複刻文化事業有限公司，2023.12
面；　公分
POD 版
ISBN 978-626-7403-49-5(平裝)
1.CST: 中國文學史
820.9　　112019879

電子書購買

臉書

爽讀 APP